*À papa et maman, à Kevin et aux enfants, ainsi qu'à Ruth.*
*Un grand merci à Elin pour l'idée de la bataille de bleuets.*

# Chapitre premier

*Nom de Dieu, pourquoi a-t-il fallu que Paul meure ?*

Le major Charles Draysmith se tenait dans la grande allée couverte de gravier. Tandis que la pluie lui coulait dans la nuque, il observait l'immense façade de grès se dressant devant lui. Il n'avait aucune envie d'entrer.

Il avait traîné à Londres aussi longtemps qu'il avait pu, rencontrant les notaires et les banquiers de Paul, s'occupant des moindres détails de la succession tout en détestant chaque instant de ces démarches. Chaque « oui, milord. » avait paru lui arracher une nouvelle parcelle de vie.

Grâce à un voleur italien resté anonyme, il était devenu le marquis de Knightsdale.

L'averse redoubla soudain d'intensité et son manteau fut bientôt trempé, ajoutant encore aux gouttes qui dégoulinaient le long de son cou. Il ne pouvait pas rester là comme un grand dadais. Tante Bea allait bientôt arriver avec équipages et serviteurs – sans oublier son chat obèse – pour préparer les festivités.

*Bon sang !* Dès le lendemain, une horde de jeunes vierges de l'aristocratie accompagnées de leurs chères mamans, allait fondre sur Knightsdale. L'appréhension lui tenaillait les entrailles. Ses paumes devinrent moites comme avant chaque bataille qu'il avait menée durant la Guerre de la Péninsule. Il mourait d'envie de faire demi-tour et de prendre ses jambes à son cou.

Il fit un pas en avant et frappa à la porte.

— Bonjour, milord.

— Un bon jour ? Cela reste à voir, Lambert.

Charles laissa le majordome prendre son manteau et son chapeau détrempés. Il n'avait pas vu cet homme depuis dix ans, depuis le mariage de Paul. Lambert avait de nouvelles rides autour de la bouche et des yeux, et ses cheveux étaient clairsemés.

Charles se dit que le domestique avait sans doute aussi remarqué quelques changements en ce qui le concernait. La dernière fois qu'il s'était trouvé chez lui, c'était juste après être sorti de l'université. Aujourd'hui, du haut de ses trente ans et après avoir côtoyé tant de sang et de crasse durant la guerre, il se sentait vieilli.

— Que quelqu'un s'occupe de mon cheval, je vous prie.

— Certainement, milord. Lady Beatrice vous accompagne-t-elle ?

— Non, j'ai pris de l'avance. Je… Mais qu'est-ce que ce boucan ?

Charles aurait juré avoir entendu les tirs d'une artillerie lointaine.

— Je pense qu'il s'agit de Miss Peterson, milord, avec lady Isabelle et lady Claire.

— Mais que fabriquent-elles, bon sang ?

Charles s'élança vers l'escalier. Le bruit venait d'un des étages supérieurs.

— Elles jouent aux quilles, milord. Dans la grande galerie.

*Aux quilles ?* se dit Charles. Comment les petites pourraient-elles jouer aux quilles ? Ce n'étaient que des bébés.

Il entendit un nouveau grondement suivi de cris perçants. Quelqu'un s'était-il fait mal ? Il se mit à courir, gravissant les marches deux par deux. Si ses souvenirs étaient exacts, la grande galerie abritait de nombreux bustes en marbre très lourds représentant certains de ses aïeux. Si l'un d'entre eux venait à tomber sur un petit enfant… Et d'où venait cet aboiement ? Il y avait un chien, en plus ? Mais à quoi pensait cette Miss Peterson ? Il s'était attendu à trouver Nanny et la gouvernante… Son nom était-il Peterson ? Ce n'était pas ce qu'il avait compris. Il s'en serait souvenu car c'était également le nom du pasteur de Knightsdale. Il s'était dit que ses nièces étaient entre de bonnes mains. Apparemment, il s'était trompé. Qu'à cela ne tienne, cette Miss Peterson allait bientôt devoir chercher un nouvel emploi.

Il entra dans la grande galerie juste à temps pour voir un terrier noir et blanc percuter le piédestal supportant le buste de son grand-oncle Randall.

Emma Peterson bondit pour rattraper la statue au moment même où un homme se mit à brailler du haut de l'escalier. Elle fut tellement surprise d'entendre une voix masculine qu'elle faillit faire tomber le buste hideux. Il était impensable que Mr Lambert ait laissé un tel énergumène pénétrer dans la maison.

— Nom de Dieu ! Qu'est-ce qui vous est passé par la tête de laisser cet animal courir partout ? L'une des enfants aurait pu se faire écraser.

Emma se raidit. Pour qui se prenait cet homme, à débarquer là en jurant et en lui faisant des remontrances ? Elle remonta ses lunettes sur son nez. Le connaissait-elle ? Sa voix lui semblait légèrement familière. Si seulement il consentait à s'approcher.

Que pourrait-elle faire, d'ailleurs ? Elle le prierait de redescendre et de sortir de cette maison. Il n'était pas très grand mais ses larges épaules et son attitude autoritaire indiquaient qu'il avait l'habitude qu'on lui obéisse. Et s'il devait se montrer menaçant ? Si elle criait, quelqu'un l'entendrait-il à temps pour venir à son aide ?

— Prinny ne faisait rien de mal, monsieur.

Isabelle tenait bravement tête à l'intrus, redressant ses frêles épaules. Elle s'était quand même légèrement rapprochée d'Emma.

— Bien sûr qu'il ne faisait pas de mal, dit la petite Claire en passant ses bras autour du cou de l'animal. Tu es un bon chien, hein, Prinny ?

Prinny aboya et lui lécha la figure.

— Prinny ? Bonté divine ! Prinny ! Vous avez donné à cet animal le surnom du régent ? Bon, soit… C'est peut-être un bon chien, mademoiselle, mais il n'a pas à courir en ces lieux.

— Monsieur…

Emma fut ravie de constater que sa voix ne trahissait nulle faiblesse. Elle se releva pour faire valoir sa taille, aussi insignifiante soit-elle.

— Monsieur, je dois vous demander de partir. Immédiatement.

— Vous me demandez de partir ? À moi ? Madame, ce serait plutôt à moi de vous ordonner de quitter cet endroit dans les plus brefs délais.

Emma déglutit. *Mon Dieu*, voilà qu'il s'approchait.

— Isabelle, Claire, venez ici, mes chéries.

L'homme s'immobilisa.

— Isabelle ? Claire ?

— En effet, affirma Emma en relevant le menton.

Il était assez proche désormais pour qu'elle puisse le voir distinctement. Son visage était hâlé par le soleil. Ses cheveux bruns et bouclés avaient été coupés très court. Il était plus âgé, plus musclé et plus assuré que l'homme qu'elle avait aperçu pour la dernière fois lors du mariage de feu le marquis, mais elle le connaissait. Elle n'avait jamais pu oublier ces yeux du même bleu clair que l'eau d'un lac, aux iris bordés d'un liseré plus sombre. Charles Draysmith, le garçon qu'elle avait idolâtré et l'homme dont elle s'était languie était enfin rentré à Knightsdale.

— Ce sont mes nièces ?

Charles observa les deux fillettes. La plus âgée, Isabelle, semblait avoir environ neuf ans. Elle était mince et avait des cheveux raides d'un blond presque blanc, des pommettes hautes et les mêmes yeux verts que Paul. L'autre restait potelée comme un nourrisson mais ce n'était pourtant plus un bébé. Sa chevelure, très bouclée, rappelait celle de Charles.

Claire, la cadette, posa les poings sur ses hanches. Il était certain d'avoir vu Nanny faire ce geste des centaines de fois quand il était petit garçon. La fillette lui jeta un regard de défi.

— Êtes-vous un méchant homme ?

— Claire ! (Emma fronça les sourcils.) Voici votre oncle Charles, le frère de votre papa.

Charles observa la gouvernante, surpris qu'elle connaisse son prénom. Cela dit, les domestiques étaient censés l'attendre. Il avait envoyé un message annonçant que lady Beatrice et lui allaient bientôt arriver. Par conséquent, nul besoin d'être un génie pour découvrir son identité. Mais elle n'avait pas compris d'emblée qui il était, sinon elle ne lui aurait pas ordonné de quitter la maison. Elle avait de l'aplomb, il fallait le reconnaître. Elle n'avait pas reculé face à son agressivité. Plus d'un soldat avait pourtant blêmi sous le feu de ses réprimandes.

La jeune femme mesurait à peine quelques centimètres de plus qu'Isabelle mais sa silhouette n'avait rien d'enfantin, bien au contraire. Il examina son visage. De longs cheveux d'un blond chaud lui rappelant la couleur du miel tiède et qui étaient encore plus bouclés que les siens, quelques taches de rousseur, des yeux bruns aux reflets dorés soulignés par de longs cils noirs…

— Brindille ?

Il réprima un éclat de rire en la reconnaissant. Non, ça ne pouvait pas être Emma Peterson, la fille du vicaire ; la gamine tout en os qui lui collait jadis aux basques comme un chiot abandonné. Les autres garçons se moquaient de lui mais il n'avait jamais eu le cœur de la repousser.

— Veuillez m'excuser. Je veux dire… Miss Peterson, ne me dites pas que vous êtes la gouvernante des filles ?

—Non, milord. La gouvernante, Miss Hodgekiss, a été rappelée en son foyer pour prendre soin de sa mère malade. Je ne fais que la remplacer durant son absence.

Ses joues rosirent. Elle tentait désespérément de ne pas croiser son regard. En son for intérieur, Charles se dit que Miss Emma Peterson lui vouait toujours une sorte d'admiration. Intéressant. C'était un joli brin de femme – peut-être la solution à son problème. Et s'il lui demandait de l'épouser ? Il aurait pu trouver bien pire. S'il obtenait son consentement avant le début de cette satanée fête, il n'aurait pas à passer les prochains jours à fuir devant une meute de filles à marier.

Charles se rendit compte que Claire le tirait par la manche.

—Miss Hodgekiss a peur que sa maman meure. (Il baissa la tête et vit que la fillette l'observait de ses grands yeux noisette.) Ma maman est morte sur une montagne en Itlie.

—En Italie. Ta mère et ton père sont morts dans les montagnes en Italie, rectifia Charles avec une petite toux.

Il n'avait jamais vraiment apprécié Cecilia, l'épouse de Paul. Il la trouvait jolie mais superficielle, à l'image de nombreuses jeunes femmes de la haute société. Il passa les doigts dans les boucles de Claire tout en regardant Isabelle. Les petites ne semblaient pas submergées de chagrin, ce qui n'était guère surprenant. D'après ce que lui avaient confié ses amis le duc d'Alvord et le comte de Westbrooke, Paul et Cecilia n'avaient pas été des parents très présents. Ils passaient la majeure partie de leur temps à Londres ou sur les terres d'une de leurs relations.

—Vous êtes notre nouveau papa ?

—Claire, ne fais pas ta sotte ! lui lança Isabelle, la mine renfrognée. Oncle Charles n'a que faire de nous. Il préférerait avoir sa propre famille.

À cet instant, Charles perçut le trouble de Miss Peterson. Lui aussi eut l'impression d'avoir reçu un coup à l'estomac. Il était vrai qu'il n'avait pas vraiment pensé aux filles puisqu'il s'était imaginé qu'elles seraient encore des bébés. Pour autant, cela ne signifiait pas qu'il ne voulait pas d'elles.

— Je suis votre oncle, Isabelle. Le frère de votre papa. Vous faites donc partie de ma famille et cet endroit est votre foyer. Claire a raison. Je suis appelé à remplacer votre père.

Il sourit en constatant que l'aînée se détendait un peu. Il ne doutait pas d'être capable de devenir pour ses nièces le père que Paul avait été.

— Parlez-moi de votre chien. Vous l'avez appelé Prinny ? Pourtant, il ne ressemble guère à notre prince régent.

Tout ce que Charles pouvait voir du petit chien noir et blanc se résumait à sa queue ronde et à ses pattes arrière. Le reste était coincé entre le mur et le piédestal portant le buste du grand-oncle Randall.

— Hé, bonhomme ! Sors de là !

Prinny cessa de gratter, éternua et trottina pour étudier de plus près les bottes de Charles.

— Prinny est le chien de Miss Peterson, papa.

— Claire, ma chérie, lord Knightsdale est votre oncle, pas votre père.

Claire fit alors une moue boudeuse.

— Mais je ne veux pas d'un oncle. Je veux un papa !

Charles s'agenouilla afin que son visage soit au même niveau que celui de la petite fille. Il perçut l'incertitude et la crainte dissimulées par son regard obstiné. Il avait déjà croisé ces émotions dans les yeux de nombreux enfants en Espagne et au Portugal. Claire était peut-être une fillette élevée au sein d'une riche famille d'Angleterre, elle n'en restait pas moins une enfant.

— Claire, certaines personnes pourraient se méprendre si vous m'appeliez « papa ». Et ce ne serait pas très gentil d'oublier votre vrai papa, n'est-ce pas ?

La lèvre inférieure de Claire se mit à trembler. Elle croisa fermement les bras.

— Je veux un papa. Pourquoi ne pourriez-vous pas être mon papa ? Et Miss Peterson pourrait être ma maman.

Charles avait l'impression de vaciller au bord d'un précipice. Au moindre faux pas, Claire se mettrait à sangloter.

— Et si vous m'appeliez « oncle Charles » devant tout le monde et « papa Charles » en privé ?

— En privé ?

— Oui, quand nous nous retrouvons tous les deux. Ou avec Isabelle et Miss Peterson. Cela vous semble-t-il acceptable ?

Claire se mordilla un instant la lèvre inférieure puis sourit avant de sauter au cou de Charles. Instinctivement, il la prit dans ses bras pour éviter de basculer en arrière.

La peau de Claire était aussi douce que celle d'un bébé. Ses boucles lui chatouillaient le menton. Quand elle lui posa un baiser sur sa joue, il sentit dans son souffle une odeur de lait et de porridge. Un étrange sentiment de tendresse l'étreignit.

— Ce serait acceptable, papa Charles, déclara Claire avant de repartir pour prendre Prinny dans ses bras.

*Ah.* Elle ne faisait donc pas beaucoup de différence entre le chien et lui, remarqua-t-il, amusé. Tous les enfants étaient-ils aussi prolixes de leur affection ? Il posa les yeux sur Isabelle. Non, apparemment pas.

— Si vous le désirez, Isabelle, vous pouvez m'appeler « papa Charles » vous aussi.

— J'ai neuf ans, mon oncle. Je ne suis donc plus un bébé.

*En effet.* Il aurait préféré que ce soit le cas. La silhouette de la petite était trop droite, trop raide. Elle lui rappelait les jeunes soldats avant leur première bataille. Neuf ans, c'était encore trop tôt pour se prendre pour une grande.

— Pensez-vous que je puisse vous emprunter Miss Peterson quelques instants ? J'aimerais discuter un peu avec elle.

— Bien sûr, répondit Isabelle.

Miss Peterson semblait faire des efforts pour réprimer un sourire. Parfait. Il tenait absolument à ce qu'elle soit bien disposée à son égard.

— Isabelle, pourriez-vous raccompagner Claire à la nursery ?

— Oui, Miss Peterson.

— Peut-on emmener Prinny avec nous, maman Peterson ?

Charles se mordit les lèvres pour ne pas éclater de rire en voyant l'expression de la jeune femme. De toute évidence, elle n'était pas très à l'aise avec le nouveau nom que lui avait trouvé Claire mais elle ne voulait pas vexer la petite fille.

— D'accord mais veillez à ce qu'il n'embête pas Nanny.

— Prinny n'embêterait jamais Nanny, hein mon Prinny ?

Le chien aboya deux fois avant de lécher le visage de Claire.

— Vous voyez, Miss Peterson ? Prinny est très malin.

— En effet, mais il peut être parfois assez agité.

— Nanny adore Prinny, Miss Peterson, renchérit Isabelle. Elle fait juste semblant de s'énerver contre lui.

— Je ne pense pas qu'elle faisait semblant quand il l'a fait tomber dans les fleurs et qu'elle a sali sa robe, Isabelle.

— Mais il ne l'a pas fait exprès ! ajouta Claire en caressant l'une des oreilles de Prinny. Il voulait juste sentir la grosse rose rouge.

— Assurez-vous simplement qu'il reste à l'écart des fleurs de Nanny cette fois-ci.

— Oui, Miss Peterson. Promis. Allez, viens, Claire.

La voix aiguë de Claire se répercuta dans toute la galerie alors qu'elle trottinait vers l'escalier.

— Je crois que papa Charles sera un très beau papa. Tu ne penses pas, Isabelle ? Il a de jolis yeux et ses cheveux sont aussi bouclés que les miens.

Charles sourit en regardant Emma. Elle rougit aussitôt.

— Je vous demande pardon, milord. Claire est très jeune. Ses manières vont s'améliorer avec l'âge.

— Oh, mais je ne suis pas offensé. Mes cheveux sont effectivement légèrement frisés. Comme les vôtres, d'ailleurs.

Il parcourut ses boucles du regard. Elle avait essayé de les dompter en les tirant en arrière mais quelques mèches s'étaient échappées. Le rouge de ses joues s'accentua de manière très séduisante.

— Et je ne peux pas nier avoir de jolis yeux. Les trouvez-vous jolis, Miss Peterson ?

— Milord !

Son visage prit une belle teinte écarlate.

Il sourit et lui offrit son bras.

— Et si nous nous rendions au cabinet de travail ? J'apprécierais que vous me parliez de mes nièces. Comme vous l'aurez compris, je ne sais pas grand-chose de leur existence.

Elle hésita puis posa les doigts sur son avant-bras. Ils tremblaient légèrement, alors il les recouvrit de sa main. Ils étaient si menus, si délicats. Il n'avait jamais considéré Emma comme quelqu'un de délicat quand elle était enfant, car elle fournissait beaucoup d'efforts pour parvenir à les suivre, lui et ses amis. Mais ce n'était plus une enfant. Il risqua un coup d'œil vers la poitrine de la jeune femme. Non, plus du tout. Et ses jolis seins n'avaient rien de menus. Il aurait même parié qu'ils étaient sublimes. De quoi remplir la main d'un honnête homme, même s'ils étaient pour le moment cachés par une robe sans intérêt. Charles était impatient de défaire ces boutons pour découvrir toutes les merveilles qu'elle prenait soin de dissimuler.

Une brusque montée de désir rendit une certaine partie de son anatomie, qui n'était pourtant jamais petite, plus imposante encore. Il détourna le regard tout en réprimant un sourire.

Son avenir lui sembla soudain bien plus prometteur.

Emma accompagna Charles dans le bureau du rez-de-chaussée, assaillie par des sentiments contradictoires. Il y avait tout d'abord eu la colère et la peur quand il avait fait irruption dans la pièce. Mais, dès qu'elle avait compris de qui il s'agissait, eh bien… elle ne savait pas vraiment ce qu'elle avait ressenti.

Elle aurait pourtant dû être dans une rage folle. Elle lui en avait beaucoup voulu durant les quatre mois qui venaient de s'écouler, car il n'avait pas fait le court voyage depuis Londres pour rendre visite à ses nièces. Ce n'était pas tant qu'il manquait aux filles. Elles avaient l'habitude qu'on les néglige, ce qui était encore plus navrant. Non, en redescendant le grand escalier, Emma prit conscience que c'était elle qui avait été déçue par son comportement.

Oh, il avait bien fait une courte apparition de quelques heures quand le marquis et la marquise avaient été inhumés dans la crypte familiale. Mais il était reparti pour Londres avant même que l'écho de la dernière prière se soit tu, et on ne l'avait pas revu depuis. Pourquoi ? Qu'était-il donc arrivé à cet homme ? La guerre l'avait-elle changé de manière aussi radicale ? Le garçon qu'elle avait connu n'aurait jamais délaissé ses nièces de cette manière.

Elle se rappelait le jour où elle l'avait rencontré. Se le rappeler ? Il aurait été plus juste de dire qu'elle chérissait ce souvenir et qu'elle l'invoquait dès qu'elle se sentait seule, triste ou découragée.

Elle avait six ans à l'époque. Son père venait de prendre son office à Knightsdale et elle regrettait son ancienne maison, ses amis et tout ce qui lui était familier. La solitude lui tiraillait l'estomac. Elle avait découvert un tronc accueillant près du ruisseau qui courait le long des bois jouxtant le presbytère, et elle s'y était réfugiée pour pleurer toutes les larmes de son corps. Mais ses pleurs ne faisaient qu'augmenter le vide qui l'oppressait.

Puis Charles avait débarqué dans son monde en sifflotant. Elle l'avait entendu avant de le voir. Elle aurait pu se cacher mais elle était épuisée d'avoir trop pleuré. Il s'était posté devant elle, les mains sur les hanches.

Il n'avait que quatre ans de plus qu'elle et n'était qu'un garçon maigrichon coiffé de boucles brunes. Mais, dans la quiétude du sous-bois, sous la lumière du soleil filtrant entre les feuilles, il lui avait fait l'effet d'un dieu. Il avait poussé un murmure de dégoût avant de tirer de sa poche un mouchoir crasseux.

« Un peu de tenue », avait-il lancé en lui essuyant le visage. « Arrêtez de pleurnicher. Vous ne voudriez pas que tout le monde vous prenne pour un bébé, n'est-ce pas ? Allez, venez plutôt m'aider à trouver des salamandres. »

Elle était tombée amoureuse de lui à cet instant précis et n'avait jamais cessé de l'être depuis.

Elle regarda la main de Charles qui recouvrait la sienne. Il ne portait pas de gant. Elle non plus, d'ailleurs. La chaleur et le poids de sa paume ainsi que le contact de ses doigts puissants et légèrement calleux altéraient étrangement sa respiration. Elle ressentit le besoin étrange de retourner sa main pour entremêler ses petits doigts à ceux de Charles.

Il était pourtant hors de portée. Elle en avait conscience. Elle l'avait toujours su, même quand elle l'avait admiré dans ce bois vingt ans plus tôt. Il était alors le fils et le frère d'un marquis et voilà qu'à présent il avait lui-même hérité du titre. Elle n'était que la fille d'un pasteur, aussi anonyme qu'un des innombrables boutons-d'or que l'on trouvait dans les champs de Knightsdale. Pourtant, elle l'avait suivi comme un petit chien, se réjouissant de la moindre marque d'attention. Quand il était parti afin de poursuivre ses études, elle avait pleuré de nouveau et, une fois encore, ses larmes n'avaient pas suffi à effacer ce vide qui lui tenaillait l'estomac.

Puis sa mère était morte. Il avait donc fallu qu'elle prenne soin de sa sœur, Meg, et de son père. Elle n'avait alors plus autant de temps à consacrer à de stupides rêveries romantiques.

Elle jeta un regard au profil de Charles alors qu'ils pénétraient dans le hall d'entrée. Ces rêveries étaient aussi stupides que romantiques, mais elle n'avait pas eu le cœur de s'en priver.

Elle avait seize ans la dernière fois qu'il s'était trouvé dans cette maison. Elle n'avait pas encore été introduite auprès de la bonne société. Elle était trop jeune pour être invitée au bal donné en l'honneur du mariage de Paul, mais bien assez grande pour désirer intensément y assister et, peut-être, danser avec Charles.

Elle avait alors fait la chose la plus téméraire de sa vie – la seule chose téméraire de sa vie... Elle s'était glissée par la fenêtre de sa chambre, avait traversé les bois puis s'était hissée jusqu'à une terrasse. Là, tapie dans l'ombre, elle avait observé les hommes en chemises blanches et habits noirs ainsi que les femmes portant bijoux et toilettes colorées.

Elle avait vu Charles sortir sur la terrasse, accompagné d'une dame de Londres. Emma avait soigneusement observé cette femme. Sa robe soulignait la moindre de ses courbes et plongeait dangereusement bas au niveau de sa poitrine. Charles avait alors pris cette dame d'une beauté stupéfiante dans ses bras et l'avait embrassée, faisant courir ses mains sur son corps en toute liberté.

Cette vision avait troublé Emma au plus haut point. Le souffle coupé, elle s'était sentie à la fois déconcertée et embarrassée, comme une voyeuse. Mais elle en avait aussi été tout émoustillée. Elle avait regagné le presbytère aussi vite que si elle avait eu le diable aux trousses.

Depuis, elle avait revu ce baiser des milliers de fois dans ses rêves. Toutefois, dans ses visions, c'était elle que Charles tenait dans ses bras.

Désormais, elle se considérait immunisée contre ce genre de tristesse. Dès qu'ils entrèrent dans le cabinet de travail, elle retira sa main. Les domestiques avaient fait de leur mieux mais l'endroit sentait encore le feu de cheminée et la poussière.

Cela faisait plus d'un an que le marquis – l'ancien marquis – était venu dans cette propriété.

— Miss Peterson, je vous présente mes excuses si je vous ai effrayée tout à l'heure.

Charles lui fit signe de s'asseoir sur un siège près de l'âtre. Elle préféra rester debout, le forçant ainsi à faire de même. Il lui lança un regard étonné. Emma joignit ses mains devant elle.

— Milord, voilà maintenant quatre mois que votre frère et son épouse sont décédés, faisant de vos nièces des orphelines. Pourquoi vous a-t-il fallu tout ce temps pour rentrer chez vous ?

— Chez moi ? (Il serra les lèvres et baissa le regard vers le bureau. Quand il releva les yeux, son visage ne trahissait aucune émotion.) Les filles étaient entre de bonnes mains. J'avais parlé à votre père aux funérailles. Nanny était là ainsi que la gouvernante. Pourquoi les enfants auraient-elles eu besoin d'un oncle qui n'était qu'un étranger pour elles ? Et je pensais vraiment qu'elles n'étaient encore que des bébés.

— Comment avez-vous pu vous imaginer cela ? Isabelle a neuf ans et Claire, quatre.

— Je n'avais que vingt et un ans quand Paul a eu son premier enfant, j'étais un jeune homme vivant à Londres. Déçu qu'il ne s'agisse pas d'un héritier, je n'y ai pas vraiment prêté attention. Et ensuite, il y a eu la guerre. La plus jeune, Claire, n'était pas née quand je suis parti pour la Péninsule.

— Envisagez-vous de les quitter de nouveau maintenant que vous les avez revues ?

Emma comprit à son expression que c'était exactement ce qu'il avait l'intention de faire, et s'écria :

— C'est impensable, milord ! Ces petites ont déjà vécu trop longtemps entourées de domestiques. Elles ont besoin d'un membre de leur famille auprès d'elles. Vous avez entendu combien Claire désire un père ! Et c'est aussi le cas d'Isabelle, même si elle est trop timide pour le dire.

— Et d'une mère, Miss Peterson ? Elles ont très certainement tout autant – sinon davantage – besoin d'une mère que d'un père.

— Oui. Elles ont bien évidemment besoin d'une mère mais, à l'heure actuelle, il ne se trouve personne capable de remplir ce rôle.

— Vraiment ? (Charles lui lança un sourire soudain.) Et vous ?

Emma eut l'impression que tout l'air contenu dans ses poumons venait de s'en échapper.

Charles se mordit la joue pour ne pas éclater de rire. Miss Peterson resta bouche bée.

— Si on réfléchit bien, c'est une excellente idée. Comme vous l'avez dit vous-même, les petites ont besoin d'une mère. Elles vous connaissent et vous sont attachées. De plus, vous habitez tout près. Vous pourrez donc facilement retrouver le confort de votre famille.

*Et je trouve l'idée de vous avoir dans mon lit particulièrement séduisante.* Charles sourit en essayant d'imaginer comment Miss Peterson réagirait à cette déclaration. Cela faisait des années qu'il n'avait pas pensé à elle et la voir là, rien qu'à quelques centimètres de lui… C'était peut-être le contraste entre les souvenirs de la petite fille qu'elle avait été et la présence de la femme qu'elle était devenue. Quoi qu'il en soit, la situation était d'un érotisme torride. Il changea de position, se détournant un peu d'elle pour cacher sa réaction.

C'était la solution idéale à son problème. Il n'y aurait de désagrément pour aucun d'entre eux. Après tout, il ne comptait pas passer beaucoup de temps avec elle. Il n'avait aucune envie de vivre à Knightsdale. Il trouverait une activité profitable à Londres et reviendrait de temps à autre pour remplir ses responsabilités en tant que châtelain et héritier.

Bien entendu, il profiterait de ses visites pour entraîner Miss Peterson dans sa chambre, défaire cette robe hideuse et libérer ce si joli corps, puis plonger son visage entre ces seins voluptueux et…

Il se retourna brusquement vers le bureau. Ses culottes devenaient clairement trop étriquées.

—Vous avez une meilleure idée, Miss Peterson ? Auriez-vous un prétendant ?

—Euh, non. Mais…

—Et puis, veuillez excuser ma question, mais n'auriez-vous pas déjà dépassé l'âge du mariage ? Si je me souviens bien, vous avez quatre ans de moins que moi, soit vingt-six ans.

—En effet.

Charles lui jeta un coup d'œil, notant au passage le rouge écarlate de ses joues et le souffle haletant qui soulevait sa poitrine. Sa généreuse poitrine. Il releva les yeux et croisa ceux de la jeune femme, qui lançaient des éclairs dorés derrière ses lunettes.

Il regretta d'avoir souligné le fait qu'elle était vieille fille, mais il voulait que cela pèse dans sa décision. Il était peu probable qu'on lui fasse une meilleure offre, voire qu'on lui fasse quelque offre que ce soit.

—Je ne serai pas envahissant, vous savez. Je passerai le plus clair de mon temps à Londres. Je ne vous rendrai visite que de manière occasionnelle.

—Pourquoi donc vous embêter à nous rendre visite ? Vous avez très bien vécu sans cela durant toutes ces années.

Charles toussota derrière sa main. Ne voyait-elle pas où il voulait en venir ? Il la regarda de nouveau. Les bras croisés sous ses seins magnifiques, elle haussa un sourcil. Comment avait-il pu ne pas remarquer leur délicieuse courbure ? Ni combien sa bouche appelait les baisers, même quand elle était réduite à une ligne serrée comme à cet instant ?

Ses lèvres s'adouciraient-elles s'il y posait les siennes ?

—Il reste la question d'un héritier.

— Quoi ? (Surprise, Emma ouvrit de grands yeux, puis l'étonnement céda la place au soupçon.) Que voulez-vous dire exactement ?

La froideur de ses paroles créait un contrepoint intéressant aux flammes qui brûlaient dans ses yeux. Charles comprit alors qu'il fallait envisager un repli stratégique. Mais il s'était déjà trop engagé en territoire ennemi. Il devait charger, sabre au clair.

— Un héritier. Il m'en faut un, maintenant que je suis le marquis de Knightsdale. Et cela ne risque pas d'arriver si je reste à Londres alors que ma femme se trouve dans le Kent, n'est-ce pas ?

Il évita de justesse un petit chien en porcelaine qui frôla son oreille avant de se briser sur la porte du cabinet de travail.

# Chapitre 2

— J'espère que je ne vous dérange pas.

Trois plumes orange firent lentement leur apparition dans le cadre de la porte, suivies par des frisottis gris surplombant une bouille toute ronde qu'éclairaient des yeux d'un même bleu que ceux de Charles.

— Pas le moins du monde, tante Bea. Entrez, je vous prie.

Emma cilla et réajusta ses lunettes. Son humeur colérique trouva son pendant dans l'agressivité de la vision qui s'offrait à elle : les formes rondes de la tante de Charles, Beatrice, incroyablement attifée dans une robe faite de bandes rouge vif et orange. Son décolleté était si plongeant qu'Emma craignit un instant que les seins imposants de cette dame finissent par échapper au confinement de son corset. Un collier de diamants et de rubis étincelait sur sa large poitrine.

— Allez-vous me présenter cette demoiselle, Charles ?

De la pointe du pied, lady Beatrice écarta quelques morceaux de porcelaine puis leva son face-à-main. Deux yeux artificiellement grossis inspectèrent Emma.

— Certainement, ma tante. Voici Miss Emma Peterson, la fille du pasteur. Miss Peterson, voici ma tante, lady Beatrice.

— Lady Beatrice, dit Emma en faisant une révérence. Je suis ravie de… Oh !

Emma sursauta. Quelque chose venait de frôler sa cheville.

Lady Beatrice éclata d'un rire riche et sonore qui semblait monter du fond de son être.

— N'ayez aucune crainte, ma chère. Ce n'est que Queen Bess.

Un énorme chat roux bondit sur le fauteuil à côté d'Emma et s'y lova, prenant toute la place. Emma se dit que l'animal ressemblait à un gigantesque manchon… Un gigantesque manchon à l'air vraiment pas aimable. Elle remarqua le regard furieux que lui lança le chat avant de s'absorber dans le nettoyage de ses pattes.

— Je ne suis pas certain que Prinny appréciera la présence de la reine Elizabeth, ma tante, lança Charles en riant de bon cœur.

— Ne me dites pas que vous avez convié cet imbécile, Charles. Je suis certaine qu'il n'était pas sur ma liste d'invités.

— Rassurez-vous, il n'est pas sur la mienne non plus. Je voulais parler du chien de Miss Peterson.

— Vous avez un chien baptisé Prinny, Miss Peterson ? Magnifique !

— Il s'agit en fait du chien de ma sœur, lady Beatrice.

— Ah. Eh bien alors j'ai hâte de rencontrer votre sœur.

Lady Beatrice fit quelques pas vers le centre de la pièce.

— Y a-t-il une raison qui justifie que nous restions debout, Charles ? Les sièges seraient-ils infestés ? Pas par des poux, j'espère. Ni par des puces. Ma pauvre Bess a horreur des puces.

— Pour autant que je sache, ni vous ni votre chat n'avez quoi que ce soit à craindre du mobilier. Cela dit, je ne peux pas me montrer catégorique puisque je viens moi-même d'arriver. J'attendais en fait que Miss Peterson s'asseye mais elle a décliné mon invitation à le faire.

— Oh. Eh bien, moi, je l'accepte avec joie même si je suis restée assise durant tout le voyage depuis Londres. Maintenant que vous êtes marquis, Charles, il faut que vous fassiez quelque chose en ce qui concerne les voitures. J'ai bien cru que mes dents allaient se décrocher. Je vous jure que j'ai senti le moindre pavé de cette route.

Lady Beatrice s'assit avec grâce sur le canapé. *Un véritable exploit pour quelqu'un d'une telle corpulence*, se dit Emma.

— Approchez-vous, Miss Peterson. Prenez un siège, voulez-vous ? Vous allez me donner un torticolis en restant debout. De plus, je suis certaine que ce pauvre Charles appréciera de pouvoir reposer ses jambes. Bess va vous faire de la place. N'est-ce pas, mon bébé ?

Le chat s'interrompit dans ses ablutions le temps de regarder dans la direction de lady Beatrice puis elle recommença à lécher consciencieusement la zone située sous sa queue. Emma détourna les yeux.

— Poussez-la un petit peu, Miss Peterson, reprit lady Beatrice. Bess est parfois légèrement têtue.

*Comme la Tamise est parfois légèrement humide,* se dit Emma. Queen Bess n'avait clairement aucune intention de bouger. Et Emma n'avait absolument aucune envie de se faire griffer.

— Permettez-moi.

Le bras de Charles frôla celui de la jeune femme alors qu'il le tendait vers le chat. À ce contact inopiné, Emma ressentit comme un choc. Il était si près d'elle pouvait percevoir la chaleur de son corps et humer les arômes francs et masculins de savon, de cuir et de linge propre. Elle regarda ses mains larges et habiles soulever doucement le chat, ce qui lui rappela la douceur de ses doigts et de sa paume.

Elle pria pour qu'il n'ait pas entendu sa brusque inspiration ou noté à quel point son corps s'était figé. Elle recula si vivement que son talon se prit dans l'ourlet de sa robe et qu'elle dut se rattraper au bord du bureau pour ne pas tomber. Quand elle tourna de nouveau les yeux vers lui, il déposait Queen Bess sur les genoux accueillants de sa tante.

Les yeux de cette dame étaient rivés sur Emma, qui ravala un gloussement nerveux. Lady Beatrice la toisait avec la même hostilité que l'avait fait son chat.

— Merci, Charles. C'est un vrai héros. Ne trouvez-vous pas, Miss Peterson ?

Emma sourit légèrement et prit place au bord du fauteuil désormais vide. Avant de s'asseoir, elle tenta de faire disparaître subrepticement les poils roux qui jonchaient le coussin. Elle regarda Charles qui s'inclina en souriant.

— Ma tante, je me fais toujours un devoir d'arracher les demoiselles en détresse des griffes des dragons… ou des matous de tout poil.

— C'est cela…, lâcha lady Beatrice.

Elle caressait son chat tout en observant Charles. Dès que le regard de l'aristocrate se posa à nouveau sur elle, Emma fit de son mieux pour rester immobile.

— Et cette demoiselle avait-elle particulièrement besoin qu'on la sauve, Charles ?

Le ton était badin mais Emma y perçut une inflexion particulièrement glaciale.

— Pas que je sache, ma tante. (Charles plongea les mains dans ses poches et s'adossa contre le manteau de la cheminée.) Pourquoi me posez-vous cette question ?

— Disons qu'il est rare que je sois accueillie par un bruit de vaisselle cassée alors que je m'apprête à entrer dans une pièce.

Emma observa ses mains crispées sur ses genoux et espéra que ses joues n'étaient pas aussi écarlates qu'elle le craignait.

— J'ai bien peur d'avoir dit quelque chose qui aura déplu à Miss Peterson.

— Vraiment ? On pourrait se demander quel sujet de conversation pourrait pousser une jeune femme comme il faut à lancer de la porcelaine au visage de son interlocuteur.

Emma décida qu'il était grand temps de prendre congé.

— Milord, lady Beatrice… Je pense que je devrais rejoindre les petites. J'imagine qu'elles ont déjà mis la patience de Nanny à rude épreuve.

— Vous n'allez pas nous quitter, Miss Peterson ? rétorqua lady Beatrice. Je viens à peine de faire votre connaissance.

Cela n'avait rien d'une demande polie. Emma reprit place dans le fauteuil.

— Il n'y a rien de particulièrement intéressant à savoir à mon sujet, lady Beatrice.

Celle-ci haussa un sourcil.

— C'est précisément ce que je tente de déterminer, Miss Peterson.

— Il suffit, ma tante. Miss Peterson a la gentillesse de remplacer Miss Hodgekiss. En effet, la gouvernante d'Isabelle et Claire est au chevet de sa mère.

— Je vois. Et elle séjourne à Knightsdale ? (Lady Beatrice marqua une pause. Son regard azur détailla Emma de la tête aux pieds.) Mon Dieu que c'est… pratique.

Emma se redressa dans son fauteuil. Il était impensable que cette femme insinue… Non, c'était impossible. Personne n'avait jamais osé sous-entendre que le comportement d'Emma puisse ne pas être irréprochable. Elle avait sans doute mal interprété les intonations de lady Beatrice.

Il était pourtant difficile de se méprendre sur la dureté du regard que lui lançait cette dame.

— Miss Peterson et moi-même refaisions connaissance quand vous êtes arrivée, ma tante.

— Vous refaisiez connaissance, Charles ? Donc vous et Miss Peterson avez eu… une relation quelconque ?

— Non !

Emma espéra qu'elle n'avait pas hurlé ce mot mais, à la manière dont la vieille femme fronça les sourcils, son souhait était vain. Elle bondit sur ses pieds. Il fallait qu'elle quitte cette pièce immédiatement, que cela plaise à Charles et à sa tante, ou pas.

— Lady Beatrice, je vous assure…

— Je vous en prie, mon enfant. (D'une main couverte de bijoux, lady Beatrice fit un geste dans sa direction.) Asseyez-vous. Je vous présente mes excuses si je vous ai offensée.

Emma se rassit tout au bord de son siège, prête à prendre congé à la moindre insulte.

— Je n'ai pas l'habitude d'être traitée ainsi, lady Beatrice. J'espère que cela ne se répétera pas.

Lady Beatrice gloussa.

— Vous avez des griffes, dites-moi… C'est une bonne chose. Racontez-moi donc pour quelle raison vous avez jeté ce… (Lady Beatrice observa les morceaux éparpillés sur le sol avant de hausser les épaules.) Pourquoi vous avez lancé ce bibelot contre la porte.

— C'était un chien, lady Beatrice, précisa Emma en rougissant.

— Ah, ajouta l'aristocrate en massant les oreilles de son chat. Queen Bess serait certainement d'accord avec vous car elle déteste les chiens. Toutefois, je m'étonne que vous possédiez une version vivante des créatures dont vous réduisez en poussière les effigies en porcelaine ; effigies qui, si je puis me permettre de vous le rappeler, ne vous appartiennent pas. Vous avez bien dit que Prinny est un chien, n'est-ce pas ?

— Effectivement.

Du regard, Emma appela Charles à l'aide. Ce misérable gardait une main devant la bouche pour dissimuler son rire.

— Je ne voulais pas briser cette figurine.

— Ah bon ? Et que vouliez-vous faire alors ?

— Je visais la tête de lord Knightsdale.

— Mais bien sûr ! Charles ?

— J'ai juste demandé à Miss Peterson de m'épouser. Elle a refusé.

Lady Beatrice cligna des yeux.

— Je vois. Un simple « non » n'aurait-il pas suffi ?

— Apparemment pas.

Emma eut envie de hurler sans vraiment savoir si c'était de honte ou de colère.

— Lady Beatrice, je me dois de présenter mes excuses. Je ne sais pas comment expliquer ma réaction.

— Alors ne vous donnez pas cette peine, ma chère. Certaines choses sont inexplicables tandis que d'autres deviennent plus claires avec le temps. Reste à savoir dans quelle catégorie il conviendrait de classer ce petit incident. Vous m'avez dit que vous vous étiez déjà rencontrés.

Charles se mit à rire.

— Miss Peterson et moi-même étions amis d'enfance, ma tante. Je l'ai revue pour la première fois depuis des années juste avant que vous arriviez.

— Des années, Charles ? Combien d'années ?

— Plusieurs. Dix au bas mot, répondit Charles d'un ton évasif. Plus probablement une vingtaine.

Lady Beatrice planta ses yeux dans ceux de Charles.

— Vous n'avez pas vu Miss Peterson depuis l'enfance et vous venez de la demander en mariage, c'est bien cela ?

Charles changea de position avec une petite toux gênée.

— C'est bien cela.

Lady Beatrice secoua la tête.

— À mon tour de vous présenter des excuses Miss Peterson. Je comprends parfaitement. La prochaine fois, utilisez un objet plus lourd et tirez de plus près.

Charles observait les deux femmes qui discutaient. Lambert avait amené du thé et des biscuits ainsi qu'une soucoupe de lait pour Sa Majesté Queen Bess.

— Vous m'avez dit que vous séjournez dans cette maison, n'est-ce pas Miss Peterson ? demanda lady Beatrice en s'emparant du plus gros gâteau.

— Tout à fait. Miss Hodgekiss a dû partir précipitamment la semaine dernière. J'ai donc pensé qu'il valait mieux que je vienne m'installer ici pour aider Nanny. Elle n'est plus toute jeune.

— En effet. Et votre famille parvient à se débrouiller sans vous ?

Emma marqua une pause. Charles se pencha en avant pour l'observer. Y avait-il eu comme un trouble dans les yeux de la jeune femme ?

— Parfaitement bien. Ma sœur a dix-sept ans. Par conséquent, elle n'a plus besoin, ou même envie, de ma vigilance quotidienne.

— Et il me semble que votre mère est décédée il y a des années, n'est-ce pas ? ajouta lady Beatrice en dispersant d'un revers de main quelques miettes tombées sur sa poitrine.

— Oui, peu de temps après la naissance de Meg.

Emma avait beau sourire, Charles perçut à nouveau son trouble.

— J'ai élevé Meg tout en m'occupant de la maison mais, bon… Les choses changent. Je peux très facilement m'occuper de l'éducation des filles en attendant le retour de Miss Hodgekiss.

Charles regarda Emma grignoter un morceau de gâteau. Elle avait vraiment une jolie bouche. Sa lèvre inférieure était pleine et sa lèvre supérieure légèrement incurvée. C'étaient là des lèvres qui invitaient au baiser. Il observa la pointe rose de sa langue cueillir une miette en équilibre et sentit une brusque chaleur inonder une certaine partie de son anatomie. Il passa en revue toutes les choses que pourrait faire cette langue…

— N'êtes-vous pas de cet avis, Charles ?

— Hein ?

Il arracha son regard des lèvres de Miss Peterson pour le porter sur lady Beatrice, qui l'examinait d'un œil vif.

— Veuillez m'excuser, ma tante. Je rêvais tout éveillé.

Tante Bea s'esclaffa.

— C'est donc ainsi que l'on appelle ça, de nos jours ? De mon temps…

Charles vit alors l'expression atterrée d'Emma.

— Ma tante, pourriez-vous éviter de nous mettre mal à l'aise et vous contenter de répéter votre question ?

Lady Beatrice détourna alors les yeux pour revenir à Emma.

— Bien sûr. J'essayais de convaincre Miss Peterson de se joindre à nous pour la petite fête que nous organisons.

— Quelle excellente suggestion ! s'exclama Charles avec un sourire radieux.

On pouvait toujours compter sur tante Bea pour proposer des idées lumineuses.

— Mais, lord Knightsdale, je ne pourrais jamais me mêler à vos invités.

— Et pourquoi donc, Miss Peterson ? Vous seriez un ajout de toute beauté.

— Mais… Je ne suis que la gouvernante.

— Fi ! Gouvernante à titre temporaire, précisa lady Beatrice en offrant un morceau de gâteau à Queen Bess.

Sa Majesté le renifla précautionneusement avant de relever le nez, signifiant ainsi qu'elle refusait cette douceur.

— Votre lignée est impeccable. Votre père est le fils d'un comte si mes souvenirs sont exacts.

— Le quatrième fils d'un comte, précisa Emma.

— Peu importe. Votre sang est bien assez bleu.

Emma reposa bruyamment sa tasse dans sa soucoupe.

— Bien assez bleu pour quoi ?

— Mais pour la bonne société, bien entendu, répondit lady Beatrice avant d'engloutir le gâteau que venait de refuser son chat.

D'une voix étouffée par les miettes, elle ajouta :

— Quelque chose me dit que vous n'avez pas fait vos débuts comme les jeunes filles de la bonne société, n'est-ce pas ?

— Non. Quand j'avais dix-sept ans, Meg n'en avait que neuf. Je ne pouvais pas me résoudre à la laisser seule et mon père n'avait que faire de m'envoyer à Londres. Il me semble qu'une de ses sœurs aurait pu me chaperonner mais tout cela n'en valait pas la peine.

Lady Beatrice hocha la tête, ce qui fit remuer ses plumes.

— La comtesse Gromwell et la baronne Fanning. Un chaperonnage parfaitement acceptable, précisa-t-elle en faisant main basse sur un autre biscuit. D'après ce que vous nous dites, votre sœur a dix-sept ans. A-t-elle refusé elle aussi de faire le voyage jusqu'à Londres ?

— Effectivement. Père lui en avait offert l'opportunité. Elizabeth, la sœur du duc d'Alvord, faisait ses débuts elle aussi. Meg aurait tout à fait pu l'accompagner, dit Miss Peterson en soupirant. Mais je crains que Meg ne s'intéresse pas aux toilettes et rubans. Elle préfère se promener dans les champs, à la recherche de nouvelles plantes pour son herbier.

Elle se tut, les yeux rivés sur sa tasse de thé. Charles crut de nouveau voir une ombre planer sur son visage. La bouche d'Emma se crispa.

— Et chez moi, la situation est plutôt… confuse.

*Mais qu'est-ce qui la contrarie tant ?* Charles ne souhaitait voir que du bonheur dans ses yeux, ou des éclairs de colère et de passion, mais certainement pas cette tristesse.

— Il semblerait que votre sœur ait besoin d'être un peu reprise en main, Miss Peterson, déclara lady Beatrice. Je propose que nous l'ajoutions à la liste des invités, Charles. Cela constituera pour elle aussi l'occasion parfaite de faire ses premiers pas dans la haute société.

— Quelle idée splendide, ma tante. Et Miss Peterson sera là pour lui montrer comment s'en sortir.

— Lady Beatrice, je ne pense pas que…

— Chut ! Nous insistons. N'est-ce pas, Charles ?

— Tout à fait. Je vous escorterai jusqu'à chez vous aujourd'hui même afin de présenter cette invitation en personne.

— Mais…

— Allons, Miss Peterson, reprit lady Beatrice. Je suis certaine que votre père ne trouvera rien à redire. Il sera ravi de voir que sa fille – ou plutôt ses filles – acquiert un certain rang social.

Emma reposa sa tasse et se redressa d'un air décidé. Le feu couvait dans ses yeux.

— Lady Beatrice…

Celle-ci leva la main avant d'ajouter :

— Allons, Miss Peterson… Ne jouez pas les rabat-joie. Quelle objection pourriez-vous opposer au fait de vous distraire un peu en participant à quelques parties de cartes, à un pique-nique ou deux puis à un bal ? Il n'y a là rien qui sorte de l'ordinaire.

Emma prit soudain le même air déterminé que Claire.

— Il faudra que je m'occupe des filles.

— Bien entendu, mais certainement pas à chaque instant de la journée. Nanny peut les surveiller quand elles sont dans la salle de cours, n'est-ce pas ? demanda lady Beatrice à l'adresse de Charles.

— Certainement, répondit-il en souriant. D'ailleurs, elle est en train de les garder au moment où nous parlons. Et ce ne sont plus des bébés. Isabelle m'a donné l'impression d'être parfaitement responsable.

— Trop responsable, ajouta Emma. Et il faut qu'elle continue à apprendre ses leçons.

— Elle le fera.

Sentant que la victoire était à sa portée, Charles ajouta :

— Je viendrai vous aider pour la classe. Mais ne me demandez pas de leur apprendre l'aquarelle car je ne sais absolument ni peindre ni dessiner.

— Hum…

— C'est donc décidé, déclara lady Beatrice en attrapant le dernier gâteau. Allez chercher votre bonnet, Miss Peterson. Charles va vous raccompagner chez vous.

— Mais…

D'un geste impatient, tante Beatrice indiqua à Emma qu'il était temps de partir. La jeune femme regarda Charles. Il eut un petit rire en voyant l'expression de son visage où se mêlaient la gêne, la colère et la résignation. Mais il lui semblait également y lire comme une certaine forme d'impatience. Il se doutait que Miss Peterson ne s'était pas amusée depuis fort longtemps. Peut-être ne s'était-elle jamais offert le moindre plaisir ?

Charles avait bien l'intention de changer cela et de lui donner du plaisir, un plaisir sans bornes, un plaisir brûlant et ce, au petit matin comme tard dans la nuit.

Il admira la valse de son adorable postérieur alors qu'elle sortait de la pièce.

— Vous avec des vues sur elle, dirait-on.

Charles haussa les épaules en se tournant vers sa tante.

— Vous m'avez harcelé sans cesse pour que je me marie dès que nous avons appris la mort de Paul. Miss Peterson est une bonne candidate.

— Il y a beaucoup de demoiselles parmi lesquelles choisir.

— Je les connais déjà toutes.

— Soit, mais elles sont beaucoup plus intéressées par vous maintenant que vous êtes devenu le marquis de Knightsdale.

Charles sentit son estomac se retourner. Voilà bien l'une des choses qu'il détestait le plus dans sa situation : la flagornerie, les gens qui n'auraient fait aucun cas du major Draysmith mais qui jouaient des coudes pour serrer la main de lord Knightsdale.

— C'est l'un des charmes de Miss Peterson, ma tante. Je crois que mon titre la laisse totalement de glace.

Une fois dans l'escalier, Emma fit de son mieux pour garder son calme même si elle fulminait. Le culot de cet homme ! Revenir après toutes ces années et lui proposer le mariage de but en blanc. Elle aurait juré qu'il ne l'avait pas reconnue en la revoyant pour la première fois dans la grande galerie.

Tout ce qu'il cherchait, c'était une femme qui assurerait sa descendance. Elle n'allait certainement pas se donner à lui afin que la dynastie des Knightsdale puisse perdurer une génération de plus. Si cela n'avait tenu qu'à elle, elle aurait mis fin à la lignée immédiatement. Et à mains nues s'il le fallait.

Elle s'arrêta sur le palier du premier étage, la main tellement crispée sur la rampe que ses articulations en étaient blanchies. Elle prit une profonde inspiration.

Elle était également en colère contre elle-même.

Pourquoi ne pouvait-il pas être bossu, hideux, avoir le visage grêlé par la variole ou loucher ? Pourquoi fallait-il que ce soit cet homme-là qui hantait ses rêves ?

Elle posa ses mains sur ses joues rougissantes. Son souvenir ne l'avait pas hantée que dans son sommeil. Même éveillée, il lui était arrivé de penser à lui et à ce baiser qu'elle avait surpris.

Elle l'avait invité dans son lit la nuit même où elle avait quitté le bal du mariage de son frère pour se précipiter chez elle.

Inutile de se voiler la face. La gentille petite fille à son papa s'était couchée, avait éteint sa bougie puis avait invoqué le souvenir de Charles sur la terrasse de Knightsdale. Mais, dans ses fantasmes, c'était elle qu'il embrassait, pas une Londonienne anonyme. Elle avait imaginé la sensation des lèvres de Charles contre les siennes. Son baiser serait-il brûlant ou froid ? Humide ou sec ? Elle s'était figuré ses bras l'enlaçant, sa poitrine contre la sienne, ses mains sur elle… Elle ferma les yeux avec force. Pas question de repenser aux divers endroits où elle s'était imaginé qu'il la toucherait.

Et voilà qu'il l'avait demandée en mariage. Très bientôt, elle connaîtrait avec précision la nature de ses baisers, de ses caresses…

Assez ! Elle n'allait quand même pas épouser cet homme juste pour confirmer le bien-fondé de ses fantasmes, si ? Non, en aucun cas. Cette idée était tout simplement aberrante.

Elle se remit à descendre l'escalier.

Elle s'était presque sentie mourir dans le bureau quand les yeux de Charles s'étaient arrêtés sur ses lèvres. Elle avait eu du mal à se concentrer sur ce que disait lady Beatrice. Cet homme aurait mérité qu'on le force à porter un bandeau pour cacher ses yeux bleus tant ils représentaient un danger pour les femmes. Il s'en était sans doute servi pour attirer dans ses bras d'innombrables dames de la haute société. Eh bien, elle ne serait pas une victime de plus… même si elle en mourait d'envie.

—Miss Peterson, déjà prête ? Magnifique.

Emma regarda vers l'étage inférieur. Charles était dans le hall et lui souriait. Son cœur se mit à battre la chamade malgré elle.

—Il ne faut pas longtemps pour mettre un bonnet, milord.

—Ah bon ? Je m'en remets à votre expertise ayant moi-même très peu pratiqué la chose.

—Sans doute. Cependant, je suis certaine que vous êtes rompu à l'exercice qui consiste à le dénouer.

Emma se mordit la lèvre. Qu'est-ce qui venait de lui passer par la tête ? Elle qui avait toujours su tenir sa langue par le passé… Elle regarda droit devant elle en passant la porte d'entrée mais le rire cordial de Charles lui vint aux oreilles.

—Ah, Miss Peterson… Détecterais-je quelque sous-entendu dans votre remarque ?

—Je ne vois absolument pas à quoi vous faites allusion, milord.

—Donc vous n'insinuez pas que j'aie ôté à des femmes bien plus que leur chapeau ?

Emma sentit le rouge lui monter aux joues. Elle ne s'était pas rendu compte qu'elle l'avait précisément accusé d'être un expert dans l'art de déshabiller les femmes avant d'avoir prononcé ces paroles. Toutefois, il n'était pas question qu'elle l'admette. Le mensonge était le seul moyen de sauver la face.

—Jamais de la vie, milord.

Il éclata d'un rire profond et sonore.

—Ah, Miss Peterson… Je sens que nous allons passer un excellent moment ensemble. Puis-je vous appeler Emma ?

—Certainement pas.

— Parfait. Mais il faut que vous m'appeliez Charles.

— Ne m'avez-vous pas entendue, milord ? Je ne vous ai pas autorisé à m'appeler par mon prénom.

— Eh bien ma chère Emma, je suis absolument désolé mais je vais quand même prendre cette liberté. L'une des choses que j'ai apprises à l'armée est de demander poliment mais, lorsque quelque chose est essentiel à votre survie, de se servir… Poliment, bien entendu. Et je suis certain que l'utilisation de votre superbe prénom, Emma, est absolument essentielle à ma survie.

Interdite, Emma ne sut quoi ajouter. Elle avait juste conscience d'être bouche bée, les yeux écarquillés. À cet instant, elle sentit les mains larges et chaudes de Charles la prendre par la taille pour la soulever et l'asseoir dans son cabriolet. Il s'installa à côté d'elle et, avec un sourire, lui tapota le dessous du menton de son index. Elle referma la bouche si rapidement que ses dents s'entrechoquèrent.

Pour ajouter à la confusion d'Emma, la banquette du cabriolet était assez étroite. Tout le côté de Charles, sa hanche et sa jambe, était étroitement serré contre elle. L'ensemble était dur comme de la pierre. Elle se déplaça afin de mettre un peu d'espace entre eux deux. Il suivit le mouvement.

— Milord, vous m'envahissez.

— Charles, Emma. Vous savez bien que mon nom est Charles puisque c'est ainsi que vous m'appeliez quand vous étiez jeune fille.

— Et vous n'entendrez plus ce prénom passer mes lèvres désormais, milord. Moi au moins, j'ai un minimum de respect pour les convenances.

— Hum… Peut-être parviendrai-je à motiver ces jolies lèvres.

Avant qu'Emma puisse comprendre ce que Charles avait en tête, elle sentit sa bouche contre la sienne.

Elle ferma les yeux. Était-ce là sa manière d'effacer la vision choquante de ce visage aussi près du sien ou cherchait-elle à mieux apprécier la douceur des lèvres de Charles ? Elle n'aurait pu – ni même souhaité – le dire. Ce ne fut qu'un effleurement très bref, à la fois sec et frais, mais elle le ressentit au plus profond d'elle-même. Il déclencha un incendie étrange qui lui réchauffa l'estomac. Ces flammes avaient couvé dans ses rêves mais ne s'étaient encore jamais déclarées, et elle craignait à présent que ce feu ne la consume.

Seigneur, elle se retrouvait dans de beaux draps !

Avec un petit rire, Charles reprit place de son côté de la banquette. Il aurait adoré passer plus de temps à explorer la bouche d'Emma mais les chevaux s'agitaient et la demoiselle pourrait incessamment retrouver ses esprits pour le gifler. De plus, on aurait pu facilement les surprendre depuis l'une des nombreuses fenêtres de Knightsdale. Lady Beatrice était-elle en train de les observer ? Ou la petite Claire ?

Peu lui importait. Il sourit et lutta contre une ridicule envie de rire. Il ne s'était pas senti de si bonne humeur depuis des années, très certainement depuis son départ pour la Péninsule. En tout cas, c'était un sentiment qui lui était tout à fait étranger depuis qu'il avait appris la mort de Paul. Et même durant la période où il avait fait les quatre cents coups à Londres après avoir terminé ses études à l'université, il n'avait pas ressenti une telle allégresse ni une telle insouciance. À l'époque, il pensait mener une existence extraordinaire, acquérant un vernis d'élégance mondaine. Mais trop de réveils difficiles succédant à de nombreuses nuits de débauche avaient fini par craqueler ce vernis.

Il inspira à pleins poumons le bon air anglais, la douce odeur de l'herbe fraîchement coupée. Il ne s'était peut-être pas senti aussi bien depuis l'enfance, quand les journées se résumaient à pêcher, à se promener à cheval ou à jouer à Robin des Bois ou aux chevaliers de la Table ronde. Et le plus souvent, la demoiselle assise à côté de lui ne le quittait pas d'une semelle. Il ne put retenir un petit rire. Qui aurait pu penser qu'un jour la petite chipie toute frisée qu'il avait surnommée « Brindille » lui inspirerait autre chose que de l'ennui ?

— Qu'y a-t-il de si drôle, milord ?

Tiens donc ? Miss Peterson avait-elle décidé de monter sur ses grands chevaux ? Il la regarda. Oui, en effet. Son petit nez pointait en l'air.

— Saviez-vous que les autres garçons vous surnommaient « l'Ombre » ?

— Comment ? s'exclama-t-elle en se tournant vers lui. Mais de quoi parlez-vous donc ?

— Quand nous étions enfants. Les autres vous appelaient « l'Ombre » parce que vous me suiviez sans cesse.

— Oh.

Elle avait détourné la tête pour admirer le paysage, une très légère teinte rosée lui colorant les joues.

— Mais moi, je ne vous appelais pas ainsi. Cela ne me gênait pas que vous me suiviez.

— Vous m'appeliez « Brindille ».

— Il faut dire que vous étiez menue. Aujourd'hui encore, vous n'êtes pas très grande, bien que certaines parties de votre anatomie – Charles se permit de poser les yeux sur les seins si bien galbés de la jeune femme – se soient considérablement développées.

— Milord ! s'écria-t-elle alors que ses joues s'enflammaient.

Charles s'écarta un peu, craignant une gifle.

— Vos mains, par exemple, dit-il en riant. Je suis certain qu'elles sont plus grandes. Et vos pieds également. Ou votre joli, hum…

Emma prit une profonde inspiration, rendant ainsi ses attributs d'autant plus attirants.

— … menton a bien grandi depuis que vous étiez une petite fille.

— Milord, vous êtes vraiment… intenable.

— Je vous demande pardon ? Charles prit un air innocent. Je ne vois absolument pas ce que vous voulez dire.

— Oh, je suis sûre que vous me comprenez très bien ! Je ne sais jamais à quoi m'en tenir avec vous. Un instant, je crois comprendre de quoi vous parlez et la minute suivante, je suis perdue. Vous êtes aussi insaisissable qu'une truite.

À l'idée des perspectives érotiques que lui inspiraient les paroles bien innocentes de la jeune femme, Charles reprit d'une voix rauque :

— Ma chérie, dès que vous aurez envie de me tenir ou me saisir, faites donc. Je serai absolument ravi de vous accorder cette faveur. Et si j'étais une truite, ce serait avec joie que j'irais nager dans votre, heu…

Charles déglutit et maîtrisa son imagination.

Emma lui lança un regard à la fois étonné et méfiant.

— Vous voyez ? Vous recommencez.

Charles commanda à son corps de se tenir tranquille. Quand il reprit la parole, ce fut d'une voix plus claire.

— Je recommence quoi ?

— Ne faites pas l'innocent. Vous sous-entendiez d'autres choses, n'est-ce pas ?

— Pas du tout.

— Oh que si !

Charles sourit avant d'admettre :

— Bon… Peut-être.

— Dites-moi de quoi il s'agit.

— Oh non, ma chère Emma. Je ne vais pas vous le dire. Peut-être qu'un jour je vous le montrerai, mais pas avant que nous soyons mariés.

Charles éclata d'un rire léger, certain qu'il pouvait entendre grincer les dents de la jeune femme. Son regard se porta alors droit devant lui, sur une bâtisse en pierre qu'il connaissait bien – et pour cause, puisque c'était là que le révérend Peterson avait passé des heures à lui enseigner le grec et le latin.

— Trouverons-nous votre père chez lui ?

— Je pense, oui.

Charles remarqua la soudaine tension dans la voix d'Emma. De quoi s'agissait-il ?

— Et votre sœur ?

Emma haussa les épaules.

— Meg doit sans doute retourner la terre quelque part. Si père et…

Elle s'arrêta net et pinça les lèvres.

— Et ? demanda-t-il tout en arrêtant l'attelage.

Emma retrouva son air déterminé et redressa les épaules comme un soldat un instant avant la bataille. Charles perdit soudain toute envie de lui faire la moindre plaisanterie. Il était certain d'avoir mis le doigt sur ce qui troublait tant la jeune femme.

— … et Mrs Graham, lâcha Emma. Mrs Harriet Graham. C'est une veuve. Elle offre son aide à l'Église. Elle s'occupe des fleurs et autres.

— Et ?

— Et quoi, milord ?

— Et pourquoi la simple pensée de Mrs Harriet Graham vous fait-elle réagir comme si vous veniez d'avaler un tisonnier brûlant ?

— Je ne vois pas du tout ce que vous voulez dire.

— Ce n'est certainement pas le fait qu'elle aide à l'Église qui pose problème, si ? (Charles observa Emma qui gardait les yeux baissés.) Vous avez dit « père et… » C'est ce « et » qui pose problème, n'est-ce pas ? Cette Mrs Graham serait-elle une sorte de harpie ?

Emma secoua la tête.

— Bien sûr que non. Mrs Graham est un membre apprécié de la congrégation.

— Mais peut-être pas un membre apprécié de votre famille… Est-ce cela ?

— Allez-vous m'aider à descendre de cette voiture ou dois-je en sauter ?

— Je viens vous aider, ma chérie.

Charles fit le tour et la prit par la taille. Il ne la laissa pas glisser le long de son corps comme il l'aurait désiré, pas plus qu'il ne l'attira contre lui quand ses pieds touchèrent le sol. Mais il ne la relâcha pas immédiatement non plus. Il appréciait trop la courbe de sa taille sous ses mains.

À sa grande surprise, elle ne tenta pas de se dégager. Elle resta immobile, tête basse, les yeux cachés par les larges pans de son couvre-chef.

—Emma, allez-vous bien ?

—Oui, bien entendu. (Elle redressa la tête pour le regarder puis recula. Il la relâcha.) Je suis désolée. Venez.

Il la suivit à l'intérieur. L'odeur l'assaillit dès qu'il entra. C'était l'odeur de la connaissance, des vieux livres, du cuir, du papier et de l'encre. Il avait souvent respiré cet air quand il était un jeune garçon aux prises avec les déclinaisons latines. Il l'avait également senti à l'université mais là c'était bien meilleur, car il était en terrain connu. Le père d'Emma avait été un bon maître. Sévère et exigeant mais toujours prêt à l'encourager. Charles avait travaillé dur pour le satisfaire.

Charles en était même arrivé parfois à souhaiter que le révérend Peterson soit son propre père. C'était peut-être là l'une des raisons qui l'avait poussé à tolérer Emma. Il la considérait à l'époque comme sa petite sœur.

Ce n'était plus du tout le cas.

Emma s'arrêta sur le seuil du bureau de son père et frappa avec vigueur à la porte.

—Nous avons de la compagnie, père.

—Je vous en prie, entrez.

Emma ouvrit la porte en la poussant. Charles se figea à l'entrée.

Le révérend Peterson avait vraiment vieilli en vingt ans. Ses cheveux étaient devenus gris, ses joues s'étaient légèrement creusées et les traits de son visage étaient plus marqués. Charles savait tout cela puisqu'il avait croisé le révérend à peine quatre mois plus tôt aux funérailles de Paul. Mais le voir là, dans son cabinet de travail… Aux yeux de Charles, cette pièce aurait pu être un endroit sur lequel ni le temps ni l'âge n'avaient de prise.

— Milord, dit le révérend Peterson. C'est un plaisir de vous revoir. Nous sommes tous très heureux que vous soyez revenu à Knightsdale.

Charles sourit.

— Vous vouliez dire « enfin ». Merci de vous en être dispensé.

Le sourire du révérend Peterson n'avait pas changé. Ses lèvres se courbaient à peine mais ses yeux pétillaient par-dessus ses lunettes.

— Il ne me viendrait jamais à l'idée de critiquer un marquis.

— Pas de vive voix, en tout cas…

Le pasteur pinça les lèvres et plissa les yeux.

— J'avais juste hâte de vous revoir dans les alentours, milord. (Il se retourna vers une femme assise dans un fauteuil à côté de son bureau.) Puis-je vous présenter Mrs Harriet Graham ? Mrs Graham est arrivée assez récemment à Knightsdale mais elle est devenue un membre actif de la paroisse.

— Mrs Graham, dit Charles en lui prenant la main.

Il sentait l'irritation d'Emma même si celle-ci se tenait toujours près de la porte, raide comme la justice.

— Milord, répondit Mrs Graham en lui souriant calmement.

Aussitôt, Charles la trouva sympathique. Elle avait un visage avenant, des yeux aux chauds reflets noisette et des cheveux dont on pouvait penser qu'ils avaient été châtains mais qui étaient désormais parcourus de gris. *Voici donc la harpie.* Elle ressemblait davantage à une femme normale qu'au cliché de la belle-mère machiavélique.

— Révérend, je suis venu vous faire part d'une invitation à destination de vos deux filles.

Emma observa Charles prendre la main de Mrs Graham. Découvrir cette femme dans le cabinet de travail de son père ne l'avait pas surprise. Grands dieux, la veuve vivait pratiquement au presbytère. Qui sait ? Cela serait peut-être le cas pendant que Meg serait à Knightsdale pour participer aux festivités.

Emma se mordilla la lèvre. Non, elle ne pouvait pas imaginer son père reniant les lois divines pour vivre dans le péché avec une femme, même s'il s'agissait d'une Jézabel comme Harriet Graham.

— Parmi les invités, il y aura de nombreuses demoiselles de l'âge de Margaret. Ma tante, lady Beatrice, s'est dit que ce serait une excellente occasion pour votre cadette de faire ses premiers pas au sein de la haute société, d'autant plus qu'elle sera chaperonnée par sa grande sœur.

— Et qui chaperonnera sa grande sœur ?

— Père, je ne suis pas une pauvre sotte. Je saurai me débrouiller.

Emma s'aperçut que Charles avait froncé les sourcils. Rougissante, elle craignit que son ton ait été un peu trop agressif.

— Je n'en doute pas, Emma. Je soulignais juste le fait que tu n'as jamais participé à la saison mondaine de Londres.

— J'ai déjà pris part à de nombreuses réunions locales.

— Je sais bien mais…

Du regard, Emma intima à son père l'ordre de se taire.

— N'ayez aucune crainte, monsieur, reprit Charles avec une note d'humour dans la voix. (Emma se tourna vers lui mais il évita son regard.) Ma tante sera présente et cet événement s'annonce comme très informel. Ce ne seront que quelques pique-niques et un bal. L'ambiance sera détendue. Je pense que le duc d'Alvord ainsi que son épouse et sa sœur se joindront à nous, tout comme le comte de Westbrooke. Vos filles devraient donc croiser des visages familiers.

Le révérend Peterson hocha la tête.

— La sœur du duc, lady Elizabeth, est la meilleure amie de Meg. Je ne vois donc aucune objection. Et vous, Harriet ?

Emma serra les dents alors que Mrs Graham murmurait son consentement.

— Les invités devraient commencer à arriver demain, reprit Charles. J'enverrai donc une voiture pour Miss Margaret demain matin, si cela vous convient.

— Ce serait parfait, milord. (Le révérend Peterson regarda sa fille aînée.) Emma, tu dois sans doute préparer quelques bagages. Tu ne pensais sûrement pas devoir participer à ce genre d'activités quand tu es partie pour remplacer Miss Hodgekiss.

— Effectivement. Mais je n'ai toujours pas l'intention de me consacrer à ces festivités. Je passerai le plus clair de mon temps avec les demoiselles.

— Mais pas la totalité de votre temps, intervint Charles. Je vous suggère d'aller préparer vos affaires.

Emma n'avait pas l'intention de préparer quoi que ce soit. Elle croisa les bras, prête à l'annoncer à voix haute mais, au dernier moment, elle croisa le regard de Charles. Quelque chose dans son expression lui fit comprendre qu'elle était à deux doigts de se comporter comme une gamine. Elle referma la bouche.

Elle n'avait plus six ans mais vingt-six. Un tel comportement était indigne d'elle. Elle prit une profonde inspiration.

— C'est sans doute une bonne idée. Je ne serai pas longue.

— Voulez-vous que je vous aide ?

— Non, Mrs Graham. Je suis parfaitement capable de me débrouiller toute seule. (Emma regarda son père et constata son air de reproche. Elle rougit.) Mais je vous remercie pour votre offre. Je reviens dans une minute.

Il ne fallut effectivement guère plus d'une minute à Emma pour faire ses bagages. Sa garde-robe n'était pas très fournie et la plus grande partie se trouvait déjà à Knightsdale. Elle entassa à la va-vite quelques robes supplémentaires dans une valise. Soudain, elle se figea, la main posée sur sa robe de bal. Fallait-il qu'elle l'emporte, elle aussi ? Non, c'était ridicule. Elle fit glisser ses doigts sur le tissu soyeux. Quel achat inutile. Elle ne l'avait encore jamais portée.

Elle aurait sûrement l'occasion de la mettre durant les festivités.

Non. Elle n'irait pas au bal. Quoique…

Elle ferma les yeux et pensa à cette dame venue de Londres, dix ans auparavant. À l'époque, Emma était trop jeune pour se rendre à ce bal. Ce n'était désormais plus le cas.

Elle attrapa sa robe, l'envoya rejoindre le reste de ses affaires et quitta sa chambre avant de pouvoir changer d'avis.

Charles chargea la valise d'Emma dans le cabriolet pendant qu'elle prenait congé de son père.

— Devrais-je avoir les oreilles qui sifflent ? demanda Emma à Charles une fois qu'il l'eut aidée à s'asseoir sur la banquette.

— Emma, votre père ne parlerait jamais de vous avec Mrs Graham et moi.

— Je suis certaine qu'il parle de moi à Mrs Graham.

Emma regardait droit devant elle, attendant que Charles prenne la défense de cette femme. Il ne dit rien. Elle se força à garder le silence, elle aussi, mais les mots semblaient remonter le long de sa gorge, exigeant d'être libérés.

Elle n'avait personne à qui se confier. Elle ne pouvait même pas parler à Meg. Elle avait essayé, une fois. Mais Meg était trop jeune et ne comprenait pas. Et les autres dames qu'elle connaissait étaient trop âgées. De plus, elle n'était pas du genre à laver son linge sale en public. Malgré cela, Charles avait pu constater qu'elle se comportait mal.

Que lui arrivait-il ? D'abord, elle avait perdu son sang-froid et avait lancé cette babiole à la tête de Charles. Et voilà qu'elle venait de se comporter comme une gamine mal élevée. Elle couvait peut-être quelque chose. En tout cas, elle avait l'estomac tout retourné.

Si jamais Charles avait été sérieux au sujet de cette demande en mariage, il devait à présent se féliciter qu'elle ait décliné son offre car elle devenait une insupportable mégère.

Si seulement Mrs Graham pouvait décider de retourner d'où elle venait ! Tout redeviendrait alors comme avant.

Elle tourna les yeux vers Charles. Celui-ci fronça les sourcils.

— Le danger est-il passé ?

— Quel danger ? demanda Emma, sur la défensive. De quoi parlez-vous ?

— Vous êtes assise là, à ronchonner et à vous tordre les doigts. Je craignais que vous vous mettiez en colère d'un instant à l'autre.

— Ronchonner ? Moi ? C'est absurde !

— Je vous assure.

— Non, je ne ronchonnais pas. Je ne sais même pas ce que cela veut dire.

— Eh bien, pour moi, cela ressemblait bien à des ronchonnements. Voulez-vous me dire quel est le problème ?

— Non, décréta Emma. Il n'y a aucun problème.

Charles soupira.

— J'imagine que cela concerne Mrs Graham mais, en toute franchise, je n'arrive pas à me figurer de quoi il peut s'agir. Elle m'a fait l'effet d'une dame parfaitement normale et tout à fait respectable.

— Détrompez-vous ! s'exclama Emma en s'emparant du bras de Charles pour le secouer. C'est une dévergondée.

— Mrs Graham ?

— Oui.

Le silence s'installa. La jeune femme tentait de contrôler son humeur mais intérieurement, elle tremblait comme une feuille.

— Très bien, Emma, j'abandonne. La pensée que Mrs Graham soit une dévergondée me semble tout bonnement inconcevable. Je me dois de vous poser une question délicate : qu'a-t-elle fait ?

— Je l'ai surprise en train d'embrasser mon père dans son bureau.

Emma revoyait la scène aussi nettement que si elle venait d'avoir lieu. Pourtant, cela faisait maintenant deux mois qu'elle était entrée dans le cabinet de travail de son père et l'avait trouvé sur le canapé avec Mrs Graham. Depuis, la jeune femme avait toujours frappé à la porte.

— Et… ?

Elle regarda Charles. Il fronça les sourcils.

— Comment ça, « et » ?

— Et ensuite ? Vous avez trouvé votre père en train d'embrasser Mrs Graham et… ?

— Cela ne vous suffit-il pas ? En fait, je ne l'ai pas vraiment vu en train de l'embrasser mais il était clair qu'il était en train de le faire. Mrs Graham était décoiffée et l'encolure de sa robe était déboutonnée.

— Je vois. Ils se démontraient donc leur affection mutuelle. Peut-être même une affection dévorante. Cela fait quoi… dix-sept ans que votre mère est décédée ?

— Je ne vois pas quelle différence cela peut faire.

— Y a-t-il eu un défilé de dames comme Mrs Graham ?

— Bien sûr que non ! Mon père est un homme d'Église.

— Très précisément. Alors peut-être est-il prêt à reprendre une épouse, et il se sera rendu compte qu'il a de l'affection pour Mrs Graham.

— Il est trop âgé pour se marier, protesta Emma en enfonçant les doigts dans le bras de Charles.

L'idée que Mrs Graham puisse s'installer au presbytère pour de bon… Sa famille, c'était son père, Meg et elle. Personne d'autre. Elle n'envisageait pas les choses autrement.

Charles prit les rênes d'une main et, de l'autre, desserra gentiment les doigts de la jeune femme.

— Ma chérie, votre père n'a guère plus de cinquante ans. Il n'est pas trop vieux.

— Mais je ne veux pas d'une mère.

— Et je suis certain que Mrs Graham en a parfaitement conscience. Vous avez vingt-six ans et Meg, dix-sept. Il n'est pas déraisonnable d'imaginer que vous soyez toutes les deux mariées dans l'année. En tout cas, j'espère bien que vous, vous le serez. Avec moi. Votre père se retrouvera alors tout seul. Vous devriez vous réjouir qu'il ait fait la connaissance de Mrs Graham.

Emma relâcha son étreinte autour du bras de Charles. Comme elle s'y attendait, il ne comprenait pas. Comment aurait-il pu ? Ce n'était qu'un homme, après tout.

— Je refuse de me marier, déclara-t-elle.

Il sourit tout en reportant son attention sur les chevaux.

— Peut-être. C'est votre choix. Mais vous devez accorder cette même liberté à votre père.

— Mais vous ne comprenez pas. C'est mon père. Il a des devoirs envers sa famille.

— Mais c'est aussi un homme, ma chérie.

Emma baissa les yeux pour contempler ses mains.

— Je pensais qu'il nous aimait, Meg et moi. Pourquoi aurait-il besoin d'elle ?

— Il s'agit là d'une autre sorte d'amour, Emma. N'avez-vous donc aucune idée de ce dont un homme a besoin, de ce qu'il désire ?

Emma secoua la tête. Que pouvait-il y avoir de plus important aux yeux d'un homme que ses propres enfants ? Elle avait toujours fait de son mieux pour que la maison soit bien tenue, tout en servant de mère à Meg. Qu'avait-elle fait de mal ? Avait-elle négligé quoi que ce soit ?

— Non, répondit-elle. Je n'en ai vraiment pas la moindre idée.

— Alors permettez-moi de vous le montrer, mon amour.

# Chapitre 3

Ce baiser-là fut différent. Le premier n'avait été qu'un effleurement léger, doux et sec. Celui-ci fut passionné et profond. Charles posa ses lèvres sur celles d'Emma et en suivit le tracé du bout de la langue. De surprise, elle ouvrit la bouche et il se glissa à l'intérieur.

Qui aurait pu imaginer qu'une telle chose soit possible ? Emma en tout cas en aurait été totalement incapable. Elle aurait dû en être dégoûtée, mais elle ne l'était pas. Bien au contraire…

Tant de sensations la submergeaient ! Le doux frottement de la langue de Charles qui taquinait la sienne, la pression changeante de ses lèvres, la senteur de son savon et de sa peau…

Charles recula légèrement et elle soupira. Aussitôt, il s'immisça encore une fois avec avidité et elle gémit, attrapant à nouveau son bras pour s'assurer de ne pas tomber de la voiture.

Grands dieux ! Emma sentait son sang rugir à des endroits de son corps dont la simple évocation l'aurait fait rougir. Son cœur battait la chamade. Quand enfin Charles relâcha doucement son étreinte, elle frissonna et le regarda en battant des cils. Ses lèvres magiques lui souriaient mais elle entrevit comme de la faim dans la flamme bleue qui irradiait de ses yeux. Emma se dit que cette flamme devait provenir du même incendie qui brûlait sous sa propre peau.

Était-ce bien là ce qu'elle avait vu sur la terrasse à Knightsdale, tant d'années auparavant ? Certainement pas. La Londonienne se serait instantanément enflammée comme elle craignait que ce soit son cas d'une seconde à l'autre.

— Que venez-vous de me faire ?

— Pas tout ce que je souhaiterais, ma chérie.

Emma semblait délicieusement abasourdie. Lui-même se sentait quelque peu étourdi. Si les chevaux ne s'étaient pas manifestés car l'attente leur semblait longue, il n'aurait peut-être jamais mis un terme à ce baiser. Pourtant, il fallait absolument qu'il s'arrête. Une voiture ouverte sur une route publique n'était pas l'endroit rêvé pour enseigner les joies de l'amour physique à une vierge.

— Ma chérie, la prochaine fois que nous ferons cela, ce ne sera pas dans un cabriolet tiré par deux chevaux impatients de galoper.

— La prochaine fois ? Parce qu'il y aura une prochaine fois ?

— Oh, soyez-en certaine. Dès que j'en aurai l'occasion.

— Milord !

Son cerveau devait être sorti de sa stupeur sensuelle. Ses joues prirent soudain une teinte rose très seyante. Elle remit ses lunettes en place.

— Je suis persuadée que ce comportement est totalement inconvenant.

— Totalement, j'en conviens. Il sourit. Mais aussi tellement délicieux.

Elle tourna la tête avec détermination pour regarder droit devant elle puis déclara :

— Je pense que nous ferions mieux de rentrer à Knightsdale.

Sans se faire prier, Charles donna aux chevaux le signal du départ.

— Ne pensez-vous pas que vous devriez désormais m'appeler Charles, mon amour ? Vos « milord » sonnent faux à mon oreille. Après tout, nous venons de partager un instant intime.

— Ce n'est pas ce que je pense.

— Ah bon ? Et comment appelleriez-vous cela ? J'avais ma langue...

— Milord !

— Si vous ne voulez pas que je décrive ce qui vient de se passer dans ses moindres détails, vous devriez m'appeler Charles. Même si cela ne me poserait aucun problème de le décrire.

— Milord, je vous en prie !

— Vous voulez dire : « Je vous en prie, continuez » ? J'en serais ravi. D'ailleurs, peut-être devrais-je vous dire précisément ce que j'aimerais faire la prochaine fois que je mettrai ma langue...

— Charles !

— Vous voyez ? Ce n'était pas si difficile, n'est-ce pas ?

— Je préférerais que nous terminions notre trajet en silence, expliqua Emma d'un ton crispé.

— Parfait. Je me distrairai en imaginant toutes les choses magnifiques que nous pourrons faire la prochaine fois que nous en aurons l'occasion.

Emma ne mordit pas à l'hameçon. Charles se consola en imaginant le délice que ce serait d'ôter un à un et lentement les vêtements qui recouvraient le joli corps de la jeune femme. Et il avait énormément d'imagination. Il se déplaça sur la banquette. Un peu trop d'imagination, en fait... Il fallait qu'il occupe son esprit à des pensées moins prenantes.

Emma lâcha un petit son étrange, entre le sifflement et le râle. Il la regarda. L'air courroucé, elle était absorbée dans la contemplation de ses gants. Où ses réflexions l'avaient-elles emmenée ? Pas dans les mêmes endroits qu'il venait de visiter en rêve, espéra-t-il. Quand il s'imaginait avec elle, il la rêvait enjouée, pas contrariée. Plus qu'enjouée, d'ailleurs. Gémissante et chancelante de désir.

— Vous n'aimez pas le style de vos gants, ma chère ?

— Mon père n'a pas pu faire ça avec Mrs Graham, maugréa-t-elle. C'est impossible.

— Ah. Si vous le dites.

— Il n'aurait pas pu, n'est-ce pas ?

— J'hésite à le souligner, ma douce, mais le simple fait que vous soyez venue au monde tend à démontrer qu'il a pu le faire.

Emma porta vivement une main à sa bouche.

— Ne me dites pas que c'est ainsi que l'on conçoit les enfants.

Charles réprima un éclat de rire.

— Pas exactement, mais c'est une étape du processus.

— Une étape importante ?

— Ah, mon amour… Comme j'ai hâte de vous montrer tout cela.

Cette fois, il rit de bon cœur en voyant le mécontentement dans les yeux d'Emma. Si elle avait eu un chien en porcelaine sous la main, il l'aurait assurément senti se briser sur sa tête.

— Voyez cela comme les premières mesures d'une valse, ma chérie. Il reste encore bon nombre de pas à accomplir avant le grand final.

— Miss Peterson !

C'était un homme à cheval posté à quelques dizaines de mètres de là qui les interpellait. Charles l'examina alors qu'il s'approchait. Son assiette était épouvantable, à la fois raide et gauche. D'un autre côté, la rosse qu'il avait enfourchée laissait beaucoup à désirer – une belle robe, mais des allures atroces. De toute évidence, cet animal avait été acheté par quelqu'un ne connaissant strictement rien aux chevaux.

— Un de vos amis ?

— Une connaissance. Mr Albert Stockley. Il loue la maison de Mr Atworthy pendant que celui-ci séjourne à la capitale.

Emma adressa un signe de tête et un sourire à l'homme qui s'arrêtait juste à côté d'eux.

— Bonjour, Mr Stockley.

— Miss Peterson.

Mr Stockley se pencha en avant avec raideur.

En le voyant de près, Charles l'aima encore moins. Il était aussi m'as-tu-vu que son cheval. Petit et sec, il avait soigneusement coiffé ses cheveux auburn selon la dernière mode et sa chemise était boutonnée si haut qu'on pouvait craindre que ses yeux bleu clair ne s'échappent de leurs orbites. Son nez et ses lèvres avaient en permanence l'expression gênée de quelqu'un qui renifle une odeur désagréable… ou qui s'apprête à le faire. Il avait l'air d'un de ses petits messieurs fatigants qui ont toujours quelque chose à prouver.

— Mr Stockley, avez-vous fait la connaissance de lord Knightsdale ? demanda Emma.

Charles détesta immédiatement la manière dont le regard de Stockley s'arrêta sur lui à l'annonce de son titre.

— Non, répondit-il en s'inclinant en direction de Charles. C'est un plaisir, milord.

— Stockley.

Charles hocha à peine la tête. Il fut ravi de voir Stockley plisser des yeux.

— Miss Peterson, reprit Stockley. J'allais vous rendre visite à Knightsdale. Mais maintenant que monsieur le marquis est de retour, j'imagine que vous demeurez à nouveau au presbytère.

— Eh bien, en fait…

— Miss Peterson a généreusement proposé de rester afin de s'occuper de mes nièces puisque leur gouvernante s'est rendue au chevet de sa mère.

Mr Stockley fronça les sourcils.

— Ah oui ? Est-ce bien judicieux, milord ? Je ne me permettrais pas de formuler la moindre critique mais Miss Peterson est une dame célibataire. Elle doit veiller à sa réputation.

Charles sentit Emma s'agiter à côté de lui.

— Ne vous faites aucun souci, dit-il. Ma tante, lady Beatrice, demeure elle aussi à Knightsdale. Elle pourra s'assurer que je maîtrise mes instincts animaux.

— Milord, je n'ai jamais voulu sous-entendre que…

— Veuillez me pardonner, messieurs, mais au cas où cela vous aurait échappé, je suis toujours assise dans cette voiture.

Charles ne put s'empêcher de sourire en entendant le ton fort contrarié d'Emma.

— Mr Stockley, reprit-elle, j'apprécie votre sollicitude mais vous pouvez être rassuré. Je n'ai rien à craindre des prétendus instincts animaux de lord Knightsdale.

— Non, bien entendu. Je ne voulais pas sous-entendre… Je sais que votre vertu est irréprochable… Je souhaitais juste vous proposer une promenade demain après-midi.

— Ce serait avec joie. Toutefois…

— Toutefois, Miss Peterson sera occupée demain après-midi, Stockley. J'organise quelques jours de festivités et elle a consenti à y assister, quand ses obligations de gouvernante suppléante lui permettront de le faire, bien sûr. Mes invités devraient arriver à partir de demain. Vous êtes d'ailleurs convié, si vous le désirez.

Stockley lui sourit et un enthousiasme étrange transparut sur son visage.

— Je serais ravi de venir, milord. Il s'inclina à nouveau. J'ai hâte de vous revoir tous les deux dès demain.

Charles fut soulagé de voir s'éloigner cet homme, même s'il ressemblait à un épouvantail à califourchon sur un cheval de trait.

— Ce Stockley est un drôle de paroissien, dit-il. Que savez-vous de lui ?

— Il me semble qu'il travaille dans la marine marchande. Il ne s'est installé par ici que depuis quelques semaines. Il m'avait toujours fait l'effet d'un gentilhomme très aimable. Jusqu'à maintenant, en tout cas. Sincèrement, milord, je n'apprécie guère que l'on parle de moi comme si je n'étais pas là.

—Je n'aime pas cet homme.

—Ça, je pense que c'était assez évident.

—Vous a-t-il tourné autour?

—Non, il ne m'a pas « tourné autour ». Vous divaguez.

Charles émit un petit son dubitatif. Ce Stockley semblait être un personnage étrange. Le marquis avait bien compris que cet homme s'intéressait à Emma, mais ce n'était pas tout. Son regard ne lui disait rien qui vaille. Charles avait la ferme intention de le surveiller de près.

—Il y a quelque chose que vous devez savoir, Emma.

—Qu'est-ce donc?

—Vous avez tout à craindre de mes instincts animaux.

Emma se détendit quand ils atteignirent Knightsdale. Elle avait hâte de pouvoir se retirer dans sa chambre un court instant afin de recouvrer son calme pour aller ensuite faire la classe à Isabelle et Claire. Au moins, elle savait que l'aînée, avec son sens des responsabilités, aurait pris soin de sortir Prinny.

—Miss Peterson, vous avez de la visite, lui dit Mr Lambert quand elle passa le seuil.

—Vous recevez déjà, Miss Peterson ? lui demanda Charles en fronçant les sourcils, un petit sourire aux lèvres.

—Milord, je vous en prie! Je suis certaine qu'il s'agit d'une erreur. Êtes-vous certain que cette personne a demandé à me voir, Mr Lambert?

—Il s'agit de quatre personnes, en fait, mademoiselle.

—Quatre?

—Quatre dames, mademoiselle. Des dames d'un certain âge. Lady Beatrice se trouve actuellement avec elles.

—Oh ! s'exclama Emma en portant sa main à la bouche. La Société. Nous sommes le deuxième mardi du mois, n'est-ce pas?

—Il me semble en effet, mademoiselle. Lady Beatrice a réclamé des rafraîchissements.

— Souhaitez-vous rejoindre ces dames dans le salon bleu ?

— Oui, absolument. Merci, Mr Lambert.

— La Société, Miss Peterson ? Seriez-vous l'une de ces réformatrices extravagantes ?

— En aucun cas, milord. J'adorerais aborder des sujets sérieux mais ces dames ne s'intéressent jamais à rien d'autre qu'aux dernières rumeurs.

Elle soupira, visiblement très mal à l'aise, avant d'ajouter :

— Je vous présente mes excuses pour cette intrusion. Dans la mesure où je demeure ici, il m'a semblé qu'il serait plus simple que ces dames se réunissent à Knightsdale. Je ne voulais pas me montrer présomptueuse.

— Ne vous inquiétez pas. J'adorerais que vous considériez Knightsdale comme votre foyer. Quel est le nom de ce groupuscule que je reçois *de facto* ?

— La Société pour le Progrès des Femmes.

— Bonté divine.

Alors qu'elle approchait de la porte du salon, il sembla à Emma que les dames étaient plus bruyantes que d'habitude. Elle jeta un regard à Mr Lambert qui la suivait. Celui-ci toussa légèrement.

— Lady Beatrice a réclamé des rafraîchissements.

— Oui, vous nous l'avez déjà dit, répondit Charles en ricanant. Elles semblent chérir mon sherry, hein, Lambert ?

— Ainsi que votre cognac, milord.

— Mon cognac aussi ? Je pense que vous allez avoir des discussions intéressantes cet après-midi, Miss Peterson. Depuis combien de temps cela dure-t-il, Lambert ?

— Ces dames sont arrivées juste après votre départ.

— Ah. Elles ont disposé de tout le temps nécessaire pour se détendre au point d'en oublier totalement où elles se trouvent.

Un bruyant éclat de rire retentit jusque dans le couloir quand Emma ouvrit la porte. Elle passa le seuil avec précaution.

— La voici. Entrez, Miss Peterson. Lady Beatrice va vous servir un verre, euh… je veux dire une tasse.

Mrs Lavinia Begley, l'épouse d'un propriétaire terrien, était assise – ou plutôt complètement vautrée – dans un fauteuil faisant face à la porte. Le rouge de son nez était deux fois plus profond que d'habitude et son visage semblait s'être enflammé.

La tante de Charles leur jeta un coup d'œil. Elle avait passé une robe à rayures vert pomme et jaune jonquille et s'était coiffée d'une tiare de diamants. Le bijou avait légèrement glissé et menaçait de lui tomber devant les yeux. Elle le remit en place et sourit.

— Oui, entrez donc, Miss Peterson. Et vous aussi, Charles.

Emma parcourut la pièce du regard. Toutes les dames qui participaient régulièrement aux réunions de la Société se trouvaient là : Mrs Begley, les sœurs Farthington et Miss Blanche Russell. Emma avait tenté d'intéresser des dames plus jeunes à ces réunions mais, jusqu'à présent, elle n'y était pas parvenue. Avec ses cinquante ans passés, Mrs Begley était le membre le plus jeune de la Société, Emma mise à part.

— Je suis terriblement désolée, lady Beatrice. J'avais totalement oublié cette réunion. De plus, je ne me serais jamais permis d'inviter ces dames si j'avais su que vous alliez revenir. Je veux dire que jamais je n'aurais osé imposer…

— Ne vous mettez pas dans tous vos états, Miss Peterson. J'ai été ravie de faire la connaissance de Mrs Begley et de renouer avec Miss Russell et les Miss Farthington. Cela faisait bien trop longtemps que nous n'avions pas eu l'occasion de discuter, n'est-ce pas mesdames ?

Miss Esther et Miss Rachel Farthington, des jumelles qui avaient été présentées à la bonne société alors que le prince régent n'était encore qu'un enfant, hochèrent la tête de concert.

— Effectivement, bien trop longtemps, répondit Miss Esther dont les mèches blanches et clairsemées étaient surmontées d'un ruban vert.

— Depuis le mariage de ce pauvre Paul, précisa Miss Rachel, coiffée d'un bandeau rouge qui soulignait malencontreusement la teinte rose de son crâne dégarni.

— Tu te trompes, Rachel. Souviens-toi…

— … nous ne sommes pas allées au mariage. Exact.

— Car tu étais malade.

— Je faisais un peu de dyspepsie.

— Que j'ai contractée le lendemain.

— Je vous ressers un peu d'inspiration, mesdemoiselles ?

Les jumelles acquiescèrent et tendirent leur tasse en porcelaine afin que lady Beatrice y verse un peu de cognac.

— Et vous, Miss Russell ?

La timide Miss Russell eut un hoquet et acquiesça.

*Au moins, l'alcool aura allumé une étincelle au fond de ses yeux ternes,* se dit Emma.

— Miss Peterson ! Lord Knightsdale ! Entrez donc et joignez-vous à nous !

Mrs Begley prit la bouteille des mains de lady Beatrice pour se servir.

— Il en reste encore un peu.

— Oh, sœurette, voici donc le nouveau marquis de Knightsdale.

Miss Rachel donna à Miss Esther un coup de coude si brutal que celle-ci laissa échapper un peu d'alcool de sa tasse.

— Oui, en effet.

Les deux vieilles dames scrutèrent Charles.

— Il a bien grandi, dit Miss Esther.

— Je me souviens du temps où il n'arrêtait pas de faire des bêtises.

— Quand Miss Emma le suivait comme son ombre.

— Tu crois qu'ils vont devenir un couple ?

Emma comprit que les jumelles croyaient murmurer. Comme elles étaient toutes deux dures d'oreille, leurs chuchotements étaient à peine moins audibles que le niveau sonore de leur conversation normale.

Miss Esther hocha la tête.

— Aussi sûr qu'un et un font deux, à mon avis.

Emma se crispa. Elle supposa que si elle regardait Charles, elle le découvrirait en train de sourire.

— Ils vont faire de magnifiques bébés, tu ne penses pas ?

— Oh, absolument. De magnifiques bébés.

Emma entendit un rire étouffé derrière elle.

— De magnifiques bébés, murmura Charles. Beaucoup de magnifiques bébés.

Elle sentit son estomac se contracter bizarrement. Peut-être couvait-elle une petite dyspepsie, elle aussi.

— Ma tante, je pense que nous devrions inviter ces dames à notre fête. Qu'en dites-vous ?

— Oui, c'est vrai. Excellente idée, Charles, répondit lady Beatrice en levant sa tasse. Qu'en dites-vous mesdames ? Qui serait d'accord pour assister à ces festivités ?

Toutes les dames présentes, y compris Miss Blanche, imitèrent son geste.

— Une fête ! claironnèrent-elles. Hourra !

— Je pense que je ferais mieux d'aller voir lady Isabelle et lady Claire, dit Emma.

— Les demoiselles ont-elles été sages, Nanny ? Couché, Prinny ! Chut, vilain cabot. Mais, qu'est-ce que tu portes ?

Prinny, coiffé du chapeau rouge d'une poupée et habillé d'une cape, aboya en tournant autour de la jupe d'Emma.

— Bien sûr que nous avons été sages, maman Peterson, lui répondit Claire avant de regarder le chien en fronçant les sourcils. Revenez, lady Prinny. Il est temps pour vous d'aller au bal.

Nanny tendit la main derrière un exemplaire abîmé du conte pour petites filles *The History of Little Goody Two Shoes* posé sur une étagère. De manière inattendue, elle en sortit un os de mouton qu'elle tendit à Prinny.

— J'avais cru comprendre que ce chien appartenait à votre sœur. Tiens, sale bête. Va donc ronger ça.

Prinny prit l'os dans sa gueule et l'emporta là où Claire avait rangé ses poupées. Isabelle lisait, lovée près de la fenêtre.

— En effet, Prinny est le chien de Meg, confirma Emma.

— Voilà qui m'étonne.

Nanny remit ses lunettes en place puis remis quelques mèches de ses cheveux blancs sous sa coiffe avant de reprendre :

— Il a plutôt l'air de prendre ses aises quand il est ici.

Emma observa Claire qui essayait d'atteler Prinny à un petit chariot.

— Ne vous inquiétez pas. Je suis certaine qu'il sera heureux de rentrer chez lui dès que Miss Hodgekiss reviendra.

Emma détestait déranger les petites. Isabelle paraissait totalement absorbée par sa lecture. Les additions pourraient peut-être attendre un jour ou deux.

— Comment va la mère de Miss Hodgekiss ? A-t-on reçu des nouvelles ? demanda-t-elle à Nanny.

— Elle va mieux, je crois, grommela celle-ci.

— Eh bien, vous voyez ? Vous n'aurez pas à supporter la présence de Prinny encore bien longtemps. Je suis sincèrement désolée pour les fleurs.

— Oh, il ne me gêne plus tellement depuis que la cuisinière m'a donné des os, dit Nanny en pinçant les lèvres. Je me demandais juste si, vous aussi, vous preniez vos aises ici...

— Nanny ! (Emma eut l'impression d'avoir reçu un choc à l'estomac.) Que voulez-vous dire ?

— Rien de bien méchant, mademoiselle. Vous pouvez donc effacer cet air atterré de votre visage. Je serais ravie de vous voir épouser monsieur le marquis. Les filles vous adorent. Et elles ont besoin d'une maman. D'ailleurs, lady Claire a parlé de maman Peterson tout l'après-midi.

— Vous savez comment elle est.

La nourrice gloussa.

— Oh que oui ! Un vrai petit diable.

— Exactement. Et même si je tiens énormément à elle, elle ne peut pas façonner la vie des autres pour satisfaire ses désirs.

— Où est le problème ?

— Je vous demande pardon ?

Emma resta bouche bée, à observer la vieille femme qui haussa les épaules.

— Si lady Claire désire ce qu'il y a de mieux pour tout le monde, où est le problème ?

— De mieux pour tout le monde ? Nanny, le marquis est arrivé ce matin. Je le connais à peine et il ne me connaît pas non plus.

— Allons ! Vous êtes amoureuse de ce garçon depuis toujours.

— Non, c'est faux !

Aussitôt, Emma se rendit compte qu'elle avait protesté avec trop de vigueur. Elle n'eut pas besoin de voir la grimace de Nanny pour le comprendre. Une vague de chaleur lui monta du cou.

— Je vous voyais bien le suivre partout quand il n'était qu'un garçon.

— À l'époque je n'étais moi-même qu'une enfant. Je n'avais même pas l'âge d'Isabelle.

Nanny sourit avant de demander, sur un ton malicieux :

— Et étiez-vous encore une enfant quand vous l'avez espionné lors du bal organisé pour le mariage de son frère ?

Emma ferma les yeux. Tout ceci n'était sûrement qu'un cauchemar. Dès qu'elle rouvrirait les paupières, elle se retrouverait dans sa chambre, au presbytère.

— William, le valet, vous a aperçue dans les buissons ce soir-là.

Emma se sentit prête à mourir de honte. Il n'y avait rien de surprenant à ce que Charles se soit imaginé qu'elle mourait d'envie de l'épouser.

— Non, je suis désolée. Épouser lord Knightsdale est tout simplement hors de question. Durant les réjouissances qu'il s'apprête à organiser, je suis certaine qu'il fera la connaissance d'une demoiselle parfaitement disposée à devenir sa femme.

Nanny eut quelques gloussements dédaigneux. Emma tourna la tête et constata qu'Isabelle la regardait avec attention.

— En voilà une qui s'inquiète beaucoup trop, lui dit Nanny à voix basse.

Emma hocha la tête. Elle traversa la pièce et s'assit à côté de la petite fille, sur la banquette jouxtant la fenêtre. Claire continuait à jouer avec entrain à même le plancher. Prinny avait posé la tête sur ses pattes et, d'un air résigné, attendait que la cadette finisse de lui nouer un ruban autour de la queue.

— Pourriez-vous vraiment devenir notre maman, Miss Peterson ?

— Isabelle…

Emma écarta doucement les cheveux blonds qui tombaient sur le front de la petite. À cet instant, lui revint en mémoire la conversation qu'elle avait eue avec Charles en revenant du presbytère. Elle se rappela lui avoir dit qu'elle ne voulait pas d'une mère. C'était vrai à présent. Mais, quand elle avait l'âge d'Isabelle, il n'y avait rien au monde qu'elle désirât davantage.

— Isabelle, j'adorerais devenir votre maman. Mais ce n'est pas aussi simple.

— Et pourquoi ?

Emma regarda le petit visage sérieux de la fillette. Comment allait-elle pouvoir lui expliquer ? Quand elle avait neuf ans, Emma n'avait rien compris à la relation entre les hommes et les femmes. Elle repensa aux baisers de Charles dans la voiture et à ce qu'elle avait ressenti. À vingt-six ans, elle n'y comprenait toujours rien.

— Isabelle, je serais ravie d'être votre maman. Mais pour cela, il faudrait que j'épouse votre oncle Charles.

— Et il ne vous plaît pas ?

Emma prit une profonde inspiration.

—Je ne le connais pas encore assez pour savoir s'il me plaît ou pas.

—Y a-t-il quelqu'un d'autre que vous préféreriez épouser ?

—Isabelle.

Immédiatement, Emma redouta le tour que prenait cette conversation.

—Non, il n'y a personne pour l'instant. Mais si je devais rencontrer quelqu'un, je ne pourrais pas l'épouser puisque je serais mariée à votre oncle Charles.

—Alors il n'y a aucun problème, dit Isabelle en souriant. Molly, l'une des femmes de chambre, raconte que si vous ne vous êtes pas trouvé un homme à votre âge, c'est que vous n'en trouverez jamais. Vous pouvez donc épouser oncle Charles.

Emma fut tentée de questionner Isabelle pour savoir quelle femme de chambre était précisément cette Molly, dans l'intention de l'étrangler de ses propres mains.

—Votre oncle Charles pourrait rencontrer une jeune femme qu'il aura davantage envie d'épouser que moi, Isabelle. C'est d'ailleurs dans ce but qu'il prépare ces festivités.

—Non, je suis sûre qu'il n'en préférera aucune à vous. Vous êtes très jolie, Miss Peterson.

Personne n'avait encore jamais dit ça à Emma.

—Je vous remercie, Isabelle. Elle caressa la joue de la petite fille. Gardez toujours un esprit ouvert, d'accord ? Quelle que soit la dame que votre oncle décidera d'épouser, je suis certaine qu'elle vous adorera, vous et Claire.

—Maman Peterson, regardez !

Emma se retourna pour voir Prinny qui se précipitait vers elle, traînant derrière lui le petit chariot dans lequel Claire avait installé deux de ses poupées. Elle éclata de rire, suivie en cela par Isabelle.

—Mais qu'avez-vous fait à ce pauvre chien ? demanda Charles dans l'encadrement de la porte.

—Papa Charles !

Claire bondit sur ses pieds en éparpillant ses jouets au sol et courut vers son oncle. Il l'attrapa et la fit tourner pendant qu'elle criait et riait.

—N'allez pas trop nous agiter lady Claire, milord.

—Nanny…

Charles s'apprêtait à reposer la petite fille au sol quand celle-ci passa ses bras autour de son cou et s'agrippa, enfouissant son visage dans les plis de sa cravate. Emma vit que Charles écarquillait les yeux de surprise, puis un sourire étrange naquit sur ses lèves et il resserra les bras autour de sa nièce.

—Vous voyez ? lui murmura Isabelle. Oncle Charles fera un merveilleux papa.

Emma perçut l'espoir dans la voix de la fillette et eut l'impression qu'une flèche venait de lui transpercer le cœur. Elle parvint à peine à réprimer un sanglot.

Charles ferait peut-être un merveilleux père… Mais ferait-il un merveilleux mari ?

—Voulez-vous davantage de petits pois, Miss Peterson ?

—Non, je vous remercie, milord.

Charles s'adossa au fond de sa chaise et observa Emma qui dégustait son turbot. Il se tramait quelque chose d'étrange. Il était venu dans la salle de classe pour inviter la jeune femme à dîner en sa compagnie et celle de lady Beatrice. Dans un premier temps, elle avait tenté de refuser mais Isabelle l'avait poussée à accepter. Elle était donc là, à se concentrer sur le contenu de son assiette comme s'il s'agissait d'un banquet épicurien.

C'était pourtant loin d'être le cas. Charles soupira en plantant à nouveau sa fourchette dans le poisson trop sec. C'était de la cuisine anglaise dans la plus pure acception du terme, mangeable mais bien loin de ce que les invités d'un marquis étaient en droit d'attendre. Sans vouloir offenser la cuisinière, il se dit qu'elle serait peut-être heureuse d'avoir un peu d'aide. Alvord et Westbrooke, s'ils avaient la moindre considération pour leurs papilles, seraient sans doute disposés à lui prêter un de leurs chefs pour la durée des festivités.

— Voilà des lustres que je n'ai pas mangé quelque chose de semblable, annonça lady Beatrice tout en regardant son assiette avec dédain.

— Un peu de nourriture saine vous remettra l'estomac d'aplomb, ma tante.

— Peuh ! Je n'en veux pas. Servez-moi juste un peu de cognac, voulez-vous, Charles ?

— Certainement pas. Je viens juste de charger tout un groupe de dames prises de boisson dans une voiture, je ne tiens pas à vous voir plus ivre que vous ne l'êtes déjà.

— Je tiens bien l'alcool.

— Vous en tenez surtout une grande quantité en ce moment. Je pense donc qu'il est inutile d'en rajouter.

Charles espéra qu'elle ne chercherait pas à s'admirer dans un miroir. L'ensemble jaune et vert de sa tante lui barbouillait l'estomac, et pourtant, lui n'avait pas vidé plusieurs bouteilles de cognac.

— Vous auriez dû mettre également quelques pots de chambre dans cette voiture, Charles. Il ne m'étonnerait pas que certaines de ces dames aient du mal à se retenir, surtout quand la route va les secouer.

— Cette pensée m'a traversé l'esprit, figurez-vous.

Emma reposa sa fourchette.

— Lady Beatrice, je suis navrée d'avoir osé organiser une réunion de la Société à Knightsdale. Je ne me le serais jamais permis si j'avais pu envisager à quel point ce serait déplacé.

Lady Beatrice eut un hoquet.

— Cela n'avait rien de déplacé, mademoiselle. J'ai passé un excellent moment. Je n'avais pas revu les jumelles ou Blanche depuis fort longtemps. Tout comme Lavinia, d'ailleurs. Je ne pense pas qu'elles seront en très grande forme demain matin. Il m'étonnerait qu'elles soient parmi les premières à arriver.

La vieille dame tendit la main pour s'emparer de la bouteille de vin. Plus rapide, Charles la déplaça.

— Quand vos invités doivent-ils arriver, lady Beatrice ? demanda Emma.

— Ce sont les invités de Charles, mademoiselle. Le but est de lui trouver une épouse, comprenez-vous ? Il lui faut un héritier. Nous ne voudrions pas que le titre passe au cousin Aubrey. Cet imbécile pousserait certainement des hauts cris s'il trouvait une femme dans son lit. Lady Beatrice se rapprocha de son interlocutrice. Vous savez ce que je pense ? Je…

— Tante Bea ! Je suis absolument persuadé que nous ne voulons pas savoir ce que vous pensez.

— Eh bien, pour moi, c'est la vérité vraie ! décréta lady Beatrice en piquant un morceau de turbot pour l'agiter sous le nez d'Emma. Vous pourriez nous éviter bien des ennuis si vous acceptiez dès maintenant d'épouser Charles, mademoiselle. C'est un beau parti, vous savez.

— Ma tante !

— Lady Beatrice !

Celle-ci goûta le poisson.

— Pouah ! Exécrable.

Elle laissa retomber sa fourchette dans son assiette avec un tintement. Se penchant à nouveau, elle se rapprocha d'Emma et désigna Charles.

— Nettoyez donc vos lunettes, ma fille, et regardez bien cet homme. Ce n'est pas le cousin Aubrey que nous avons là. Je suis persuadée que lui faire un héritier doit être une sacrée expérience. N'est-ce pas, Charles ?

Charles craignit que son visage soit aussi rouge que celui d'Emma.

— Si vous voulez bien m'excuser, dit la jeune femme d'une voix étranglée tout en se levant. Je dois vraiment… Je me sens un peu…

— Troublée ? demanda lady Beatrice à Emma qui avait tourné des talons pour s'enfuir. Mais j'espère bien, ma fille.

Pensez donc aux épaules de cet homme, à ses jambes, à ses hanches, à son…

— Tante Bea !

La vieille dame s'interrompit et regarda Charles.

— Inutile de crier, mon neveu. Moi qui vous croyais un adepte du franc-parler, je constate que vous rougissez encore plus que Miss Peterson.

Charles dénoua sa cravate. Il avait enfin réussi à mettre lady Beatrice au lit – ou plutôt il avait confié cette tâche à la femme de chambre de sa tante, d'une patience à toute épreuve – et avait rejoint ses appartements.

— Je n'aurais plus besoin de vous ce soir, Henderson.

— Très bien, milord.

Charles regarda le valet quitter la pièce et fermer la porte. Il voulait se retrouver seul. Il en avait besoin. Il lui fallait se reprendre par rapport à… à tout ça.

Parcourant la pièce du regard, il nota les tableaux très sombres, les nombreux meubles, le lit gigantesque. *Mon Dieu.* Il serra la main si fort autour d'une des colonnes du lit que les ornements laissèrent des traces sur ses doigts. Il n'aurait pas dû se trouver là. C'était la chambre de son père. Celle de Paul aussi. Il n'aurait jamais cru que cette pièce puisse un jour devenir la sienne.

Pauvre Paul, obligé de s'installer ici alors qu'il n'avait que quatorze ans. Leur père était mort d'une attaque dans la cour d'une auberge alors qu'il hurlait sur un jeune postillon qui ne se déplaçait pas assez vite à son goût. Le tenancier de l'auberge s'était montré très déférent et poli mais Charles avait tout compris. Il était depuis longtemps devenu expert dans l'art qui consistait à éviter la mauvaise humeur et les diatribes de son père. C'était d'ailleurs l'une des raisons qui l'avaient poussé à passer tant de temps à parcourir la campagne alentour.

Et il n'était que le fils cadet, à peine digne de l'attention de leur père. C'était à Paul que ce dernier avait consacré tout son temps.

Au moins, Paul avait été préparé pour ce titre. Bon… Peut-être pas « préparé ». Qui aurait pu être prêt à endosser de telles responsabilités à quatorze ans ? Mais Paul avait été élevé pour accomplir cette tâche. Il savait depuis le berceau qu'il allait devenir marquis. C'était son avenir, son destin. Pas celui de Charles.

Ce dernier enleva sa chemise et la lança à travers la pièce.

Il se souvenait de cet après-midi-là au club, *White's*, comme si cela s'était passé la veille. Il était accompagné de Robbie, le comte de Westbrooke. Tous deux célébraient le petit rôle qu'ils avaient joué dans la rencontre entre leur ami James, le duc d'Alvord et son épouse, Sarah. Charles savourait une gorgée de porto quand le messager les avait rejoints.

— Major Charles Draysmith ?

Instantanément, la crainte avait noué l'estomac de Charles. Il avait compris, rien qu'à l'aspect strict de cet homme, son visage sérieux et son ton solennel, que sa vie était sur le point de changer irrémédiablement. Il avait avalé goulûment une gorgée d'alcool.

— Oui, c'est moi.

— Major, j'ai le regret de vous informer que le marquis et la marquise de Knightsdale ont eu un tragique accident.

*Bon Dieu, bon Dieu, bon Dieu!* Il bondit hors du lit et se posta devant une fenêtre pour regarder la vaste étendue obscure du domaine de Knightsdale. C'était une nuit sans lune et les nuages étaient aussi denses que ses pensées.

Dès l'instant où ce satané messager lui avait annoncé la mort de Paul, il avait cessé d'être lui-même. Il avait été privé de ses projets, de son avenir et de son identité. Il était devenu le marquis de Knightsdale. Il ne restait plus qu'à régler les détails administratifs, les « susnommés » et les « ci-après ».

Il ferma brusquement les rideaux puis retira à la va-vite ses bas, ses culottes et son caleçon. Il aurait également voulu s'arracher la peau, s'enfuir de cette chambre et échapper à toutes ces responsabilités qu'il n'avait pas demandées.

C'était impossible. Il avait désormais un devoir envers Knightsdale. Il ne l'avait ni recherché ni sollicité, mais ce devoir était le sien. Et si l'armée lui avait appris quoi que ce soit, si les années passées dans le sang et la boue avaient forgé son âme pour la rendre meilleure, c'était par le sens du devoir. C'était devenu l'ancre à laquelle il se raccrochait dans la folie furieuse de la bataille, durant les marches interminables ou pendant les jours de disette, de soif et d'épuisement. Le devoir lui avait sauvé la vie dans la Péninsule, et lui permettrait de s'en sortir également en Angleterre.

Soudain, il se mit à penser à Claire, au son de ses petits cris joyeux quand il l'avait soulevée dans la salle de classe, à la sensation de ses bras de bébé entourant son cou et à son petit corps, léger comme une plume.

Bon… C'était peut-être autre chose que le devoir.

Il s'étira. Et il ne fallait pas oublier Miss Emma Peterson. Coucher avec elle serait sans conteste autre chose qu'un devoir. Il l'imagina nue dans ses draps, épuisée après une joute amoureuse. Pas de doute, elle rendrait cette chambre et ce lit bien plus attractifs. Il eut un gloussement. Une certaine partie de son anatomie semblait inspirée par la pensée des ravissantes courbes d'Emma.

Il se mit au lit, s'obligeant à repousser son désir de voir Miss Peterson séance tenante. Elle n'aurait sans doute pas été ravie de le voir.

Il avait eu l'intention d'aller la voir immédiatement après le dîner pour lui présenter ses excuses mais il s'était douté qu'elle n'avait aucune envie de lui parler sur le moment. Elle avait sans doute besoin d'un peu de temps pour retrouver son calme. Et, à vrai dire, lui aussi. Si sa tante se montrait aussi franche durant la durée des festivités, celles-ci seraient pour le moins animées. Charles se fit la réflexion qu'il faudrait mettre le cognac sous clé.

Il parlerait à Emma le lendemain matin avant que les invités arrivent. C'était une femme intelligente. Elle comprendrait l'intérêt qu'ils avaient à se marier. Il était évident qu'elle était très liée à Claire et Isabelle. D'accord, n'importe qui pouvait s'attacher à Claire car c'était une charmante petite fille. Très réservée, Isabelle se montrait quant à elle plus difficile à apprivoiser. Pourtant, il l'avait trouvée assise à côté d'Emma et en train de lui murmurer des secrets à l'oreille quand il était entré dans la salle de classe.

De plus, leur mariage présenterait bien des avantages pour Emma. Charles sourit en regardant le baldaquin. Même si le révérend Peterson ne lui en avait pas touché un mot, Charles demeurait persuadé que lui et Mrs Graham seraient enchantés de voir Emma quitter le presbytère.

Elle avait vingt-six ans. Il était grand temps pour elle de fonder un foyer ainsi qu'une famille et il serait enchanté de lui en donner l'occasion. Il en serait même plus qu'enchanté. Il se réjouissait à l'avance d'avoir à lui montrer à quel point on pouvait s'amuser tout en se construisant une famille.

Si sa réaction aux baisers de cet après-midi se confirmait, l'exercice s'annonçait comme des plus exaltants.

# Chapitre 4

Charles était au beau milieu d'un rêve enchanteur. Emma Peterson se trouvait dans son lit. Ses cheveux couleur de miel s'étalaient sur son oreiller, tandis qu'il caressait ses magnifiques seins. Soudain il sentit Emma lui tapoter le bras. *Hum*… Puis, du revers de la main, elle lui frappa l'épaule. Il se figea, n'ayant encore jamais pratiqué ce genre de jeux…

—Papa Charles, réveillez-vous !

Il ouvrit instantanément les yeux sur le visage de Claire, à quelques centimètres du sien.

—Euh… Claire.

Charles prit conscience qu'il était totalement nu sous les draps. À l'avenir, il faudrait qu'il veille à verrouiller sa porte si la petite fille s'avérait être somnambule.

—Y a-t-il une raison à votre présence ici ?

—Bien sûr, papa Charles. Il faut que vous veniez tout de suite. Il y a un fantôme dans la nursery.

—Allons, Claire, c'était sans doute juste un cauchemar. Vous en avez parlé à Nanny ?

Claire secoua la tête. Ses boucles blondes rebondirent sur ses joues.

—Non. Elle crie trop fort.

Nanny ? Nanny qui était le calme personnifié ?

—Et pourquoi Nanny crie-t-elle ?

Claire leva les yeux au ciel et frappa à nouveau son épaule.

— Je vous l'ai dit. Il y a un fantôme. Maman Peterson m'a envoyée vous chercher. Dépêchez-vous, papa Charles. Il faut que vous attrapiez le fantôme.

— C'est cela, oui.

Claire se remit à lui taper sur le bras. Il était clair que Charles n'aurait pas le temps de remettre son pantalon et que Claire n'allait pas lui laisser l'intimité nécessaire afin qu'il puisse l'enfiler. Il tira alors sur le drap et l'enroula autour de lui. Il attrapa une épingle de cravate pour attacher sa toge improvisée alors que Claire le poussait hors de la chambre.

Ils croisèrent lady Beatrice dans le vestibule, habillée d'une robe de chambre lie-de-vin rehaussée de glands dorés et d'un bonnet de nuit rouge vif. Elle affichait une mine affligée. Queen Bess, l'air renfrogné elle aussi, battait de la queue aux pieds de sa maîtresse.

— Au nom du ciel, qu'est-ce que c'est que ce boucan ? On ne pourrait pas me laisser agoniser en paix ?

— De toute évidence, personne ne repose en paix cette nuit, ma tante. J'ajouterai que, si vous n'aviez pas jeté un sort à la bouteille de cognac, vous n'auriez pas l'impression d'être aux portes de la mort.

— Parce que ça ne vous est jamais arrivé d'être un peu pompette, peut-être ?

— Un peu pompette ? Voilà ce que j'appelle un bel euphémisme, ma tante.

Claire tira à nouveau sur son bras.

— Pressez-vous, papa Charles, ou le fantôme va s'enfuir.

Charles suivit donc Claire avec, dans son sillage, lady Beatrice et Queen Bess.

— Comment Claire vient-elle de vous appeler ?

— Peu importe.

— Vous êtes habillé à la dernière mode, dites-moi, poursuivit lady Beatrice.

Charles grommela. Il lui était difficile de se déplacer rapidement, car sa toge s'emmêlait dans ses jambes. Et ce calvaire prit des proportions dantesques dans l'escalier.

— Mais comment les femmes se débrouillent-elles ? lança-t-il après avoir trébuché pour la quatrième fois.

— Mieux que vous, je peux vous l'assurer, lui répondit lady Beatrice. Oh, écartez-vous et laissez-moi passer, je vous prie.

— Et s'il y a un fantôme ?

— Je suis certaine qu'il aura pris la poudre d'escampette depuis longtemps. J'entends Nanny brailler d'ici.

Ils parvinrent à atteindre la nursery. Emma – habillée d'une longue chemise de nuit dont l'encolure, au grand désarroi de Charles, remontait jusqu'au menton – tentait de calmer Nanny. Isabelle se trouvait juste à côté d'elle et tenait Prinny dans ses bras.

— Maman Peterson ! Je suis allée chercher papa Charles, lança Claire.

Ce fut la dernière phrase cohérente durant de longues minutes.

Nanny aperçut Charles et hurla. Queen Bess vit Prinny et se mit à cracher. Quant au petit chien, il répondit au gros chat en jappant.

Lady Beatrice jeta un coup d'œil à la scène avant de se prendre la tête entre les mains.

— Mon Dieu, marmonna-t-elle, Dites-moi que j'hallucine, par pitié.

Prinny, aboyant sauvagement, chargea Queen Bess qui se hérissa jusqu'à doubler de volume et entreprit d'escalader la toge de Charles. Charles, qui mettait un point d'honneur à rester gentleman en toutes circonstances, agrippa son drap pour éviter qu'il ne se détache et tenta vaillamment de retenir les phrases qui ne demandaient qu'à être hurlées alors que les griffes acérées de Sa Majesté se plantaient dans sa peau. Il n'y parvint pas totalement, comme l'indiquèrent les yeux ronds et l'air outré de Claire.

— Oooh, maman Peterson… Papa Charles a dit un gros mot.

Emma plongea en avant, rattrapant Prinny par l'une de ses pattes arrière et offrant à Charles la vision d'une cheville parfaitement galbée. Celui-ci eut à peine le temps de profiter du spectacle avant d'entendre le son d'un tissu qui se déchire suivi d'une sensation d'air frais et de fourrure au niveau de ses propres chevilles.

— Ma tante, rattrapez votre salo… satané chat !

Retirant les mains de devant ses yeux, lady Beatrice déclara :

— Je savais que vous aviez des jambes splendides, Charles. Vous voyez, Miss Peterson ? Pas besoin de faux mollets quand on a des jambes pareilles.

Charles aurait été incapable de dire si la chaleur qu'il ressentait était due à la honte ou à la colère.

— Madame, mettez cet animal en cage !

— Allons, Charles, nous ne sommes pas sur un champ de bataille. Bon d'accord… Si, peut-être un peu. Mais baissez d'un ton, je vous prie. Vous effrayez Sa Majesté.

— Je vais faire bien pire que l'effrayer, cet en…

— Charles ! Vous êtes un gentleman, ne l'oubliez pas.

— … engeance de chat, si vous ne l'attrapez pas immédiatement.

Lady Beatrice souleva Queen Bess et la tint à quelques centimètres de son visage.

— Allons, allons, minette. Le méchant monsieur n'en pensait pas un mot.

— Vous voulez parier ? grommela Charles.

Il fit le point. Ses jambes, griffées et en sang, étaient exposées à l'air libre mais le reste de son corps était toujours couvert, tout comme celui de Miss Peterson, constata-t-il à son grand désarroi. Il vit également qu'elle semblait fascinée par ses jambes.

—Oh, milord, vos pauvres jambes. Voulez-vous que j'aille chercher un peu d'eau tiède pour les nettoyer ?

L'idée de Miss Peterson lui baignant les jambes fit naître sous la toge de Charles un renflement soudain et imposant. Il s'aperçut que lady Beatrice ouvrait la bouche pour lui en faire la remarque et se tourna vers Nanny. Au moins la nounou eut-elle la décence de ne pas le reluquer.

—Quelqu'un aurait-il la bonté de m'expliquer à quoi rime tout cela ? demanda-t-il.

Nanny se tordait les doigts avec angoisse.

—Oh, milord. Je n'ai jamais eu si peur de toute ma vie. J'ai cru entendre un bruit. Je me suis donc levée pour aller voir les enfants. Soudain, j'ai vu quelque chose dans le vestibule. J'ai crié, et la chose a flotté jusqu'à la porte avant de disparaître juste là. (Elle désigna du doigt un endroit situé juste à côté des étagères de la salle de classe.) J'ai bien entendu ces chaînes crisser et tinter, je vous assure.

—Je vois.

Comme lady Beatrice continuait de tenir Queen Bess, Miss Peterson relâcha Prinny. Le chien se mit à renifler près de l'endroit indiqué par Nanny.

—Si je vous suis bien, vous avez vu le fantôme s'évanouir là où se trouve Prinny ?

—Pardon, milord ? demanda Nanny en affichant un air stupéfait.

—Là, reprit Charles. Là où Prinny, le chien de Miss Peterson, se trouve.

—Le chien de Miss Peterson ? Oh, veuillez m'excuser, milord.

Nanny fila vers sa chambre et en revint un instant plus tard avec ses lunettes. Voilà qui est mieux.

—Oui, je pense que c'est exactement à cet endroit.

Charles observa la vieille femme.

—Nanny, pourquoi avez-vous crié quand je suis arrivé en haut de l'escalier ?

— J'ai bien cru que le fantôme revenait, milord. Elle le regarda de plus près. Vous voilà habillé de manière très inhabituelle, n'est-ce pas ? C'est un déguisement ? Vous étiez à un bal masqué, habillé comme un Romain ?

— Non, Nanny, répondit-il avant de reporter son attention vers Emma.

Celle-ci contemplait le sol à ses pieds – de fort jolis pieds, d'ailleurs – en gloussant étrangement. Au moins, elle avait pensé à chausser ses lunettes.

— Avez-vous vu cette apparition vous aussi, Miss Peterson ?

Emma retint vaillamment un éclat de rire avant de répondre :

— Non, milord. (Elle marqua une pause.) Le temps que je sorte de ma chambre, il, euh… Il avait disparu.

Se tenant les côtes, elle se plia en deux, hilare.

— Je suis ravi de constater que la situation vous amuse, Miss Peterson, railla Charles.

Emma agita une main vers lui, de toute évidence incapable de retrouver son souffle pour parler. Des larmes coulaient sur ses joues.

— Votre allure est extrêmement amusante, milord, intervint lady Beatrice. Toutefois, je trouve la réaction de Miss Peterson quelque peu exagérée.

— Veuillez me pardonner, lady B-Beatrice, parvint à articuler Emma afin de se remettre à rire.

Isabelle et Claire gloussaient à l'unisson.

— Hum…, fit Charles qui supposait que le « fantôme » devait être le fruit de l'imagination de Nanny.

Toutefois, si Miss Peterson et les petites s'amusaient, ce n'était visiblement pas le cas de la nounou. Elle essayait de sourire mais son expression restait tendue.

— Mesdames, si vous vous en sentez le courage, vous pouvez finir votre nuit à cet étage, déclara Charles. Demain matin, nous vous installerons de quoi dormir en bas. Cela vous convient-il ?

Emma avait enfin réussi à reprendre le contrôle de ses émotions.

—Absolument, milord. Ce sera parfait.

—Ma tante, nous reste-t-il des chambres en bas ?

—Oui. Il y aura beaucoup de monde, la plupart des chambres à coucher étant occupées par les invités, mais je suis certaine que nous pourrons trouver de la place.

—C'est réglé, alors. Il ne me reste donc plus qu'à vous souhaiter bonne nuit, mesdames.

Charles ramassa le coin déchiré de son drap avant de faire signe à lady Beatrice et Queen Bess de passer devant pour redescendre. Alors qu'il allait atteindre le premier angle de l'escalier, il entendit la voix de Nanny.

—Miséricorde, Miss Peterson, le marquis a vraiment de belles jambes.

Emma pendit sa dernière toilette dans l'armoire. Il s'agissait de sa robe de bal. L'emporter avait été très présomptueux de sa part. Mais bon... On verrait bien.

Elle n'aurait jamais dû s'offrir ce vêtement. C'était l'acte de quelqu'un qui ne se refusait rien, une extravagance folle. Voilà tout ce que c'était. Dès qu'elle avait vu ce satin bleu dans la boutique de Mr Ashford, elle avait perdu tout contrôle d'elle-même. Il était fait pour elle. Même Meg avait trouvé cette couleur jolie, disant que cela lui rappelait la teinte que prend le ciel l'après-midi, au début de l'automne. C'était... quoi ? Quatre ans auparavant ?

La jeune femme passa ses doigts sur la matière soyeuse, suivant le corset étroit de la robe, sa taille haute et la jupe droite. Si l'achat du tissu pouvait passer pour un acte compréhensible, confier à Mrs Croft, la modéliste du village, le soin d'en faire ce vêtement relevait de la démence. À quoi avait-elle pensé ? À quoi Mrs Croft avait-elle pensé ? Cette toilette était bien trop décolletée pour une fille de pasteur, *a fortiori* si celle-ci n'avait toujours pas trouvé de prétendant à son âge.

Le tissu recouvrait à peine ses seins et suivait les courbes de son corps comme l'aurait fait une goutte d'eau. Elle avait été choquée la première fois qu'elle l'avait essayée.

Choquée, mais également enchantée. La femme qu'elle observait dans le miroir était une étrangère, à la fois sophistiquée, sensuelle et indomptable.

Elle avait installé la robe au fond de sa penderie, comme si elle ne devait jamais la porter. La regarder ? Peut-être. En rêver ? Absolument. La mettre ? Hors de question.

Jusqu'à présent, en tout cas. Emma caressa la robe une dernière fois avant de refermer la penderie. Elle la porterait durant le bal qui serait le point d'orgue des festivités. Son style datait et elle semblerait sans doute très ordinaire au milieu des toilettes londoniennes dernier cri dans lesquelles s'afficheraient les invitées, mais elle ne pouvait rien y faire.

Ressemblerait-elle à cette femme qu'elle avait vue dans le miroir quatre ans plus tôt ? Il ne fallait pas qu'elle se fasse d'illusions. Quatre ans s'étaient écoulés depuis, quatre années qu'elle avait passées comme un bibelot sur une étagère. Un bibelot passablement poussiéreux, depuis le temps. De plus, elle était persuadée qu'elle avait embelli le souvenir de cette vision. S'imaginer qu'elle puisse être aussi belle était tout simplement absurde. La femme dans le miroir était de celles devant lesquelles Charles aurait pu s'extasier, celles qui ne s'offusquaient pas si un homme tentait de mettre sa langue… Emma rougit et poussa un soupir profond. Celles qui n'ignoraient rien du baiser.

Elle n'était clairement pas ce genre de femme.

Elle s'assit sur la banquette sous la fenêtre. La chaleur tiède du soleil du matin caressait son dos. Sa nouvelle chambre n'était pas beaucoup plus grande que celle qu'elle occupait à l'étage de la nursery mais elle était plus luxueuse. Le cadre du lit, au lieu d'être en hêtre, avait été fabriqué dans de l'acajou. De leur côté, la penderie, le cabinet de toilette et le bureau étaient de bien meilleure qualité que ceux qui meublaient le presbytère. Et ce n'était qu'une des plus petites chambres, prévue pour les invités de dernière minute comme elle. Nanny et les deux fillettes avaient été installées dans une pièce plus grande, de l'autre côté du château.

Elle ferma les yeux et laissa la chaleur du soleil lui caresser la nuque. Elle n'avait pas bien dormi la nuit précédente à cause de cette histoire ridicule de fantôme. Pourquoi n'avait-elle pas remarqué que Nanny ne portait pas ses lunettes ? Elle se sentait tellement bête. Elle avait cru qu'un intrus s'était introduit dans la nursery et elle avait voulu défendre les petites. Par conséquent, elle avait fait la première chose qui lui avait traversé l'esprit : envoyer Claire chercher Charles.

Elle sourit en se souvenant de la tenue qu'il portait. Ce drap lui donnait l'air si drôle. Drôle mais aussi très attirant. Nanny et lady Beatrice avaient raison : Charles possédait de bien jolies jambes, même si elle n'avait jamais vu d'autres jambes d'hommes avec lesquelles les comparer, bien entendu.

Et ses jambes n'étaient pas tout ce qui avait été dévoilé à son regard intéressé. Elle avait également pu voir ses bras, son cou, ses épaules et une partie de son torse. Il ressemblait à la statue d'un dieu grec avec toutefois quelques avantages : il était vivant, chaud et fait de chair et de sang.

Le soleil traversant la vitre lui parut soudain brûlant. Elle se leva pour aller s'asseoir dans le fauteuil situé de l'autre côté de la pièce.

Qu'est-ce qui n'allait pas chez elle ? Était-elle malade ? Elle avait passé la nuit à songer à Charles. Elle avait déjà rêvé de lui par le passé mais, cette fois-ci, elle disposait de beaucoup plus de détails. Ce n'était pourtant pas encore assez. Elle ignorait quelles sensations il lui procurerait. Elle rougit. Quelle dévergondée elle faisait ! Elle voulait le toucher et souhaitait qu'il la touche. Elle voulait qu'il la prenne dans ses bras pour pouvoir laisser courir ses doigts sur ses muscles et dans les poils qui recouvraient sa poitrine. Étaient-ils souples ou rêches ? Et sa peau, sa peau magnifique… Quelle sensation lui laisserait-elle au toucher ?

Elle avait également rêvé de ses baisers. Le premier, rapide et prometteur mais aussi le second, chaud et humide, qui lui avait fait découvrir ses lèvres, sa bouche, sa langue…

De la main, elle s'éventa un instant. Son corps tout entier réagissait de manière étrange quand elle pensait à ce baiser. La nuit précédente, alors qu'elle y songeait, elle avait ressenti des frissons à un endroit précis de son corps. Cette même zone qui lui semblait actuellement… moite. Comme c'était embarrassant !

Il était peut-être temps pour elle de se marier. Elle n'y avait pas sérieusement songé auparavant mais, comme lui avait dit Charles, Meg avait dix-sept ans. Son père n'avait sans aucun doute plus besoin d'elle. Il fréquentait Mrs Graham et même si le révérend ne lui en avait jamais touché mot, elle était certaine qu'il serait ravi de la voir quitter le presbytère. Et la seule façon pour elle de le faire, c'était de trouver un époux.

De plus, le mariage lui permettrait peut-être de calmer ses nouvelles… ardeurs.

Mais elle ne pouvait pas épouser Charles. C'était impossible, même s'il apparaissait de manière évidente que sa tante et lui l'avaient choisie. Lors du dîner de la veille, elle avait bien cru qu'elle allait mourir de honte. Lady Beatrice s'était exprimée de manière trop franche au goût d'Emma. Il ne lui restait plus qu'à espérer qu'elle ne tiendrait pas de tels propos devant les autres invités.

Charles avait suggéré qu'elle l'épouse dans le seul but de ne pas avoir à courtiser une demoiselle de la haute société. Tout cela allait changer très bientôt. Dans quelques heures, il aurait sous la main tout un aréopage de jeunes femmes séduisantes. Il n'aurait même pas à se fatiguer. Il pourrait s'installer confortablement dans le salon et les laisser parader comme s'il choisissait une nouvelle jument pour ses écuries.

Il s'en trouverait assurément un certain nombre prêt à vendre père et mère pour un titre.

Elle n'était pas de celles-là. En aucun cas. De toute façon, il aurait été ridicule de s'imaginer que Charles voudrait encore d'une vieille fille quand il aurait fini d'inspecter toutes ces jeunes pouliches.

Elle retourna près de la fenêtre. Sa nouvelle chambre avait une vue magnifique sur l'allée centrale menant au manoir. Pour l'instant, celle-ci était déserte. Mais dans quelques heures, des voitures s'y bousculeraient pour déverser leur chargement de jeunes filles promises au sacrifice. Il se trouverait certainement des hommes célibataires parmi les invités. Charles ne pouvant choisir qu'une seule future épouse, il faudrait bien quelques mâles supplémentaires.

Peut-être l'un d'entre eux la remarquerait-il pour elle-même et pas pour son potentiel de pondeuse. C'était une possibilité. En tout cas, ces festivités étaient pour elle l'occasion rêvée de se frotter au marché londonien du mariage.

Elle n'allait pas laisser passer cette opportunité.

— Meg ! s'écria Emma en se précipitant à la rencontre de sa sœur.

Meg affichait un air renfrogné.

— Tu devrais avoir honte, Emma, murmura-t-elle dans un souffle.

— Meg ! Mais pourquoi me dis-tu une chose pareille ?

Même si Emma ne s'attendait pas à ce que sa sœur déborde d'enthousiasme à l'idée d'être invitée à cette grande fête, cela restait une bonne occasion pour elle d'acquérir un peu d'expérience sociale.

— C'est bien toi la mouche qui a piqué papa et lui a soufflé cette idée de fête, n'est-ce pas ?

— Qui est-ce que tu traites de mouche, jeune fille ? pouffa Emma.

Meg ne releva pas la plaisanterie.

— Tu sais exactement de quoi je parle. Tu es venue au presbytère pour m'inviter à cette fête ridicule, oui ou non ?

— En premier lieu, il me semble que c'est lord Knightsdale qui a émis cette invitation. De plus, cette fête n'a rien de ridicule. Ça ne te fera pas de mal de te frotter un peu à la bonne société.

— Arrête de couper les cheveux en quatre, veux-tu ? Tu étais présente, non ? Tu aurais pu refuser cette invitation. Et je n'ai que faire de me frotter au grand monde. La bonne société n'est qu'un rassemblement de poseurs ridicules et de gamines gâtées. Je préférerais explorer le champ au nord de la propriété des Begley. J'y ai découvert une espèce intéressante de… Mon Dieu, qu'est-ce que c'est que ça ?

Emma se retourna et vit lady Beatrice qui approchait. Elle avait revêtu une toilette aux couleurs de mûres et de pois cassés. Des plumes d'autruche disposées dans ses cheveux gris apportaient une touche finale, et l'ensemble était stupéfiant.

D'ailleurs, Meg avait l'air stupéfait. Les yeux écarquillés, elle adressa à Emma un regard incrédule. L'aînée fronça les sourcils pour rappeler à sa cadette de faire preuve de politesse et d'éviter tout commentaire sur les goûts vestimentaires de leur hôtesse.

— Lady Beatrice, puis-je vous présenter ma sœur, Meg ?

— Merci de m'avoir invitée, lady Beatrice, dit Meg en faisant la révérence.

— Il n'y a vraiment pas de quoi, ma chère, lui répondit lady Beatrice avant de se tourner vers Mr Lambert. Veillez à ce que George apporte les bagages de Miss Margaret Peterson dans la chambre jaune, je vous prie.

— Certainement, milady.

Lady Beatrice se retourna alors vers Meg en souriant.

— Vous savez, j'ai de grands projets pour votre sœur.

— Vraiment ? demanda Meg, un sourire aux lèvres.

Il était clair qu'elle avait perçu l'air soudain alarmé d'Emma.

—Et quels sont donc ces projets ?

Emma se mit à prier pour que le sol s'ouvre sous ses pieds et l'engloutisse. Ce miracle fut remplacé par un autre quand lady Beatrice, le regard perçant, répondit :

—Il serait prématuré d'en parler maintenant.

Emma s'apprêtait à pousser un très discret soupir de soulagement quand l'aristocrate ajouta :

—Mais cela concerne…

—Lady Beatrice, euh… Avez-vous bien dormi la nuit dernière ?

Interrompre son hôtesse était sans doute très impoli. Toutefois, Emma était certaine que l'étrangler eût été bien pire. De plus, choisir les événements de la nuit pour détourner la conversation ne s'avéra pas particulièrement inspiré.

—Non. À vrai dire, entre cette intrusion spectrale et les vapeurs d'alcool, j'ai à peine fermé l'œil, grommela lady Beatrice. Ne buvez jamais de cognac, Meg. En tout cas, n'en abusez pas.

—Du cognac ? Une intrusion spectrale ? murmura Meg tandis que lady Beatrice se massait le front. Au bout du compte, cette fête ne sera peut-être pas aussi ennuyeuse que je le pensais.

—Chut.

—Que disiez-vous, ma chère ? Je crains de ne pas vous avoir écoutée.

—Rien, lady Beatrice, lui répondit Emma. Je me réjouissais juste que les événements de la nuit passée n'aient pas porté à conséquence.

Emma croisa le regard plein de questions de Meg. Heureusement, ce fut à cet instant précis que Charles fit son apparition.

—Je vous souhaite le bonjour, mesdames. Vous ai-je entendu dire qu'il s'agit là de votre sœur, Miss Peterson ?

—Oui, milord.

Charles prit la main de Meg.

— C'est un plaisir de vous rencontrer, Miss Margaret. La dernière fois que nous nous sommes vus, vous appreniez à marcher.

Meg leva les yeux au ciel mais prit la peine de sourire.

— Je vous en prie, lord Knightsdale, appelez-moi Meg. Personne ne m'appelle Margaret.

— Comme vous voudrez, Meg. Il me semble que vous trouverez votre chien dans la nursery.

— Mon chien ?

— Prinny, intervint Emma. Ton chien Prinny.

— Je ne sais pas pourquoi tu considères toujours Prinny comme mon chien, Emma. C'est peut-être moi qui lui ai donné son nom quand il n'était encore qu'un chiot mais c'est toi qu'il voit comme sa maîtresse. C'est sans doute parce que tu es celle qui s'occupe de lui donner à manger.

Il s'agissait là d'une querelle familière entre les deux sœurs. Emma fit un effort pour rassembler tout son calme avant de poursuivre :

— Tu sais bien que Prinny est supposé t'accompagner lors de ces longues randonnées que tu veux absolument faire. Il est là pour te protéger quand tu es toute seule dans la campagne.

— Oh. Et tu as pensé à lui dire tout ça ? lui demanda Meg. Parce que les rares fois où il est venu avec moi, il a passé son temps à chasser les lapins. Je n'ai que faire de lui. Il piétine mes spécimens.

— Des spécimens ? coupa Charles.

— Je m'intéresse beaucoup aux plantes, milord.

— Milady, Mr Stockley est arrivé, lança Lambert.

— Ah, le prétendant, dit Meg en souriant à sa sœur. Il va s'avérer difficile de l'éviter s'il fait lui aussi partie des invités, n'est-ce pas Emma ?

— Le prétendant ? reprit Charles en haussant un sourcil tandis que lady Beatrice allait accueillir son nouvel invité.

Emma aurait volontiers tordu le cou de sa sœur.

— Ce n'est rien, milord. Meg plaisante.

Elle fusilla sa cadette d'un regard annonciateur de fâcheuses représailles, mais Meg n'en tint pas compte.

— Depuis qu'il a emménagé dans la maison de Mr Atworthy, Mr Stockley passe fréquemment, pour ne pas dire constamment, au presbytère. Enfin, il passait... Je regrette de ne plus le voir tous les jours depuis qu'Emma s'est installée ici. Il est très épris d'elle.

— Je vois. Je suis donc ravi que nous l'ayons croisé sur la route hier, ce qui m'a permis de l'inviter à cette fête.

— En effet, ce fut un vrai coup de chance, n'est-ce pas ? Viens, Meg. Je vais t'aider à t'installer dans ta chambre.

Emma attrapa sa sœur par le bras et, d'un pas vif, l'entraîna vers les étages.

— Qu'est-ce qu'il te prend ?

— Comment ça ?

Emma parcourut la chambre de Meg du regard. Elle était un peu plus grande que la sienne.

— Cette cavalcade dans l'escalier. Je suis essoufflée.

— Je t'assure que je ne vois pas de quoi tu parles.

La chambre de Meg donnait sur l'arrière de la demeure. Elle avait donc une vue magnifique sur les jardins et le lac.

— Emma, qu'y a-t-il entre le marquis et toi ?

— Mais rien !

Avait-elle vraiment crié en disant cela ? Non, sûrement pas.

— Pourquoi penses-tu qu'il se passe quelque chose entre lord Knightsdale et moi ? demanda Emma à sa sœur.

— Emma, je n'ai peut-être aucune expérience sociale mais je ne suis pas stupide. Tu es toujours raide comme la justice et en bas, tu donnais l'impression d'être sur des charbons ardents. Tu veux bien m'expliquer ?

— Non. Je veux dire... Il n'y a rien à expliquer. Je ne suis que la gouvernante temporaire.

— Oh ? Et où sont les enfants ?

— Quoi ?

Meg posa ses mains sur ses hanches.

—Les enfants. En général, les gouvernantes s'occupent d'enfants, si je ne m'abuse.

—Oh. Oh, oui. Isabelle et Claire. Tu les connais, Meg.

—Bien sûr que je les connais, ma chère sœur. Mais si tu es leur gouvernante, même temporaire, comment se fait-il que tu ne sois pas en train de t'occuper d'elles ?

—Bien vu. Je dois te laisser maintenant. Bienvenue à Knightsdale.

Emma referma la porte de la chambre sur les rires de Meg.

Ainsi, Stockley avait des vues sur Emma. Pour la première fois, Charles se félicita d'avoir un titre qu'il pourrait balancer à la face de ce godelureau. Il observa le gandin alors qu'il sortait son lorgnon pour examiner une grande urne recouverte d'un motif floral exposée près de la porte. Il alla même jusqu'à en soulever le couvercle pour regarder à l'intérieur.

—Vous avez perdu quelque chose, Stockley ?

Le petit dandy sursauta, faisant vaciller le vase sur son piédestal. Charles retint l'objet de justesse.

—Vous m'avez surpris, milord. J'admirais juste cette pièce magnifique. Savez-vous s'il s'agit d'un Ming ?

—Je n'en ai pas la moindre idée. Vous vous intéressez à la poterie ?

—À l'art, milord. À l'art. Oui, je m'intéresse à tout ce qui a de la valeur : les statues, les peintures, les bijoux…

—Vraiment ?

Charles se demanda s'il devait mettre l'argenterie sous clé. À quoi le père d'Emma pensait-il le jour où il avait laissé ce malotru passer la porte du presbytère ?

Et lui-même, où avait-il eu la tête ? Il avait invité ce quidam à Knightsdale, n'est-ce pas ? Il lui faudrait surveiller Emma. De près. C'était son devoir en tant qu'hôte.

—Charles, les dames de la Société sont arrivées.

— Entendu, ma tante. Je viens tout de suite. (Charles se tourna vers Stockley.) Je vous souhaite le meilleur séjour à Knightsdale. Avez-vous besoin d'aide pour trouver votre chambre ?

— Inutile, milord. Je suis parfaitement capable de trouver mon chemin.

Les lèvres crispées, Stockley s'inclina.

Charles le suivit du regard alors qu'il montait l'escalier.

— Ma tante, vous n'avez pas installé Stockley dans une chambre située près de celle d'Emma, dites-moi ?

— Bien sûr que non, Charles. Me prendriez-vous pour une gourde ? J'ai échangé sa chambre avec celle de Miss Russell ce matin quand nous avons fait descendre Miss Peterson de la nursery. Il séjourne tout au fond de l'aile est. Nous ne voudrions pas qu'il se trompe malencontreusement de porte dans la nuit, n'est-ce pas ?

— En aucun cas.

Charles se tenait près d'une fenêtre dans le bureau, absorbé dans la contemplation des jardins et du lac. Tous les invités étaient arrivés et c'était sans nul doute une assemblée des plus insolites. Soit, la présence de mères en quête de maris pour leurs filles et d'une troupe de gentilshommes célibataires n'avait rien de surprenant. En fait, c'était la participation des dames de la Société dont Emma était également membre qui rendait la liste des invités aussi intéressante. *Ajoutez une larme de cognac et la haute société pourrait bien ne jamais s'en remettre*, pensa-t-il.

— Charles ! Ce sont bien les jumelles Farthington que je viens de voir dans le couloir ?

Charles accorda un sourire à Robbie Hamilton, le comte de Westbrooke, qui venait de se glisser dans le bureau.

— En effet, ce sont bien elles.

— Bonté divine, il me faut un verre. Où ranges-tu le cognac ?

— Il est dans ce coffret… s'il en reste, bien entendu. Veille juste à ce que les jumelles n'en reniflent pas l'odeur.

Robbie marqua un temps, la main sur le bouchon.

— Du cognac ? Les sœurs Farthington ?

Charles éclata de rire avant de lui répondre :

— De pleines tasses à thé. J'ai trouvé tous les membres de la Société pour le Progrès des Femmes, excepté Miss Peterson, complètement imbibés dans le salon. J'ai dû entasser toutes ces dames dans ma voiture pour qu'elles rentrent chez elles.

— Voilà une image particulièrement dérangeante. (Robbie servit deux verres et en tendit un à Charles.) Et mis à part ces vieillardes éméchées, dans quel état as-tu retrouvé les choses, mon ami ?

— Il me semble que tout va bien. (Charles prit une gorgée du liquide ambré en savourant la chaleur qui glissait de sa langue à sa poitrine.) Paul avait fait de bons investissements. Par conséquent, pour autant que je le sache, je dispose de fonds conséquents. J'ai déjà réglé tout ça alors que j'étais encore à Londres.

— C'est un soulagement. Et la propriété en elle-même ?

Charles eut un geste évasif.

— Coles, le responsable du domaine, a l'air de connaître son affaire. Je ne suis arrivé qu'hier et d'autres, euh… affaires, ont monopolisé mon attention. Je me suis promis de lui consacrer un peu de temps demain matin.

Il fronça les sourcils, les yeux plongés dans son verre, auquel il imprimait un léger mouvement circulaire. Il sentit alors le poids de la main de Robbie sur son épaule.

— Tu sais que tu peux compter sur moi si tu en as besoin.

— Je sais, Robbie, répondit Charles en hochant la tête. (Un bref instant, il serra le bras de son ami.) Je sais.

— C'est juste que j'ai un peu plus d'expérience que toi en ce qui concerne la vie dissolue de la noblesse et pour ce qui est d'entretenir ce genre de domaine, bien entendu.

— Bien entendu.

— Et ce Coles ne t'a rien dit de particulier ?

— D'après ce que j'ai compris, Paul a souvent été absent après son mariage avec Cecilia. Coles n'y est pas allé par quatre chemins pour me dire qu'il espérait que je demeure ici un peu plus souvent que lui.

— Cecilia adorait Londres.

— Ou n'importe quel autre domaine que Knightsdale, semblerait-il…

Robbie s'installa dans un fauteuil près du feu.

— L'attention de la haute société lui était indispensable.

— C'est un des éléments. Mais beaucoup d'enfants grandissent en étant uniquement élevés par les domestiques. Je crois pouvoir affirmer que je ne voyais pas mes parents plus de cinq ou six fois par an et j'imagine que tu n'as pas passé beaucoup de temps avec les tiens non plus, n'est-ce pas ?

— Non, en effet.

Charles rejoignit Robbie près du feu avant d'ajouter :

— Je ne voulais pas voir mon père. Tu te souviens de son tempérament ?

Robbie acquiesça.

— Et ta mère ?

Charles soupira.

— Elle n'était pas très différente de Cecilia.

— Et cela t'embêtait ?

Pour autant qu'il m'en souvienne, non. Mais mes nièces… (Charles prit une nouvelle gorgée de cognac.) La plus petite m'appelle « papa Charles ».

— Quoi ? lança un homme depuis l'encadrement de la porte. Tu es père, Charles ? Mes félicitations. Toutefois, il serait plus judicieux de prendre femme avant de commencer à peupler la nursery.

— James ! s'exclama Charles en se levant pour accueillir le duc d'Alvord. Comment va Sarah ?

— Parfaitement bien, je te remercie.

— Je me suis laissé dire qu'elle attend le prochain duc, dit Robbie.

— Ça se pourrait, oui, lui répondit James en souriant.

— Vraiment ? Voilà qui mérite un toast, lança Charles en tendant la bouteille de cognac à James.

— Vérifie juste que la porte est bien fermée, James, intervint Robbie. Charles m'a confié que les jumelles Farthington ont un penchant pour ce nectar.

— C'est vrai ? Je n'aurais jamais imaginé cela. Et était-ce Miss Russell que j'ai aperçue en train d'admirer les statues dans les étages supérieurs ?

— C'est fort possible, répondit Charles. Était-elle accompagnée d'un petit homme ?

Les yeux de James faillirent sortir de leurs orbites.

— Ne me dis pas que Miss Russell a un coquin !

Robbie se mit à rire.

— Si c'est le cas, cette fête s'annonce des plus remarquables. Savais-tu que Charles a fait boire ces dames ?

— Ce n'est pas moi qui ai fait ça, Robbie. Tante Beatrice s'en est chargée. Je n'étais même pas dans la maison quand elles ont débouché le cognac.

— Je vois, déclara Robbie dans un sourire. Non, en fait, je ne vois pas. Qui est ce petit homme qui fait la cour à Miss Russell ?

— Mr Albert Stockley. Et il ne fait pas la cour à Miss Russell. Je l'ai découvert alors qu'il examinait le vase dans le hall d'entrée quand il est arrivé. J'ai donc pensé qu'il s'était peut-être joint à elle pour faire le tour des œuvres d'art de Knightsdale.

— Tu penses que Stockley pourrait être un voleur ?

— Peut-être, répondit Charles d'un air songeur. Cet homme ne me plaît pas.

— Alors pourquoi l'avoir invité ? demanda Robbie avant de marquer une pause. N'est-ce pas le bellâtre qui loue la demeure Atworthy ?

—Si. Tu sais quelque chose à son sujet ?

—Pas vraiment, non. Et toi, James ?

—Non, dit James en souriant. D'autres problèmes ont requis toute mon attention.

—Je veux bien le croire, dit Robbie en levant les yeux au ciel. Ces dames d'Alvord House ont filé à Brighton afin que tu puisses te consacrer corps et âme à, euh… tes problèmes.

—Il fallait bien que je fasse mon devoir en assurant ma descendance. Et tu seras sans doute ravi d'apprendre que tante Gladys, lady Amanda et Lizzie sont toutes rentrées chez elles. D'ailleurs, Lizzie nous rejoindra demain.

—La petite Lizzie va donc se joindre à la meute de jeunes femmes qui vont traquer le jeune marquis ici présent ?

—Je ne pense pas que Lizzie ait des vues sur Charles, Robbie.

—Et je ne m'intéresse à aucune de ces jeunes femmes, ajouta Charles.

—Vraiment ? demanda Robbie. Alors pourquoi avoir rassemblé ce banc de barracudas des salles de bal ? Je t'assure que j'ai vu le regard féroce que s'échangeaient lady Dunlee et Mrs Frampton dans le hall. Si tu n'es pas le célibataire que l'on va leur jeter en pâture, qui le sera ? (Il leva sa main libre comme pour couper court à toute réponse.) Je peux vous assurer que ce ne sera pas moi.

—Eh bien… Il y a peu de chances que ce soit moi, n'est-ce pas ? ajouta James. Et si Charles ne se porte pas volontaire…

—Pas question, surenchérit Robbie. Je suis bien trop jeune pour m'attacher un boulet au pied.

—D'autres célibataires ont été invités, rétorqua Charles. Tu n'as donc rien à craindre.

—Tu penses ? Je n'en suis pas certain. Si ces dames ne peuvent pas se faire les crocs sur un marquis, elles vont sans doute se rabattre sur un simple comte. Je vais devoir demander à mon valet de fouiller soigneusement ma chambre pour en déloger d'éventuelles demoiselles égarées avant d'aller me coucher. Il faudra également que j'évite tous les recoins trop reculés de ta belle propriété. (Robbie prit une nouvelle gorgée d'alcool.) Je ferais peut-être mieux de ne plus quitter ta tante Beatrice d'une semelle. Non seulement elle n'aura aucun mal à mettre en déroute les jeunes filles insistantes, mais j'ai cru comprendre que c'est une vraie boute-en-train quand elle met la main sur une bouteille de cognac.

— Voilà une idée magnifique, enchaîna James. (Il s'enfonça dans son fauteuil.) Toutefois, Charles, je ne comprends pas non plus pourquoi tu as invité tous ces gens si tu n'as pas l'intention de te trouver une épouse. Je suis persuadé que la charmante lady Dunlee et l'adorable Mrs Frampton n'ont pas traîné leurs ravissantes filles à marier jusqu'à Knightsdale uniquement pour leur faire profiter du décor, à moins bien entendu que ce décor serve de toile de fond à la scène où tu passes la bague au doigt de leur progéniture.

— Oui, je comprends bien. Je pensais être encore un parti disponible mais il s'avère que j'ai déjà trouvé l'épouse idéale.

— Ah bon ? Et qui donc est cette merveille ? demanda James.

— Miss Emma Peterson.

— La fille du pasteur ?

— Pas n'importe quelle fille de pasteur, James ! s'esclaffa Robbie. C'est l'Ombre.

— L'Ombre ? demanda James, perplexe. Oh oui, je me souviens. La gamine qui suivait Charles comme un petit chien quand nous étions enfants. C'est bien d'elle dont il s'agit ?

C'est Robbie qui lui répondit en souriant :

— Au cas où tu ne l'aurais pas remarqué – mais quoi de plus normal puisque tu es un homme marié – Miss Peterson n'est plus une petite fille.

— Tiens-toi un peu, Robbie ! s'exclama Charles, surpris de l'exaspération soudaine que lui inspirait le ton légèrement grivois de son ami. Je ne supporterai pas le moindre manque de respect à l'égard de Miss Peterson.

— Ne t'inquiète pas. Je respecte toujours mes aînés.

— Tes aînés ? Allons… Miss Peterson n'a que vingt-six ans.

— Tout comme moi, mon ami. En revanche, du haut de tes trente ans, tu fais figure d'ancêtre. Quant à Miss Peterson, je crois qu'elle est plus âgée que moi de deux mois. Il me semble que nous nous étions disputés sur le sujet quand j'ai eu dix ans.

— Messieurs, ne nous laissons pas aller jusqu'à retourner en enfance, intervint James en levant son verre. Des félicitations s'imposent. Quand penses-tu annoncer tes fiançailles, Charles ?

— Bientôt.

— Durant le bal ? demanda Robbie. Ce serait le moment le plus approprié. Tu pourrais peut-être laisser les autres prétendantes dans l'expectative afin qu'elles ne me tournent pas autour.

— Oui, durant le bal, répondit Charles. (Le bruit du chien de porcelaine se brisant sur la porte de son bureau lui revint en mémoire.) Enfin, j'espère. Il reste encore quelques problèmes à régler.

# Chapitre 5

— Si c'est à ça que ressemble la saison mondaine, je suis bien contente de m'en être passée.

— Meg, parle un peu moins fort, je te prie.

Emma poussa discrètement sa sœur dans le dos pour qu'elle se décide à entrer dans le salon.

Un torrent de conversations les submergea. D'élégantes Londoniennes vêtues de robes en vogue s'entretenaient avec des messieurs portant des jabots sophistiqués sur des vestes noires ajustées. Emma eut l'impression de ne pas être à la page. Elle parcourut l'assistance du regard à la recherche d'un visage connu et trouva lady Beatrice, resplendissante dans une toilette cramoisie parsemée de rubans vert pomme. Elle riait de bon cœur avec Mrs Begley. Le liquide dans leurs verres ressemblait fortement à du cognac.

Où étaient donc les autres membres de la Société pour le Progrès des Femmes ? Emma repéra les jumelles Farthington à l'autre bout de la pièce, plongées dans l'examen attentif d'un tableau représentant une femme entièrement nue et un homme à moitié dévêtu entourés d'un cortège de chérubins grassouillets. De l'index, Miss Esther montra l'épaule dénudée de l'homme à sa sœur avant de lui donner un petit coup de coude dans les côtes. Au moins, aucune de ces deux-là n'était en train de boire. Miss Russell occupait un canapé près de là. Elle non plus ne tenait ni verre ni tasse à thé. Emma ressentit comme une tension s'envoler. Elle ne voulait absolument pas distraire les Londoniens présents par le spectacle navrant d'autochtones avinées.

— Vise-moi un peu ce troupeau de bécasses, lui dit Meg en désignant du menton un groupe de jeunes femmes agglutinées autour de Charles. Ou devrais-je plutôt dire de poules cherchant l'attention du coq ? Heureusement pour lord Knightsdale, il se coupe les cheveux très court. Autrement, ses jolies boucles brunes auraient été mises en déroute par les battements de tous ces faux cils.

Emma acquiesça. Ces filles courtisaient Charles de la manière la plus outrageuse qui soit. Voilà qui risquait de le conforter dans cette haute estime qu'il avait de lui-même. Il fallait tout de même reconnaître qu'il offrait un spectacle saisissant. Si tant est que ce soit possible, il était encore plus beau dans son habit de soirée.

Charles leva la tête. Ses yeux bleus croisèrent ceux d'Emma à travers la pièce et il lui adressa un demi-sourire.

Elle ressentit une chaleur étrange au plus profond d'elle-même.

— Ton plus fervent admirateur vient vers nous, Emma, lui glissa Meg. J'imagine qu'il t'attendait en surveillant la porte.

— Mon plus ferv... Oh.

Mr Stockley semblait glisser entre les autres invités. Elle ne l'avait jamais comparé à un serpent mais, à cet instant, elle fut frappée par la ressemblance qu'il entretenait avec ces animaux. Cela tenait peut-être à son manque total d'expression ou à sa manière discrète, pour ne pas dire furtive, de se déplacer.

Absurdités que tout cela ! Elle n'avait sans aucun doute pas suffisamment dormi la nuit précédente. C'étaient les événements nocturnes survenus dans la nursery qui donnaient matière à ces réflexions bizarres.

— J'ai cru un instant qu'une langue fourchue allait lui sortir de la bouche, murmura Meg. Je pense que je vais aller tenir compagnie à Miss Russell.

Emma eut toutes les peines du monde à ne pas retenir Meg par le bras.

—Miss Peterson, je suis ravi de constater que lord Knightsdale vous a autorisée à participer à notre petite sauterie. Qui donc surveille lady Isabelle et lady Claire?

Emma serra les dents puis répondit:

—Nanny est avec les demoiselles, Mr Stockley.

—Ah, Nanny… Une femme mûre sur laquelle on peut compter. Vous, euh… Vous, Nanny et les petites occupez sans doute des chambres au même étage que la nursery, j'imagine?

C'était bien là le problème: cet homme imaginait trop de choses.

—Je ne vois pas du tout en quoi les détails de mon logement vous intéresseraient, Mr Stockley.

—Je ne voulais pas vous manquer de respect, Miss Peterson, contra Mr Stockley avec un petit sourire suffisant. Je suis persuadé qu'une femme de votre expérience saura prendre grand soin de sa réputation. C'est juste que… Eh bien… Il pourrait vous être préjudiciable de loger au même étage que notre hôte. Vous comprenez… Une femme seule qui n'est pas accompagnée d'un chaperon, cela pourrait engendrer des rumeurs inappropriées. Les gens ont parfois l'esprit tellement retors…

*Effectivement.* Emma connaissait au moins une personne dans ce cas.

—Monsieur, je ne vois pas en quoi ma réputation serait en danger. Lady Beatrice est présente et la maison accueille désormais de nombreux invités. Craindriez-vous que lord Knightsdale puisse défoncer ma porte et me violer sur mon lit?

—Mon cher Westbrooke, le peu que nous savons sur nos amis les plus proches ne cessera jamais de me surprendre. Qui aurait pu croire que Knightsdale soit un amateur de jeunes vierges à déflorer?

Emma, rougissante, fit demi-tour pour se retrouver face au duc d'Alvord flanqué du comte de Westbrooke.

— Votre Grâce, je ne voulais pas sous-entendre que…

— Je suis tout disposé à vous croire, Miss Peterson, dit le duc en lui adressant un sourire qui s'effaça immédiatement quand son regard se posa sur Mr Stockley. Toutefois, j'aimerais savoir ce que votre interlocuteur insinuait, lui.

— Mr Albert Stockley, Votre Grâce. Et je n'insinuais rien, bien entendu. Je me permettais juste de mettre Miss Peterson en garde d'une manière générale, en tant qu'ami.

— En tant qu'ami. Je vois, dit le duc. (Il se tourna alors vers lord Westbrooke.) Corrigez-moi si je me trompe, mon cher, mais il me semble que Miss Peterson est une amie d'enfance de Knightsdale, n'est-ce pas ? On pourrait imaginer qu'il veillera à ce qu'il ne lui arrive rien pendant qu'elle se trouvera sous son toit, non ?

— On pourrait l'imaginer, en effet, répondit lord Westbrooke.

Emma ne put se contenir davantage. Elle avait effectivement été offensée par Mr Stockley, mais elle n'avait pas besoin que ces deux-là prennent sa défense.

— Assez. Je suis certaine que Mr Stockley essayait juste de se montrer courtois. Il est inutile de lui jeter votre pouvoir à la figure.

— Miss Peterson, vous me blessez, lui répondit le duc dont les yeux noisette luisaient de malice. Mon pouvoir est bien trop important pour que je le jette où que ce soit.

— Cela est vrai, renchérit lord Westbrooke dans un sourire. De plus, Alvord n'est plus assez fort pour ce genre d'exercice. Maintenant qu'il est marié, il s'est quelque peu ramolli.

Emma reporta son attention vers Mr Stockley.

— Comme vous l'aurez très certainement compris, je connais sa grâce et lord Westbrooke depuis l'enfance, même si à l'époque ils ne paraissaient pas avoir conscience de mon existence.

*Ce fut d'ailleurs le cas durant de longues années*, se dit-elle. Pourquoi prenaient-ils soudain sa défense ?

— Il était bien normal que nous vous ignorions, Miss Peterson, se défendit le duc. Vous étiez une fille et, à l'époque, nous ne nous intéressions pas le moins du monde aux filles.

— Et c'est à moi que vous devez d'avoir été tolérée, ajouta Charles qui les avait rejoints après s'être débarrassé de son harem. Ces deux vauriens vous auraient volontiers bannie de nos jeux.

Mr Stockley venait d'être adroitement mis à l'écart du groupe. Dans un ensemble parfait, le duc et lord Westbrooke firent un petit pas de côté puis un mouvement vers l'avant et, caché derrière ces deux solides gaillards, Mr Stockley devint invisible. Il ne pouvait plus participer à ces joyeuses retrouvailles. Le cercle venait de se refermer tant physiquement qu'au niveau de la conversation et il restait clairement en dehors. Emma le regarda se dandiner un instant d'un pied sur l'autre avant de faire demi-tour et de s'éloigner.

— Où est votre épouse, Votre Grâce ? demanda-t-elle.

— Elle se repose, répondit le duc dans un sourire si large qu'il avait l'air d'être redevenu un petit garçon. Elle se fatigue rapidement en ce moment.

— Alvord se croit tellement malin d'avoir découvert comment…

— Robbie ! intervint Charles en désignant Emma.

Le regard de lord Westbrooke se posa sur elle et il se tut.

— Je suis certain que vous l'aurez compris, Emma, continua Charles. Le duc et son épouse attendent leur premier enfant.

— C'est une magnifique nouvelle, Votre Grâce, dit Emma, émue de voir cet homme rayonner de bonheur. J'espère vraiment rencontrer votre épouse demain.

Lady Beatrice fit son apparition au côté de son neveu, suivie d'un vieil homme bossu.

— Charles, le dîner va être servi. Monsieur le duc, comme c'est vous qui possédez le titre le plus élevé de cette assemblée, c'est à vous que revient l'honneur d'accompagner lady Augusta.

— Avec plaisir.

— Cela reste à voir, grommela lord Westbrooke. Lady Augusta vous aura achevé par son bavardage incessant avant que vous n'ayez terminé votre soupe de tortue.

Lady Beatrice pointa un doigt chargé de bagues vers lord Westbrooke.

— Quant à vous, milord, vous servirez de cavalier à lady Barworth.

— Non, pas lady Barworth !

Lord Westbrooke leva la main comme pour parer un coup tandis que le duc et Charles tentaient tant bien que mal d'étouffer leurs rires.

— Ayez pitié, je vous en supplie. Je suis bien trop jeune pour subir par le menu chaque détail concernant la goutte et les indigestions.

— Allons, milord. Je suis persuadée que ce ne sera pas si terrible que ça.

— Vous avez raison, ma tante, dit Charles. Il me semble que lady Barworth discute volontiers des maux de ses petits-enfants.

— Et j'ai entendu dire que le plus jeune des Barworth vient d'avoir la rougeole, renchérit le duc. Vous allez bien vous amuser, Westbrooke.

— Bon sang, dit le jeune comte en levant les yeux au ciel.

Lady Beatrice lui lança un regard menaçant avant de poursuivre :

— J'espère que vous saurez vous tenir, milord.

— Bien entendu. Je vous promets de ne pas piquer du nez durant le rapport médical de lady Barworth. Et si je ne parviens pas à tenir Morphée à l'écart durant tout le repas, vous avez ma parole que je ne ronflerai pas, lui répondit lord Westbrooke en souriant. Bon… En tout cas pas bruyamment.

Lady Beatrice grommela avant de se tourner vers Emma.

—Et voici votre escorte, ma chère.

Elle prit le bras du vieil homme et lui cria dans l'oreille :

—Mr Maxwell, voici Miss Peterson ! Vous l'accompagnerez pour aller dîner !

—Quoi ? Ce que j'ai sous le nez ? (Mr Maxwell était tellement courbé que son visage n'était qu'à quelques centimètres de la poitrine d'Emma.) Disons que j'ai souvent vu pire et rarement mieux.

Emma eut juste le temps de faire un pas en arrière pour éviter qu'une goutte de salive ne tombe sur son corsage.

—Maxwell, vous dépassez les bornes ! s'écria Charles, des éclairs dans les yeux.

Mr Maxwell leva la tête vers lui.

—Comment ? Inutile de perdre votre bonne humeur, milord. J'ignorais que vous aviez des vues dessus, dit Mr Maxwell avant de lancer un rire grinçant. Un homme qui ne fait que regarder ne commet pas la moindre offense, si ?

—Venez, Charles, intervint lady Beatrice. Emmenez-moi dîner, je vous prie. Votre Miss Peterson ne risque rien. Le pauvre Mr Maxwell ne peut plus faire grand-chose d'autre que regarder.

Rien dans l'attitude de Mr Maxwell n'indiqua qu'il avait entendu. Toutefois Emma eut l'impression que son visage était encore plus rouge que la robe de lady Beatrice.

—Allons dîner ? proposa Mr Maxwell en s'adressant à ses seins.

—Je ne pense pas que nous ayons le choix, n'est-ce pas ? répondit Emma en repoussant les mains baladeuses de son cavalier.

—Il ne me semble pas avoir vu une robe comme la vôtre cette année, Miss Peterson. Qui est votre modéliste ?

Les yeux exorbités de lady Oldston brillaient de sournoiserie.

—Mrs Croft. Elle a son atelier dans les environs, répondit Emma avec une amabilité forcée.

—Je vois.

Lady Dunlee s'autorisa un sourire discret, assez fugitif pour ne pas creuser ses imposantes bajoues, et poursuivit :

—Avoir recours à un, euh... talent du cru. Comme c'est pittoresque. Je n'ai encore jamais essayé. Cela pourrait peut-être devenir une mode.

—Je ne me souviens pas de vous avoir croisée à Londres, Miss Peterson, ajouta en bâillant la troisième gorgone, Mrs Pelham. Vous avez pourtant dû faire vos débuts dans la bonne société de Londres...

Avec adresse, elle marqua une pause, les sourcils froncés et les narines frémissantes, avant de conclure sa phrase :

—... il y a déjà quelques années ?

—Je suis persuadée n'y avoir vu ni vous ni votre sœur, reprit lady Oldston. Je m'en serais souvenue. Nous venons justement de présenter ma chère Amanda.

La chère Amanda ressemblait au croisement incertain d'un cheval et d'un crapaud, comme sa mère.

—Et j'y ai accompagné lady Caroline, ajouta lady Dunlee en insistant juste ce qu'il fallait sur le titre de sa fille.

Lady Oldston piqua un fard. Elle n'était que l'épouse d'un baronet tandis que lady Dunlee était une comtesse.

Lady Caroline, encore plus ronde que sa mère, échangeait des messes basses avec Miss Oldston près des fenêtres donnant sur le jardin.

—Je trouve que ce cher lord Knightsdale se montre très magnanime en invitant ses voisins, lança Mrs Pelham. N'êtes-vous pas d'accord, Miss Peterson ? Ce doit être une expérience inoubliable pour vous.

Emma ronchonna... en espérant que le résultat audible semble poli. Apparemment, ces dames n'attendaient pas qu'une provinciale comme elle sache apporter une réponse cohérente.

Si elle avait eu ne serait-ce qu'une once d'intelligence, elle se serait éclipsée juste après le dîner comme l'avait fait Meg. Rien n'aurait été plus simple. Il lui aurait suffi de prétexter qu'elle devait s'occuper des filles.

Elle sourit et hocha vaguement la tête à la dernière pique verbale lancée par Mrs Pelham.

Elle n'allait pas se mentir. Elle avait suivi ces dames jusqu'au salon dans l'espoir d'y revoir Charles. Sa stupidité ne connaissait donc aucune limite ?

*Apparemment pas*, se dit-elle en sentant son cœur s'emballer lorsque le marquis entra dans la pièce, cherchant la jeune femme du regard.

Lady Oldston poussa un profond soupir.

— Qu'il est romantique de voir lord Knightsdale chercher ma chère Amanda dès qu'il entre dans une pièce, n'est-ce pas ? À Londres, il a fait preuve de beaucoup d'attentions à son égard cette année. Je n'ai absolument pas été surprise de recevoir cette invitation.

Mrs Pelham éclata de rire.

— Que vous êtes drôle, lady Oldston ! Bien entendu, vous n'êtes pas sans savoir que le marquis ne s'intéresse qu'à ma Lucinda. Loin de moi l'idée de dire qu'Amanda n'est pas un beau parti, mais ma Lucinda… Permettez-moi de vous dire que mon époux a déjà éconduit un comte et un vicomte. (Elle marqua une pause, l'air soudain inquiet.) Nous craignons que Lucinda soit un peu trop jeune pour le mariage mais mon mari pourrait se laisser convaincre par un gentilhomme aussi sérieux et adulte que lord Knightsdale.

— Quoi qu'il en soit, quel dommage pour les orphelines, ajouta lady Dunlee. Quel désagrément. La personne que Knightsdale épousera devra se charger des gamines de son frère.

— Mais c'est justement à cela que servent les gouvernantes. N'est-ce pas, Miss Peterson ? lança Mrs Pelham avec un petit sourire satisfait.

Emma serra les dents. Si seulement le thé avait été servi… L'apparence générale de Mrs Pelham aurait été grandement améliorée si on lui avait retourné une tasse sur la tête.

— Je suis persuadée que lord Knightsdale attend de sa future femme qu'elle traite ses nièces avec gentillesse et considération, déclara-t-elle.

— Ainsi vous savez ce que pense lord Knightsdale, Miss Peterson ? demanda Mrs Pelham. Voilà qui est bien… surprenant.

— Il ne faudrait pas que votre présence en ces lieux vous donne de faux espoirs, ma chère, poursuivit lady Oldston. Je comprends que vous n'ayez pas bénéficié de la présence d'une mère pour vous guider même si, à votre âge avancé, on pourrait s'attendre à ce que… Mais peu importe. Laissez-moi juste vous rappeler une règle essentielle : les marquis n'épousent pas les gouvernantes.

— Voilà qui est fort juste, reprit Mrs Pelham. Si vous envisagez de chercher à vous placer, eh bien…

— Oh, mais vous pourriez parfaitement vous placer, ajouta lady Dunlee dans un gloussement. En tant que bonne amie.

— Le petit béguin que l'on cache à la face du monde, ajouta lady Oldston. La femme à laquelle on offre colliers, bracelets et bagues… mais jamais d'alliance.

— Vous devriez jeter votre dévolu sur quelqu'un qui soit à votre portée, renchérit Mrs Pelham. Quelqu'un comme ce Mr Stockley, par exemple.

— Miss Peterson.

Emma leva les yeux. Lady Beatrice se tenait près du chariot à thé, une tasse à la main.

— Auriez-vous la gentillesse de m'aider à servir, s'il vous plaît ?

—Avec plaisir. (Pour échapper à ces harpies, Emma serait allée lui cueillir du thé en Chine.) Mesdames, si vous voulez bien m'excuser.

—Pourquoi diable vous êtes-vous assise au beau milieu de la fosse aux lionnes ? murmura lady Beatrice quand Emma fut près d'elle.

—Ce sont elles qui se sont assises avec moi. Je n'avais pas prévu qu'elles montreraient une telle férocité.

—De la férocité ? grommela lady Beatrice. Dire qu'elles sont féroces revient à dire de Satan qu'il n'est qu'un vilain garnement. J'imagine qu'elles n'ont pas apprécié que Charles et ses amis Alvord et Westbrooke se soient adressés à vous en particulier avant le dîner. (Elle sourit et se pencha pour s'approcher d'Emma.) Donnez-moi leurs tasses. Je me sens un peu maladroite, ce soir. Un peu de thé chaud renversé malencontreusement dans leurs décolletés pourra peut-être faire fondre leurs cœurs de glace.

Emma lui sourit en retour.

—Soyez prudente, lady Beatrice.

—Toujours. Y en a-t-il une que vous souhaiteriez que je baptise en particulier ?

—Aucune d'entre elles n'a attiré mon attention plus que les autres.

—Ah bon ? Parce que moi, si. Je n'ai jamais vraiment aimé la nuance de jaune que porte Victoria Pelham ce soir. Surtout pas sur elle : elle ressemble à une gigantesque part de tarte au citron. En bonne hôtesse, je vais lui rendre service en lui donnant l'occasion de passer une autre robe.

Emma sourit. Elle ne s'attendait pas vraiment à ce que lady Beatrice mette son plan démentiel à exécution mais, un instant plus tard, Mrs Pelham poussa un hurlement particulièrement déplacé pour une dame de son rang.

—Mrs Pelham aurait-elle dit quelque chose qui a contrarié ma tante ? demanda Charles en prenant une tasse de thé des mains d'Emma.

— C'est plutôt le choix de couleur de Mrs Pelham qui a offensé lady Beatrice.

Leurs regards se posèrent sur le groupe de dames. Lady Beatrice s'était débrouillée pour renverser du thé sur lady Oldston et lady Dunlee en tentant d'essuyer ce qui se trouvait déjà sur la robe de Mrs Pelham.

— Elle a bien raison. Ce jaune est hideux.

Emma eut un petit rire.

Miss Haverford les rejoignit et adressa un grand sourire à Charles.

— Lord Knightsdale, auriez-vous l'obligeance de venir tourner les pages de ma partition ?

— J'en serai ravi, Miss Haverford. Je vous retrouve au piano dans un instant.

— Miss Haverford semble être une jeune femme charmante, dit Emma en faisant de son mieux pour cacher sa jalousie.

Miss Haverford avait dix-sept ans, de ravissantes boucles blondes et des yeux d'un bleu profond. Elle était également la fille d'un vicomte.

— Effectivement... une jeune femme charmante. Tout comme Meg.

Emma sourit.

— Je ne sais pas si on peut dire cela de Meg, même si elle est effectivement jeune, femme, et charmante, cela va de soi. Mais, quand je pense à elle, ce ne sont pas les premiers mots qui me viennent à l'esprit.

— Ah ? Et quels sont les mots qu'elle vous évoque ?

— Je ne sais pas, répondit Emma, l'air un peu perplexe. Intelligente. Résolue. Têtue.

Charles éclata de rire.

— Voilà qui est parlé comme une grande sœur. (Il baissa la voix.) Il faut que je vous parle, Emma. Retrouvez-moi dans le jardin d'hiver quand les dames se seront retirées, voulez-vous ?

— Voilà qui me semble particulièrement inconvenant.

— Je le reconnais. Mais ne vous inquiétez pas. Je veux juste m'entretenir avec vous d'Isabelle et Claire.

— Et cela ne peut pas attendre jusqu'à demain matin ? dit Emma en voyant Miss Haverford s'installer au piano puis faire de grands signes dans leur direction. Miss Haverford semble s'impatienter.

— Vous avez raison. (De la main, Charles lui signifia qu'il arrivait.) Mais cela ne peut pas attendre demain. Promettez-moi de venir.

Emma réfléchit un court instant.

— Entendu.

Emma attendait dans la pénombre du jardin d'hiver en humant la senteur humide et tiède de terre et de plantes. La végétation épaisse assourdissait les sons, offrant ainsi une impression d'intimité.

C'était de la folie. Elle aurait dû être dans sa chambre, pas ici.

Elle entendit un pas dans l'allée et se dissimula un peu plus entre les plantes. Et si quelqu'un la surprenait ? Comment pourrait-elle expliquer ce qu'elle faisait là, parmi les feuillages ?

La voix grave et masculine de Charles retentit dans l'ombre :

— Emma ?

— Oui ?

— Bien.

Il lui prit alors la main et l'entraîna vers les ténèbres les plus profondes du jardin d'hiver.

— Milord, je pensais que nous devions parler de vos nièces.

— Chut. Nous allons le faire mais dans un instant, chuchota-t-il. Je n'ai pas envie que l'une de ces jeunes filles ou l'une de leurs mères ne me retrouve.

Emma baissa la voix à son tour.

— Je pensais qu'elles étaient toutes parties se coucher.

— Normalement, c'est le cas. Mais un homme n'est jamais trop prudent.

Charles passa sous les branches d'un grand arbre en pot.

— Nous devrions être tranquilles ici.

Il ne lui avait pas lâché la main. Quand elle tira légèrement de son côté, il resserra sa prise afin d'amener la jeune femme tout près de lui.

Se retrouver aux côtés de Charles, dans la pénombre baignée par la lune et cachés sous les feuilles était une expérience follement intime. Emma sentait les parfums du savon et de la peau du marquis mêlés aux effluves lourds du terreau et des fleurs.

— Tout ceci est un peu déplacé, milord.

— Hum... Rien qu'un peu, Miss Peterson. Et certainement pas aussi déplacé que je le souhaiterais.

Son cerveau lui hurlait qu'il fallait qu'elle reparte mais son corps semblait décidé à désobéir.

— De quoi souhaitiez-vous que nous parlions, milord ?

— Charles.

— Milord.

Il esquissa un sourire. Sa bouche n'était qu'à quelques centimètres de celle de la jeune femme.

— Emma, si vous persistez à me servir du « milord », il faudra que je vous persuade à nouveau d'utiliser mon prénom. Vous souvenez-vous comment j'y suis parvenu hier dans la voiture ?

Comment aurait-elle pu oublier ? Tout son corps, de ses orteils jusqu'à la pointe des tristes boucles qui lui faisaient office de chevelure, frémissait de honte à la pensée des lèvres de Charles sur les siennes.

— Alors ce sera Charles. Vous vouliez parler d'Isabelle et Claire.

— Hum.

Du bout du doigt, il suivit lentement le dessin de ses lèvres. Sa peau était légèrement rêche, sèche et chaude. Emma ressentit un léger picotement, puis des frissons dans tout le corps. Elle se dégagea et recula.

— Vous souhaitiez parler de vos nièces, lord Knightsdale.

Il lui sourit.

— Eh bien… En effet. Mais je souhaitais également vous embrasser, Emma. J'ai adoré cette sensation hier. Pas vous ?

Il était hors de question qu'elle réponde à cette question.

— Vos nièces, donc ?

Charles soupira.

— Je voulais juste vous proposer que nous les emmenions pêcher demain matin. Nous pourrions nous rendre jusqu'au ruisseau et revenir avant que les invités ne soient réveillés. Je suis sûr que cela plaira à Isabelle et Claire. Quant à moi, cela me permettrait de profiter un peu d'elles avant de voir mon régisseur puis de devoir redevenir l'hôte idéal.

— Ce serait formidable, approuva Emma en souriant.

Si Charles passait du temps avec les filles, qu'il apprenait à les connaître et à les apprécier, il serait moins enclin à les abandonner. Elles avaient besoin qu'il fasse partie de leur vie.

— Je suis persuadée qu'elles vont beaucoup aimer cela, poursuivit-elle. Je ne pense pas qu'elles soient jamais allées à la pêche.

— Ah bon ? C'est bien dommage.

— Mais vous n'avez pas besoin que je vous accompagne.

— Bien au contraire, Emma. Je pense que les petites seront plus détendues si vous venez avec elles. Elles me connaissent à peine, lui rappela-t-il avec un petit sourire en coin. Moi-même je serai plus détendu si vous êtes là. Je ne suis pas un expert quand il s'agit de distraire des petites filles, vous savez.

*Tu en étais pourtant un, jadis,* se dit Emma. *À l'époque, tu savais parfaitement comment faire pour que tout le monde se sente bien. C'est sans doute toujours le cas.* Malgré cela, elle comprenait parfaitement que, sans elle, Charles et les fillettes ne se sentiraient pas à l'aise. Et pour être tout à fait honnête, l'idée d'aller se promener dans la quiétude du petit matin avec Charles, Isabelle et Claire était particulièrement tentante.

Elle n'avait aucune envie de chercher à comprendre pourquoi…

— Très bien, milord. À quelle heure et où souhaitez-vous que nous vous retrouvions ?

— Je viendrais gratter à votre porte. Allons… Ne me regardez pas ainsi. Personne ne me verra. Par conséquent, personne n'y trouvera à redire.

— Et les serviteurs ?

— Je n'entrerai pas dans votre chambre, Emma. Je m'adresserai même à vous sans que vous ayez à ouvrir votre porte s'il n'y a que ça pour satisfaire votre besoin d'intimité.

— Très bien.

Elle ne voyait absolument rien de déplacé dans cette façon de faire. Elle était la gouvernante d'Isabelle et Claire à titre provisoire mais aussi une vieille fille de vingt-six ans.

— Je pense donc qu'il serait temps que je me retire, lord Knightsdale. Je dois me lever tôt demain matin.

Dans l'obscurité, Emma discerna un éclat fugitif de lumière se refléter sur les dents de Charles.

— Avez-vous toujours horreur des araignées, Emma ?

— Les araignées ?

Emma tressaillit et prit soin de baisser la voix. Si quelqu'un d'autre s'était trouvé aux alentours, il ou elle aurait pu entendre son petit cri stupéfait. Elle pouvait parfaitement composer avec les vers, les scarabées ou tout autre insecte en général mais elle n'avait jamais réussi à maîtriser son dégoût des araignées.

— Comment ça, des araignées ?

— L'un des soucis quand on se donne rendez-vous dans un jardin, c'est de parfois devoir servir d'hôte – ou en l'occurrence d'hôtesse – à une invitée indésirable. Permettez-moi.

Charles retira une grosse araignée noire du haut de la robe d'Emma. Elle sursauta quand elle la vit. Cette réaction n'eut rien à voir avec le fait que Charles ait frôlé le haut de ses seins, bien entendu. Par chance, elle portait une robe qui la recouvrait jusqu'en haut du cou. Aucune araignée ni aucune main n'aurait pu s'y égarer.

Et pourtant, jamais auparavant sa peur des araignées ne lui avait procuré les fourmillements étranges qu'elle ressentait à présent.

Charles tenait l'ignoble créature devant elle.

— Devrais-je laisser tomber cette bestiole dans votre dos ? demanda-t-il en riant. Je me souviens comme vous aviez crié et le bond que vous aviez fait le jour où Robbie vous en avait posé une dans le dos alors que nous étions enfants.

— Je vous en supplie, débarrassez-vous en.

Emma s'éloigna sans quitter du regard la main de Charles. Elle n'aimait vraiment pas les araignées.

— Bien entendu, ma chérie.

Il lança la bestiole vers les buissons avant de revenir se placer derrière la jeune femme et de lui passer les bras autour de la taille, la serrant tout contre lui. Elle sentit son souffle chaud lui caresser le cou.

— Voulez-vous que je vous examine pour m'assurer qu'aucune autre vilaine bête ne tente d'élire domicile sur votre corps ?

— Je n'ai peur que des araignées, murmura Emma, à peine capable d'articuler.

La main droite de Charles se déplaçait sur sa jupe. Heureusement, elle ne s'arrêta pas sur l'endroit qui, soudain, et à la grande honte d'Emma, était devenu brûlant. Ses genoux se dérobaient sous elle mais le bras gauche de Charles la maintenait debout, plaquée contre son corps.

Le souffle court, elle sentit les mains du marquis remonter le long de son corset, ses paumes épouser la courbe de ses seins tandis que ses doigts couraient le long de ses courbes.

Ses tétons pointèrent jusqu'à en devenir presque douloureux.

Elle savait qu'elle aurait dû mourir de honte en voyant… ou plutôt en sentant une main d'homme posée sur sa robe de la sorte. Mais la chaleur qu'elle ressentait n'avait rien à voir avec la honte. Elle n'éprouvait plus qu'une seule chose : l'envie – ou plutôt le besoin – de sentir ces mêmes mains sur sa peau nue.

Elle ne put retenir un gémissement.

Il la retourna et elle se pressa contre lui, s'accrochant tant bien que mal à ses épaules. Il était sublime... dur et sublime. Un curieux renflement appuyait sur le ventre d'Emma et elle s'y frotta doucement. Si seulement cette protubérance s'était située plus bas. Si seulement elle s'était trouvée contre cette zone qui l'agaçait tellement.

— Mon Dieu, Emma.

Charles posa une main sur ses fesses et l'attira encore plus étroitement contre lui. Puis, de l'autre, il lui caressa la joue, faisant jouer son index à un endroit très sensible juste au-dessous de l'oreille tandis que, du pouce, il lui effleurait les lèvres. Emma entrouvrit la bouche avec un soupir, désireuse de sentir son contact.

Sans la faire plus attendre, Charles l'embrassa doucement, la taquinant et la mordillant légèrement. C'en était exaspérant. Elle en voulait davantage : plus de pression, plus de mouvement, plus de... quoi que ce soit. Elle gémit à nouveau.

Soudain, ce souhait qu'elle n'était plus en mesure de formuler fut exaussé. Emma sentit la langue de Charles s'introduire dans sa bouche, comme la veille. Il lui pressa les fesses des deux mains avant de remonter sur sa taille pour effleurer le côté de ses seins. Là, il marqua une courte halte avant de lui caresser le dos puis d'aller plonger les doigts dans sa chevelure.

Elle avait également besoin de le toucher, mais son manteau l'en empêchait. Elle glissa donc ses mains sous les pans de l'habit pour tomber sur son gilet, puis les passa dans son dos et s'égara vers le haut de son pantalon. Elle en profita pour explorer les courbes musclées qu'elle y trouva.

— Ma chérie, murmura-t-il d'une voix tremblante. C'est formidable mais je crois que nous ferions mieux de nous arrêter.

Je ne pense pas que le sol du jardin d'hiver puisse faire office de lit.

— Que dites-vous ?

Emma avait du mal à réfléchir. Tout ce qu'elle voulait, c'était ressentir, palper les rondeurs de son…

Aussitôt elle retira sa main comme si elle venait de se brûler. Qu'est-ce qui lui avait pris ? Elle repoussa Charles.

— Je…

— Chut, lui intima Charles en lui posant un doigt sur les lèvres.

— Mais… J'avais les mains sur… Je touchais votre… (Emma tenta de retrouver son calme.) Je suis désolée, milord, pour mon extrême… euh… (Elle ne parvenait pas à trouver les mots pour décrire ce qu'elle venait de faire.) Je suis vraiment désolée, lord Knightsdale.

Charles rit de bon cœur.

— Il n'y a vraiment pas de quoi, Miss Peterson. J'étais absolument ravi de sentir vos mains sur mon…

Contrite, Emma l'arrêta d'un grognement.

— Et si vous vous souvenez bien, j'avais moi-même les mains sur votre charmant…

— Ne dites rien !

Charles gloussa.

— Très bien. Je ne le nommerai pas… cette fois-ci. Mais sachez que je me suis délecté de chaque minute de cet intermède, aussi bien de ce que vous m'avez fait que de ce que je vous ai fait. D'ailleurs, j'entends bien réitérer l'expérience, mais sans la présence inopportune de ces vêtements et dans le décor bien plus approprié de ma chambre à coucher.

— Lord Knightsdale !

— Emma, je vous en prie… C'est « Charles ». Chaque fois que vous m'appelez Knightsdale, j'ai l'impression que, si je me retourne, mon frère sera là, à me regarder. Et reconnaissez qu'il s'agit d'une impression plutôt dérangeante quand on pense à l'intimité des instants que nous venons de vivre.

— Oh, euh… Oui, je vois.

En fait, Emma ne voyait pas grand-chose d'autre qu'elle-même, nue dans le lit de Charles. Et lui près d'elle, également nu comme au jour de sa naissance. Sauf qu'il n'avait en l'occurrence rien d'un nouveau-né. Grands dieux, non ! L'imagination de la jeune femme ne lui permettait pas de visualiser cette image dans ses moindres détails mais ce qu'elle avait entraperçu quand il s'était précipité pour chasser le fantôme de Nanny lui suffisait pour en dessiner les grandes lignes. Ses épaules. Les muscles de ses bras. Les poils qui recouvraient sa poitrine. Ses jambes puissantes. Ses hanches…

Elle voulait sentir sa peau contre la sienne. Elle voulait laisser ses doigts courir le long de l'excroissance ferme qui se trouvait dans son pantalon. Elle voulait voir ce qui créait ce renflement fascinant contre lequel elle avait frotté son ventre.

Elle eut soudain peur d'être en train de haleter. Elle déglutit et se redonna de la contenance en tâchant d'écouter ce que disait Charles.

— Vous souvenez-vous que je vous ai demandé de m'épouser ? Vous avez décliné mon offre. En tout cas, c'est ainsi que j'ai interprété votre geste quand vous m'avez lancé ce chien en porcelaine à la figure. Croyez-vous que vous pourriez reconsidérer votre réponse maintenant ?

— Non.

Emma n'était pas en mesure de reconsidérer quoi que ce soit. Tout son corps semblait brûler et frissonner et… elle n'était plus capable de construire le moindre raisonnement rationnel.

— Non, je, euh… Non. Je pense que je vais me retirer. Dans ma chambre. Seule.

Charles posa la main d'Emma sur son avant-bras et l'escorta ainsi pour ressortir du jardin d'hiver. Elle avait clairement l'air de s'être livrée à quelques activités intéressantes dans les fourrés. Toutefois, il ne craignait nullement que la chevelure en désordre de la jeune femme soit remarquée par qui que ce soit. En effet, à cette heure avancée, tout le monde s'était retiré pour la nuit.

De plus, si quelqu'un l'avait vue, cela aurait fait l'affaire du marquis. La vertu de la jeune femme aurait alors pu être mise en doute et elle aurait sans aucun doute été plus disposée à l'épouser. Dorénavant, peu lui importait de quelle manière Emma se retrouverait dans son lit. Tout ce qui l'intéressait, c'était qu'elle s'y retrouve le plus tôt possible.

Bon sang, il n'avait jamais été aussi proche de perdre tout contrôle que quelques instants auparavant. S'il s'était trouvé un canapé confortable dans ce jardin d'hiver, il aurait sans doute été incapable de se retenir, surtout qu'Emma n'avait pas fait le moindre effort pour mettre un terme à leurs activités nocturnes.

Il la regarda alors qu'ils montaient l'escalier. Menton haut, regard obstinément braqué devant elle, elle l'ignorait avec détermination. Elle semblait si froide, si détachée alors qu'elle s'était montrée si empressée quelques minutes plus tôt. Il se mordit la lèvre pour retenir un soupir alors qu'il repensait à son corps magnifique contre le sien. Grands dieux, quand il avait senti ses mains sur son pantalon…

Tout ce qu'il avait voulu, c'était qu'ils discutent de leur petite excursion du lendemain matin.

Mais bien sûr…

Ils atteignirent l'étage où se trouvaient leurs chambres.

— Bonne nuit, lord Knightsdale, dit Emma en s'adressant à sa cravate.

— Je vous raccompagne jusqu'à votre chambre.

Le regard d'Emma se posa un court instant sur son visage puis redescendit pour reprendre l'observation minutieuse de ses vêtements.

— Ce ne sera pas nécessaire, milord.

Elle allait s'éloigner quand Charles posa sa main sur la sienne.

— Faites-moi plaisir.

Ses yeux croisèrent à nouveau les siens. Il saisit au vol la peur panique qui s'y reflétait.

— Allons, Miss Peterson. Je ne vais pas vous violer.

— Je ne pense pas… Bien sûr que non… Si je vous ai donné l'impression de croire cela, veuillez m'en excuser.

— Oh, taisez-vous. Vous ne direz que des bêtises. Je comprends que vous ressentiez une certaine appréhension après ce qui s'est passé ce soir mais j'espère que vous savez que jamais je ne vous forcerais à faire quoi que ce soit.

— J'en suis convaincue.

— De plus, on ne peut pas dire que vous ayez tenté de me décourager dans le jardin d'hiver, ma chérie.

Emma lâcha un petit son étouffé et elle cessa de lutter pour soustraire ses doigts à la prise de Charles.

Il souriait alors qu'ils empruntaient le long couloir. Non, l'idée de la retrouver dans le jardin d'hiver avait été imbécile. Il avait réfléchi avec autre chose que sa tête, sans doute cette chose qui à cet instant précis semblait palpiter de frustration. Il envisagea d'aller se plonger dans l'eau froide du lac dès qu'il aurait souhaité bonne nuit à Emma.

Alors qu'ils arrivaient devant sa porte, il songea à l'embrasser de nouveau. S'il devait aller nager ensuite, il pouvait se permettre de laisser sa température corporelle monter un peu plus. Quel dommage qu'elle ne portât point un vêtement plus pratique. Cette robe l'emprisonnait jusqu'au cou. Il commença à imaginer une toilette avec un décolleté plus bas, quelque chose qui affleurerait à peine le haut de ses seins. Voilà qui serait infiniment plus attrayant. Il ne lui faudrait alors qu'un instant pour écarter le tissu…

— Milord ?

— Mm-oui ?

Était-il sur le point de la convaincre de l'épouser ? La porte de sa chambre à coucher se trouvait juste derrière elle. C'était le moment idéal. Ils pourraient ensuite célébrer leurs fiançailles avec faste dans le lit de la jeune femme. Il ne serait alors plus question pour lui d'aller piquer une tête dans un lac glacial, mais plutôt de plonger son membre le plus ardent dans une exquise chaleur…

— Milord…

… et ce à plusieurs reprises. Une seule fois ne suffirait pas à calmer ses ardeurs. Toutefois, la jeune femme était vierge… Il tendit la main pour lui caresser la joue.

Elle la repoussa d'un geste déterminé.

— Lord Knightsdale, écoutez-moi ! s'écria-t-elle en lui secouant vivement le bras. Vous ne sentez pas comme de la fumée ?

Charles prit alors une profonde inspiration. L'odeur âcre du tissu enflammé chassa toute pensée lubrique de son esprit. Quelque chose d'autre que lui brûlait dans cette maison.

# Chapitre 6

Charles s'assit sur son lit, les yeux rivés sur la porte reliant la chambre du marquis à celle de la marquise. En l'occurrence, c'était là qu'on avait installé Emma.

Ils avaient eu beaucoup de chance. L'une des domestiques avait certainement oublié une bougie allumée dans la chambre d'Emma. La chandelle s'était renversée et avait mis le feu au lit. L'incendie ne s'était pas encore propagé lorsqu'ils étaient entrés et Charles n'avait eu aucun mal à l'éteindre avec le pichet d'eau posé près de la bassine du cabinet de toilette. Il n'avait même pas réveillé la maisonnée. Toutefois, la chambre était désormais inhabitable. Il avait alors proposé à Emma le seul lit encore vacant : celui de la marquise.

La porte entre les deux pièces n'était pas verrouillée, car il n'avait pas réussi à trouver la clé. Il pouvait donc entrer dans la chambre d'Emma à n'importe quel moment : quand elle dormait, s'habillait ou prenait un bain. Elle pouvait également entrer dans la sienne, mais il avait appris à ne pas croire aux miracles.

Il se massa le front. Il n'avait pas bien dormi et, malheureusement, ce n'était pas dû à quelque rêve coquin dont Emma aurait été l'héroïne.

Comment avait-on pu laisser une bougie allumée sans surveillance ? Il faudrait qu'il demande à Mrs Lambert d'en toucher deux mots aux femmes de chambre. Une telle désinvolture pouvait s'avérer très dangereuse.

Il soupira et sortit de son lit. L'air vivifiant du petit matin tonifia son corps nu.

Il ne croyait pas à une négligence de la part d'une domestique. En fait, il craignait une autre possibilité.

Et si la bougie n'était pas sans surveillance ?

Il enfila sa culotte. Il avait examiné le problème sous tous ses angles et revenait toujours à la même conclusion : quelqu'un se trouvait dans la chambre d'Emma juste avant que l'incendie se déclare. Il n'y avait pas d'autre explication au fait que la bougie ait été renversée sans que la pièce en entier soit devenue la proie des flammes. Il n'aurait fallu qu'un instant au feu pour se propager du lit au tapis, puis aux rideaux. Il avait vu des flammes détruire des maisons entières en quelques minutes durant la guerre.

Bon sang ! Alors qu'il se trouvait dans le couloir à rêver au corps d'Emma, quelqu'un était dans sa chambre, de l'autre côté de la porte. Cette personne avait dû les entendre et partir en reversant la bougie dans sa précipitation.

Mais comment l'intrus avait-il pu sortir de la pièce ? Cette chambre n'avait qu'une porte, et Emma et lui se tenaient devant.

Charles se passa une main dans les cheveux. Et surtout, que se serait-il passé s'il n'avait pas retenu Emma à l'extérieur et si elle s'était retrouvée dans son lit ?

Il prit une profonde inspiration et enfila sa chemise. Qui ? Pourquoi ? Comment ? Voilà qui faisait trop de questions. Mais, au moins, Emma était désormais proche de lui. Il suffirait qu'elle crie pour qu'il la rejoigne en un instant.

Il gratta à la porte mitoyenne.

Pas de réponse.

Il hésita au moins cinq secondes avant d'ouvrir la porte. L'obscurité régnait dans la chambre. Il avança sans bruit jusqu'au lit. Emma était là, sa chevelure soyeuse étalée sur son oreiller et la couverture remontée jusqu'au menton. Elle souriait, comme si elle se trouvait au beau milieu d'un rêve agréable. Il n'avait aucune envie de la réveiller mais, s'ils tardaient, le poisson aurait disparu – ce qui ne serait hélas pas le cas de ses invités.

Devait-il la réveiller d'un baiser ? Non, il pourrait dire adieu à leur excursion s'il faisait ça.

Emma. Il souleva doucement une mèche de cheveux et s'en servit pour lui chatouiller le nez.

Elle grommela légèrement et se retourna.

—Emma, ma chérie, il est l'heure de se lever. Il posa une main sur son épaule et la secoua légèrement.

—Que… (Elle ouvrit les yeux.) Ah ! cria-t-elle en tirant la couverture pour s'en recouvrir la tête.

Il la redescendit jusqu'à son menton.

—Souvenez-vous, petite paresseuse… Nous devons emmener Isabelle et Claire à la pêche ce matin.

—Il est si tôt. Et vous ne devriez pas vous trouver dans ma chambre.

—Je sais qu'il est tôt, mais nous ne devons pas tarder si nous voulons attraper du poisson. Il faut vous lever. Habillez-vous et allez chercher les petites, je m'occupe du matériel de pêche. Retrouvons-nous près du pavillon d'été, d'accord ?

Emma ronchonna.

—Si je vous laisse, allez-vous vous rendormir ? demanda-t-il en souriant. Faudrait-il que je tire complètement la couverture pour vous chatouiller les pieds ?

—Non, non. (Elle le regarda en fronçant les sourcils.) Je suis éveillée. Maintenant, veuillez partir.

—Vous êtes sûre ? Si vous me laissez attendre seul, dehors dans le froid, je reviendrai ici avec un seau plein de l'eau du lac et je vous le lancerai à la figure.

—Je serai là. Maintenant, laissez-moi.

Emma eut l'impression que le rire profond de Charles résonnait au creux de son estomac. Enfin… Peut-être pas tout à fait son estomac, et il ne lui sembla pas que la faim étrange qu'elle ressentait ait quoi que ce soit à voir avec le fait de manger. Mais cela avait clairement tout à voir avec Charles. Elle était certaine que lui seul pouvait satisfaire ce manque qui lui tenaillait le… bas-ventre, à condition qu'elle le laisse faire.

Elle attendit qu'il ait refermé sa porte pour sortir du lit. Qu'allait-elle faire ? Elle s'était réveillée plusieurs fois au cours de la nuit, emmêlée dans ses draps en bataille, alors que certaines parties spécifiques de son corps la démangeaient atrocement et que sa peau était brûlante. Elle avait désespérément envie que Charles la touche. Elle ne souhaitait qu'une seule chose : se retrouver à nouveau avec lui dans le jardin d'hiver et refaire tout ce qu'ils y avaient fait, voire plus.

Ce désir… Était-ce cela qu'on appelait de la luxure ? Elle s'était imaginé que seuls les hommes pouvaient succomber à cette maladie mais il semblait bien que Charles l'ait infectée. Elle grommela. Charles avait assuré à Mr Stockley qu'elle était totalement à l'abri de ses instincts bestiaux. Mais peut-être était-ce Charles qui se trouvait en danger ?

Et le fait d'avoir été installé ici, dans la chambre de la marquise, n'arrangeait rien à l'affaire. C'était une pièce splendide et spacieuse où trônait un lit splendide et spacieux et qui possédait également une splendide porte donnant sur la chambre du marquis. Elle pouvait donc rejoindre Charles dès qu'elle en aurait envie.

Il fallait qu'elle arrête ! Debout devant la bassine du cabinet de toilette, elle se passa de l'eau sur le visage. Le froid calma un peu sa peau brûlante. Il fallait qu'elle s'habille avant d'aller réveiller les petites et sortir Prinny. Elle n'avait pas à craindre que Charles insiste pour reprendre les activités de la veille au soir. Les deux fillettes feraient de parfaits chaperons. Et de son côté, elle allait veiller à contrôler ses instincts animaux.

Elle passa sa plus vieille robe et rassembla rapidement les quelques mèches de cheveux qui lui tombaient devant le visage avant de les coiffer en chignon. Une pelisse à la couleur indéfinissable ainsi que le bonnet qu'elle avait envisagé de donner à Mrs Russell pour qu'elle l'installe sur la tête de son épouvantail complétèrent le tableau.

Emma sortit dans le couloir et prit la direction de la chambre des filles. Elle devait s'empêcher de penser à Charles – non, à lord Knightsdale – autrement qu'en tant qu'employeur temporaire. Il ne fallait pas qu'elle s'imagine pouvoir obtenir un poste plus définitif au sein de cette maison. Il ne l'aimait pas. Il trouvait juste bien pratique d'épouser une gouvernante doublée d'une poulinière qu'il pourrait installer dans sa propriété pour l'y abandonner la plupart du temps. Mais, malgré ses vingt-six ans, Emma n'était pas si désespérée que ça. De plus, l'obtention d'un titre de noblesse ne l'intéressait pas le moins du monde. Elle laissait volontiers à toutes ces jeunes femmes de Londres le soin de se crêper le chignon pour obtenir les faveurs du marquis.

Il était peut-être temps pour elle de découvrir comment embrassait Mr Stockley.

—Je ne suis jamais allée à la pêche avant, papa Charles !

Emma s'amusa de voir Claire se précipiter vers Charles. Celui-ci accueillit la petite fille avec un grand sourire et, à cet instant précis, la jeune femme eut l'impression qu'on lui arrachait le cœur. Claire voulait tant trouver un père, pas seulement quelqu'un qu'elle pourrait appeler « papa » mais un homme qui ferait partie de sa vie. Charles serait-il capable de tenir ce rôle ?

Pas s'il avait comme projet de vivre essentiellement à Londres et de ne revenir que pour planter sa petite graine.

Les sentiments étranges que cette image éveillait en elle firent rougir Emma. Elle ne savait pas encore avec précision comment on faisait les enfants mais elle se doutait bien que le processus était lié aux activités auxquelles elle s'était livrée avec Charles dans le jardin d'hiver.

Au bout de sa laisse, Prinny fit un bond en avant pour rejoindre Charles, et faillit déboîter l'épaule d'Emma au passage.

— Cette laisse est-elle bien nécessaire ? demanda Charles.

— Si je veux éviter de le perdre, oui. Une fois qu'il s'est un peu dépensé, je peux le libérer mais, si je le fais maintenant, il se mettra à courir après le premier écureuil venu et nous ne le reverrons plus jamais.

— Alors laissez-moi le prendre. Les filles, voulez-vous porter vos cannes à pêche afin que je puisse aider Miss Peterson ?

— Bien entendu, oncle Charles.

— Oh oui, papa Charles. Je n'ai encore jamais eu de canne à pêche.

— Eh bien en voilà une.

Charles distribua les cannes avant de prendre l'anse du panier destiné à recevoir leurs prises de la main gauche puis de s'emparer de la laisse de Prinny.

— Vous savez, Miss Peterson et moi-même allions à la pêche quand nous étions enfants. J'étais alors un peu plus âgé que vous, Isabelle, et Miss Peterson devait avoir six ans quand nous sommes allés pêcher précisément à cet endroit.

Claire s'approcha pour marcher à ses côtés.

— Ah bon ? Et vous avez attrapé du poisson, papa Charles ? Oui, mais Miss Peterson est revenue bredouille. (Il éclata de rire.) En fait, elle est tombée à l'eau. J'ai dû la repêcher.

— Si je me souviens bien, quelqu'un m'avait poussée, milord.

— Oh, on n'a jamais vraiment su, n'est-ce pas ? Robbie a toujours affirmé que vous aviez trébuché.

— Effectivement. Sur son pied à lui !

Ils pénétrèrent dans la forêt en suivant un sentier étroit. Sous les arbres, l'air était froid et humide. Un roitelet gazouilla depuis les branches les plus hautes. Emma respira à pleins poumons l'odeur vive et fraîche des pins ainsi que celle, plus douce, des feuilles mortes. Elle entendait déjà le ruisseau qui bouillonnait parmi les pierres.

Durant son enfance, elle avait passé tant d'heures dans ces bois, à suivre l'homme qui, à cet instant précis, riait de ce que venait de dire Claire. Même Isabelle s'était rapprochée de lui.

N'étant que le fils cadet, Charles Draysmith n'avait jusqu'à présent porté qu'un titre d'apparat dont, à la connaissance d'Emma, il ne s'était jamais servi. Pourtant, il était mille fois plus charmant que son père et son frère réunis. Tout le monde aimait Charles : les employés de ferme, les commerçants, les enfants du village… la petite Emma Peterson.

Il l'avait autorisée à devenir lady Marianne quand ils jouaient à Robin des Bois. Ou encore Guenièvre qui, si elle ne faisait pas partie des chevaliers de la Table ronde, tenait un rôle essentiel dans leur légende. Le duc d'Alvord et le comte de Westbrooke – à l'époque où ils n'étaient que le marquis de Walthingham et le vicomte Manders – toléraient la présence de la fillette uniquement pour ne pas déplaire à Charles. La plupart du temps, ils se comportaient avec elle comme si elle était invisible, sauf quand Robbie avait décidé de se quereller avec elle. Charles avait dû mettre fin à plus d'une dispute entre eux, et l'avait effectivement sortie de l'eau le jour où elle avait « trébuché » sur le pied de Robbie.

— Je crois que nous avons trouvé un bon coin. Qu'en pensez-vous, lady Claire ?

Charles posa le panier tandis que Claire courait jusqu'au bord de l'eau.

— Je ne vois aucun poisson, papa Charles.

— C'est bien normal ! Les poissons sont des créatures craintives. Ils ne veulent pas qu'on les attrape.

— Car sinon, ils vont nous servir de petit déjeuner ! s'écria Claire en tapant dans ses mains tout en sautillant sur place. Pourra-t-on avoir du poisson pour le petit déjeuner ?

— Peut-être. À condition que nous en attrapions.

Prinny repéra un écureuil et se mit à aboyer furieusement.

— Et à condition que ce chien ne les fasse pas fuir, bien sûr. Miss Peterson, pourriez-vous vous occuper de Prinny pendant que je prépare le matériel des filles ?

Emma emmena Prinny un peu plus loin. Il poussa encore quelques aboiements de protestation avant de trouver quelque chose à renifler au pied d'un bouleau.

— Voulez-vous que j'installe un appât sur votre ligne, Isabelle ?

— Oui, s'il vous plaît, oncle Charles.

Claire s'appuya contre la jambe de Charles et le regarda s'emparer de la ligne d'Isabelle.

— Beurk ! dit-elle en fronçant le nez. Un ver.

— Voulez-vous le voir de plus près ?

D'un geste rapide, Charles amena la petite créature qui se tortillait à quelques centimètres du visage de Claire. Celle-ci poussa un hurlement avant de reculer en gigotant et en poussant de petits rires nerveux.

— Non, papa Charles ! Les vers, c'est dégoûtant.

— Vous ne voulez donc pas poser vous-même l'appât sur votre ligne ? Je vais vous montrer comment faire.

— Vous pouvez me montrer, oncle Charles, intervint Isabelle. Moi, je ne suis pas un bébé.

— Moi non plus, rétorqua Claire en posant ses petites mains sur ses hanches et en tirant la langue à sa sœur. Montrez-moi, papa Charles.

— Lady Claire, un peu de tenue, je vous prie, lança Charles, un rire dans la voix. Je me demande ce que vous apprend votre gouvernante.

— Ne blâmez pas Miss Peterson, oncle Charles, répondit Isabelle. Ce n'est pas sa faute si Claire est méchante.

— Je ne suis pas méchante, dit Claire, visiblement touchée par cette accusation. Maman Peterson, je ne suis pas méchante, hein ? Mère disait que j'étais méchante mais ce n'est pas vrai.

Emma lâcha la laisse de Prinny et s'approcha de la petite fille pour la prendre dans ses bras.

—Mais non, vous n'êtes pas méchante, ma chérie. Et je suis sûre que votre mère ne le pensait pas non plus. Parfois, les adultes sont un peu sévères.

—Vous vous trompez, Miss Peterson, renchérit Isabelle en soutenant le regard d'Emma. Mère... Eh bien elle disait que... qu'elle voulait un garçon. Comme ça, voyez-vous, elle n'aurait plus à avoir de bébé.

Claire acquiesça:

—Si elle avait eu un garçon, elle aurait fait son devoir.

—Il fallait un héritier pour papa, Miss Peterson, renchérit Isabelle. Mais ni Claire ni moi ne pouvons devenir des héritiers.

Emma croisa le regard de Charles au-dessus de la tête de Claire. Il avait l'air aussi choqué qu'elle.

—Isabelle, désormais c'est moi votre papa, dit-il. Et je vous aime comme vous êtes. (Il prit délicatement le menton de Claire entre ses doigts et s'agenouilla à côté d'Emma pour regarder la fillette dans les yeux.) Et vous n'êtes pas méchante, lady Claire. C'est évident. Mais vous devez apprendre à bien vous conduire. À votre avis, que diraient les gens si Miss Peterson tirait la langue à ma tante?

—Maman Peterson ne ferait jamais ça! s'écria Claire en gloussant.

—Exactement. Vous devez donc apprendre à ne pas le faire non plus, au moins dans les moments où il est indispensable de se tenir convenablement. Mais tout à l'heure, je vous taquinais. Il n'est pas nécessaire de respecter les bonnes manières quand on va pêcher.

—Ah bon?

Les yeux écarquillés de Claire paraissaient gigantesques.

—Non. Les poissons s'en fichent. Le plus important, c'est de ne pas se disputer. Les poissons n'aiment pas les gens en colère, car c'est trop bruyant et cela les fait fuir.

—Pas de colère, répéta Claire.

Charles lui lâcha le menton et regarda Isabelle.

— Avant que nous ayons cette conversation assommante sur les bonnes manières, je crois me souvenir vous avoir proposé de vous montrer comment poser un appât sur une ligne.

— Oui, pa… oncle Charles, confirma Isabelle en souriant.

— Vous pouvez m'appeler papa Charles si vous le désirez, Isabelle.

— Non. Non, merci. J'ai quand même neuf ans.

— Et moi trente, petite sotte. Neuf ans, ce n'est pas si vieux. Certainement pas assez vieux en tout cas pour ne plus avoir envie d'un papa. (Charles lui tendit la main.) Cela serait notre secret.

Isabelle posa sa main dans celle de Charles mais secoua la tête.

— Montrez-moi comment poser un appât, oncle Charles.

— Et à moi aussi, lança Claire en s'approchant. Montrez-moi aussi. Elle regarda Emma. Et maman Peterson ? À elle aussi vous allez montrer comment attacher un ver dégoûtant à l'hameçon, papa Charles ?

— Oh, je lui ai appris à le faire il y a des années. Elle était à peine plus âgée que vous, lady Claire.

— En effet, intervint Emma en souriant. Et c'était un très bon professeur.

— Allez-vous pêcher aussi, Miss Peterson ?

— Non, Isabelle. Je pense que je vais juste tenir compagnie à Prinny.

— Accordez-moi un instant, que je déplie la couverture pour vous.

— Tout va bien, milord. Je peux m'en charger.

Emma sortit la couverture du panier et repartit en direction du bouleau. Prinny s'était déjà tellement agité qu'il s'allongea à l'ombre avec un soupir d'aise. Emma s'assit sur la couverture pour regarder Charles et les enfants.

Il pourrait devenir un père merveilleux… s'il décidait de rester définitivement à Knightsdale, bien entendu.

— Et maintenant, évitez à tout prix d'emmêler vos lignes, mesdemoiselles, lança-t-il. Je vais aller m'asseoir à côté de Miss Peterson pour vous laisser pêcher toutes seules.

— Très bien, papa Charles. Nous allons attraper plein de poissons pour le petit déjeuner.

— N'en attrapez pas trop non plus. Il faut qu'on puisse les faire entrer dans le panier.

— Nous ferons de notre mieux, dit Claire en souriant.

Puis elle se retourna et reporta son attention sur l'eau, comme si elle pouvait convaincre les poissons de venir mordre à sa ligne.

Charles enleva son manteau, s'assit près d'Emma et regarda les fillettes.

— J'ai l'impression que mon frère et son épouse n'ont pas été les parents idéaux, fit-il remarquer.

Emma s'accorda le temps d'un soupir avant de répondre :

— J'ignore s'ils se démarquaient vraiment du reste de la haute société. Toutefois, il est clair que les petites attendaient d'eux davantage d'attention.

— En l'occurrence, plus aurait peut-être été synonyme de pire, dit Charles. Bon sang, j'ai du mal à croire que Cecilia ait pu dire à ses filles qu'elle voulait un garçon afin qu'on ne lui demande plus d'avoir des enfants.

— Nous ne savons pas si elle a vraiment dit cela, milord. Il arrive que les enfants se méprennent. Ils interceptent des bribes de conversation puis les rassemblent d'une façon qui leur semble sensée. Mais ils ont une vision assez limitée du monde qui les entoure.

Malgré cet exposé, Emma ne doutait pas un seul instant que Cecilia ait dit mot pour mot aux deux fillettes ce qu'Isabelle leur avait rapporté. Cette femme s'était toujours montrée superficielle, égoïste et totalement insensible.

— Peu importe ce qu'a pu dire Cecilia, ces enfants ont clairement besoin de parents, déclara Charles.

— En effet, approuva Emma avant de marquer une pause.

Il ne lui appartenait pas vraiment de donner son avis mais elle ne put s'en empêcher. Après tout, Charles semblait comprendre que sa présence à Knightsdale était indispensable. Elle reprit la parole :

— Quand vous vous marierez, milord…

— Vous voulez dire : quand je vous épouserai, Emma, corrigea-t-il en se retournant pour la regarder. Les filles vous adorent. Elles… (Soudain, il fronça les sourcils.) Mais où diable avez-vous trouvé ce couvre-chef hideux ?

— Il n'est pas hideux. Il est même parfaitement adapté à une partie de pêche matinale.

— Seulement si c'est lui que vous comptez utiliser pour attraper du poisson. Il pourrait sans doute remplir honorablement la fonction de filet ou de seau. Vous devriez vous en débarrasser. En fait, je serais ravi de le faire pour vous.

Il tenta de s'emparer des liens du bonnet mais Emma fut plus rapide que lui et se pencha en avant.

— Il n'en est pas question. Veuillez garder vos mains par-devers vous, lord Knightsdale.

Une lueur lourde de sous-entendus apparut dans les yeux de Charles.

— Pourtant, j'ai tellement aimé ne pas les garder pour moi la nuit dernière…

— Tenez-vous convenablement, monsieur !

— Il faut que…

— Papa Charles, papa Charles ! J'ai attrapé un…

La fin de cette phrase fut noyée dans un « plouf » retentissant.

— Oncle Charles ! cria Isabelle. Claire est tombée dans le ruisseau et elle ne sait pas nager !

Emma bondit immédiatement sur ses pieds mais Charles fut plus rapide qu'elle. Il se trouvait déjà dans l'eau, portant Claire dans ses bras, avant même qu'Emma ait fini de rajuster ses jupons.

— Claire, ma chérie, dit Charles. L'idée de base est de faire sortir le poisson de la rivière, pas de se jeter à l'eau pour l'y rejoindre.

Claire toussa et crachota.

— Le poisson s'est enfui, papa Charles.

— Ce n'est pas grave. Vous en attraperez d'autres, un de ces jours. Mais il va falloir que je vous apprenne à nager, ainsi qu'à Isabelle. Cela vous plairait-il ?

— Oh oui !

Emma atteignit enfin la rive. Elle s'arrêta près d'Isabelle et regarda Charles et Claire, toujours dans le ruisseau. La petite fille aurait dû être terrifiée. Au lieu de cela, elle souriait en agrippant fermement Charles par le cou. Lui était trempé jusqu'à l'os. Sa chemise et ses pantalons étaient plaqués sur son corps.

Il était magnifique. Et encore, c'était un euphémisme. Le désir qu'elle avait ressenti la nuit précédente la submergea de nouveau. Elle envisagea même d'aller les rejoindre dans l'eau. Cela aurait sans doute refroidi ce sang qui bouillait dans ses veines.

Charles porta Claire durant tout le chemin du retour jusqu'à Knightsdale. Elle s'était assise sur ses épaules et babillait gaiement. Elle ne semblait pas traumatisée par son plongeon, mais Charles se promit d'apprendre à nager aux deux fillettes dès que l'occasion s'en présenterait. La propriété comprenant un lac, il fallait éviter tout risque d'accident. D'accord, Claire était encore un peu jeune mais elle pourrait en apprendre suffisamment pour se tirer d'affaire si elle devait de nouveau tomber à l'eau. Et, à son âge, Isabelle aurait déjà dû savoir nager. Il avait appris comment faire à Emma alors qu'elle n'avait que six ans.

Il jeta un coup d'œil à la femme qui marchait à côté de lui. Il lui avait donné des leçons après cette fameuse fois où Robbie l'avait fait trébucher. Sur le moment, les garçons s'étaient moqués d'elle. Et il faut dire qu'elle avait eu l'air un peu ridicule quand ses jupons s'étaient étalés à la surface. Mais Charles avait perçu de la crainte dans son regard.

Elle n'avait jamais montré la moindre appréhension au cours des leçons qu'il lui avait données, en revanche. Charles sourit à ce souvenir. À l'époque, il avait compris qu'elle était déterminée à ne plus jamais laisser Robbie prendre l'avantage sur elle.

Savait-elle encore nager ? Le sourire de Charles s'élargit. Il serait ravi de lui donner de nouvelles leçons. Cet après-midi, par exemple, dans l'un des coins les plus secrets du lac. Ainsi, elle pourrait se débarrasser de sa lourde robe.

— Papa Charles ! s'exclama Claire en tirant sur ses cheveux à pleines mains.

Charles la déplaça sur ses épaules tout en imaginant Emma dans l'eau, habillée uniquement de sa chemise. Celle-ci serait bien évidemment trempée et, rendue translucide, soulignerait toutes les courbes charmantes de la jeune femme, laissant peut-être même entrevoir les quelques boucles nichées entre ses cuisses. Et s'il faisait froid, ses tétons se durciraient comme de petits cailloux, sous le tissu mouillé, appelant...

— Ouille ! Hé ! Ces cheveux sont rattachés à ma tête, lady Claire.

— Pardon, papa Charles, mais vous ne faisiez pas attention à ce que je disais.

— Hum...

Il s'avisa soudain que n'importe qui pourrait comprendre à quoi il rêvait rien qu'en jetant un coup d'œil à son pantalon trempé. Il se força alors à réfléchir à des sujets qui n'avaient absolument rien à voir avec Emma. La gestion de sa propriété, par exemple... Ah, voilà qui était mieux.

Il regarda de nouveau la gouvernante. Elle gardait les yeux au sol. Tout du moins, c'est ce qu'il imagina puisqu'il ne voyait pas son visage. Les pans de son abominable chapeau masquaient complètement ses traits. Cette chose n'avait certainement pas été fabriquée par un modiste mais plutôt par un tonnelier. Elle ressemblait davantage à un seau qu'à un bonnet.

Il faudrait qu'il échafaude un stratagème afin de débarrasser le monde de son existence répugnante.

— Papa Charles, comme nous n'avons pas attrapé de poisson, qu'allons-nous manger pour le petit déjeuner ? J'ai faim.

— Ne vous inquiétez pas, lady Claire, répondit-il. Nous passerons voir la cuisinière. Je suis certain qu'elle nous proposera quelque chose de délicieux.

— Nous ne pouvons pas la déranger, oncle Charles.

— Et pourquoi donc, Isabelle ? Je lui rendais visite tout le temps quand j'avais votre âge. N'est-ce pas, Miss Peterson ?

— C'est vrai, confirma Emma sans lever les yeux vers lui. En tout cas, vous le faisiez quand nous nous sommes rencontrés. Vous aviez toujours faim. Si je me souviens bien, la cuisinière vous traitait de petit diable mais elle gardait toujours ce qu'elle avait de meilleur pour vous : le plus gros gâteau ou le fruit le plus mûr.

— Étiez-vous jalouse, Miss Peterson ?

Emma lui jeta un bref coup d'œil avant de reporter son regard droit devant elle.

— Bien sûr que non, milord. J'étais juste stupéfiée par votre capacité à ingurgiter des quantités démentielles de nourriture.

— J'étais un garçon en pleine croissance.

— Je suis une petite fille en pleine croissance, papa Charles, intervint Claire en gigotant sur ses épaules. À votre avis, que va nous proposer la cuisinière ?

— Peut-être des tartelettes à la groseille. Hum… Ce n'est pas le mets idéal pour un petit déjeuner mais ses tartelettes sont délicieuses.

Sans être au niveau des standards londoniens quand il s'agissait de confectionner un dîner pour la bonne société, la cuisinière de Knightsdale réussissait parfaitement certaines de ses spécialités. Charles regarda Isabelle, qu'il trouvait décidément bien trop silencieuse.

—Avez-vous déjà goûté les tartelettes à la groseille de notre cuisinière, Isabelle ?

—Non, oncle Charles. Mère disait que nous allions grossir si nous mangions des pâtisseries. Et il est très difficile de se trouver un mari quand on est grosse.

Charles, stupéfait, resta un instant bouche bée avant de reprendre :

—Allons ! Vous n'avez que neuf ans, Isabelle. Ce ne sont pas quelques tartelettes qui vont mettre en péril vos projets matrimoniaux.

—Mère disait qu'il n'est jamais trop tôt pour penser à l'avenir, lui répondit la jeune fille. Ce n'est pas comme si nous allions passer toute notre vie à Knightsdale.

Charles dévisagea Isabelle sans savoir s'il devait rire ou la gronder. Paul savait-il ce que son épouse racontait à leurs filles ?

—Moi j'ai déjà mangé une tartelette à la groseille, papa Charles.

—Claire ! lança Isabelle. Arrête de mentir.

—Je ne mens pas. Je suis entrée sans bruit dans la cuisine et j'en ai pris une. Mais je n'ai pas aimé. Je me suis brûlé la bouche.

—Nous n'aurons pas besoin de nous introduire dans la cuisine comme des voleurs, dit Charles. Il nous suffira d'entrer, de dire bonjour à la cuisinière et de lui demander si elle a quelque chose de bon à nous donner.

—Êtes-vous sûr que ce soit possible, oncle Charles ? demanda Isabelle, l'air dubitatif. Mère disait toujours de ne pas déranger la cuisinière dans son travail.

—Bien entendu que j'en suis sûr, Isabelle.

Il se tourna vers Emma. Elle avait relevé la tête et son visage semblait crispé par l'inquiétude.

—Qu'en pensez-vous, Miss Peterson ? Ai-je raison de croire que nous pouvons entrer dans la cuisine en toute impunité ?

— Bien sûr, milord.

Emma esquissa un sourire qui n'atteignit toutefois pas ses yeux. Il était prêt à parier qu'elle allait hurler si elle entendait encore une phrase commençant par « mère disait ». Il est assurément déplacé de penser du mal des morts. Toutefois, Charles dut convenir qu'à cet instant précis, Cecilia ne lui manquait pas le moins du monde.

— Vous voyez ? reprit-il. Si une gouvernante le dit, c'est que cela doit être vrai car tout le monde sait que les gouvernantes ne laissent jamais les enfants faire quoi que ce soit d'amusant.

— Milord ! s'écria Emma, les mains campées sur les hanches. Il ne faut pas vous moquer de la noble profession de gouvernante.

— C'est pourtant vrai, maman Peterson, gloussa Claire. Miss Hodgekiss ne nous laisse jamais rien faire d'amusant.

— Je viens pourtant de vous laisser aller à une partie de pêche.

— Oui, mais vous n'êtes pas notre vraie gouvernante, rétorqua Isabelle.

On sentait encore une note d'inquiétude dans sa voix.

— Eh bien moi, je suis un vrai marquis, trancha Charles en soulevant Claire de ses épaules pour la déposer au sol. Et je dis que nous pouvons entrer dans la cuisine. (Il se tenait le plus droit possible en essayant d'imiter le duc d'Alvord quand celui-ci faisait de son mieux pour avoir l'air d'un duc.) D'ailleurs, maintenant que j'y pense, nous parlons de ma cuisine, non ? Ne suis-je pas le marquis de Knightsdale ?

— Le marquis de Knightsdale ! reprit Claire en hurlant. La cuisinière n'a qu'à bien se tenir !

— Je ne pense pas qu'elle apprécierait de vous entendre parler d'elle sur ce ton, lady Claire, intervint Emma.

— Vous avez parfaitement raison, Miss Peterson, confirma Charles. Comme dit l'adage, on n'attrape pas des mouches avec du vinaigre mais avec du miel.

— Mais je ne veux pas manger des mouches, papa Charles ! protesta Claire avec une grimace.

— Ne sois pas sotte, Claire, répliqua Isabelle en prenant soudain le ton de la grande sœur responsable. Oncle Charles veut juste dire que tu as plus de chances d'obtenir ce que tu veux des autres si tu leur demandes poliment au lieu de leur donner des ordres.

— Précisément. Ordonner à la cuisinière de nous donner à manger pourrait la rendre mal disposée envers nous. Il nous faut une approche plus subtile. (Charles s'agenouilla afin de regarder les deux fillettes dans les yeux.) Je sais d'expérience qu'il vaut mieux faire appel au grand cœur de notre chef. Après notre baignade impromptue, nous formons tous les deux un couple des plus dépenaillés, lady Claire. Elle sera forcément désolée pour nous. Pensez-vous pouvoir l'apitoyer ?

— Bien sûr, papa Charles.

Claire ouvrit alors de grands yeux et esquissa une moue dépitée. Cette fois, même Isabelle ne put retenir un éclat de rire.

— Parfait, dit Charles. Je vous laisse diriger l'assaut en ce qui concerne la pitié. À vous, lady Isabelle. (Il se retourna vers elle et posa ses mains sur ses épaules. Elles semblaient si fragiles sous ses doigts.) Je pense que vous avez tout ce qu'il faut pour mener la charge au niveau du charme.

— Comment ça ? Que voulez-vous dire, oncle Charles ?

— J'ai remarqué que vous avez un sourire absolument charmant.

— Ah bon ? fit Isabelle en rougissant légèrement.

Charles lui adressa un large sourire.

— Oui. Quand vous souriez, vos yeux pétillent d'une manière extraordinaire. Je suis certain que si vous faites un peu de charme à la cuisinière, elle nous laissera manger tout ce que nous voudrons.

— Vraiment ?

Charles lui adressa un clin d'œil. Jusque-là, il plaisantait pour convaincre la jeune fille mais, en voyant sa mine joyeuse, il constata que tout ce qu'il avait dit était vrai. Elle avait effectivement un sourire magnifique, qui illuminait son petit visage anguleux d'une beauté éthérée à couper le souffle. Il se promit alors de la faire sourire plus souvent.

— Bien ! conclut-il. Je pense que nous sommes fin prêts à envahir la cuisine.

Emma devait à tout prix convaincre Charles de s'établir à Knightsdale. Isabelle et Claire avaient grand besoin de lui.

Elle s'assit sur le banc longeant l'imposante table de la cuisine pour regarder Isabelle et Claire s'amuser sous l'œil bienveillant de Charles. Qu'un homme s'intéresse enfin à ces deux fillettes était déjà merveilleux pour Emma car leur père ne leur avait pas consacré l'attention qu'elles méritaient, loin de là. Mais que ce soit Charles, voilà qui confinait au miracle. Elles étaient tombées sous son charme, comme tout le monde, y compris Emma quand elle n'était qu'une gamine.

La cuisinière avait offert un os à Prinny quelques minutes à peine après qu'ils eurent débarqué dans son domaine et le petit chien s'était réfugié près de la cheminée pour le ronger avec enthousiasme. Claire s'était précipitée sur le banc à côté de Charles. Elle était assise très près de lui, suffisamment pour le toucher. Elle lui caressait la manche et posait sa tête contre son épaule dès que quelqu'un d'autre qu'elle-même prenait la parole. Emma se dit que, si elle en avait l'occasion, la petite fille n'hésiterait pas à monter sur les genoux de son oncle.

Isabelle s'était assise à côté d'Emma, face à Charles. À neuf ans, elle était trop grande pour s'accrocher à lui physiquement mais elle le couvait du regard. Emma vit même les joues d'Isabelle rougir un court instant alors que Charles venait de lui faire un petit compliment. Emma aurait parié que la jeune fille avait un petit béguin pour son oncle – une attirance bien innocente qui lui passerait avec l'âge.

Tout le contraire d'Emma, en somme.

La jeune femme se redressa. Non, cela n'allait jamais fonctionner. Charles était charmant mais il n'était pas pour elle. C'était décidé, elle allait chercher son bonheur auprès d'hommes plus accessibles. Mr Stockley, par exemple…

Non, il n'était pas question de penser à Mr Stockley à cet instant précis. Elle devait avant tout profiter de ce moment passé avec Charles et les petites.

— Tenez, lady Isabelle, voilà du bon pain frais pour vous, dit la cuisinière en déposant une grosse tranche dans l'assiette de la jeune fille.

— Merci, fit Isabelle, les yeux brillants.

La cuisinière lui fit un clin d'œil avant de se tourner vers Emma en lui souriant.

La jeune femme fit de même. Elle aurait aimé avoir eu l'idée d'amener les filles dans cette pièce plus tôt. Elle n'aurait jamais cru que Cecilia les ait tenues à l'écart de cet endroit accueillant baigné par les rayons du soleil et par l'odeur chaleureuse du pain en train de cuire. La cuisinière était une femme avenante et enjouée, aussi ronde que dévouée. Et si sa cuisine manquait parfois de raffinement, elle savait comment s'y prendre pour faire sourire une enfant.

— Pourrions-nous également avoir de la confiture, s'il vous plaît ?

Emma dut se retenir de rire en voyant la petite mine avec laquelle Claire demanda cela.

— Bien sûr, lady Claire. Et voudriez-vous goûter à mon cake au citron ?

— Oh oui, s'il vous plaît.

— Vous n'auriez pas quelques tartelettes à la groseille, par hasard ? renchérit Charles avec son sourire le plus charmeur.

Cette fois-ci, ce ne fut pas une envie de rire que réprima Emma mais plutôt un sanglot. Il était incroyablement beau.

— Figurez-vous que si, milord.

— Parfait ! Puis-je en avoir une ? (Il se tourna vers Emma.) Et vous, Miss Peterson ? Aimeriez-vous goûter à l'une de ces fameuses tartelettes à la groseille ?

— Non merci, milord.

— Vraiment, Miss Peterson ? demanda à son tour la cuisinière ? J'en ai fait beaucoup.

— Non, vraiment pas. Je n'aime pas beaucoup les groseilles. Par contre, je prendrai volontiers une tranche de votre cake au citron, si vous le voulez bien.

— Vous n'aimez pas les groseilles, Miss Peterson ? lui demanda Charles quand la cuisinière fut partie pour chercher les tartelettes. Décidément, je vais finir par croire que vous n'avez aucun goût.

— Tout le monde n'est pas aussi friand des groseilles que vous, milord.

— Dans le fond, c'est peut-être une bonne chose. Cela m'en laisse davantage, n'est-ce pas ?

Charles s'empara d'une des tartelettes posées sur l'assiette que la cuisinière venait d'apporter. Emma le regarda mordre dedans. Il avait des dents fortes et bien blanches, tout le contraire de celles de Mr Stockley, jaunes et mal disposées. Un peu de jus de groseilles coula au coin de ses lèvres et il le rattrapa d'un coup de langue. Grands dieux, même sa langue paraissait puissante.

Allons… c'était ridicule ! Pourtant, celle de Charles lui avait semblé particulièrement puissante quand elle s'était insinuée dans sa…

Emma mordit à pleines dents dans sa part de cake au citron.

— Voulez-vous un peu de lait froid, Miss Peterson ? demanda la cuisinière. Vous semblez toute retournée.

Emma refusa d'un geste. Heureusement qu'elle avait la bouche pleine : elle avait trop honte pour oser parler. Charles lui lança un regard interrogateur, haussant l'un de ses sourcils si virils.

Des sourcils virils ? C'était absurde ! Emma envisagea de se frapper la tête contre la table afin de s'éclaircir un peu les idées ou, tout du moins, d'en extraire toute pensée libidineuse.

—Nous sommes allés pêcher, annonça fièrement Claire. Papa Charles nous a montré comment planter les vers sur un hameçon. Ensuite, j'ai attrapé un poisson mais je suis tombée à l'eau. C'est papa Charles qui m'a sauvée. Après, il a promis qu'il allait nous apprendre à nager, à Isabelle et à moi.

La cuisinière écarquilla les yeux quand elle entendit le terme « papa Charles » mais elle adressa immédiatement un immense sourire à lord Knightsdale. Les oreilles de Charles devinrent écarlates. Bien… à son tour de ressentir un peu d'embarras. Isabelle raconta alors sa version de l'histoire. Sa voix était pour une fois jeune et enthousiaste comme celle d'une petite fille de neuf ans, pas celle d'une adulte miniature.

Charles devait impérativement rester à Knightsdale. Il avait apporté de l'amusement, de l'aventure et du rire dans l'existence des deux petites filles. Il ne leur avait jamais manqué auparavant parce qu'elles ne le connaissaient pas. Désormais, s'il devait repartir pour passer le plus clair de son temps à Londres… Autant ne pas y penser. Cela leur briserait le cœur.

Emma se refusait en outre à envisager l'état dans lequel son propre cœur se retrouverait le cas échéant.

—Merci beaucoup pour ce festin, mais je pense que nous ferions mieux d'y aller, dit Charles. Il se leva et, du revers de la main, fit tomber les quelques miettes qui se trouvaient sur son pantalon.

—Je crois que Claire et moi avons besoin de prendre un bon bain.

—Je n'ai pas besoin de prendre un bain, papa Charles. Je ne me baigne que le dimanche.

—Ainsi que les jours où vous tombez dans la rivière, ajouta-t-il.

Claire fronça les sourcils et fit une moue boudeuse. Charles éclata de rire puis poursuivit :

—Allons, pas de caprice, lady Claire. Souvenez-vous que les poissons n'aiment pas les cris. Et moi non plus, d'ailleurs. Suivez Miss Peterson. Nanny et elle vont vous rendre aussi propre qu'un sou neuf.

—Je n'aime pas les bains, décréta Claire les bras croisés et l'air déterminé.

—Voudriez-vous que je vous donne un peu de mon eau de lavande ? demanda Emma.

Aussitôt, la mine ombrageuse de la fillette s'éclaira.

—Oh oui ! Je pourrais sentir comme vous, alors ?

Emma rit de bon cœur.

—En effet, vous sentirez comme moi.

—Et vous sentez très bon. Vous ne trouvez pas que Miss Peterson sent très bon, papa Charles ?

—Vous avez bien raison, Claire. Miss Peterson sent très bon, approuva-t-il avec un sourire très doux.

Emma eut l'impression de rougir de la racine de ses cheveux jusqu'à l'extrémité de ses orteils.

—Euh... Bon. Allons-y, Claire. En route, Prinny.

Elle s'agenouilla pour attacher la laisse au collier du chien. Il n'était pas question de prendre le moindre risque avec tous les visiteurs présents dans le château.

Charles souriait encore quand il s'écarta pour la laisser passer et sortir de la cuisine. Il les accompagna jusqu'à l'étage des chambres à coucher.

—Miss Peterson, revoyons-nous plus tard, lui souffla-t-il.

—Et nous, papa Charles ? Vous viendrez nous voir plus tard ?

Charles ébouriffa les cheveux de Claire.

—Je passerai par la nursery dès que je le pourrai, mon petit démon. J'ai un rendez-vous avec Mr Coles, le régisseur, et il faut bien que je remplisse ma fonction d'hôte auprès de tous ces gens venus de Londres. C'est parce que je voulais vous voir avant de me consacrer à toutes mes autres tâches que nous sommes allés pêcher si tôt ce matin.

— S'il vous plaît ! Il faut que vous veniez voir si je sens aussi bon que maman Peterson.

— Un tel plaisir ne se refuse pas, lui accorda Charles. Je vous promets de faire de mon mieux. Je pourrai peut-être m'évader quelques minutes avant le dîner. Allez, maintenant on se dépêche : au bain !

À peu de chose près, Emma et les petites auraient pu rejoindre la nursery sans encombre. Elles y seraient parvenues sans incident si Emma n'avait pas dû passer par sa chambre pour récupérer son eau de lavande. Mais, alors qu'elles n'étaient plus qu'à quelques mètres de l'escalier menant à la nursery, deux jeunes femmes surgirent en gloussant d'une chambre, juste devant elles. Prinny bondit en aboyant. Les deux jeunes dames, Miss Oldston et lady Caroline, crièrent à l'unisson.

— N'ayez pas peur, leur dit Claire. Prinny est très gentil.

Lady Caroline renifla. Ses grosses joues semblaient pétrifiées tandis que son nez court et large était retroussé en une grimace de dédain. Elle arborait une ressemblance indéniable avec Ivy, le cochon primé de Mr Begley ou, comme il se plaisait à l'appeler, « ce satané Ivy ».

— Je n'ai pas peur mais je n'aime pas les chiens. Ce sont de sales bêtes.

Miss Oldston retroussa les lèvres, laissant voir des dents surdimensionnées, et s'esclaffa :

— Au moins, ce n'est pas un chat, Caro. Cela t'évitera de devenir toute rouge et d'éternuer sans cesse en te grattant tout le corps.

Lady Caroline reporta alors sa colère sur Miss Oldston.

— Franchement, Amanda, tu devrais apprendre à te contrôler. À te voir et à t'entendre, on pourrait te confondre avec un cheval.

— C'est déjà mieux que de ressembler à un cochon. Si tu veux attirer le regard de lord Knightsdale, tu ferais bien d'arrêter de dévorer toutes les pâtisseries qu'il fait servir.

— Une chose est sûre : il ne va pas choisir une carne squelettique comme toi.

— Non, c'est maman Peterson que va choisir papa Charles.

Un silence étouffant suivit la déclaration sans ambages de la petite Claire. D'ailleurs, Emma eut toutes les peines du monde à retrouver son souffle. Lady Caroline resta bouche bée tandis que les yeux déjà proéminents de Miss Oldston semblaient vouloir jaillir de leurs orbites. Emma baissa la tête en souhaitant pouvoir disparaître dans le décor.

— Papa Charles ? releva Miss Oldston.

— Maman Peterson ? ajouta lady Caroline en scrutant Emma de ses petits yeux durs.

— Claire ! s'écria Isabelle. Oncle Charles t'avait dit de ne pas l'appeler papa Charles quand il y a du monde !

Claire haussa les épaules.

— Il fallait bien que je leur dise, Isabelle. (Elle leva les yeux pour regarder lady Caroline et Miss Oldston.) Ma mère et mon père sont morts en It… (Elle marqua une pause, veillant à prononcer le mot convenablement.)… en Italie. Mon oncle Charles est devenu mon papa, désormais, et il va épouser Miss Peterson.

— Voyez-vous cela ?

Lentement, lady Caroline passa en revue la vieille robe d'Emma ainsi que sa pelisse informe et son épouvantable chapeau.

— Comme c'est étrange. J'aurais certainement manqué l'annonce des fiançailles. On t'avait prévenue, Amanda ?

— Lady Caroline, Miss Oldston…, intervint Emma. Lady Claire n'a que quatre ans, elle est dotée d'une imagination débordante.

— Maman Peterson, je n'ai rien imaginé quand je vous ai vue avec papa Charles sur la couverture.

— La couverture ?

— Nous sommes allés pêcher ce matin, lady Caroline, répondit Emma. Lord Knightsdale veut passer un peu plus de temps avec ses nièces afin de mieux les connaître, puisqu'il est devenu leur tuteur. Quant à moi, je remplace leur gouvernante pendant que celle-ci est au chevet de sa mère malade.

Emma avait parfaitement conscience de trop parler. D'un côté, elle n'avait pas à fournir la moindre explication à lady Caroline. De l'autre, elle ne pouvait pas laisser ce genre de rumeur enfler parmi les invités.

— Je ramenais justement les demoiselles à la nursery afin qu'elles puissent se changer après leur partie de pêche. Lady Claire est tombée dans la rivière.

— Je vois. C'est vraiment très aimable à lord Knightsdale de s'intéresser autant aux orphelines de son frère, tu ne trouves pas, Amanda ?

— En effet, Caro. Très aimable.

— Même si je reste persuadée que cela changera dès qu'il sera marié, ajouta lady Caroline avec perfidie.

— Je suis sûre que rien ne changera, lady Caroline ! s'exclama Emma.

Comment cette petite fille gâtée pouvait-elle tenir de tels propos devant Claire et Isabelle ? Emma aurait voulu que Prinny fasse preuve d'un peu de la hargne qu'elle sentait bouillir en elle à cet instant. Elle aurait adoré le lâcher afin qu'il aille planter ses crocs dans l'imposant postérieur de cette mégère.

— Oh, Miss Peterson…, reprit lady Caroline en gloussant. Si seulement vous fréquentiez la haute société, vous en connaîtriez les usages.

Prinny allait devoir attendre son tour. Emma avait désormais envie de mordre lady Caroline de ses propres dents.

— Je ne suis peut-être pas rompue aux usages du beau monde, lady Caroline, mais je connais lord Knightsdale depuis que nous sommes enfants et je peux vous affirmer qu'il n'abandonnera jamais ses nièces.

Il lui arriverait peut-être de les quitter physiquement pour aller à Londres, mais les abandonner sur le plan affectif ? C'était impensable. Si les petites avaient besoin de quoi que ce soit, Emma était convaincue que Charles ferait en sorte qu'elles l'obtiennent.

— Vous êtes donc… intime avec lord Knightsdale ?

— Absolument pas, lady Caroline. Je voulais juste dire que…

— Peu importe ce que vous vouliez dire, Miss Peterson. Il semble que vous oubliez un fait essentiel : lord Knightsdale va prendre femme. Et je doute qu'une dame de la haute société veuille s'embarrasser des gamines du précédent marquis.

— Vous n'êtes qu'une méchante ! lança Claire.

Emma perçut distinctement les sanglots dans la voix de la fillette. Isabelle, quant à elle, était blanche comme un linge.

— Et vous êtes une petite fille très mal élevée, rétorqua lady Caroline. Vous devriez surveiller vos manières si vous ne voulez pas finir en maison de correction.

Cette fois, c'en était trop. Emma lâcha la laisse de Prinny. Enfin libre, le chien se précipita vers la grande robe de mousseline blanche de lady Caroline. Durant leur promenade au bord de la rivière, il avait accumulé sous ses pattes une bonne couche de boue du Kent.

Emma sourit. Comme le laissait deviner son physique, lady Caroline avait du coffre dès qu'il s'agissait de hurler.

— Il faut que nous agissions, Claire, déclara Isabelle en s'asseyant sur le lit de sa petite sœur.

Emma était descendue pour rejoindre les invités et Nanny faisait la sieste. Claire était censée dormir, elle aussi, tandis qu'Isabelle était supposée lire. Toutefois, celle-ci avait décidé que le sujet était trop important pour qu'elles le remettent à plus tard.

— Nous ne pouvons pas laisser oncle Charles épouser l'une de ces dames de Londres, ajouta-t-elle.

Claire se redressa et commença à se frotter la joue avec un coin de sa vieille couverture toute douce.

— Papa Charles va épouser maman Peterson.

— Je l'espère, mais nous n'en sommes pas sûres, Claire. Je crois que nous devrions faire quelque chose pour les décider à se marier.

Prinny entra dans la pièce et sauta sur le lit de Claire. Après sa longue promenade du matin et sa joyeuse poursuite de Miss Oldston et lady Caroline, il était d'un calme exceptionnel. Il posa la tête sur les genoux d'Isabelle et se laissa caresser les oreilles.

— Que pourrait-on faire, Isabelle ?

C'était la question qui tournait dans la tête de l'aînée depuis qu'Emma les avait ramenées à la nursery. La jeune femme était tellement en colère qu'elle ne parvenait plus à parler. Elle avait tourné en rond en grommelant et en s'excusant pour les méchantes dames de Londres.

— Je pense qu'il faut que nous fassions en sorte que Miss Peterson et oncle Charles soient ensemble le plus souvent possible.

— Nous pourrions aller pêcher tous les matins. J'ai adoré.

— Non, Claire. Je pense qu'il faut qu'ils ne soient que tous les deux.

— Pourquoi ?

— Je ne sais pas vraiment, répondit Isabelle en haussant les épaules. La semaine dernière, j'ai surpris Mrs Lambert qui discutait avec Nanny au sujet d'une certaine Miss Wendle. Elle habite là où travaille la sœur de Mrs Lambert. Cette Miss Wendle s'est retrouvée seule avec lord Je-ne-sais-plus-qui et ils se sont mariés juste après. Je suis sûre que Mrs Lambert allait en dire plus à Nanny mais elle s'est tue en me voyant.

Claire posa son menton sur ses genoux.

— Maman Peterson dort dans la chambre de mère, maintenant. Il n'y a qu'une porte entre sa chambre et celle de papa Charles.

Isabelle acquiesça pensivement avant de reprendre :

— Peut-être que, si nous mettons un objet dont Miss Peterson a besoin – sa brosse à cheveux par exemple – dans la chambre d'oncle Charles, elle devra y entrer pour le récupérer. Profitons-en pour se débarrasser de ce chapeau très laid qu'elle portait ce matin. D'ailleurs, j'aimerais bien faire disparaître certaines de ses robes, car elles ne sont pas toutes aussi belles que celles que portent les dames de Londres.

— Papa Charles n'accorde aucune importance à cela.

— Je ne sais pas, Claire. Je crois que les hommes aiment les femmes qui portent de beaux habits. Mère voulait toujours des vêtements à la dernière mode. Je l'ai entendue se disputer avec père à ce sujet, une fois.

— Eh bien, s'ils se disputaient, c'était sûrement parce que père n'aimait pas ces vêtements.

— Non, ils parlaient de l'argent que cela coûtait, pas des vêtements. Et puis ils se sont calmés et ils sont partis dans la chambre de mère. (Isabelle se mit à caresser le dos de Prinny.) C'est une bonne chose que les chambres d'oncle Charles et de Miss Peterson soient l'une à côté de l'autre. Essayons de les réunir dans l'une des deux, et peut-être que les vêtements de Miss Peterson n'auront aucune importance.

— Très bien, déclara Claire. Nous pourrons faire cela dès que j'aurai terminé ma sieste. Nanny a dit que les invités allaient faire une promenade autour du lac. Maman et papa ne seront donc pas dans leurs chambres.

Isabelle hocha la tête mais elle réfléchissait toujours aux questions liées à la mode. Elle aurait souhaité que Miss Peterson porte de plus jolis vêtements, mais Claire et elle ne pouvaient rien faire pour améliorer cela. En revanche, elle imaginait déjà comment rendre ces fières Londoniennes moins attirantes. Elle sourit.

— Nous allons également enlaidir toutes ces méchantes femmes.

— On ne peut pas enlaidir la grosse dame, répondit Claire. Elle ressemble déjà à un cochon.

— C'est vrai. Mais un cochon très bien habillé.

— Pas tant que ça, maintenant que Prinny a posé ses pattes partout sur sa robe. (Claire se pencha en avant et caressa la tête de Prinny.) Bon chien.

Prinny se mit à lui lécher la main.

— Tu as raison. Mais tu te souviens quand celle qui ressemble à un cheval, Miss Oldston, a dit qu'elles avaient de la chance que Prinny ne soit pas un chat ?

Claire acquiesça.

— Elle a dit que la grosse dame serait devenue toute rouge et se serait grattée partout si Prinny avait été un chat.

— Et qu'elle aurait gonflé, même s'il est difficile d'imaginer que lady Caroline puisse être encore plus grosse.

— Queen Bess est un chat, rappela Claire dans un petit rire.

— Exactement, confirma Isabelle dans un sourire. Et je suis prête à parier qu'elle adorerait visiter la chambre de lady Caroline.

# Chapitre 7

Emma était encore furieuse lorsqu'elle rejoignit les autres invités pour participer à la promenade autour du lac. Elle se posta aussi loin que possible de lady Caroline et de Miss Oldston, ce qui impliquait de rester éloignée de Charles, car les deux jeunes femmes lui tournaient autour comme des abeilles ayant repéré un pot de miel ouvert.

Comment ces demoiselles gâtées par la vie avaient-elles pu tenir de tels propos devant Claire et Isabelle ? Voilà qui la dépassait. Pensaient-elles que les fillettes étaient sourdes ? Ou idiotes ? Si Prinny n'avait pas sali leurs robes, Emma les aurait… Les aurait quoi, en fait ? Que pouvait-elle faire, elle qui n'était qu'une gouvernante temporaire ?

—Une bien belle journée, n'est-ce pas, Miss Peterson ? lança une voix près d'elle.

Et si elle acceptait la proposition de Charles ? Elle mourait d'envie de voir la tête que feraient toutes ces méchantes femmes quand on leur annoncerait la nouvelle. Et, une fois devenue marquise, elle s'offrirait le plaisir d'expulser ces deux mégères hors de son domaine avec armes et bagages.

—Miss Peterson ? insista la voix.

Emma cilla. Mr Stockley se tenait à côté d'elle et la regardait d'un air interrogateur.

—Je vous prie de m'excuser, monsieur. Je rêvassais. Que disiez-vous ?

—J'étais juste en train de parler du temps qu'il fait, Miss Peterson.

— Le temps ?

— Oui. C'est une très belle journée, ne trouvez-vous pas ?

— Oui, certainement. Une très belle journée.

Emma chercha du regard quelqu'un capable de la sauver de l'indigence atroce de la conversation de Mr Stockley, mais ne trouva personne dans les parages. La plupart des messieurs étaient rassemblés autour des autres jeunes femmes, elles-mêmes agglutinées autour de Charles. Lady Beatrice et les membres de la Société pour le Progrès des Femmes avaient préféré rester à l'intérieur. Emma se prit à espérer que Charles ait mis l'alcool sous clé. De son côté, le duc d'Alvord tenait compagnie à sa femme durant sa sieste. En tout cas, c'est ce qu'il avait annoncé, mais Emma avait remarqué sur son visage la même expression déterminée qu'elle avait lue sur celui de Charles dans le jardin d'hiver. Le comte de Westbrooke était parti chercher la sœur d'Alvord, Lizzie. Et, pour finir, Meg était très certainement en train d'explorer les jardins de Charles.

— Êtes-vous satisfaite de votre séjour à Knightsdale, Miss Peterson ? reprit Mr Stockley.

— Hein ? Oui. Bien entendu. Et vous-même, monsieur ? Êtes-vous content de la chambre qui vous a été allouée ?

Comment aurait-il pu en être autrement ? La maison de Mr Atworthy, que louait Mr Stockley, était confortable mais faisait pâle figure si on la comparait à Knightsdale.

— J'en suis très content, en effet. Vous savez, je m'intéresse énormément aux grandes maisons. Leur architecture, leur mobilier, les œuvres d'art qu'on y trouve…

— Vraiment ?

— Oh oui. Avez-vous eu l'occasion d'explorer Knightsdale, quand vous étiez petite fille ou maintenant que vous y êtes gouvernante ? J'ai cru comprendre que le marquis et vous êtes des amis d'enfance. Jouiez-vous dans les caves et les greniers ? Avez-vous découvert quelques cagibis dérobés ou des placards secrets ?

Le regard de Mr Stockley étincelait d'enthousiasme. Et qu'y avait-il de mal à cela ? Il n'était pas rare que Meg s'enflamme au sujet d'une simple brindille. Se passionner pour une maison était au moins aussi légitime que rester pétrifié face à une jeune pousse, surtout que Knightsdale était une magnifique propriété.

—Non, Mr Stockley, répondit-elle. Les jeunes demoiselles et moi sommes restées dans les parties principales de la maison. Et je n'étais pas vraiment une amie d'enfance de lord Knightsdale. En ce temps-là, je pense qu'il me voyait plutôt comme une gamine envahissante. Vous pourriez demander à lord Westbrooke ou à sa grâce le duc d'Alvord. Ou encore à lord Knightsdale, bien entendu.

Mr Stockley eut un petit rire.

—Je ne pense pas que lord Knightsdale m'apprécie beaucoup.

Cet homme avait le sens de l'euphémisme. Charles regardait Mr Stockley de la même manière que Queen Bess considérait Prinny : avec un dédain mêlé de dégoût.

—Je suis certaine qu'il vous ferait visiter si vous lui demandiez, Mr Stockley. Ou voyez cela avec Mrs Lambert, l'intendante. Elle serait sans doute disposée à vous faire découvrir la demeure.

—Et vous, Miss Peterson ? Seriez-vous disposée à me la faire découvrir ?

—Je peux vous assurer que je ne serais certainement pas le guide rêvé, Mr Stockley.

Ils suivirent un coude que faisait le chemin, avant d'arriver à une clairière entourant une petite maison de style gothique. Les dames et la plupart des messieurs s'étaient approchés pour examiner l'édifice de plus près. Charles, quant à lui, était resté en arrière et scrutait cette construction, les mains sur les hanches. Il porta son regard sur Emma.

—Nom de D… (Il s'interrompit.) Qu'est-ce que c'est que ça ?

— C'est un cottage de style gothique, milord.

— Je sais que c'est un cottage de style gothique, Miss Peterson. Ce que je voudrais savoir, c'est ce qu'il fait là, demanda-t-il en désignant le lac et les arbres d'un geste ample.

— Vous ne l'aviez pas encore vu, milord ? demanda Mr Stockley.

— Oh que non !

— Voilà qui n'est guère étonnant, reprit Emma. Il n'existait pas la dernière fois que vous êtes venu, milord. Feu madame la marquise l'a fait construire peu de temps après avoir épousé votre frère.

— Et y a-t-il d'autres monstruosités de ce genre qui dénaturent la propriété, Miss Peterson ? grommela Charles.

— Rien d'aussi récent, milord. Toutes les autres folies ont été construites du temps de votre père, de votre grand-père, voire de votre arrière-grand-père, me semble-t-il.

— Dieu merci ! Je n'aimerais pas découvrir une réplique de ces écuries que le régent a fait construire à Brighton.

Emma s'attendait à ce qu'un passionné d'architecture comme Mr Stockley se joigne au groupe qui échangeait des avis en s'exclamant autour du cottage. Mais, après avoir entendu qu'il s'agissait d'une construction récente, il y jeta à peine un coup d'œil. Il continua d'avancer, laissant Emma seule. Celle-ci ne put retenir un profond soupir de soulagement.

— Contente de vous être débarrassée de votre prétendant ? lui demanda Charles.

— Chut !

Emma jeta un regard inquiet vers les autres invités mais tout le monde semblait s'intéresser exclusivement aux vitraux du cottage.

— Mr Stockley n'est pas mon prétendant, lui précisa-t-elle.

— Je suis très heureux de l'apprendre, ma chérie.

Charles n'avait eu aucune envie de mener ce défilé de crétins autour du lac. Tout ce qu'il désirait, c'était de passer du temps avec Emma. Seul, bien entendu. Il souhaitait ardemment qu'elle l'autorise à lui faire la cour. Par exemple, ils auraient pu explorer cette bâtisse ridicule pour voir si elle était pourvue d'un lit confortable et d'un verrou fiable. Il devrait d'ailleurs s'en préoccuper car ce pourrait être bien commode de s'y abriter en cas d'orage.

Au moins, l'insupportable Stockley avait pris ses distances. Charles s'empara de la main d'Emma et la déposa sur son bras. Il voulait qu'elle l'accompagne. De plus, si elle restait à son côté, il ne se retrouverait pas flanqué d'une de ces gamines qui n'arrêtaient jamais de glousser.

Alvord et Westbrooke avaient été bien avisés en esquivant cette corvée. Il se réservait le droit de leur en toucher deux mots quand il les reverrait. Mis à part Mr Stockley, les seuls hommes – terme en l'occurrence très galvaudé – qui escortaient les dames avec lui formaient un beau trio d'idiots sans savoir-vivre. Mr William Dunlee, qui devait à sa corpulence son surnom de « Bouffi » était le deuxième fils du comte de Dunlee. Le boutonneux Mr Frampton, alias « Bourgeon », était le fils aîné d'un baron. Enfin, Mr Oldston, fort justement baptisé « Crapaud » en l'honneur de ses yeux globuleux qui devaient être un trait de famille, était l'unique héritier de sir Thomas. Ils avaient tous fait leurs études à l'université et, pour autant que Charles puisse en juger, en étaient ressortis sans y avoir acquis la moindre parcelle de connaissance.

Pourquoi donc sa tante avait-elle rassemblé un tel cortège de poseurs ? Si ces parvenus et ces demoiselles superficielles représentaient l'avenir de l'aristocratie anglaise, la Grande-Bretagne pouvait craindre le pire. Pour l'instant, Bouffi, Bourgeon et Crapaud étaient occupés à cueillir des têtes de bleuets et à se les lancer. Petit à petit, leurs manteaux et leurs pantalons se hérissèrent de fleurs. Cela eut pour résultat de faire beaucoup rire les jeunes femmes, comme s'il s'agissait du spectacle le plus hilarant qu'elles aient jamais vu.

—Et si nous avancions, Miss Peterson ?

— Excellente idée.

— Je vous en supplie, Emma. Sauvez-moi de ces idiots, lui lança Charles une fois à bonne distance des oreilles indiscrètes.

— Ils se comportent un peu comme des enfants.

— Un peu ? Durant la guerre, j'ai commandé à des garçons qui étaient bien plus jeunes que ces trois-là. Certains n'avaient même pas terminé leur croissance. Pourtant, c'étaient d'admirables soldats, très courageux.

— Je suppose en effet que la guerre fait mûrir les gens plus rapidement.

— Sur ce point, vous avez bien raison.

Il regarda du côté du lac, se souvenant de la dernière fois qu'il avait emprunté ce chemin. Il était alors un peu plus jeune que les trois pitres qui se démenaient près du cottage. Avait-il été aussi stupide qu'eux ?

Il ferma les yeux un instant, submergé par ses souvenirs. Oui, il l'avait peut-être été mais sans doute pas de manière aussi innocente. Au sortir de l'université, il s'était retrouvé désœuvré et débordant d'énergie. Il fallait absolument qu'il fasse quelque chose mais, le plus souvent, ce quelque chose se résumait à boire, à jouer et à passer du temps avec des filles de joie.

Quand l'épouse de James, Sarah, une Américaine fervente partisane du système républicain, avait dénigré le système britannique basé sur le droit d'aînesse, Charles lui avait répondu que tous les fils de famille n'étaient pas comme le cousin malfaisant de James – à savoir prêts à commettre un meurtre pour hériter. Il avait bien insisté sur le fait qu'il n'enviait pas son frère.

Il s'était montré parfaitement sincère.

Il avait menti.

Il aida Emma à enjamber une racine poussant en travers du chemin.

Il n'avait jamais convoité le titre de Paul, c'était vrai. Mais il avait envié son frère car celui-ci avait toujours eu un but, pleinement conscient du rôle qui serait le sien. Quand il avait eu vingt ans et s'était trouvé face à la vacuité de la haute société, Charles aurait tout donné pour profiter d'une telle assurance.

— Si je n'avais pas suivi James en m'engageant dans l'armée, j'ignore ce qu'il serait advenu de moi. Je serais sans aucun doute devenu un débauché de la pire espèce, dit-il, de but en blanc.

— Balivernes ! répondit Emma. Je suis certaine que vous auriez réussi tout ce que vous auriez entrepris.

Il la regarda. Elle avait parlé avec assurance, comme s'il était effectivement impossible que Charles rencontre le moindre échec, quoi qu'il fasse.

— Vous le pensez vraiment, dirait-on.

— Mais bien entendu !

Ses yeux clairs aux reflets de bronze soutinrent calmement son regard à travers ses lunettes. Il se rappela alors la manière dont elle le regardait quand elle était petite fille. À l'époque, elle l'admirait comme s'il était un héros. Là, c'était différent. Ses yeux reflétaient la confiance d'une femme. Elle croyait en lui.

Bien entendu, cette foi se basait essentiellement sur du vent, des souvenirs de gamine. Elle ne le connaissait pas vraiment. Elle ne l'avait pas vu depuis une vingtaine d'années et, à l'époque, il n'était qu'un jeune homme. Malgré cela, il voulait croire en son assurance. Il avait besoin que cette certitude l'accompagne toujours.

— Épousez-moi, Emma, je vous en prie. (Se montrait-il trop enthousiaste ? Elle devait le prendre pour un fou. Ce serait pourtant un arrangement intelligent.) Notre mariage résoudrait beaucoup de problèmes, reprit-il d'une voix plus douce. Nous nous débarrasserions de ces imbéciles londoniens, mes nièces auraient à nouveau une mère et vous obtiendriez votre propre foyer. Votre père pourrait alors épouser Mrs Graham sans que cela ne vous perturbe le moins du monde. (Il s'approcha d'elle, un sourire aux lèvres.) Quant à moi, j'aurais enfin la délicieuse opportunité, voire de nombreuses opportunités délicieuses, d'obtenir un héritier. Qu'en dites-vous ?

Emma lui fit une réponse très éloquente, sous la forme d'une gifle cinglante.

— Pose le poisson sur l'oreiller, Claire. Je pense que c'est là que ce sera le mieux.

Isabelle était debout dans la chambre de lady Caroline et tenait Queen Bess. Sa Majesté avait eu la bonté d'accompagner les deux sœurs après que l'aînée lui eut offert un petit morceau de truite. Mais à présent, elle commençait à se débattre en miaulant. Isabelle resserra les bras autour de la chatte.

— Encore un instant, minette. Claire te prépare un délicieux repas.

Cette perspective fut accueillie par un nouveau miaulement outragé.

— L'oreiller, Claire. Mets-en surtout sur l'oreiller. C'est là qu'elle va poser sa tête.

— Je sais, répondit Claire en souriant. Nous voulons faire gonfler son visage de cochon.

— Exact, mais n'en mets pas trop non plus. Si elle sent le poisson, elle va se douter de quelque chose et refuser de se coucher là.

— La cuisinière a dit que ce poisson était très frais, précisa Claire en posant un autre morceau sur la taie. Voilà, c'est fait.

Isabelle déposa alors Queen Bess à ses pieds. Sa Majesté monta sur le couvre-lit puis alla s'asseoir sur l'oreiller pour y manger consciencieusement tous les bouts de poisson qui s'y trouvaient. Elle fureta ensuite quelques instants à la recherche d'autres morceaux. N'en trouvant aucun, elle se lécha les coussinets, bâilla, s'étira et sauta au bas du lit avant de sortir de la chambre.

— Je pense que cela devrait faire l'affaire, dit Isabelle.

Claire sautilla jusqu'à la porte.

— J'ai hâte que la dame qui ressemble à un cochon revienne du lac, déclara-t-elle.

— Espérons qu'elle voudra faire une sieste avant le dîner.

Emma était tellement en colère qu'elle voyait à peine où elle allait. Ce fut donc presque à l'aveugle qu'elle avança sur le chemin. Derrière elle, Charles l'appela mais elle choisit de l'ignorer. Elle entendit ensuite l'une des Londoniennes s'adresser à lui. Elle se prit à espérer qu'il s'agisse de lady « face de truie » Caroline. L'autre imbécile imbu de lui-même méritait amplement de passer davantage de temps avec cette harpie.

Elle aurait aimé avoir un autre chien en porcelaine sous la main. Elle l'aurait pulvérisé sur la tête de lord Arrogance. L'épouser dans le seul but de résoudre ses petits problèmes ? Lui donner un héritier pour qu'il se débarrasse de toutes ces bécasses qui l'importunaient ? Non mais quel butor prétentieux ! Quel malotru brutal et frivole ! Et comment osait-il évoquer Mrs Graham ? Mrs Graham n'était pas un souci. Le père d'Emma n'épouserait jamais Mrs Graham tout simplement parce qu'il avait trop de considération pour sa famille, lui !

Elle aurait dû être chez elle, justement, à prendre soin de lui. Mais Isabelle et Claire avaient également besoin d'elle. Emma ne pouvait pas les abandonner aux griffes de ces Londoniennes malfaisantes et sans cœur.

Et si Charles épousait l'une de ces filles ? Qu'adviendrait-il d'Isabelle et Claire ?

Elle n'allait quand même pas se marier avec Charles pour protéger ses nièces, si ?

Elle dévala la rive jusqu'à la grotte. Elle en avait toujours apprécié le calme. Elle avait besoin de cette sérénité pour retrouver ses esprits.

Malheureusement, Emma n'était pas la seule à profiter de la tranquillité de cet endroit. Elle s'arrêta à l'entrée lorsqu'elle aperçut Mr Stockley, qui se tenait près de la statue de Poséidon.

Il se comportait d'une manière très étrange. Tout d'abord, il tira sur le trident du dieu de la Mer puis il essaya de tordre le bras de la statue. D'un doigt, il frappa le torse de marbre pour regarder ensuite dans la bouche du dieu. Il plongea même la main dans le petit bassin qui se trouvait à la base de la statue et y tâtonna quelques instants. Au bout du compte, il se releva, s'essuya la main sur son pantalon et haussa les épaules avant de se diriger vers le mur de pierres. Là, il passa son doigt dans les anfractuosités.

Il était évident qu'il préférerait qu'on le laisse seul. Emma tourna les talons, et s'apprêtait à partir quand son pied heurta un caillou et l'envoya cogner la paroi. Mr Stockley sursauta et fit instantanément volte-face.

— Je vous présente mes excuses, monsieur, dit Emma. Je ne voulais pas vous déranger. Je pensais qu'il n'y aurait personne. Je m'en vais.

— Je vous en prie, Miss Peterson, restez. (Visiblement rasséréné, Mr Stockley tira sur le bas de son gilet.) Je ne m'attendais pas… Vous m'avez surpris, figurez-vous. (Il lui servit un sourire presque grotesque et sa voix se fit soudain mielleuse.) Entrez donc. Venez vous joindre à moi.

Cet homme s'imaginait-il qu'elle l'avait suivi ? De toute évidence, lord Knightsdale n'était pas le seul mâle arrogant et imbu de lui-même dans les environs.

— Non, non, je vous assure. Je…

Mr Stockley s'approcha de la jeune femme en bombant le torse. Emma eut toutes les peines du monde à retenir un éclat de rire. Il ressemblait à un coq dans une basse-cour. Et, d'un autre côté, son attitude était celle d'un vieux roué.

— Je n'aurais jamais pensé que… Vous vous êtes montrée si froide jusqu'à présent, dit Mr Stockley en lui adressant un sourire en coin. Il vous faut un homme, c'est ça ?

— Quoi ?

— Un homme. Vous autres, les femmes, vous êtes toutes les mêmes. Bien convenables en apparence mais, au fond, toujours à la recherche d'affection. Surtout les femmes dans votre genre.

— Mon genre ? cria-t-elle.

Elle voulut reculer mais Mr Stockley l'en empêcha en s'emparant de son bras.

— Parfaitement. Quel âge avez-vous ? Trente ans ?

— Vingt-six ans !

Son âge n'était pas d'une importance capitale, mais elle n'allait pas non plus le laisser la vieillir de quatre ans.

— Vingt-six ans, donc. Une célibataire endurcie. Il serait fort étonnant que vous puissiez un jour calmer vos envies dans un lit conjugal. Et ces envies vous taraudent, n'est-ce pas ?

Emma se prit à espérer qu'elle n'avait pas acquiescé par pur réflexe. Il n'était pas question pour elle d'admettre qu'elle ressentait quoi que ce soit d'aussi vulgaire que des envies. Des désirs, d'accord. Mais pas des envies. Bon… Peut-être un peu quand même. Depuis que Charles l'avait embrassée, et surtout depuis leur rendez-vous dans le jardin d'hiver, elle se sentait émoustillée. Elle mourait d'envie d'ouvrir la porte située entre leurs deux chambres.

— Mr Stockley, je n'ai pas la moindre idée de ce dont vous parlez.

— Alors permettez-moi de vous expliquer.

Mr Stockley se servit effectivement de sa bouche, mais pas pour parler. Il referma les mains sur les épaules d'Emma et l'attira à lui afin de coller ses lèvres sur celles de la jeune femme.

Elle devait bien admettre qu'elle était curieuse. Jusqu'à cet instant, seul Charles l'avait embrassée. Il fallait qu'elle découvre s'il s'agissait là d'une activité agréable en elle-même ou si le plaisir qu'on pouvait en tirer dépendait de l'homme avec lequel on la pratiquait.

De plus, elle n'avait absolument aucune envie d'embrasser cet imbécile de marquis. Mr Stockley allait peut-être constituer une agréable échappatoire, voire un antidote, à cette attirance malsaine qu'elle ressentait pour lord Butor.

Ce ne fut pas le cas.

Mr Stockley sentait à la fois l'oignon, le chou et la transpiration. Il tenait les bras de la jeune femme trop fermement et lui écrasa les lèvres contre les dents. Elle ne retrouvait aucune des sensations merveilleuses et excitantes qu'elle avait découvertes avec Charles. En fait, elle s'ennuyait. Elle se sentait mal à l'aise et, en définitive, n'avait qu'une envie : être ailleurs. Elle resserra fermement les lèvres en espérant que ce mauvais moment passerait très vite.

— Rejoignez-moi dans ma chambre ce soir, lui ordonna Mr Stockley d'une voix aux intonations très dures. Je vous montrerai précisément de quoi je parle.

Emma sentit les mains de l'homme parcourir son corps, et se démena pour leur échapper mais les mouvements qu'elle faisait semblaient l'encourager à continuer de plus belle. Elle commença à s'inquiéter sérieusement.

— Emma ?

Mr Stockley la lâcha soudain, comme pétrifié, et fit un bond en arrière.

— Oui. (Emma toussota et prit une profonde inspiration afin de trouver la force de répondre.) Oui, lord Knightsdale. Je suis ici avec Mr Stockley.

Charles apparut à l'entrée de la grotte et mesura du regard la distance qui séparait la jeune femme de son compagnon. Elle déglutit et s'éclaircit la voix une fois de plus.

— Nous nous embr… Euh, nous nous employions à enlever ces quelques pierres qui auraient pu faire trébucher des visiteurs dans la pénombre.

Elle jeta un regard vers le sol pour appuyer ce qu'elle disait mais il n'y avait pas le moindre caillou à ses pieds.

— Mr Stockley voulait coucher, je veux dire… compter les statues que vous possédez. Je… Je l'aidais à en trouver d'autres.

Elle savait que son visage devait être au moins aussi rouge qu'une des incroyables robes de lady Beatrice. Le feu qui lui brûlait les joues aurait pu éclairer jusqu'aux recoins les plus sombres de cette caverne.

Charles et Mr Stockley ne la quittaient pas des yeux. Elle leur sourit.

Charles se tourna vers la statue de Poséidon.

—J'imagine que vous aviez remarqué la sculpture qu'on trouve au beau milieu de cet endroit ?

—Oui, répondit Emma. Nous en cherchions d'autres.

Charles inspecta l'espace réduit et nu qu'offrait la grotte. Emma suivit son regard.

—Dans cet endroit ? lui demanda-t-il.

—Non, euh... Bien sûr que non. Je parlais de manière générale. Plus tard. Ailleurs.

—Ailleurs... C'est ça, reprit Mr Stockley en faisant une révérence. Si vous voulez bien me pardonner, milord.

Charles le salua d'un mouvement de tête et Mr Stockley partit sans demander son reste.

Quand ils furent seuls, Charles se tourna vers la jeune femme.

—Emma... Auriez-vous l'obligeance de m'expliquer de quoi il s'agit ?

—Non, répondit-elle avec un grand sourire.

Quelque chose n'allait pas. Emma semblait aussi nerveuse qu'un cheval sauvage. Qu'était-elle en train de faire là-dedans avec Stockley ? Elle n'embrassait quand même pas ce gandin ?

—Vous vous sentez bien, Emma ? demanda Charles.

—Bien sûr que je me sens bien. Pourquoi me posez-vous cette question ?

—Je ne sais pas. Vous me semblez fort agitée. Stockley a-t-il fait quelque chose de déplacé ?

—Non ! (Elle tressaillit, ce qui eut pour résultat de soulever sa poitrine de charmante manière.) Non, vraiment pas. Mr Stockley n'a rien fait de déplacé, rien du tout. Je vais très bien. Vous avez parfois de bien curieuses idées, milord.

—Hum… Il n'aurait pas tenté de vous embrasser, j'espère ?

—M'embrasser ?

Charles eut l'impression qu'Emma s'était retenue de hurler. Il avança d'un pas. Elle recula et se retrouva adossée contre une des parois de la grotte.

—Il me semble que vous n'avez nulle part où vous enfuir, désormais.

—M'enfuir ? Je ne m'enfuis pas du tout.

—Vraiment ?

Il se pencha en avant et posa une main sur la paroi rocheuse, de chaque côté de la tête de la jeune femme.

—Je suis heureux de vous l'entendre dire. Il faut que nous parlions, ma douce. Pourquoi m'avez-vous giflé ?

Emma baissa les yeux pour contempler la cravate de Charles.

—Je vous présente mes excuses. J'ai très mal agi.

—Cela ne répond pas à ma question, Emma. (Il lui souleva doucement le menton.) Je ne voulais pas vous offenser.

—Non, bien sûr.

Elle soutint son regard un instant avant de baisser à nouveau les yeux. Il aurait juré qu'elle regardait sa bouche, et la vit sortir sa petite langue rose pour s'humecter les lèvres.

—Ne devrions-nous pas rejoindre le groupe ? finit-elle par demander dans un souffle. Je suis certaine que lady Caroline vous cherche.

—Oh, je crains que vous n'ayez raison. Je suis même prêt à parier qu'elle me suit à la trace et ne va pas tarder à pointer le bout de son nez, tout essoufflée.

Charles n'allait pas laisser passer une si belle opportunité. Comme Emma venait de le souligner, ils risquaient d'être interrompus à tout moment. Il lui lâcha le menton et posa la main sur sa joue. Ils ne bénéficiaient peut-être que de quelques secondes d'intimité. Pourquoi les gâcher à discuter ? Il pourrait découvrir plus tard la raison qui avait poussé la jeune femme à le gifler. Il sourit. Se prendre un nouveau soufflet faisait partie des hypothèses envisageables mais il était prêt à courir ce risque. Il ne pouvait pas se retrouver seul et si près d'elle sans lui voler un baiser.

Il se pencha pour approcher ses lèvres de celles d'Emma. Son parfum était frais et propre, avec des notes de citron et de lavande. Sa peau était si douce, le contour du bas de son visage si délicat. Elle laissa échapper un petit gémissement lorsque leurs lèvres se frôlèrent, et posa les mains sur la poitrine de Charles. Il redouta un instant qu'elle le repousse mais elle fit glisser ses doigts autour de son cou et jusque dans ses cheveux.

Il attira la jeune femme tout contre lui et sentit ses seins plaqués contre sa poitrine. Du bout de la langue, il suivit le contour de ses lèvres et, lorsqu'elle entrouvrit la bouche, en profita pour s'immiscer.

Quel délice ! Charles explora doucement le palais de la jeune femme avant de suivre sa langue sur toute sa longueur. Emma était bien trop innocente pour prendre la moindre initiative mais lui avait l'expérience requise, et il comptait bien tout lui apprendre. Il se fit un peu plus exigeant et elle émit un petit son affamé, posant la tête au creux de l'épaule de Charles, ouvrant ainsi un peu plus la bouche.

Elle était tellement… généreuse.

Il avait possédé son lot de traînées et de veuves. Ces rencontres s'étaient souvent avérées très plaisantes, mais n'avaient réservé que peu de place à la générosité. De l'amitié ? Parfois. Un désir mutuel ? Souvent. Mais de la générosité ? Cette offrande innocente, cette confiance qu'il sentait chez Emma ? Jamais.

Et c'était incroyablement érotique.

Il recula un peu pour lui déposer un baiser dans le cou, juste sous son oreille. Ne pouvait-il pas entrouvrir un peu le col de sa robe ? Peut-être, mais il n'en avait pas le temps. Si on lui posait la question, Stockley saurait indiquer où se trouvait le marquis.

Non, il était trop tard. Il venait d'entendre le raclement d'un pas sur le sentier juste à l'entrée de la grotte. Il se redressa.

— Emma ? dit-il doucement.

— Mmm… oui ?

— Emma, ma douce, nous allons avoir de la visite.

— De la visite ?

— Oui. (Il lui déposa un rapide baiser sur les lèvres.) Nous pourrons poursuivre cette intéressante… conversation plus tard. Pour l'instant, et à moins que vous teniez à choquer la personne qui s'apprête à entrer dans cette jolie grotte, je vous conseillerais de vous rajuster. Vous ressemblez un peu trop à une femme que l'on vient d'embrasser avec passion.

Emma ouvrit grand les yeux et se redressa à l'instant même où lady Caroline appelait Charles.

D'un coup d'œil discret, Emma s'assura rapidement qu'elle n'était pas aussi débraillée qu'elle le craignait. Lady Caroline lui jeta à peine un regard avant de reporter toute son attention sur Charles.

— Vous nous manquiez, milord, déclara la fille de bonne famille.

— Vous me flattez, lady Caroline. Je n'ai échappé à votre vigilance que quelques minutes à peine.

— Chaque minute passée sans vous est une éternité, milord, susurra lady Caroline.

Emma leva les yeux au ciel sans craindre que la demoiselle ne remarque son indélicatesse. Lady Caroline était si concentrée sur Charles qu'Emma avait cessé d'exister à ses yeux.

C'était une bonne chose dans la mesure où Emma avait besoin de quelques instants pour reprendre le contrôle de ses émotions.

Au moins, sa curiosité était satisfaite. Embrasser Mr Stockley s'était avéré à peu près aussi exaltant que de vider un pot de chambre. Mais embrasser Charles…

*Bonté divine.*

Quand la bouche de Charles avait rencontré la sienne, elle n'avait pas ressenti le moindre ennui. En fait, elle avait éprouvé de l'attirance pour lui dès qu'il était entré dans la grotte. Dès qu'elle avait aperçu sa silhouette, son cerveau – la zone régissant le bon sens en particulier – l'avait désertée. N'avait-il pas essayé de lui parler ? Pourquoi ne lui avait-elle pas dit précisément tout ce qu'elle pensait de son effroyable demande en mariage, si on pouvait encore appeler cela ainsi ?

Une approche aussi rationnelle la dépassait. Pourtant, dès qu'elle l'avait vu, son estomac s'était noué. Elle n'avait plus eu qu'une idée en tête, et il ne s'agissait pas de parler. Une fois Mr Stockley parti, au moment où Charles s'était approché, la jeune femme avait senti sa respiration devenir irrégulière et son cœur battre furieusement, comme un oiseau voulant s'échapper de sa cage. Quant à cette flamme étrange entre les… Non, il n'était pas question de penser à cela.

Que lui arrivait-il ? Elle aurait dû être furieuse contre cet homme ! Il lui avait proposé de l'épouser parce qu'il trouvait cela pratique, pas par amour pour elle. Elle n'était qu'une femme disponible, qui l'aiderait à régler les petits tracas du quotidien sans qu'il ait à fournir le moindre effort. Une femme qu'il engrosserait bien vite avant de l'abandonner à la campagne.

Qui essayait-elle de duper ! Quand Charles l'avait prise dans ses bras, il aurait pu lui demander d'aller à Londres en marchant à reculons et elle l'aurait fait sans hésiter. Il ne devait pas douter un instant qu'elle suivrait volontiers le processus mystérieux permettant d'avoir des enfants. N'avait-elle donc aucun amour-propre ?

Apparemment pas. Elle le regarda, debout à côté de lady Caroline et de Poséidon, et ressentit de nouveau entre les jambes cette étrange flamme liquide. Comment se faisait-il qu'elle ait eu envie de le battre comme plâtre une minute auparavant, et de s'agripper à lui pour ne plus jamais le laisser partir quelques secondes plus tard ?

Elle n'était qu'une idiote. Une écervelée.

— Et si nous rejoignions les autres, lady Caroline ? demanda Charles.

Emma plissa les yeux. Si Charles pouvait se montrer aussi charmant avec cette vipère, il pouvait l'être avec tout le monde, y compris une ancienne compagne de jeu. Cela ne voulait rien dire, il ne fallait pas qu'elle l'oublie. Cet homme était un séducteur-né. Il n'avait pas appris de manière aussi experte en étudiant la question dans les livres ou en combattant Napoléon. Il bénéficiait de plusieurs années d'expérience.

Eh bien, il allait pouvoir développer sa pratique des arts de l'amour auprès d'autres ravissantes idiotes.

En tout cas, il ne s'agirait pas de lady Caroline. Emma ne pouvait se résoudre à voir cette mégère épouser Charles, car Isabelle et Claire en paieraient le prix. Et il ne pouvait pas épouser Miss Oldston pour la même raison. Miss Pelham, alors ? Non, c'était peu probable. Sa mère était une gorgone. Il était difficile de s'imaginer que la fille soit très différente. Quant à la pauvre Miss Frampton, elle avait les mêmes problèmes de peau que son frère.

Seule Miss Haverford pouvait se targuer d'être une candidate plausible. Elle était de bonne composition et Emma n'avait aucune objection à son sujet… mis à part qu'elle était très jeune, bien entendu. Et un peu fade aussi, sans doute. Mais elle se forgerait certainement le caractère en prenant de l'âge.

— Miss Peterson ?

Charles la regardait d'un air interrogateur, comme s'il l'avait déjà appelée au moins une fois. Emma lui sourit et posa la main sur le bras qu'il lui offrait. Lady Caroline tenait déjà l'autre.

— Londres ne vous manque pas, lord Knightsdale ? demanda lady Caroline. Le théâtre, les fêtes, les bals ?

(Son regard se posa alors sur Emma.) Oh, veuillez m'excuser… Êtes-vous déjà allée à Londres, Miss Peterson ?

Emma serra les dents.

— Non, lady Caroline. Je dois reconnaître que je n'ai pas eu ce plaisir.

— Vraiment ?

Lady Caroline faisait de son mieux pour afficher ce qui aurait pu passer pour de la compassion mais ses yeux – ses petits yeux porcins – la trahissaient. Ils brillaient de méchanceté.

— Quel dommage ! reprit-elle. J'imagine toutefois que la vie à la campagne a ses avantages. Le rythme plus lent. Les activités routinières. Cela doit être bien… commode pour, euh… (Elle sourit à Charles.) pour certaines personnes, ajouta-t-elle enfin.

*Pour une vieille fille comme moi ?* pensa Emma. Lady Caroline n'avait pas prononcé ces paroles mais elles flottaient dans l'air.

Charles éclata de rire.

— Personnellement, j'adore la campagne, lady Caroline. Je me suis un peu lassé de la capitale. (Il adressa un sourire à Emma.) Toutefois, je suis persuadé que vous sauriez apprécier une petite excursion à Londres, Miss Peterson. Peut-être en ferons-nous une très bientôt.

Lady Caroline lança à Emma un regard venimeux.

— Je ne pense pas qu'un voyage à Londres fasse partie de mon avenir proche, milord, murmura Emma.

— Je suis certain que si, Miss Peterson. Je serais même prêt à parier là-dessus.

— Seriez-vous prêt à emmener vos nièces à Londres dans ce cas, milord ? demanda lady Caroline en montrant les dents à Emma dans une parodie de sourire. Les musées, l'opéra, la Tour… Ce serait tellement instructif. Vous adoreriez, Miss Peterson. Je pense que ce serait tout simplement le paradis pour une gouvernante comme vous.

— En effet, poursuivit Charles d'une voix étranglée en lançant à Emma un regard malicieux. Ce serait très éducatif. D'ailleurs, peut-être pourrais-je vous aider, Miss Peterson. Je pense que je serais capable de vous donner quelques leçons.

*Je n'en doute pas*, pensa Emma. Restait à savoir quel genre de leçons il envisageait, et à qui elles bénéficieraient vraiment. Encore quelques sessions comme celle qu'il venait de lui offrir et elle serait obligée de l'épouser. D'un autre côté, cela en vaudrait presque la peine, ne serait-ce que pour voir la tête de lady Caroline lors de l'annonce de leurs fiançailles.

Avait-elle complètement perdu l'esprit ? Comment pouvait-elle penser de telles choses ? Il était désormais totalement hors de question que lord Knightsdale lui donne d'autres leçons.

— J'ai trouvé le bonnet affreux, Isabelle.

— Bien. Et vois-tu la brosse de Miss Peterson ?

Claire regarda la table de la coiffeuse d'Emma.

— Oui. Elle n'est pas très jolie.

— Peu importe. Elle en aura besoin ce soir. Viens, allons la mettre dans la chambre d'oncle Charles.

Isabelle ouvrit la marche jusqu'à la porte et l'ouvrit pour tomber nez à nez avec Henderson, le valet de Charles, qui pliait cravates et jabots. Elle recula brutalement et marcha sur le pied de Claire.

— Aïe !

Henderson leva des yeux étonnés.

— Puis-je vous aider, lady Isabelle ?

— Euh…, commença Isabelle en entrant dans la chambre. Nous cherchions juste oncle Charles.

— Vraiment ? Mais alors, que faites-vous avec le chapeau de Miss Peterson ?

— Il n'est pas très beau, répondit Claire en s'en coiffant. Ne trouvez-vous pas qu'il ressemble à un seau ?

— Il ne m'appartient pas de donner mon avis sur les vêtements de Miss Peterson, répondit Henderson avec une grimace, comme s'il venait de sentir une odeur épouvantable.

— Mais si vous le pouviez, Mr Henderson, lui demanda Isabelle. Diriez-vous que ce chapeau est joli ?

Durant un court instant, Henderson sembla en proie au plus grand dilemme.

— Non, lâcha-t-il finalement. Je ne peux pas dire qu'il soit de la première fraîcheur.

— Il me semble que Miss Peterson ne s'en portera que mieux si nous l'en débarrassons, ajouta l'aînée des deux fillettes.

— Lady Isabelle…

— Nous voulons juste qu'elle soit la plus belle possible par rapport à ces dames venues de Londres, Mr Henderson, précisa Claire.

— Je comprends bien…

— Ces Londoniennes sont méchantes.

Isabelle lui sourit avant de repartir vers la chambre d'Emma en poussant sa sœur devant elle.

— Bien. Comme oncle Charles n'est pas là, nous n'avons plus qu'à repartir. Au revoir, Mr Henderson.

Elle referma la porte derrière elle et se détendit.

— Quel dommage que Mr Henderson se soit trouvé dans la chambre d'oncle Charles, dit-elle.

Claire haussa les épaules puis annonça :

— J'ai posé la brosse de maman Peterson sous les papiers qui se trouvaient sur le bureau de papa Charles pendant que vous discutiez.

— Bien joué, la félicita Isabelle en souriant.

Claire sautilla jusqu'à la porte en faisant tournoyer le chapeau qu'elle tenait par ses liens.

— Je parie que Miss Russell en voudra pour l'épouvantail qu'elle a dans son jardin.

# Chapitre 8

Au retour de la promenade, alors qu'elle pénétrait dans le hall d'entrée de Knightsdale, Emma y trouva Mrs Graham. Celle-ci riait de bon cœur avec le révérend Peterson.

Immédiatement, la jeune femme sentit son estomac se nouer. Lady Caroline n'était donc pas la seule mégère en liberté sur la propriété.

— Merci pour cette promenade, milord, lança lady Caroline derrière elle.

Emma se retourna pour voir la prétendante battre des cils à l'intention du marquis. La demoiselle posa une main sur son imposante poitrine et l'autre sur le bras de Charles avant de poursuivre :

— Je crains que cette petite excursion ne m'ait épuisée. Je pense que je vais monter faire une petite sieste.

Espérait-elle que Charles se joigne à elle ?

— Allez, Caro. Viens.

Tout comme Emma, Miss Oldston semblait exaspérée par le petit manège de lady Caroline.

— Je vous reverrai plus tard, milord.

Lady Caroline passa devant Emma en la frôlant et, à la suite de Miss Oldston, commença à gravir l'escalier.

Emma serra les poings. S'il lui était resté quelques-unes des fleurs que Bouffi et les autres s'amusaient à se lancer près du cottage, elle se serait fait une joie d'aller les planter sur le large postérieur de lady Caroline.

Elle prit une profonde inspiration. Elle se comportait vraiment comme une gamine. Ce genre de sentiments était indigne d'elle.

Elle regarda Mrs Graham et sentit à nouveau la moutarde lui monter au nez. Cette femme avait l'audace de lui sourire comme si elle partageait son agacement envers cette cruche de lady Caroline. Eh bien Emma, elle, ne partageait rien avec Mrs Graham. Rien du tout.

À l'exception de son père. Celui-ci se pencha vers Mrs Graham pour lui sourire et les crampes d'estomac d'Emma semblèrent redoubler.

Non. Il voulait juste se montrer poli, voilà tout. Il n'allait pas faire entrer cette femme au sein de la famille. C'était impossible.

— Révérend Peterson ! Je vous cherchais, s'exclama Charles. Et Mrs Graham. Bienvenue à Knightsdale. J'espère que vous ne m'en voudrez pas de vous priver de votre chevalier servant quelques instants, madame. J'aimerais discuter de certaines petites choses avec lui.

— Je vous en prie, milord.

Mrs Graham adressa un grand sourire à Charles. Au moins, elle ne battait pas des cils pour lui plaire.

— Parfait. Lambert. (Charles fit signe au majordome qui attendait tout près.) Veuillez accompagner Mrs Graham jusqu'au salon bleu. Il se tourna vers la nouvelle venue. Cela ne prendra vraiment que quelques instants, madame.

— Mais prenez tout votre temps, milord. Rien ne presse.

Mrs Graham se tourna vers Emma. Immédiatement, celle-ci se mit à grincer des dents.

— Souhaitez-vous m'accompagner, Emma ?

— Non. (Emma vit Charles tressaillir et son père froncer les sourcils. Elle s'était sans doute montrée par trop abrupte.) Non, je vous remercie. Je suis un peu fatiguée.

Bon sang, ne venait-elle pas de présenter la même excuse que lady Caroline ? Il était impensable qu'elle tombe aussi bas.

— Je, euh…, balbutia-t-elle.
— N'ayez aucune inquiétude, reprit Mrs Graham. La solitude ne me dérange pas.
— Lady Beatrice est déjà au salon avec quelques autres dames, madame, précisa Lambert.
— D'autres dames, Lambert ? demanda Charles, soudain inquiet. Vous voulez dire les membres de la Société ?
— C'est cela, milord, répondit le domestique avant de toussoter. Toutefois, j'ai pris la liberté de mettre les alcools sous clé.
— Bien joué, approuva le marquis.
Emma surprit alors le regard chargé de reproche que lui lançait son père. Elle lutta quelques instants avec sa conscience mais, comme il s'agissait de son père, ce fut cette dernière qui gagna.
— Je pense que je vais rester ici quelques instants afin de tenir compagnie à Mrs Graham, annonça-t-elle. Papa, milord, veuillez m'excuser.
Emma remarqua le sourire reconnaissant que lui adressa son père alors qu'elle emboîtait le pas à Mrs Graham pour la suivre jusqu'au salon.

— Puis-je vous offrir un verre, monsieur le pasteur ? proposa Charles en invitant le révérend Peterson à entrer dans son bureau.
— Vais-je en avoir besoin ?
— J'espère bien que non, lui répondit Charles dans un sourire.
— Alors j'accepte avec plaisir.
Charles servit un cognac au père d'Emma et, d'un geste, l'invita à s'asseoir. Pour sa part, il resta debout à côté de la cheminée. Une nervosité soudaine l'empêchait de tenir en place.
Cette fébrilité le surprit grandement.

Le pasteur dégustait son cognac à petites gorgées. Charles sentait son regard inquisiteur posé sur lui.

— Je ne vais pas vous interroger sur des déclinaisons ou de la conjugaison, lord Knightsdale, déclara-t-il. Et je ne vais pas non plus vous demander de traduire un texte de Jules César.

Charles éclata de rire.

— Voilà qui est rassurant, car j'ignore si j'en serais capable.

— Allons donc ! Vous étiez un élève remarquable… quand vous vous en donniez la peine. J'ai cru comprendre que vous vous étiez montré brillant à l'université.

Charles haussa les épaules pour toute réponse. Il n'était pas là pour parler de latin mais pour parler d'Emma.

— Monsieur, la raison pour laquelle j'ai sollicité un entretien avec vous… Disons que j'aimerais… (Charles toussota avant de reprendre.) Je souhaiterais obtenir votre autorisation pour…

— Oui ? Dites-moi, mon garçon. Ce n'est quand même pas aussi grave que ça ?

— Je souhaiterais épouser votre fille, monsieur.

À ces mots, le révérend Peterson se figea dans son fauteuil, médusé.

— Emma ? demanda-t-il.

— Bien sûr, Emma. Meg est bien trop jeune.

— Elle ne l'est pas tant que ça, répondit l'ecclésiastique. Mais je suis d'accord avec vous, Emma constitue un meilleur choix en ce qui vous concerne. Pour autant que je puisse en juger, Meg ne s'intéresse pas aux hommes contrairement à Emma, même si celle-ci refuse le plus souvent de l'admettre.

— J'ai donc votre permission pour lui faire la cour ?

— Absolument. Mais, bien entendu, c'est à Emma de décider.

— Bien entendu. Et je ne suis pas encore prêt à lui demander.

— Auriez-vous peur qu'elle refuse ?

Charles rit avant de répondre :

— Pour être tout à fait honnête, elle a déjà refusé. Mais, avec le temps, je pense pouvoir la faire changer d'avis.

Le pasteur acquiesça.

— Cela fait des années qu'elle vous adore, vous savez ?

— Oui, je le savais. Toutefois, dernièrement, ce qu'elle a montré à mon égard ne ressemblait pas vraiment à de l'adoration.

— Emma n'est pas très heureuse en ce moment, milord, dit le révérend d'un air préoccupé. Je pense que c'est ma faute.

— Que voulez-vous dire, monsieur ?

Ce fut au tour du pasteur de montrer de la nervosité. Il avala une grande gorgée de cognac avant de se lancer.

— Comme vous le savez, mon épouse est décédée dans l'année qui a suivi la naissance de Meg. L'accouchement avait été très difficile et Catherine ne s'en était jamais complètement remise. J'étais dévasté, tout comme Emma, bien entendu. Elle n'avait que neuf ans, mais s'est tout de suite chargée de remplacer sa mère en s'occupant à la fois de Meg et de la maison. Je n'aurais jamais dû la laisser faire mais, à l'époque, cela me semblait une bonne solution. Cela lui donnait quelque chose à faire, une raison d'être, si vous préférez. Quant à moi, je…

Le pasteur ferma les yeux. Il crispa les lèvres et tressaillit comme si une douleur violente le traversait.

— Monsieur, vous n'avez pas à…, commença Charles.

Le révérend Peterson leva brusquement la main.

— Si, milord. Il le faut.

Avec un soupir, il reposa son verre sur la desserte à côté de son fauteuil, croisa les doigts, puis se pencha en avant, les avant-bras sur les genoux.

— Je n'avais aucune envie de me trouver une autre épouse. Emma s'occupait de tout parfaitement. Par conséquent, je pouvais me consacrer entièrement à mes recherches, au grec ancien et aux textes latins. J'étais heureux… Enfin, je le croyais. Et je pensais que mes filles l'étaient aussi.

—Je suis certain que c'était le cas, le rassura Charles.

—Peut-être. Mais la vie continue. Les choses changent… Lentement mais sûrement. Après la mort de son mari, Harriet est venue s'installer au village, où elle avait hérité d'un cottage. Quand je l'ai aperçue après l'office, la première fois qu'elle est venue y assister… Eh bien, je dois reconnaître que cela a réveillé en moi des sentiments que je pensais à jamais éteints. Elle s'est alors proposée pour me prêter main-forte à la paroisse. Ne vous méprenez pas, elle ne cherchait pas à se montrer entreprenante. C'est juste qu'elle aime s'occuper des arrangements floraux, des vêtements du culte et de ce genre de choses. Elle était déjà un membre très actif de sa paroisse précédente, et cette activité lui plaît beaucoup. Dans un premier temps, nous sommes devenus amis, puis cette amitié a évolué.

—Je comprends parfaitement, monsieur. Inutile de me donner plus de détails.

Le pasteur éclata de rire en rougissant.

—N'ayez crainte, je ne le ferai pas, s'exclama-t-il en secouant la tête. Nous nous en tenons aux enseignements de l'Église. À grand-peine, d'ailleurs. Et cela devient plus difficile avec chaque jour qui passe. J'espère que vous me comprenez.

—Parfaitement, dit Charles en affichant un demi-sourire entendu.

Le pasteur lui sourit à son tour.

—Vous ne pensez donc pas que je sois trop vieux pour… Oh, oubliez ça. L'essentiel, c'est que je veux épouser Harriet… Et qu'elle aussi veut m'épouser. Mais je sais que cela déplaît à Emma. J'ai l'impression que je la trahirais.

—Je dois admettre qu'elle ne semble pas tenir Mrs Graham en très haute estime.

—Voilà ce que j'appelle un euphémisme, lança le pasteur. (Il passa une main dans sa chevelure grisonnante.) Harriet et moi en avons discuté et je ne comprends pas cette réaction. Harriet est absolument certaine de n'avoir jamais rien fait ou dit qui aurait pu blesser Emma. En fait, elles étaient plutôt amies jusqu'au moment où mon affection est devenue une évidence.

— Et que pense Meg de ce projet de mariage ? Connaît-elle vos intentions ?

— Oh, oui. Meg est très différente d'Emma. C'est normal, car elle n'a pas eu à assumer autant de responsabilités. Il me semble que Meg n'a aucun avis sur la question de notre mariage, tant que cela ne l'empêche pas d'aller retourner la terre quand elle le désire. Elle me ressemble beaucoup sur ce point, mis à part que ma passion, ce sont les textes classiques et que la sienne, ce sont les plantes. (Le révérend Peterson se redressa dans son fauteuil.) J'ai souvent pensé… Enfin, je veux dire qu'il me semble que… Enfin… (Le père d'Emma plongea son regard dans celui de Charles.) Parlons franchement, jeune homme. N'interprétez pas ce qui va suivre comme une invitation à prendre quelques libertés avec ma fille. Toutefois, j'ai commencé à me dire que, si Emma savait ce que peut être l'amour entre un homme et une femme, elle comprendrait mes sentiments. Si elle ressentait une… attirance pour un homme, elle pourrait peut-être saisir que le mariage va au-delà de… Disons qu'elle finirait par comprendre ce qu'est l'amour conjugal et que ce que je ressens pour Harriet ne menace en rien l'amour que je leur porte, à sa sœur et à elle. Elle comprendrait que je ne trahis pas sa mère, pas plus que je ne dévalorise les efforts qu'elle a dû fournir durant toutes ces années. Bref, qu'elle gardera toujours une place dans mon cœur car elle est ma fille, qu'elle s'occupe de ma maison ou pas.

Charles s'assit en face du pasteur.

— Dois-je comprendre qu'Emma n'a jamais eu de prétendant ?

— Non, répondit le révérend. Je n'exagérais pas quand je vous disais qu'elle vous adorait. Rétrospectivement, je pense que j'aurais dû l'envoyer à Londres pour qu'elle se frotte à la haute société. L'une de mes sœurs était parfaitement disposée à la chaperonner. Mais Emma a refusé d'abandonner Meg. Quant à moi, je ne voulais pas me priver d'une routine très confortable, je le reconnais. Aujourd'hui, je paie le prix de mon égoïsme, conclut-il d'un ton amer.

—Allons, monsieur. Ne vous mettez pas martel en tête, je vous prie. Pour ma part, je considère que vous m'avez en quelque sorte fait une faveur. Je pense qu'Emma et moi formerons un très beau couple. Tout ce qu'il me reste à faire, c'est la convaincre, résuma-t-il avec un grand sourire.

Mr Lambert ouvrit la porte du salon bleu et Emma y pénétra à la suite de Mrs Graham. Aussitôt, la jeune femme se dit qu'elle n'avait absolument rien à faire là. Elle aurait dû s'en rendre compte à l'instant où le majordome avait précisé que les membres de la Société y étaient réunis mais la culpabilité obscurcissait alors son jugement.

—Harriet ! lança Mrs Begley en levant sa tasse pour les saluer. Et Miss Peterson ! Quelle joie ! Lady Beatrice, connaissez-vous Mrs Graham ?

Emma observa l'assistance tandis que Mrs Begley faisait les présentations. À en croire Mr Lambert, le cognac était hors d'atteinte. Pourtant, toutes ces dames avaient une lueur suspecte dans le regard. Les jumelles Farthington riaient de concert, assises côte à côte sur un canapé tandis que Miss Russell souriait de manière béate à un bouquet de roses.

—C'est un plaisir de vous rencontrer, Mrs Graham, déclara lady Beatrice.

Elle portait une robe où le vert pomme côtoyait le bordeaux, ce qui lui donnait l'apparence peu ragoûtante d'une prune pourrie.

—Voulez-vous un peu de thé, mesdames ? demanda-t-elle.

—Avec plaisir, merci, répondit Mrs Graham. Une tasse de thé me fera le plus grand bien.

Lady Beatrice entreprit alors de faire le service. Une fois les tasses prêtes, elle plongea la main dans son sac à ouvrage pour en tirer une fiole d'eau-de-vie.

—Voulez-vous que j'ajoute un soupçon d'assaisonnement? proposa-t-elle avec malice.

Mrs Graham éclata de rire.

—Non, je vous remercie. Je risquerais de m'endormir avant d'avoir vidé ma tasse.

Emma fronça les sourcils en prenant sa tasse qui, elle aussi, ne contenait que du thé.

—Je pensais que Mr Lambert avait confisqué ce genre de produit.

Elle se mordit aussitôt les lèvres. Ce genre de remarque était extrêmement déplacé de la part de quelqu'un de sa condition.

—Mr Lambert est sans conteste un excellent majordome mais il ne fait pas le poids contre moi quand il s'agit de jouer au plus malin, fit remarquer lady Beatrice en replaçant la bouteille dans son sac.

—Allons, Miss Peterson. Ne prenez pas cet air contrarié, dit Mrs Begley. Ce n'est pas comme si nous nous soûlions tous les jours. Par exemple, hier, nous n'avons pas mis une goutte d'alcool dans notre thé. N'est-ce pas, mesdames?

—Pas la moindre, confirma Miss Esther Farthington en secouant tristement la tête.

—Et aujourd'hui, nous nous sommes à peine accordé une toute petite goutte, soupira Miss Rachel Farthington.

Miss Russell, quant à elle, souriait toujours aux roses.

—Si je peux me permettre, vous vous inquiétez trop, Miss Peterson, dit Mrs Begley. (Les jumelles acquiescèrent.) Vous n'avez que vingt-six ans, pas soixante-six.

Les jumelles s'immobilisèrent soudain et affichèrent une même moue irritée.

—Soixante-six ans, ce n'est pas vieux, dit Miss Esther en reposant brutalement sa tasse sur la table. Nous en avons soixante-dix et nous ne sommes pas vieilles, Lavinia.

—Absolument, renchérit Miss Rachel en agitant un doigt. Quatre-vingt-six ans, ça c'est vieux. Mais soixante-six, en aucun cas.

Mrs Begley balaya l'argument de la main, au risque de renverser sa tasse.

—Ce que je veux dire, Miss Peterson, c'est que vous êtes encore célibataire, bonne à marier, attirante…

À l'énoncé de chacun de ces qualificatifs, les sœurs Farthington semblèrent se transformer un peu plus en dindes furibondes aux plumes ébouriffées. Mrs Begley leur lança un regard exaspéré puis poursuivit :

—Ce que je veux dire, c'est que vous êtes encore jeune. En tout cas, bien trop jeune pour vous préoccuper des convenances autant que vous le faites.

—Lavinia, j'aurais dit que c'était justement les jeunes femmes qui devaient se soucier le plus de respecter les convenances, intervint Mrs Graham avec un petit rire.

—Et je ne suis pas jeune, ajouta Emma qui trouvait que cette conversation n'avait ni queue, ni tête. Ma sœur Meg, elle, est jeune.

—Votre sœur est un bébé. Les enfants de son âge doivent être accompagnés d'un chaperon. Vous, en revanche…

Mrs Begley marqua une pause en faisant tinter doucement la porcelaine de sa tasse contre ses dents.

—Vous êtes comme un bouton de rose à peine éclos, lâcha Miss Russell.

Toute l'assistance se tourna dans sa direction et, à voir leurs visages, on aurait pu croire qu'une chaise venait de prendre la parole. Miss Russell les regarda en clignant des yeux.

—Mais que voulez-vous donc dire par là, Blanche ? demanda Mrs Begley.

—Miss Peterson… Ses pétales sont à peine déroulés, épanouis, ouverts.

—Ça m'étonnerait, grommela lady Beatrice.

— Non, je comprends ce que Blanche essaie de dire, reprit Rachel Farthington. Meg est comme une jeune pousse. Fraîche et serrée…

— … alors qu'Emma a été exposée au soleil plus longtemps et a été chahutée par le vent.

Plus d'abeilles ont visité…

— Miss Esther ! coupa Mrs Graham d'un ton décidé. J'ignore où va nous mener cette métaphore mais elle me semble d'ores et déjà fort inappropriée.

— Elles veulent juste dire qu'Emma possède suffisamment d'expérience pour susciter l'intérêt, lui répondit Mrs Begley. Je suis bien d'accord.

Emma se redressa brusquement dans son fauteuil.

— Je n'ai absolument aucune expérience.

— Pas de nature intime, bien entendu. Enfin, j'imagine…

— Lavinia !

— Allons, Harriet. Elle a certainement plus d'expérience qu'une gamine de dix-sept ans, répliqua Mrs Begley.

Le mot « intime » résonnait encore aux oreilles d'Emma.

— Effectivement. Très exactement neuf années d'expérience en plus, pour être précise ! s'esclaffa-t-elle pour masquer le fait que cette conversation lui échappait complètement.

— Et chacune de ces années est importante, mademoiselle. Tout ce qui constitue le mariage ne se déroule pas dans la chambre à coucher, vous savez. Les hommes nous autorisent parfois à quitter les draps pour manger, lire les journaux ou faire la conversation. Une épouse qui sait raisonner est toujours plus attirante que les autres. Et c'est également vrai pour les maris, bien entendu.

Les draps ? Emma sentit une onde de chaleur lui traverser la nuque. L'image de lord Knightsdale s'étant enroulé dans les siens pour venir les aider à chasser un fantôme surgit dans son esprit.

— Vous ne manquez pas de personnalité, Miss Peterson, ajouta Mrs Begley. En cela, vous êtes un mets de choix pour un homme ayant du goût.

— Mrs Begley… À vous écouter, on pourrait croire qu'Emma n'est qu'un morceau de viande, intervint Mrs Graham.

— En parlant de goût, ce thé mériterait d'être un peu plus relevé, dit lady Beatrice avant de se verser une nouvelle rasade de brandy. Lavinia a raison, Miss Peterson, reprit-elle. Vous vous préoccupez trop des convenances. Vous devriez parfois prendre des risques, vous amuser. Soit, vous n'êtes plus une jeunesse et je sais bien que vous n'avez pas fait vos débuts selon les usages et l'étiquette, mais l'idée de base reste valable. La haute société, en tout cas ici à la campagne, vous laissera davantage de libertés que vous n'êtes disposée à vous en accorder vous-même. (Elle brandit alors la bouteille d'alcool qu'elle avait subtilisée.) Un peu de sournoiserie n'est pas forcément un mal, Miss Peterson. Il n'y a que les idiotes qui suivent constamment les convenances à la lettre.

— Et les hommes n'aiment pas les idiotes, ajouta lady Begley.

— En tout cas, pas mon neveu.

À cette phrase, Emma recracha une gorgée de thé dans sa tasse.

— Aurais-je manqué quelque chose ? demanda Mrs Graham.

— Non, rien. Vous n'avez rien manqué du tout. Lady Beatrice subit juste les effets de l'alcool. Elle est juste un peu grise. Indécise. Il y a méprise, balbutia Emma, totalement horrifiée.

Désormais, toutes les dames de la Société pour le Progrès des Femmes connaissaient les desseins matrimoniaux de lady Beatrice. Et c'était un problème car aucune d'entre elles n'avait le moindre sens de la bienséance. En revanche, elles avaient toutes la langue bien pendue.

— Il n'y a aucune méprise, mademoiselle, poursuivit lady Beatrice. Charles a besoin d'un héritier et il faut une mère à ses nièces. Qui d'autre pourrait-il choisir ? Passons en revue la concurrence. Lady Caroline…

À ce nom, Miss Esther poussa un petit cri de goret.

— Miss Oldston.

Rachel Farthington poussa un hennissement.

— Et en plus, elle a des yeux de crapaud, comme toute sa famille, surenchérit lady Beatrice. Cela ne nous laisse plus que Miss Frampton.

— Cette boutonneuse ? grimaça Mrs Begley.

— Miss Pelham, alors.

— Mauvaise mère, intervint Miss Russell.

Tous les regards se braquèrent de nouveau sur elle.

— C'est vrai, insista-t-elle. Miss Pelham a une mère insupportable. Je n'en voudrais pas comme belle-mère.

— C'est bien vrai, approuva lady Beatrice en hochant la tête, ce qui fit valser les plumes de sa coiffure. Cela ne laisse donc plus que vous.

— Ainsi que Meg, Lizzie et Miss Haverford, plus d'innombrables demoiselles de la haute société qui ne sont pas présentes à cette fête, rétorqua Emma.

Lady Beatrice poussa un soupir exaspéré puis repartit à la charge :

— Meg ne s'intéresse qu'à la botanique tandis que Lizzie n'a d'yeux que pour le comte de Westbrooke. Miss Haverford, quant à elle, nous ramène aux boutons de roses dont parlait Miss Russell. En un mot, elle est trop jeune. Je n'imagine pas une seconde que Charles puisse la demander en mariage.

— Miss Haverford n'est pas trop jeune, répondit Emma. Elle a dix-sept ans, tout comme Meg et Lizzie. Un âge parfaitement convenable pour se marier.

Lady Beatrice ricana.

— Pas pour Charles. Il s'ennuierait tellement qu'il s'endormirait avant de pouvoir…

— Lady Beatrice, je vous en prie, intervint Mrs Graham en regardant son hôtesse avec exaspération. Emma est une jeune femme bien élevée et célibataire.

Lady Beatrice lui rendit son regard courroucé avant de poursuivre :

— Et elle le restera si elle ne se décide pas à faire le nécessaire. Charles est un fruit prêt à être cueilli. Elle peut l'avoir si elle le désire vraiment. Tout ce qu'elle a à faire, c'est tendre la main pour le décrocher de l'arbre du célibat.

Mrs Begley s'empara de la bouteille de cognac.

— Pitié, lady Bea. Épargnez-nous votre sens de la poésie.

— Mais j'ai raison. Un des secrets dans l'art de prendre époux, c'est d'en trouver un qui soit parfaitement mûr. C'est le cas de Charles. Le titre pèse très lourd sur ses épaules. Quelqu'un lui mettra forcément la main dessus avant la fin de l'année, autant que ce soit Miss Peterson. (Lady Beatrice se pencha vers Emma.) Du nerf, ma fille. Cueillez cet homme avant qu'une autre jeune femme ne vous le chipe.

Emma soutint le regard de lady Beatrice. Que pouvait-elle répondre à ça ? Qu'elle attendait autre chose du mariage ?

Quoi, exactement ? De l'amour, bien entendu. Mais alors, que devenaient les sentiments troublants qui la submergeaient dès qu'elle pensait au corps musclé de Charles contre le sien ?

— Bien ! Je pense que nous avons suffisamment exploré le monde étrange de l'horticulture matrimoniale, lança Mrs Graham en souriant. Toutes ces spéculations sont sans fondement tant qu'Emma n'aura pas reçu de la part de lord Knightsdale une demande en bonne et due forme. Et quand bien même, je suis certaine qu'elle préférerait étudier la question en privé. N'est-ce pas, ma chère ?

Emma émit un son inintelligible que Mrs Graham eut la délicatesse de prendre pour une approbation, redirigeant aussitôt la conversation dans d'autres directions. Les déclarations des commères au sujet des rumeurs concernant telle ou telle famille ou certains invités aperçus lors de fêtes à Londres semblèrent alors couler autour d'Emma. Elle en fut reconnaissante envers Harriet Graham, ce qui constitua son premier sentiment positif à l'endroit de cette femme depuis qu'elle avait compris qu'elle n'était pas pour son père une paroissienne comme les autres.

Elle tenta en vain de mettre de l'ordre dans ses idées. Il lui était impossible d'effacer de son esprit les images et les sensations de son escapade dans la grotte avec lord Knightsdale. Son odeur. Son goût. La douceur de sa langue dans sa bouche...

Elle avait chaud et se sentait prête à fondre. En tout cas, une certaine partie d'elle-même semblait s'être déjà liquéfiée.

Emma contemplait sa tasse. Ce malotru de Mr Stockley avait peut-être raison quand il évoquait ses envies. Elle pensa à la porte entre sa chambre et celle de lord Knightsdale, cette porte qui n'avait pas de clé et n'était jamais verrouillée.

Elle s'éventa le visage de la main dans un effort inutile d'éteindre l'incendie qui s'était déclaré dans ses veines.

— Allez-vous bien, ma chère ? souffla Mrs Graham.

Emma hocha la tête. Elle pria qu'aucune des autres dames présentes n'ait remarqué ses joues rouges. Que diraient-elles si elles venaient à apprendre qu'elle avait effectivement reçu une proposition de mariage ? Lady Beatrice considérerait sans doute que Charles avait formulé sa demande en bonne et due forme mais ce n'était pas le point de vue d'Emma. Elle voulait qu'on lui parle d'amour, pas de profit. Ou de passion, mais pas d'utilité. Était-ce trop exiger ?

Sans doute car Charles était un marquis, après tout. À ses yeux, le mariage était un devoir incontournable.

Et si elle entendait des mots d'amour, consentirait-elle à l'épouser ?

Non, c'était ridicule. Cela ne valait même pas la peine d'y penser. Emma en était convaincue : elle entendrait des mots d'amour sortir de la bouche de Charles le jour où les cochons voleraient.

Et Dieu sait que les cochons ont d'autres facultés, comme celle de brailler par exemple.

*Bon sang!* Emma entrebâilla la porte de sa chambre et y passa la tête pour écouter. *Qu'est-ce qui peut bien faire tout ce boucan?*

—Ahhh! Maman! Atchoum! Aaahh!

Lady Caroline surgit de sa chambre et dévala le couloir en hurlant et en éternuant. Peu à peu, d'autres portes s'ouvrirent et d'autres têtes apparurent. Emma aperçut Meg et se dirigea vers la chambre de sa sœur.

—Que se passe-t-il, Emma?

Elles regardèrent lady Caroline tambouriner à la porte de sa mère.

—Je n'en ai pas la moindre idée, lui répondit l'aînée.

La femme de chambre de lady Dunlee finit par ouvrir à lady Caroline.

—Oui, milady? Oh, mon Dieu!

La domestique se cacha le visage dans son tablier et se mit à hurler.

—Oh, bonté divine, Mary! (Malgré le tohu-bohu, la voix aiguë de lady Dunlee était parfaitement audible.) Qu'est-ce que c'est que tout ce vacarme? Est-il donc impossible de fermer l'œil un instant…

Lady Dunlee fit son apparition à la porte. Elle écarquilla les yeux, bouche bée, puis se mit à crier, elle aussi.

Lady Beatrice passa juste devant Emma. Queen Bess suivait sa maîtresse d'une démarche majestueuse.

—Lady Dunlee, je vous en prie, veuillez vous calmer.

—Que je me calme? Que je me calme! D'accord, je vais me calmer. Mais regardez donc ma fille.

Emma, comme tous les invités présents dans le couloir, tourna alors son regard vers lady Caroline. Les yeux de celle-ci étaient réduits à d'étroites fentes. Son visage était couvert de boursouflures rouges et son nez coulait abondamment. Elle reniflait, éternuait et se grattait.

—Je vois, dit lady Beatrice. Je suis désolée de constater que lady Caroline semble indisposée.

—Indisposée ? Vous appelez cela une indisposition ? Pour moi, c'est un désastre.

—Eh bien, il est indéniable que cela soit fâcheux, approuva calmement lady Beatrice. Elle se sentirait peut-être mieux si elle se reposait ?

Lady Caroline poussa un vagissement et enfouit son visage au creux de l'épaule de sa mère.

—Non ? demanda lady Beatrice en se redressant. Quel est précisément le problème, lady Dunlee ?

—Ça ! C'est cette créature, le problème.

Lady Dunlee désignait du doigt Queen Bess, qui avait décidé de s'asseoir près de la jupe de lady Beatrice et de se nettoyer l'une des pattes arrière.

—Lady Dunlee, je vous prierai de ne pas désigner mon chat en ces termes. (Lady Beatrice se déplaça pour cacher Queen Bess.) Je suis certaine qu'elle ne voulait pas créer le moindre désagrément à votre fille.

—Ha ! Sachez que lady Caroline a des crises d'allergie quand elle est en présence d'un chat.

—Cette chose est montée sur mon oreiller, maman. J'en suis sûre. J'allais bien avant de m'allonger.

Lady Dunlee prit un air furieux.

—Et que faisait votre chat sur l'oreiller de ma fille ?

—Je n'en sais rien. Queen Bess n'est pourtant pas amatrice de porc.

—De porc ? reprit lady Dunlee, interloquée. (Elle fronça tellement les sourcils qu'ils formèrent un V pointant vers son nez.) Mais pourquoi donc parlez-vous de porc ? demanda-t-elle.

—Je voulais juste dire que Queen Bess est un animal très intelligent. J'aurais cru qu'après avoir jeté un coup d'œil à votre fille, elle se serait dit qu'il n'y avait rien qui pourrait l'intéresser dans sa chambre.

Lady Dunlee lâcha un cri scandalisé.

—Lady Beatrice... Seriez-vous en train de comparer ma fille... à un cochon ?

—Oui.

Lady Caroline se mit à sangloter de plus belle alors que toutes les personnes présentes s'évertuaient à retenir leurs rires sans vraiment y parvenir.

—Ayez l'obligeance de faire quérir mon époux et mon fils. Veuillez également faire venir notre voiture, déclara alors lady Dunlee. Nous partons.

—Je vous souhaite un bon voyage de retour, lui répondit lady Beatrice dans un grand sourire.

—Pauvre lady Caroline.

—Tu n'en penses pas un mot, grommela Meg.

—Non, c'est vrai, reconnut Emma dans un rire franc. Pourtant, je me dis que je le devrais. Elle avait l'air vraiment mal en point et tout ce que je parvenais à me dire, c'était que son visage reflétait enfin sa vraie nature. Car c'est une jeune femme odieuse.

—Je suis bien d'accord.

Meg fit demi-tour pour rentrer dans sa chambre.

—Euh, Meg ?

—Oui ?

Emma jouait nerveusement avec la ceinture de sa jupe.

—Je me demandais comment Queen Bess avait pu entrer dans la chambre de lady Caroline. J'aurais cru qu'elle prenait bien soin de fermer la porte quand elle la quittait.

Meg haussa les épaules.

—Elle a peut-être oublié cette fois-ci.

Elle fit un pas de plus dans sa chambre. Emma resta sur le seuil.

—Tu t'amuses, Meg ? Nous nous croisons à peine.

Meg se retourna pour faire face à sa sœur.

— Emma, veux-tu entrer ?

— Oui. Enfin, si tu es d'accord. J'ai quelques minutes devant moi et j'aimerais beaucoup que l'on discute. Je me demandais ce que tu faisais. Tu n'as pas participé à la promenade avec les autres dames, cet après-midi.

— Je ne suis pas venue car errer sans but autour du lac n'a aucun intérêt. J'en ai déjà fait le tour et en meilleure compagnie.

— En meilleure compagnie ?

— Oui, toute seule, sans m'encombrer de ces écervelées de Londres et de ces sots qui leur servent d'escorte.

— Allons, Meg… Le but, c'est que tu en profites pour apprendre à te conduire en société.

— Je n'ai rien à apprendre sur le sujet. Je ne mange pas avec les doigts et je ne parle pas la bouche pleine. De plus, je n'ai nul besoin de m'entraîner à dénigrer les gens ou à les poignarder dans le dos.

— Mais…

Pour la première fois, Emma avait l'occasion de voir l'intérieur de la chambre de sa sœur. Étonnée, elle cligna des yeux. De la végétation recouvrait la moindre surface horizontale, mis à part le lit. Des plantes et des fleurs étaient disposées sur des feuilles de papier posées sur le bureau. Des pots contenant des plantes vertes étaient alignés sur le rebord intérieur de la fenêtre. Un assortiment de feuilles recouvrait la coiffeuse.

— Meg…

— Ne commence pas, Emma.

— Mais qu'est-ce que tu fabriques ?

— À ton avis ? Je regroupe des échantillons, évidemment. Je ne viens pas si souvent à Knightsdale, tu sais. J'ai découvert beaucoup de spécimens intéressants, par ici.

Emma inspecta le fouillis végétal qui s'offrait à son regard puis décida qu'elle n'avait pas envie de se disputer avec Meg. Au fond, elle n'était pas sa mère.

Des larmes inattendues lui piquèrent les yeux. Elle les essuya du revers de la main.

— Meg, que penses-tu de Mrs Graham ?

— Comment ça ? demanda Meg en la regardant avec intensité.

Emma traversa la pièce pour aller examiner les plantes près de la fenêtre.

— Tu crois que papa va l'épouser ?

— Probablement.

— Et ça ne t'embête pas ? Ça ne te gêne pas qu'elle prenne la place de maman ?

— Emma… (Meg croisa les doigts dans son dos et lâcha un long soupir.) Et si tu t'asseyais ?

— Non, je ne peux pas.

Meg jeta un coup d'œil à sa chambre. Même les fauteuils étaient recouverts d'herbes et de feuilles.

— Bien sûr, je vois. Désolée. Euh… Nous pourrions nous asseoir sur le lit.

— Ce n'est pas ce que je voulais dire. (Emma regarda Meg.) Je suis trop agitée, c'est tout.

— Ah. Bon. Euh… Voilà. Pour être sincère, Emma, je ne me souviens pas vraiment de maman. Je n'avais même pas un an quand elle est morte. La seule mère que j'ai connue, c'est toi.

— Et ça ne te gênerait pas que Mrs Graham prenne… (Emma parvint tout juste à retenir de nouvelles larmes.) Qu'elle prenne ma place ?

— Emma…, commença Meg en se frottant le front. Je me suis passée d'une mère depuis des années. Tu es ma sœur. Tu seras toujours ma sœur. Je sais que tu n'hésiteras jamais à me dire ce que tu penses de ma conduite, de mes projets et de mon avenir. Je ne vois pas pourquoi notre relation changerait.

— C'est vrai ?

— Bien sûr.

Emma renifla et s'assit sur le lit de sa sœur. Celle-ci l'imita.

— Mais je pense que Mrs Graham rendra papa heureux, poursuivit Meg.

— Comment ? Comment pourrait-elle le rendre heureux ?

— Il l'apprécie, Emma. Je pense même qu'il l'aime. Il sourit plus souvent, ces temps-ci.

— Il souriait déjà auparavant.

— Je sais bien, mais c'est différent. Il semble plus heureux. Comme s'il s'enthousiasmait enfin pour autre chose que ses vieux livres et ses traductions.

— Mais... Et nous ? Nous sommes à ses côtés, dit Emma en pinçant le couvre-lit.

— Je pense qu'il se rend compte que ce ne sera pas toujours le cas. Il s'attend à ce que nous nous mariions un jour. Et là, il se retrouvera tout seul.

— Non.

— Si, Emma. Même si je n'ai pas l'intention de me marier de sitôt, je pense que cela finira bien par arriver. Et c'est également vrai pour toi. Papa ne veut pas que tu sacrifies ta vie pour la sienne. Tu en as déjà beaucoup fait.

— Je ne sacrifie pas ma vie. C'est ridicule.

— Je sais que tu ne vois pas cela comme un sacrifice, mais réfléchis. Tu ne voudrais pas fonder ton propre foyer ?

— Il faut que je m'occupe du presbytère.

— Et les enfants ? J'aurais cru que tu voulais avoir tes propres enfants.

— Peut-être, oui.

Emma se mit à penser à Meg quand elle était petite fille, puis à Isabelle et Claire. Elle adorait les enfants or il était indéniable que, si elle devait rester au presbytère et s'en occuper pour aider son père, elle n'aurait jamais l'occasion d'élever une famille. Si son père épousait Mrs Graham, Emma n'aurait même plus de maison à tenir. Elle deviendrait totalement inutile.

Elle croisa les bras.

— Papa n'épousera pas Mrs Graham si je m'y oppose, déclara-t-elle.

— Peut-être. Mais tu ne vas pas chercher à régir sa vie de cette manière, si ? Tu vas utiliser son amour pour avoir la mainmise sur lui, pour le limiter ? Il ne nous a jamais traitées de cette manière. Il nous a toujours laissées libres de suivre notre cœur.

— Que veux-tu dire ? À quel moment avons-nous suivi notre cœur ? Nous habitons toujours chez notre père, si je ne m'abuse.

— Exactement. Papa m'a toujours laissé la liberté d'aller récolter mes herbes et autres. Il ne t'a pas forcée à passer une année à Londres, et moi non plus, d'ailleurs. Pourtant, il aurait pu facilement sacrifier à cette convenance et m'envoyer chez Lizzie au printemps dernier. Il n'a jamais insisté pour que tu te maries, même si tu as dépassé l'âge auquel d'autres pères t'auraient déjà trouvé un époux.

— On ne m'a jamais fait de demande, murmura Emma en détournant les yeux.

— Tout simplement parce que tu n'as jamais voulu fréquenter les hommes de la région.

— Comment ça ? s'exclama Emma. J'ai toujours dansé durant les bals, non ? J'ai toujours été parfaitement polie et avenante.

— Oui, polie et avenante. Mais pas passionnée.

— Meg ! Que connais-tu à la passion, toi ?

— À vrai dire, rien, mais j'ai des yeux, Emma, et je me targue d'être plutôt observatrice, dit-elle avec un petit rire. C'est peut-être l'habitude de remarquer des différences subtiles entre des plantes apparemment semblables. Je peux dire quand il y a une histoire d'amour dans l'air. Quand une fille est éprise d'un homme, elle étincelle. Ses yeux s'éclairent, elle rougit et sa respiration s'accélère. En un mot, elle s'anime. Et toi, tu restes toujours la même, que tu t'adresses à un vieillard faisant office de chaperon ou à un jeune lord extrêmement séduisant.

— Balivernes ! Je suis persuadée que tu te trompes. À mon avis, papa ne nous a jamais poussées à fréquenter le grand monde parce qu'il était trop absorbé par ses livres pour s'en soucier.

Meg éclata de rire.

— C'est un fait, reconnut-elle. Il préfère se faciliter la vie et, jusqu'à aujourd'hui – jusqu'à ce que Mrs Graham s'installe au village en fait –, je pense qu'il était très satisfait de la manière dont se passaient les choses. Mais, à mon avis, tout a changé.

— Ah bon ?

Emma n'avait pas décelé le moindre signe indiquant que son père soit insatisfait. Enfin… Il y avait bien cet incident dans le bureau, le jour où elle l'avait surpris avec Mrs Graham. Elle préféra ne pas y penser.

— Emma, si papa aime vraiment Mrs Graham, il ferait bien de l'épouser.

— Tu dis n'importe quoi ! Il ne l'aime pas. Il s'est juste entiché d'elle. J'imagine que Mrs Graham est une femme attirante pour son âge. Elle sait comment éveiller l'intérêt d'un homme. Et je ne lui fais pas de reproche. Je suis persuadée que la vie d'une veuve doit être plutôt précaire. J'aimerais juste qu'elle se trouve une autre victime qui lui assurera le gîte et le couvert.

— Emma, tu ne penses pas vraiment ce que tu dis, n'est-ce pas ?

— Je ne sais pas vraiment ce que je pense, avoua Emma en haussant les épaules. Je ne suis pas sûre de pouvoir vivre sous le même toit que cette femme.

— Je ne pense pas que ce sera nécessaire.

— Ah bon ? commença Emma, visiblement soulagée. Tu penses que papa va recouvrer ses esprits ?

— Je ne pense pas que ce soit papa qui ait perdu l'esprit.

— Que veux-tu dire ? demanda Emma en se renfrognant.

— À mon avis, tu ne vivras plus très longtemps au presbytère. Comme je te l'ai dit, je sais observer. De toute façon, même un aveugle aurait pu percevoir les signes. Quand tu t'adresses à lord Knightsdale, tu ne te comportes plus du tout comme quand tu parles à un vieux chaperon.

— Quoi ?

Meg lui sourit.

— Dès que lord Knightsdale approche, ton regard s'éclaire, tu rougis et ta respiration s'accélère.

Emma écarquilla les yeux et resta bouche bée face à Meg. Sa petite sœur ne voulait quand même pas dire que… Elle n'oserait sûrement pas insinuer que… Emma referma la bouche et plissa les yeux.

— Je vais t'accélérer quelque chose, moi, espèce de traîtresse !

Meg tomba sur le lit en riant tandis qu'Emma s'emparait de l'oreiller le plus proche pour lui en donner un coup sur la tête.

# Chapitre 9

Charles posa un regard désabusé à la pile de papiers recouvrant son bureau. Il allait lui falloir un secrétaire.

Non, ce qu'il lui fallait, c'était une épouse : Emma. Sa cour avait connu quelques progrès intéressants lors de l'épisode de la grotte. Si seulement lady Caroline ne les avait pas interrompus en venant à sa poursuite.

Quelqu'un frappa discrètement à la porte.

— Entrez.

Mr Lambert fit son apparition, porteur d'une importante pile de lettres.

— Le courrier, milord.

— Posez cela sur le bureau, Lambert.

Lambert tressaillit en voyant la montagne de papiers.

— Où, exactement, milord ?

Charles soupira.

— Bonne question. Donnez-moi donc cela.

— Très bien, milord. Je présume que vous avez entendu parler du départ de lord Dunlee et de sa famille.

— Vraiment ? Voilà qui est inattendu. A-t-il donné une raison ?

— Il me semble que c'est lady Dunlee qui a insisté pour partir, milord.

— Lady Dunlee ? Pourquoi diable pourrait-elle vouloir partir ? J'aurais cru qu'elle était très enthousiaste à l'idée de notre petite fête.

En fait d'enthousiasme, elle avait plutôt la détermination d'un officier français au beau milieu de la bataille. Charles avait fini par craindre qu'elle le fasse prisonnier pour ne le relâcher qu'à condition qu'il accepte d'épouser sa fille au visage porcin.

Lambert toussota avant de reprendre la parole :

— L'une des femmes de chambre a confié à mon épouse que lady Beatrice avait insulté lady Caroline.

— Voilà qui est étrange, dit Charles en levant un sourcil interrogateur. Tante Bea n'a pas pour habitude de s'en prendre aux jeunes demoiselles.

— Il semblerait que lady Caroline ait insulté Queen Bess.

— Queen Bess ? Je ne comprends pas pourquoi lady Bea se mettrait dans tous ses états au sujet de l'histoire de la Grande-Bretagne.

— Il ne s'agissait pas de la reine Elizabeth, milord, mais de Queen Bess, le chat de lady Beatrice, précisa le valet. Lady Caroline est apparemment allergique aux chats. L'animal de Lady Beatrice se serait introduit dans sa chambre, et elle en aurait subi les conséquences. Je parle de lady Caroline, milord, pas de Queen Bess. D'après ce que m'a confié Mrs Lambert, on peut dire que la demoiselle… a vu rouge, milord.

— Je vois. Merci de m'avoir tenu informé de cela, Lambert.

*Bien,* se dit Charles au moment où Lambert refermait la porte derrière lui. Voilà qui faisait une demoiselle de moins à éviter. Quel dommage que tante Beatrice n'ait pas offensé lady Caroline plus tôt. Si elle était partie avant la promenade autour du lac, le petit intermède dans la grotte avec Emma aurait été bien plus agréable. Qui sait ? À l'heure actuelle, les fiançailles seraient peut-être déjà annoncées.

Il devait échafauder sa campagne de séduction dans les moindres détails. S'il avait convenablement interprété la réaction d'Emma dans la grotte, la jeune femme n'était pas insensible à son charme mais une drôle de mouche l'avait piquée. Elle ne lui avait pas donné d'explication quant à la gifle. Il lui avait juste demandé de l'épouser. Sur le moment, il n'avait même pas tenté de l'embrasser. Il l'avait fait par la suite, pourtant, et elle n'avait alors pas montré la moindre envie de le gifler.

Non, pas la moindre. Il s'installa au fond de son fauteuil et pensa à la douceur de la peau d'Emma, à sa chaleur et à la manière dont elle avait semblé fondre dans ses bras. Doux Jésus ! Et c'était complètement la faute d'Emma s'il l'avait embrassée. Elle avait dévoré ses lèvres du regard comme une affamée, il était bien normal qu'il lui permette d'y goûter.

Il aurait grand plaisir à lui offrir bien davantage que ce petit aperçu. Et il mourait d'envie de la goûter à son tour, de découvrir la moindre parcelle de son corps, sa moindre courbe, son intimité.

— Tu es occupé, Charles ?

Charles secoua la tête pour se libérer de l'agréable concupiscence qui lui échauffait l'esprit.

— Pas vraiment. Entre, Robbie.

Alors qu'il s'approchait, Robbie garda les yeux rivés sur le bureau.

— Pourtant, j'ai bien l'impression que tu devrais travailler, le taquina-t-il.

— Je sais. Je pense m'être chargé des affaires les plus pressantes. (Charles marqua une pause pour regarder le fouillis de papiers qui lui faisait face.) Mais je n'en suis pas certain.

— Tu aurais bien besoin d'un fondé de pouvoir.

— Je sais. Bon sang, j'ai besoin d'énormément de choses depuis que mon frère est mort et que j'ai hérité de ce satané titre. Je ne peux pas tout faire en même temps.

— C'est exact. (Robbie s'empara d'une aiguière contenant du cognac et se servit.) Je crois que tu as également besoin d'un verre.

— Merci, dit Charles en prenant la coupe que son ami lui tendait. Ton absence cet après-midi n'a pas vraiment arrangé les choses. Je me suis retrouvé à jouer les nounous pour les jeunes femmes et les sombres idiots que tante Bea a invités à cette satanée fête.

Robbie lui sourit en s'installant dans le fauteuil situé à côté de son bureau.

—À ton avis, pourquoi ai-je été si prompt à accepter d'aller chercher la sœur d'Alvord ? Il n'était pas question pour moi de me promener autour de ton joli lac parmi tous ces demeurés.

—Je pensais que tu voulais juste passer quelques instants seul avec la séduisante Lizzie.

—La séduisante Lizzie ? s'esclaffa Robbie. La petite Lizzie est comme une sœur pour moi, Charles. Tu le sais bien, d'ailleurs. Elle est jolie et charmante mais… séduisante ? Si on lui appuie sur le nez, du lait va en sortir.

—Ce n'est plus tout à fait vrai, Robbie. Elle a dix-sept ans et elle a été présentée à la bonne société cette année. Il est fort probable que des prétendants fassent à Alvord des offres la concernant. Je pense même qu'il en a déjà reçu quelques-unes.

Robbie se renfrogna avant de hausser les épaules.

—Non, Lizzie n'est pas encore bonne à marier. J'en suis certain. Et James ne la forcerait pas à le faire. En fait… Qu'est-ce que c'était ?

Charles avait lui aussi entendu le bruit sec et étouffé.

—Je n'en sais rien, dit-il. Il me semble que cela venait du couloir.

—Tu as raison. (Robbie se leva et ouvrit la porte du bureau pour jeter un coup d'œil.) Il n'y a personne. Tu as regardé dehors ?

—Cela n'avait pas l'air de venir de l'extérieur, répondit Charles tout en regardant par la fenêtre sans rien remarquer. On aurait dit quelque chose de lourd tapant sur du bois.

—Tu as peut-être des rats gigantesques qui se promènent dans les murs.

Charles examina alors la bibliothèque parfaitement rangée.

—J'espère bien que non, déclara-t-il, pensif.

Après le dîner, Emma s'assit dans le salon à côté de Sarah, la duchesse d'Alvord. Sans pouvoir expliquer pourquoi, elle appréciait cette grande Américaine rousse. Ce devait être à cause de son âge car la jeune femme avait un ou deux ans de moins qu'elle, tout au plus.

— Mon époux m'a dit que vous êtes amis depuis l'enfance, Miss Peterson.

— En effet, Votre Grâce, même si je ne suis pas certaine qu'en ce qui me concerne le terme d'amie soit approprié. J'étais plutôt une vraie plaie, je le crains. Lord Knightsdale m'a confié que le duc et lord Westbrooke m'avait surnommée « l'Ombre ».

La duchesse eut un rire contenu avant de demander :

— Il me semble également que Lizzie et votre sœur ont le même âge, n'est-ce pas ? Sont-elles amies ?

— Oui.

Emma scruta la pièce à la recherche de sa sœur. Pour une fois, Meg ne s'était pas éclipsée. Elle tenait compagnie à Lizzie et les deux jeunes filles riaient de bon cœur.

— Il avait été envisagé d'envoyer Meg à Londres avec Lizzie pour la Saison, reprit Emma. Hélas, Meg ne s'intéresse absolument pas aux bals et aux fêtes organisées par la bonne société.

— Ah bon ?

— Non. Elle préfère de loin parcourir la campagne à la recherche de nouveaux échantillons pour sa collection de plantes.

— Je suis ravie d'entendre qu'elle possède une passion de ce genre. Toutefois, je ne serais guère étonnée qu'elle s'intéresse de plus en plus aux hommes et au mariage. C'est ce que font la plupart des jeunes femmes. (La duchesse eut un petit rire.) Je fus enseignante dans une école pour jeunes filles à Philadelphie. J'ai donc eu tout loisir d'observer le comportement de ces demoiselles.

— Ah, fit Emma en hochant la tête.

Pourtant, elle n'était pas certaine que la duchesse ait raison. L'après-midi même, Meg lui avait confié qu'elle se marierait sûrement un jour. C'était là un début. Et il fallait bien admettre que cette fête n'offrait guère de possibilités très alléchantes. Bouffi, même s'il ne faisait pas partie des candidats sérieusement envisageables, était reparti avec sa famille. Quant à Bourgeon et Crapaud, ils passeraient encore quelques années à parfaire leur éducation avant d'être prêts pour la vie conjugale. Seul lord Westbrooke pouvait constituer une prise de choix. Toutefois, Lizzie était amoureuse de lui depuis des années, bien que le comte ne lui ait jamais témoigné la même affection en retour.

Emma devait se débrouiller pour envoyer Meg à Londres pour une Saison, c'était aussi simple que ça. Enfin, ce serait simple si elle-même épousait Charles, mais pas si elle ne pouvait compter que sur les sœurs de son père.

Et il n'était pas question qu'elle épouse lord Knightsdale.

— Et comment s'en sort le nouveau lord Knightsdale, Miss Peterson ?

— Pardon ? dit Emma en regardant la duchesse. Que voulez-vous dire ?

— Charles. Savez-vous comment il s'en sort ? Quand j'ai discuté avec lui, à Londres, il ne semblait pas emballé à l'idée de devoir porter le titre même si, à l'époque, il n'en était absolument pas question. Son frère était jeune et en pleine forme. Charles s'adapte-t-il à son nouveau rôle de marquis ?

— Votre Grâce..., commença Emma avant de s'interrompre.

Ainsi Charles ne voulait pas du titre de marquis ? Il ne lui avait jamais dit cela. Mais, d'un autre côté, il n'avait jamais envisagé qu'il en hériterait. Voilà certainement pourquoi il était aussi empressé de prendre femme. Cela lui permettrait de se débarrasser des corvées afin de vivre sa vie.

— Je n'en ai pas la moindre idée, ajouta Emma. Lord Knightsdale ne se confie pas à moi.

— Vraiment ? Pourtant, si j'en crois James… (La duchesse fronça les sourcils avant de secouer la tête.) Peu importe. J'ai dû mal comprendre. Je vous présente mes excuses, dit-elle précipitamment en rougissant. Je ne suis plus vraiment moi-même, ces jours-ci.

Emma lui sourit.

— Il est inutile de vous excuser, Votre Grâce. Comment vous sentez-vous ?

— Très bien. Je me fatigue facilement mais on m'a assuré qu'il s'agit là d'un état passager. (La duchesse affichait un air radieux.) La nouvelle de ma grossesse est arrivée jusqu'à vos oreilles, j'imagine.

— Oui. Ce n'est pas vraiment un secret.

— Au sein de la bonne société, un secret ne le reste jamais très longtemps, n'est-ce pas ? ajouta la duchesse en riant. Je ne cherche pas à cacher ma condition mais j'ai l'habitude de mener une existence plus privée. Il m'a fallu un peu de temps pour m'habituer à ma vie d'épouse de duc britannique.

— Sans doute. La vie doit être très différente, ici. (Emma tenta de s'imaginer quittant sa famille et son univers familier pour traverser l'Atlantique.) Votre pays vous manque-t-il beaucoup ?

— Non. (La duchesse passa la main sur sa jupe pour en faire disparaître les plis.) Parfois, j'ai bien un léger mal du pays mais je ne considère plus que les États-Unis soient ma patrie. Ma mère est décédée alors que je n'étais qu'une enfant et mon père est mort l'an dernier. D'ailleurs, c'est son décès qui m'a décidée à venir en Grande-Bretagne.

Elle releva les yeux et sourit en apercevant quelqu'un qui se trouvait derrière Emma. Celle-ci se retourna pour voir entrer le duc d'Alvord. Il ouvrait la marche devant le groupe d'hommes qui les rejoignait après avoir pris un digestif.

Emma entendit alors la duchesse reprendre :

— Non. Désormais, c'est en Grande-Bretagne que je suis chez moi.

Le regard du duc croisa celui de son épouse et un grand sourire illumina son visage.

*Il est follement amoureux d'elle, c'est une évidence,* se dit Emma. Elle le salua puis se leva et s'éloigna afin de laisser sa place au futur père. Elle l'avait bien observé durant toute la soirée. Il conservait une expression agréable mais réservée quand il s'adressait aux autres. Mais dès qu'il parlait à son épouse, ses traits se faisaient plus doux et ses yeux brillaient d'une flamme caractéristique.

Elle aurait voulu qu'un homme la regarde de la sorte. Charles en serait-il capable ? Elle poussa un petit grognement. Miss Russell marqua une pause dans l'exposé de ses déconfitures horticoles et lui lança un regard interrogateur. Emma lui sourit et toussa comme pour se dégager la gorge.

Tout ce que Charles cherchait, c'était une génitrice doublée d'une nounou. Elle le regarda. Il s'entretenait avec sir Thomas et lord Haverford. Il croisa son regard et lui sourit.

Elle baissa les yeux en espérant que personne d'autre qu'elle ne se rendrait compte que son cœur battait la chamade.

Meg avait raison, elle voulait avoir des enfants. Elle rêvait d'un bébé tout à elle qui aurait les yeux bleus de Charles.

À cet instant, elle repéra Mr Stockley qui parcourait la salle du regard. Instantanément, elle se retourna. Si elle allait s'asseoir sur le canapé à l'autre bout du salon, elle parviendrait peut-être à échapper à cet importun.

Charles se montrerait-il aussi heureux, fier et protecteur envers elle si, comme la duchesse, elle tombait enceinte ? Non. Il repartirait pour Londres à la minute où il serait certain que sa graine avait germé. Peut-être même ne prendrait-il pas la peine de revenir à Knightsdale pour la naissance. Pourquoi se gênerait-il ? Il serait bien plus agréable de rester à la capitale pour se soûler et courir la gueuse. Emma crispa le poing sur sa jupe. Elle ne le reverrait sans doute pas avant qu'il soit question de mettre en route le petit Draysmith suivant.

— Vous allez bien, Miss Peterson ?

— Pardon ? (Emma leva la tête et découvrit Charles qui la regardait d'un air inquiet.) Bien entendu que je vais bien. Pourquoi cette question ?

— Vous étiez encore en train de ronchonner.

— Je ne ronchonne jamais.

— Ah oui ? Hum… Ce devait être un gémissement, alors.

Emma rougit.

— Je ne gémissais pas non plus, j'en suis certaine.

— Non ? J'aimerais beaucoup vous entendre gémir.

*C'est déjà arrivé.* Emma porta la main à sa bouche mais l'expression de lord Knightsdale n'avait pas changé. De toute évidence, cette remarque n'avait pas passé le seuil de ses lèvres.

— Puis-je me joindre à vous ? demanda Charles.

— Je ne vois pas comment je pourrais vous en empêcher.

Avec un petit ricanement, il s'assit à côté d'elle – plus près qu'il était nécessaire. Sa jambe collait littéralement au pan de sa jupe. Il ne la touchait pas vraiment, mais elle aurait juré percevoir la chaleur de son corps.

À moins bien entendu que ce soit la flamme qui la consumait, elle. Et s'il la sentait lui aussi ? Elle essaya de s'écarter un peu.

— Allons, ne soyez pas irascible, Miss Peterson.

— Mais je ne suis pas irascible ! s'exclama-t-elle.

Elle avait dû parler trop fort car lady Beatrice tourna la tête dans leur direction puis s'approcha d'eux. Emma fut soulagée – enfin… à moitié soulagée – de ne pas avoir à rester en tête à tête avec lord Knightsdale.

— Seriez-vous en train d'embêter Miss Peterson, Charles ? demanda lady Beatrice en s'asseyant dans un fauteuil.

— Jamais de la vie, ma tante. Je vous embête, Miss Peterson ?

— Non.

Emma voulait bien admettre que faire battre le cœur de quelqu'un à tout rompre rien qu'en s'asseyant à ses côtés ne pouvait pas être considéré comme quelque chose d'embêtant. Dérangeant ? Peut-être. Troublant ? Sans aucun doute.

— Puisque nous parlons de faire des misères à d'autres, ma tante, j'ai appris que vous vous étiez surpassée en la matière. Lambert m'a dit que vous avez insulté lady Caroline si outrageusement qu'elle a dû quitter Knightsdale avec sa famille.

Lady Beatrice eut un geste dédaigneux.

— C'est elle qui avait commencé en insultant Queen Bess.

— Bonté divine, ma tante ! Je croirais entendre Claire. Queen Bess est une chatte.

— Et lady Caroline est une truie, répondit lady Beatrice du tac au tac.

Emma étouffa un petit rire. Lord Knightsdale se tourna vers elle pour la toiser.

— Dois-je comprendre que vous approuvez ce qui vient d'être dit ? lui demanda-t-il.

— Euh…

Ce fut lady Beatrice qui répondit :

— Bien entendu qu'elle approuve. N'importe qui possédant des yeux serait d'accord avec moi. J'ajouterai que, même pour une truie, lady Caroline est méchante. Bon débarras. (Lady Beatrice sourit et leva son face-à-main pour scruter la salle.) J'ai d'ailleurs en tête les noms de quelques imbéciles dont le départ ne pourrait qu'améliorer la qualité de ces festivités.

Elle braqua ses lorgnons sur Bourgeon et Crapaud qui ricanaient, debout à côté de la porte menant au jardin.

— Quel coup pendable nous préparent ces deux-là, selon vous ? demanda-t-elle après un instant.

— Rien de bon, j'en mettrais ma main au feu, répondit Charles. Voulez-vous que j'aille voir ?

— Laissons faire. Cela n'est peut-être pas aussi grave que cela en a l'air.

Mr Stockley fut le suivant sur lequel lady Beatrice porta les lentilles de son face-à-main.

— Hum… Cet homme a quelque chose de familier.

— C'est sans doute dû au fait qu'il est parmi nous depuis hier, ma tante.

— Je sais cela, Charles. Non… Cela m'a intriguée dès l'instant où je l'ai vu. C'est comme avoir un mot sur le bout de la langue. Je ne parviens pas à mettre le doigt dessus. Que savez-vous à son sujet, Miss Peterson ?

— Pas grand-chose, lady Beatrice. Il loue la maison de Mr Atworthy depuis que celui-ci a décidé de rester à Londres.

— Personne ne reste à Londres quand la Saison est achevée, Miss Peterson, rétorqua lady Beatrice d'un ton dubitatif. C'est très étrange.

— Vous-même y étiez pourtant. N'est-ce pas, lady Beatrice ?

— Oh non ! Il y fait une chaleur de bête en été. De plus, il ne s'y passe absolument rien.

— J'avais pourtant cru comprendre que vous étiez à Londres avant de venir à Knightsdale, argumenta Emma.

— Pas tout à fait. Je suis passée par Londres. Nuance.

Charles sourit.

— Moi, j'ai passé quelque temps à Londres afin de mettre de l'ordre dans les affaires de mon frère, Miss Peterson. Contrairement à ma tante, je ne m'ennuie pas dans cette ville une fois que la société l'a désertée.

— Et qui est ce Mr Atworthy ? demanda lady Beatrice, l'air renfrogné. Ce nom ne me dit rien.

— Tante Bea, vous devriez regarder ailleurs. Vu les éclairs que vos yeux lui lancent à travers votre face-à-main, vous pourriez mettre le feu à Mr Stockley.

— Ce qui ne serait pas forcément une mauvaise chose, ajouta lady Beatrice tout en reposant le petit accessoire.

— Mr Atworthy est lui aussi un nouveau venu dans la région, précisa Emma. Il me semble qu'il a gagné cette maison aux cartes face au fils de Mr Bannister peu de temps après la mort de celui-ci.

— Ah, Bannister ! Lui, je m'en souviens. Vous aussi, sans doute, Charles. Son fils et vous aviez le même âge, non ?

— Je crois que Bannister avait le même âge que Paul.

— Si vous le dites… Et que fait ce Stockley pour gagner sa vie ? demanda lady Beatrice.

— Je n'en suis pas sûre, répondit Emma. Je ne l'ai pas interrogé.

Lady Beatrice la regarda d'un air incrédule.

— Vous lui avez très certainement posé quelques questions par pure courtoisie.

— Je crois me souvenir l'avoir entendu dire que sa famille est dans le commerce, indiqua alors Emma d'un ton incertain.

— Le commerce…, répéta lady Beatrice, comme si c'était un gros mot.

— Mon père en saura peut-être davantage, risqua Emma.

— Dans la mesure où il a laissé cet individu entrer à sa guise au presbytère, j'espère bien.

— Lady Beatrice, Mr Stockley n'a pas…

Lord Knightsdale posa une main sur le genou d'Emma. Le choc de ce contact l'empêcha de terminer sa phrase.

— Il semblerait que vous vous énerviez, Miss Peterson. Il vaudrait peut-être mieux que vous baissiez la voix.

De quel droit cet homme critiquait-il son attitude ?

Il rit.

— Et ne me fusillez pas du regard, je vous prie. Contentez-vous d'expirer lentement. Je vous laisserai volontiers l'occasion de m'agonir d'insultes, plus tard. (Il se mit alors à murmurer afin qu'elle soit la seule à pouvoir entendre la suite.) M'agonir d'insultes ou… me faire d'autres choses.

— Lord Knightsdale !

Emma n'avait pas la moindre idée de ce dont il parlait mais elle savait que ce ne pouvait pas être convenable.

— Stockley… Stockley… Cela finira bien par me revenir, soliloqua lady Beatrice.

— J'en suis certain, ma tante. En tout cas, je pense que je vais aller m'entretenir avec Mr Frampton et Mr Oldston avant qu'ils mettent à exécution le coup pendable qu'ils préparent. Si vous voulez bien m'excuser.

Lord Knightsdale atteignit la porte du jardin juste à temps pour retenir le porcelet que Mr Frampton envisageait de faire entrer dans le salon.

—Qui aurait cru que nous soyons entourés de tels imbéciles, Henderson ? À quoi pensaient-ils en voulant lâcher un cochon dans la maison ?

—Si j'en crois mon expérience, milord, les jeunes hommes de l'âge de Mr Frampton et Mr Oldston ne pensent que rarement.

—Rassurez-moi, je n'étais quand même pas aussi stupide qu'eux à leur âge, si ?

Henderson toussa au creux de sa main et se retourna pour suspendre le manteau de Charles.

—Je crois me souvenir que vous avez fait deux ou trois choses qui n'étaient sans doute pas très judicieuses, milord. Toutefois, le bétail n'a jamais eu à en pâtir.

—Humm… Peut-être, mais…

Charles entendit alors un grattement léger venant de la porte séparant sa chambre de celle d'Emma. Il sentit instantanément le sang affluer dans de nombreuses parties de son corps, sa tête n'étant pas la plus irriguée. Il avala sa salive en essayant de mettre un peu d'ordre dans les idées qui l'assaillaient.

—Je pense que ce sera tout pour ce soir, Henderson. Je devrais parvenir à me débrouiller.

Henderson toussota à nouveau.

—J'en suis persuadé, milord. Ne faites rien de stupide, je vous en prie.

—Je ferai de mon mieux, soyez-en assuré. Merci et bonne nuit.

Charles commença à se diriger vers la porte mitoyenne tout en congédiant Henderson de la main. Au moment où il s'apprêtait à ouvrir, il s'arrêta.

— Bonne nuit, Mr Henderson, répéta-t-il.

Henderson haussa les épaules avant de saluer puis de sortir de la pièce.

— Emma, je…

Charles avait prévu de poursuivre sa phrase mais la vue de Miss Emma Peterson dans sa chemise de nuit, ses boucles d'un beau blond cuivré cascadant sur ses épaules, lui coupa le souffle et l'empêcha même de penser durant quelques instants. À cela s'ajoutait le fait qu'elle se tenait entre leurs deux chambres. Dès lors, il devint très difficile pour le marquis de se concentrer sur quoi que ce soit d'autre que son érection et ce qu'il aurait aimé faire sur l'un des confortables lits à leur disposition.

— Euh… Avez-vous un souci ?

Emma leva les bras pour rejeter ses cheveux en arrière, ce qui eut pour effet de tendre le tissu de sa chemise de nuit sur ses seins. Charles ferma les yeux et psalmodia une prière muette, dans l'espoir de ne pas céder à la tentation. Il formula également le vœu de ne pas être en train de baver. Il se passa la main sur le visage et déglutit.

— Mon bonnet a disparu, milord, ainsi que ma brosse à cheveux. J'ai regardé partout et je ne les ai pas trouvés.

La voix de la jeune femme sembla s'éloigner. Charles rouvrit les yeux et vit qu'elle retournait vers la cheminée de sa chambre.

À nouveau, il pria Dieu pour qu'il lui donne la force de résister. Le tissu fin de sa jolie chemise de nuit un peu fatiguée cachait à peine ses formes généreuses. La lueur du feu devant lequel elle se trouvait soulignait la courbe de ses seins magnifiques aux pointes plus sombres. Sa taille étroite faisant la jonction entre sa splendide poitrine et ses hanches était tout aussi sublime. Ses hanches, ses cuisses, cette ombre si jolie cachant…

Un gentilhomme aurait tendu à cette dame de quoi se couvrir.

Les gentilshommes mènent des existences particulièrement mornes.

— Vous vous sentez bien, milord ? murmura-t-elle. (Elle posa les mains sur les hanches, ce qui eut pour effet de tendre davantage le tissu, offrant ainsi à Charles une vision encore plus claire de son corps éblouissant.) Vous restez là, aussi immobile qu'une statue de marbre.

— Veuillez me pardonner.

Charles détourna le regard de ses formes… pour mieux examiner le lit. Mauvaise idée. Il baissa aussitôt les yeux au sol et marqua une pause en espérant que son intérêt ne soit pas trop évident. Il se félicitait d'avoir passé sa robe de chambre. Ainsi, les preuves physiques de son admiration étaient dissimulées par les larges plis du vêtement.

— Je laissais vagabonder mes désirs, euh… Je veux dire mes idées. Veuillez m'excuser. Quel est votre problème ?

— Mon bonnet, répéta-t-elle. Quelqu'un m'a volé mon bonnet.

Emma s'arrêta face à sa penderie et la pointa du doigt.

— Vous en êtes sûre ?

Ravi d'avoir trouvé une activité susceptible de le distraire, Charles approcha pour inspecter la penderie.

— Le voilà, dit-il en tenant le bonnet que portait la jeune femme durant la promenade autour du lac.

— Non, pas celui-ci. L'autre.

— L'autre ?

— Celui que j'avais quand nous sommes allés pêcher.

Charles eut une hésitation avant de reprendre :

— Miss Peterson, aucun voleur digne de ce nom ne voudrait de cette chose.

— Et pourtant, il n'est plus là, insista Emma.

— La femme de chambre se sera peut-être méprise en pensant que vous souhaitiez vous en débarrasser.

— Et pourquoi donc croirait-elle cela ?

— Parce que, justement, vous devriez vous en débarrasser. Selon moi, même la fille de joie la plus misérable de Londres aurait honte de posséder un couvre-chef aussi suranné.

— Non mais ! Quel…

— Miss Peterson, pensiez-vous réellement que ce chapeau était séduisant ?

Emma rougit. Charles sentait le conflit qui la tourmentait entre l'envie d'être honnête et le désir sincère de le remettre à sa place.

— Non, finit-elle par reconnaître. Pour autant, je n'aime pas l'idée que quelqu'un me prenne mes affaires.

— Oui, je peux comprendre que cela soit pénible. (Charles essaya de réfléchir, mais ce n'était pas facile car il sentait le parfum d'Emma, un mélange entêtant de lavande, de citron et de féminité.) N'aviez-vous pas dit qu'autre chose manquait ?

— Ma brosse à cheveux.

Il fronça les sourcils.

— Avait-elle de la valeur ?

— Euh… Non.

— Est-il possible que vous l'ayez simplement égarée ?

— Mais où ? demanda Emma en désignant sa coiffeuse d'un geste large.

La table était vide de tout objet, il y avait donc peu de chance que la brosse y ait été mal rangée.

— Peut-être est-elle tombée au sol.

Charles s'agenouilla pour regarder sous la coiffeuse. Emma se pencha en avant pour regarder par-dessus son épaule. En tout cas, c'est ce qu'il pensa. Il sentit la chemise de nuit de la jeune femme lui effleurer le bras et il tourna la tête.

Bonté divine ! Ses yeux se retrouvèrent directement au niveau du sommet de ses jambes, magnifique et envoûtant. Seule une fine couche de tissu le séparait des quelques boucles de son…

Il fut tellement stupéfait qu'il dut se faire violence pour respirer… et inspira à pleins poumons l'odeur musquée de son intimité. Il lui suffirait de tendre le bras pour s'emparer de son appétissant fessier. Il pourrait alors enfouir son visage en elle avant d'y plonger une autre partie de son anatomie.

— Je ne la vois pas. Et vous ? demanda Emma.

— Que…

Charles se redressa brusquement et se tapa violemment la tête contre le dessous de la table de la coiffeuse. Il vit trente-six chandelles mais, quand Emma se pencha vers lui, il vit surtout sa poitrine.

— Vous vous êtes cogné la tête, mon pauvre ? lui dit-elle. Laissez-moi regarder.

Elle le tira vers elle. S'il faisait semblant de perdre l'équilibre sous cette impulsion, il tomberait la tête la première entre ces deux seins accueillants et tentateurs qui s'agitaient si près de sa bouche. Il pouvait en contempler les pointes sombres sous la chemise de nuit. Il en était certain : les prendre en bouche devait être un pur bonheur, même si ce n'était rien comparé au plaisir de goûter à son…

— Je vais bien, grogna-t-il en repoussant les mains d'Emma.

Avant de tenter de se relever, il vérifia que sa robe de chambre était bien fermée. Il était franchement surpris que les larges pans du vêtement parviennent encore à dissimuler son attirance, devenue carrément gigantesque.

— Vous êtes sûr ? demanda Emma. Vous semblez un peu… bizarre.

— Non, non. (Il toussota pour se donner un peu de contenance.) Je vais bien, je vous assure. Durement, euh… Sûrement rien d'autre qu'une bosse, vous voyez ?

Il se posa la main sur le crâne et fit une grimace.

— Ah ! Vous voyez que vous avez mal.

Elle tendit à nouveau la main pour lui toucher l'arrière de la tête. Ce n'était pourtant pas cet endroit qui le préoccupait le plus. Il recula les hanches pour ne pas la heurter avec la vigueur de son désir. Un ou deux pas en arrière suivis d'un mauvais pas judicieusement placé et il tomberait sur le lit d'Emma en veillant à ce qu'elle se retrouve sur lui.

— Vous souffrez tellement que vous commencez à transpirer.

Il la prit alors par les épaules et la poussa vers sa chambre à lui. Il fallait qu'il s'éloigne du lit de la jeune femme avant de lui sauter dessus comme l'animal en rut qu'il était devenu.

— Je vais bien, Miss Peterson. Parfaitement bien, même. Je ne pourrais pas aller mieux.

— Mais que faites-vous ?

— Vous avez besoin de vous coiffer, annonça-t-il. Je pense avoir une brosse que je pourrais vous prêter. Je suis même prêt à vous peigner moi-même.

Il était à l'agonie mais occuper ses mains en coiffant Emma était sans nul doute une idée bien plus convenable que toutes celles qui l'assaillaient actuellement.

Lord Knightsdale se comportait de manière bien étrange. Pourquoi la poussait-il vers sa chambre ? Avait-il des intentions immorales ? Emma se dit qu'elle devrait l'arrêter et tourner les talons, littéralement.

Elle ne put s'y résoudre. Tout d'abord, elle savait qu'elle n'avait pas grand-chose à craindre de lui. De plus, elle était curieuse. Elle voulait voir à quoi ressemblait la chambre du marquis. Même s'il n'y avait emménagé que très récemment, elle désirait voir l'endroit qui lui était le plus intime. Elle était même prête à faire une ou deux découvertes au passage. Mrs Begley et lady Beatrice avaient sans doute raison : elle s'embarrassait trop des convenances. Il fallait qu'elle prenne quelques risques.

Elle s'arrêta sur le seuil. La combinaison de meubles en bois sombre, aux lignes lourdes, avec des rideaux bleu et or était sans aucun doute due au père ou au frère de Charles.

Cela mis à part, de nombreuses touches masculines ne pouvaient venir que de Charles : les épingles à cravates posées en vrac sur la table de nuit, l'amoncellement de papiers sur le bureau, la…

— Regardez ! (Emma plongea la main sous les feuilles et en ressortit sa brosse.) Comment est-elle arrivée là ?

Charles lui prit la brosse des mains pour l'examiner.

— Je l'ignore, dit-il. Veuillez m'excuser d'avoir à vous le dire, mais il m'étonnerait que cette brosse puisse intéresser un voleur.

— Sans doute, mais comment est-elle arrivée jusque dans votre chambre ? Quelqu'un serait-il venu pour fouiller dans vos papiers ?

— Tout en se brossant les cheveux ? J'en doute. (Charles parcourut rapidement ce qui se trouvait sur son bureau.) Il me semble que tout est en ordre.

— En ordre ?

— Vous avez raison, rit-il. Disons plutôt qu'il me semble que tout est là.

— Bien. Si vous le permettez, je vais reprendre ma brosse et retourner dans ma chambre.

Charles tenait la brosse à bout de bras, de sorte qu'Emma ne puisse pas poser la main dessus.

— Je ne pense pas, lui annonça-t-il. Je vous ai offert de vous servir de femme de chambre, j'entends bien m'acquitter de cette tâche.

Le cœur d'Emma se mit alors à battre de manière totalement incontrôlable.

— C'est ridicule. Je peux très bien me brosser les cheveux toute seule.

— J'en suis persuadé. (Charles l'assit face à sa coiffeuse et lui passa la main dans les cheveux.) Toutefois, ce soir, c'est moi qui vais le faire. Voyez cela comme le prix à payer pour avoir bouleversé ma soirée afin que je vous aide à retrouver vos affaires égarées.

—Mais je ne voulais pas vous bouleverser.

Charles éclata de rire.

—Ah, Miss Peterson, si vous saviez…

Il commença alors à passer la brosse de long des cheveux de la jeune femme.

Emma ferma les yeux pour mieux profiter des longs mouvements que faisait Charles. Il parvenait parfaitement à combiner douceur et fermeté. Les soies de la brosse lui massaient le crâne et séparaient ses cheveux sans les tirer. Les grandes mains de Charles dégageaient doucement son front, ses oreilles et sa nuque.

—Vous avez déjà fait cela.

—C'est bien possible, ma foi.

—Pourtant, vous n'avez ni sœur ni épouse.

—Vous posez trop de questions.

Il avait donc déjà brossé les cheveux de ses maîtresses. À cette pensée, Emma savoura un peu moins cette expérience pourtant agréable.

—N'ayez pas l'air contrarié, ma chérie.

Il lui déposa un baiser sur le front, et elle rouvrit instantanément les yeux. Il lui sourit.

—Croyez-moi, je n'ai jamais eu autant de plaisir à faire cela auparavant, lui dit-il d'une voix qui était étrangement basse. Humm… Non, jamais.

Du bout des lèvres, il lui effleura la tempe avant de s'aventurer sur sa joue. Elle émit un petit gémissement et inclina la tête. Il rit doucement et entreprit de taquiner une zone sensible juste au-dessous de son oreille.

Elle sursauta. Elle ressentait une sensation étrange au niveau de ses seins. Se pouvait-il que ses tétons fassent ce qu'ils étaient en train de faire ? Il lui sembla qu'ils… pointaient ? Elle avait peur de se regarder dans le miroir. Et de nouveau cette étrange chaleur entre ses jambes.

—Milord…

— Chut, Emma. N'ayez pas peur. Nous ne faisons que jouer. Je vous promets que mes lèvres resteront au-dessus de votre cou et que mes mains ne descendront pas plus bas que votre taille. D'accord ?

— Euh…

Elle perdit complètement le fil de ses pensées quand Charles lui caressa les seins.

— Oh ! s'écria-t-elle.

— Splendide. Votre poitrine est si belle, ma chérie. Tout simplement parfaite.

— Mais…

— Chut. Ne craignez rien. Détendez-vous. C'est agréable, non ?

Emma ne pouvait nier que c'était effectivement agréable. Aussi agréable que le péché. Charles lui massait les seins, les soulevant à peine tout en caressant les côtés du bout des doigts. Emma laissa sa tête reposer contre le torse de Charles et cambra le dos.

— Oui, ma chérie. Mon Dieu, vous êtes si douce. (Il lui embrassait doucement le cou, le menton…) Ouvrez les yeux, mon amour. Regardez le miroir.

— Non…

Elle obéit malgré tout, et ce qu'elle vit la choqua. Sa bouche ouverte, son visage empourpré, celui de Charles tout proche, l'ombre de sa barbe naissante, le bleu éclatant de ses yeux débordant de… Était-ce du désir ? Que pouvait être cette étrange lueur ? Et ses mains, ses doigts, comme des taches sombres sur le blanc de sa chemise de nuit. Il effleura l'un de ses tétons et elle tressaillit.

— Emma, répéta-t-il.

Il l'aida à se relever et la prit dans ses bras, pressant ses seins contre sa poitrine si dure. Il lui saisit le menton et l'embrassa avec force, passant la langue entre ses lèvres. Emma dut s'agripper à lui de toutes ses forces pour ne pas glisser au sol. Son corps épousait totalement celui de Charles.

Celui-ci commença à lui caresser le dos, mais s'arrêta à sa taille, et limita ses baisers au cou de la jeune femme. Elle mourait d'envie de sentir ses mains sur ses fesses, sa bouche sur ses seins.

Avait-elle complètement perdu l'esprit ?

Elle le repoussa et il relâcha un peu son emprise.

—Mais que me faites-vous ? demanda-t-elle, le souffle coupé.

—Et vous donc, que me faites-vous ? reprit Charles tout aussi essoufflé.

—À vous de me le dire, répondit-elle. C'est vous qui avez déjà vécu cela.

Il rit franchement.

—Pas vraiment, non. (Il prit une profonde inspiration et lui sourit.) Nous nous plaisons, ma chérie. J'adorerais vous emporter vers ce lit accueillant afin de poursuivre nos explorations. Aimeriez-vous cela ?

—Non.

—Menteuse. (Il lui offrit un nouveau baiser, plus rapide que les autres, avant de la pousser gentiment en direction de la porte.) Mais vous avez sans doute raison. Vous devriez retourner dans votre propre lit. Seule.

Emma faillit courir jusqu'à sa chambre.

—Douteriez-vous de moi, ma chérie ? rit-il. Ou serait-ce plutôt de vous-même ?

—Bonne nuit, dit-elle avant de tirer la porte derrière elle.

—Dormez bien, murmura-t-il à travers le panneau de bois.

Emma posa doucement la main sur la porte puis repartit d'un pas décidé vers son grand lit vide.

Elle savait pertinemment qu'elle ne parviendrait pas à fermer l'œil de la nuit.

# Chapitre 10

Les yeux rivés sur le ciel de lit, Charles soupira. L'aube commençait à poindre. Il se dit que nager lui ferait du bien. D'ailleurs, s'il s'était pris par la main la veille au soir pour aller piquer une tête dans le lac après qu'Emma eut refermé la porte entre leurs deux chambres, il aurait peut-être retrouvé un calme suffisant pour pouvoir dormir. Au lieu de cela, il avait passé la nuit à se retourner dans son lit, incapable de se détendre. D'ailleurs, il s'empara de son traversin et le posa sur la zone la plus tendue de son corps.

Malgré tout, il s'était sans doute endormi quelques instants car il se souvenait d'avoir fait quelques rêves magnifiques. Existait-il quoi que ce soit de plus exquis que la sensation de tenir au creux de sa main les seins généreux et doux d'Emma, de ressentir leur poids contre sa paume ? Oui, certainement : le fait de prendre ses tétons en bouche. Elle avait frissonné de manière si charmante alors qu'il en avait tout juste touché un. Crierait-elle s'il se mettait à les sucer ?

Il ferma les yeux et sourit. Il aurait donné tout ce qu'il avait pour bercer ces seins encore une fois et plonger son visage entre eux deux. Ou encore poser les mains sur les charmantes chevilles d'Emma avant de remonter le long de ses jambes parfaitement dessinées et de ses cuisses laiteuses pour aboutir à ces boucles qui l'avaient tant attiré la veille au soir. Et y déposer un baiser…

Il repoussa le traversin. Une petite excursion jusqu'au lac s'imposait.

Il s'assit sur le bord du lit et s'empara de son pantalon. Il le passa et le boutonna complètement avant d'enfiler une chemise.

S'il n'avait pas tant tenu à se comporter comme un gentilhomme, c'est dans son lit à lui qu'Emma aurait passé la nuit. Rien n'aurait été plus facile. Il aurait suffi de quelques baisers et de quelques caresses supplémentaires. Si seulement il avait laissé ses mains et sa bouche s'égarer un peu plus bas… Il ferma les yeux en imaginant quel goût elle aurait eu.

Il aurait su la satisfaire pleinement sans lui voler sa virginité. Rien n'aurait pu lui faire plus plaisir.

Et peut-être aurait-il également pu lui apprendre comment le satisfaire, lui.

*Pourvu que l'eau du lac soit glaciale*, se dit-il.

Il sortit de sa chambre et traversa le couloir en silence. Il ne voulait réveiller personne. Il ne tenait pas à ce qu'on se demande ce que pouvait faire le marquis debout à cette heure indue – à une heure où il aurait grandement préféré se retrouver dans la chaleur douillette d'un lit, avec Emma.

Pourquoi s'obstinait-elle à le rejeter ? Il était pourtant évident qu'elle appréciait qu'il la touche. Avait-elle peur ? Était-ce pour cette raison qu'elle avait refusé de l'épouser ?

Il allait falloir qu'il la cajole pour l'aider à dépasser ses réactions de vierge effarouchée.

Il devrait la tourmenter un petit peu, jouer la carte de la tentation. Il faudrait qu'il l'effleure à chaque occasion, qu'il se tienne près d'elle, qu'il la touche du bout des doigts dès qu'ils se parleraient. Si elle brûlait de désir pour lui, ses craintes seraient réduites en cendres. Il sourit à nouveau. S'il le fallait, il n'aurait aucun problème pour déplacer tous les petits objets qui se trouvaient dans la chambre d'Emma.

Mais comment diable cette brosse à cheveux s'était-elle retrouvée parmi ses papiers ? Il haussa les épaules. C'était très bizarre, mais loin de lui l'idée de s'en plaindre. En fait, il espérait de tout cœur que d'autres bizarreries de ce genre se produiraient.

Emma se brossait les cheveux en pensant aux mains de Charles lorsqu'il s'était acquitté de cette tâche. Enfin… Quand il l'avait fait, cela n'avait rien d'une corvée. C'était… Elle aurait été incapable de formuler son souvenir. C'était indescriptible. La sensation de ses mains s'enfonçant parmi ses mèches de cheveux, ses paumes larges lui caressant la peau, ses doigts touchant ses… Elle marqua une pause, le temps de se calmer.

Elle reposa sa brosse et porta ses mains à ses joues enflammées pour les cacher. Sur ses tét… Non, il ne fallait même pas qu'elle y pense. Pourtant, elle le sentait encore. Tout son corps vibrait à l'évocation de ce souvenir.

Au moins cet endroit n'était-il pas nu quand il l'avait touchée puisqu'elle portait sa chemise de nuit.

Et si elle n'avait pas été habillée, quel effet les mains de Charles lui auraient-elles fait en passant sur sa peau ?

Elle tenta de prendre une grande inspiration tout en s'éventant.

Elle avait passé la nuit à se retourner entre les draps, incapable de trouver le moindre confort. Son corps paraissait tellement… sensible. Elle voulait que la porte séparant leurs deux chambres s'ouvre et que Charles la rejoigne pour finir ce qu'il avait commencé, quel qu'en soit le prix.

Mr Stockley avait évoqué des envies. En y repensant, Emma laissa échapper un petit rire où pointait un soupçon d'hystérie. Les sentiments qu'elle éprouvait allaient bien au-delà de l'envie. C'était une fièvre, une maladie, une folie. Et le remède se trouvait juste de l'autre côté de cette porte mitoyenne.

Et si elle allait l'ouvrir pour lui annoncer qu'elle acceptait de l'épouser à condition qu'il éteigne l'incendie qu'il avait allumé dans ses veines ?

Elle se dit qu'il se ferait un devoir de la satisfaire.

Et serait-ce si grave ? Elle comprenait confusément que des enfants pouvaient être le produit de cette fameuse activité. Mais, justement, elle adorait les enfants et il voulait un héritier. Ils y trouveraient tous les deux leur compte.

Et ensuite, il repartirait pour Londres.

Une femme tombait-elle forcément enceinte dès que l'homme avait rempli son mystérieux office ? Devraient-ils faire plus d'une tentative ? Beaucoup d'essais seraient-ils nécessaires ? Si Charles était satisfait, peut-être aurait-il envie de rester, ce qui serait une excellente chose pour Claire et Isabelle.

Mais où se situait-elle dans tout ça ?

Et où se situait l'amour ?

Elle jeta sa brosse sur la coiffeuse. Elle se sentait désemparée. Il fallait qu'elle mette un peu d'ordre dans ses pensées. Emmener Prinny faire une promenade matinale lui sembla une excellente idée. Ainsi, Isabelle pourrait dormir un peu plus longtemps. Emma, de son côté, ne pourrait plus fermer l'œil.

Elle s'habilla, prit son bonnet préféré et se rendit en silence dans le vestibule. Prinny avait décidé qu'il préférait tenir compagnie aux filles. Emma soupçonnait Claire de faire du charme à la cuisinière pour qu'elle lui donne des os de premier choix. La petite fille devait ensuite les rapporter discrètement dans sa chambre.

Elle trouva Prinny sur le lit de Claire.

— Prinny, murmura-t-elle. (Les oreilles du chien s'orientèrent vers elle puis il dressa la tête.)

Viens. On va se promener.

Les griffes de Prinny cliquetèrent sur le parquet mais Claire ne bougea pas.

Emma le tint en laisse jusqu'à ce qu'ils se soient éloignés de la maison et que l'animal ait un peu dépensé de son énergie débordante. Lorsqu'il aperçut un écureuil et commença à se démener, elle décida qu'elle aimait autant le perdre que de se faire déboîter l'épaule.

Meg parcourait-elle déjà la propriété ? Il n'était pas rare qu'elle se lève tôt pour partir à la recherche de nouvelles plantes.

Emma s'arrêta au beau milieu de la vaste pelouse et se retourna pour regarder la demeure. Le soleil levant commençait tout juste à illuminer les murs en pierre et à faire miroiter les fenêtres. Elle avait toujours préféré cette façade symétrique par rapport à celles des autres maisons des environs. Celle de Westbrooke s'était constituée au petit bonheur la chance au fil des siècles. Quant à Alvord, même s'il s'agissait d'un château, il générait chez elle un sentiment de claustrophobie.

Si elle épousait Charles, ce serait à elle de diriger Knightsdale.

Elle continua à marcher en direction du lac. Elle aimait bien Mrs Lambert, l'intendante. Elle n'aurait aucun problème pour s'entendre avec elle, notamment parce que cette dernière adorait Isabelle et Claire. Elle ne s'éloignerait pas de Meg et pourrait garder un œil sur elle. Et enfin, elle resterait proche de son père.

Mais que lui prenait-il, soudain ? La maison, les enfants… Rien de tout cela n'avait la moindre importance. Rien n'était plus important que Charles. L'aimait-il vraiment ou n'était-elle pour lui qu'une solution commode à une situation difficile ? Pourrait-elle consentir à un mariage de convenance ?

Non, pas avec Charles. Pas avec l'homme pour lequel elle ressentait des sentiments si passionnés.

Elle lui était d'ores et déjà trop attachée. Elle le savait. Elle ne le lâcherait pas d'une semelle quand il viendrait à Knightsdale et se languirait de lui dès qu'il retournerait à Londres. Cela ne serait pas souhaitable, ni pour elle ni pour lui. Il finirait par lui en vouloir, ce qui briserait le cœur de la jeune femme.

Soudain, elle entendit son chien aboyer devant elle.

— Prinny ! cria-t-elle.

L'animal se mit à aboyer de plus belle. Avait-il trouvé Meg ? Avait-elle besoin d'aide ? Emma releva sa jupe et se mit à courir vers le lac.

Elle entendait Prinny mais ne le voyait pas. Il devait être dissimulé par les buissons qui se trouvaient devant elle. Elle se glissa sous une branche basse, puis entre deux arbustes de belle taille.

— Pri…

Elle s'arrêta net, bouche bée.

— Bien le bonjour, Miss Peterson, lança Charles.

— Euh…

Elle ferma les yeux à s'en froisser les paupières puis les rouvrit. La vision qui s'offrait à elle n'avait pas disparu. Le marquis de Knightsdale se tenait sous un arbre au bord du lac, aussi nu que le jour de sa naissance. Enfin… Pas tout à fait nu. Il portait une serviette autour de la taille, une serviette sur laquelle Prinny tirait frénétiquement.

Emma déglutit, la bouche soudain fort sèche. Elle avait déjà longuement admiré l'anatomie de Charles la nuit où il était venu les aider à chasser les fantômes dans la nursery. Toutefois, il s'était alors partiellement enveloppé dans un drap. Là, une plus grande partie de son corps magnifique était exposée au regard inquisiteur d'Emma : sa nuque solide, ses épaules larges, ses biceps qui se tendaient alors qu'il retenait la serviette, les boucles sombres qui ornaient son torse et descendaient jusqu'à son nombril, voire plus bas… Mais jusqu'où ? La présence de la serviette empêchait Emma de le découvrir. Heureusement, d'ailleurs. Oui, elle supposait qu'elle avait beaucoup de chance que la serviette lui bouche la vue.

Prinny tira à nouveau sur le coin qu'il tenait dans sa gueule, et la serviette glissa légèrement.

— Auriez-vous l'obligeance de rappeler votre chien, ma chérie ? À moins bien entendu que vous ne souhaitiez en voir davantage que ce qui s'offre déjà à votre examen. Cela ne me gênerait pas, bien entendu. Je suis toujours prêt à faire plaisir à une dame. Voulez-vous que je laisse Prinny partir avec la serviette ?

— Non ! s'écria Emma en se précipitant pour attraper le collier de Prinny.

Elle y rattacha la laisse et tenta de convaincre le chien de relâcher sa proie. Elle lutta pour se concentrer sur la mâchoire de Prinny et ne pas regarder les jambes de Charles. Ses pieds nus. Ses orteils.

— Prinny, sale bête ! lâcha-t-elle.

Sa propre voix lui parut bien faible.

*Oublie les orteils du marquis,* s'ordonna-t-elle.

— Prinny, lâche ça tout de suite !

Prinny grogna. Il n'avait clairement aucune intention de coopérer.

— Je suis confuse, milord, dit-elle en levant les yeux tout en restant agenouillée, à retenir Prinny. Il semblerait que… Oh ! (Son regard se figea sur la serviette. Une énorme bosse semblait avoir poussé du corps de Charles.) Vous êtes-vous démis quelque chose ?

— Que voulez-vous dire ?

— Quelque chose ne va pas, milord. Vous voyez ?

Elle tendit la main vers la protubérance.

— N'y touchez pas !

Emma battit en retraite brusquement.

— Il est inutile de me hurler dessus. Cela vous fait-il si mal ?

Tout le corps de Charles, en tout cas ce qu'elle pouvait en voir, s'empourpra vivement.

— Effectivement, je souffre le martyre. Je vais sans doute mourir dans quelques secondes si vous ne vous tournez pas et ne fermez pas les yeux à l'instant.

Emma trouva son ton particulièrement sec. Elle leva les yeux pour regarder son visage. Sa bouche n'était plus qu'une mince ligne.

— N'y a-t-il rien que je puisse faire pour vous aider ? demanda-t-elle.

— Si. Soyez certaine que vous pourriez me soulager, mais pas aujourd'hui. Aujourd'hui, vous allez vous retourner et poser les mains sur vos yeux puis les y laisser jusqu'à ce que je vous dise de les enlever. Et ne trichez pas. Vous m'avez compris ?

— Je ne suis pas un de vos soldats au garde-à-vous, milord.

— Au garde-à-vous ? Il ne manquait plus que ça, bon sang ! Faites ce que je vous ai demandé, Miss Peterson. S'il vous plaît, je vous en supplie.

— Bon, très bien.

En aucun cas Emma ne souhaitait le voir souffrir davantage mais elle n'appréciait guère qu'on lui crie dessus. Toutefois, face à un homme qui semblait avoir tellement mal, elle était prête à faire des concessions. Elle se retourna mais se mettre la main sur les yeux l'aurait forcée à tenir moins solidement la laisse de Prinny.

— Milord…, dit-elle en commençant à se retourner à nouveau.

— Ne bougez plus, Miss Peterson !

— Mais… Oh !

Emma sentit une traction sur la laisse et vit Prinny s'enfuir vers le lac en traînant la serviette de Charles dans sa gueule.

Cette fois elle se plaqua les deux mains sur les yeux.

Charles eut toutes les peines du monde à remettre son pantalon. Plusieurs fois, il jeta un œil du côté du lac. Plus que jamais, il avait besoin d'un bain glacé. Qu'Emma ait pu l'examiner ainsi, sous toutes les coutures, voilà qui confinait pour lui à la plus raffinée des tortures. Et le pire, c'est qu'elle n'avait pas la moindre idée de ce qu'elle lui avait fait ni de ce qu'elle avait aperçu. Il aurait été ravi de lui montrer, s'il avait pu la ramener jusqu'à son lit dans l'instant. Cela lui aurait permis de soulager un peu la tension qui l'habitait.

Et, en cet instant précis, un peu de détente l'aurait bien aidé à reboutonner cette maudite culotte.

S'il ne l'épousait pas très bientôt, il allait devenir complètement et irrémédiablement fou.

—Milord, vous ne devriez pas vous promener ici sans vos vêtements.

—Vous parlez vraiment comme une gouvernante, Miss Peterson. (Il termina enfin de boutonner son pantalon.) Regardez-vous entre vos doigts ? demanda-t-il d'un ton soupçonneux.

—Non ! s'écria-t-elle. Mais vous ne devriez pas venir ici pour nager dans cette tenue. Quelqu'un pourrait surgir.

—Quelqu'un a surgi, indiqua Charles en passant sa chemise.

—Exactement. Meg est sans aucun doute en train de chercher des spécimens dans les environs. Et si elle était tombée nez à nez avec vous ? Ou Miss Oldston ? Ou encore Miss Pelham ? Ou bien…

—Et pourquoi pas toutes les matrones d'*Almack* tant que vous y êtes ? Ma chérie, apprenez que les Londoniennes ne sortiront pas de leurs lits avant des heures. Et quand elles le feront, ce ne sera pas pour se précipiter dehors. Elles avaleront tout d'abord leur chocolat puis prendront le soin de parfaire leur toilette. Ce n'est qu'ensuite qu'elles nous honoreront peut-être de leur présence, juste à temps pour le déjeuner. Je ne risque pas de croiser l'une de ces dames autour du lac alors que le soleil vient à peine de se lever.

—Et Meg alors ?

—Au moment de partir, j'ai croisé Meg dans la cuisine et je lui ai dit que j'allais nager.

Charles eut un petit sourire à l'idée de l'air entendu qu'avait alors affiché Meg. Il aurait été prêt à parier que la jeune fille savait précisément pourquoi il avait besoin d'un bain bien froid de si bon matin. Elle était sans nul doute plus au fait de ces choses-là que l'adorable tête de linotte qui lui servait de grande sœur.

— Vous pouvez rouvrir les yeux, Miss Peterson. Je suis décent.

Emma se retourna et ses yeux se posèrent immédiatement sur l'entrejambe du marquis.

— Êtes-vous certain que tout va bien, milord ? Elle tendit la main comme si elle allait le toucher.

Charles resta immobile, dans l'attente, mais elle s'arrêta.

— Vous avez effectivement l'air d'aller mieux, fit-elle remarquer. Votre anatomie avait vraiment quelque chose de curieux il y a quelques instants. L'aviez-vous constaté ? (Elle rougit et redressa les épaules.) Je sais que je ne devrais pas aborder un sujet aussi intime mais vous sembliez avoir tellement mal. Avez-vous été examiné par un médecin ?

— Mais bon sang, mademoiselle… Il n'y a rien de curieux dans mon anatomie, comme je serai enchanté de vous permettre de le constater dès que nous serons mariés. (Il l'attrapa alors et la prit dans ses bras.) Et je vais peut-être vous le démontrer plus tôt que cela si vous persistez à me torturer de la sorte.

— Milord !

Il en avait plus qu'assez de regarder et de parler. L'heure était désormais au contact physique.

Elle se débattit un court instant avant de se coller à lui. Sa bouche était déjà entrouverte quand Charles posa ses lèvres sur les siennes. Elle faisait des progrès.

Il prit le temps de savourer ce baiser. Rien ne pressait. La végétation des bords du lac les dissimulait et aucun des invités ne pouvait être de sortie à une heure aussi matinale. Et quand bien même, la réputation de Miss Peterson serait alors en péril. Ce qui tomberait plutôt bien car les intentions de Charles étaient honorables. Complètement honorables.

La jeune femme émit un étrange petit bruit de gorge, comme le ronronnement d'un chat. Charles s'adossa à un arbre, l'entraînant avec lui tout en lui caressant les seins. Elle gémit et se cambra contre sa main. Du pouce, il taquina la pointe d'un de ses seins. Elle s'abandonna alors totalement. Il laissa l'autre main glisser doucement jusqu'à ses fesses et la serra contre son corps si dur de désir.

Plus que jamais, il regretta de ne pas avoir à disposition un lit accueillant et douillet.

Emma fondait littéralement. Tous ses membres semblaient peser des tonnes et ses genoux se dérobaient sous elle. Elle n'était plus capable de se tenir debout. Elle ressentait un vide douloureux au niveau de son ventre et une pulsation très étrange entre les jambes. Était-elle souffrante ? Tout semblait lui indiquer qu'elle couvait une fièvre. Il fallait qu'elle s'écarte de Charles. Elle allait le faire, ne serait-ce qu'un instant. Oui, elle le ferait, dès qu'elle serait à nouveau capable de bouger.

Il choisit justement cet instant pour lui taquiner un téton, la privant totalement de la faculté de penser. Elle ne pouvait plus que ressentir. Et quelles sensations !

Charles lui effleura la joue du bout des lèvres. Elle se tourna légèrement et posa sa tête contre son biceps, lui offrant ainsi la liberté de l'embrasser où il le désirait… et où elle le désirait elle aussi.

Il lui caressa la nuque. Des vagues de chaleur et de désir déferlèrent en elle. Il descendit doucement le long de sa gorge en jalonnant son parcours de baisers doux et légèrement humides qui lui coupèrent le souffle. Elle laissa s'échapper un nouveau gémissement.

Elle avait tellement chaud. Sa poitrine semblait avoir gonflé, et elle voulait qu'il la touche à cet endroit-là. Elle brûlait de sentir ses mains sur son corps comme la veille au soir. Pantelante, elle tendit ses seins vers lui, l'implorant silencieusement de la caresser.

Charles s'exécuta, lui passant délicatement une main sur la joue avant d'explorer son cou et ses épaules tandis que l'autre maintenait fermement le bas du corps d'Emma contre le sien. Puis il glissa une jambe entre les siennes et elle s'appuya complètement contre lui. Le contact de sa cuisse dure et musclée contre cette zone à la sensibilité exacerbée lui parut sublime. Elle s'y frotta.

— C'est ça, mon amour. Oui, Emma. Ma douce…

Il dégrafa le haut de sa robe avant de toucher sa peau nue. C'était très choquant mais Emma n'était plus en mesure d'attacher la moindre attention aux convenances ou, justement, au manque de convenances. Ses émotions étaient désormais supplantées par cette étrange fièvre qui la consumait.

C'est alors qu'elle sentit les lèvres de Charles se poser sur sa poitrine. Elle plongea les doigts dans ses cheveux bruns pour le plaquer contre elle. Il passa la langue sur l'un de ses tétons avant de le prendre dans sa bouche, sans cesser de lui caresser les fesses, la poussant à se frotter encore plus fort sur sa cuisse.

Il se passait quelque chose en elle.

— Charles, murmura-t-elle d'une voix à peine audible.

— Chut, Emma. Tout va bien. Allez, ma chérie, vous pouvez le faire. N'ayez crainte, ma douce. Je suis là. Tout va bien. Je vous tiens et je ne vous laisserai pas tomber.

Emma se sentait à la fois déchaînée, dévergondée, folle et prête à tout.

Une sensation inédite la submergeait. Elle était tendue à l'extrême. Charles suça l'un de ses seins avant de passer à l'autre. Elle sentait à la fois l'air froid du matin et la chaleur du soleil sur ses tétons. Elle était nue à la face du monde et se réjouissait que Charles puisse en profiter. Plus rien ne lui importait. Elle était totalement en proie à ses désirs. Haletante, elle se cambra contre Charles. Celui-ci s'empara à deux mains de son postérieur et la guida afin qu'elle se frotte le plus possible contre lui.

Mais tout cela ne suffisait pas, et de loin. Il manquait quelque chose qu'elle ne parvenait pas à définir.

Charles ramena sa jambe sous lui et se redressa pour aussitôt glisser une main entre les jambes de la jeune femme. Il la posa à plat, puis commença à faire jouer ses doigts contre un endroit aussi précis que sensible.

Emma tressaillit. Charles l'embrassa pour étouffer le murmure inattendu qu'elle lâcha alors qu'une force inexorable montait en elle. À cet instant précis, elle défaillit dans ses bras. Elle était tellement épuisée qu'elle ne pouvait même plus relever la tête, et la laissa peser sur la poitrine de l'homme alors que son cœur retrouvait lentement un rythme normal.

— Magnifique, Emma, susurra Charles. C'est absolument magnifique.

Il ne cessait de lui caresser les fesses, les cheveux. Elle était alanguie contre sa jambe. De petits frissons l'agitaient encore par endroits. Elle ferma les yeux. Elle ne désirait rien d'autre que de rester ici pour toujours, au bord du lac, allongée contre le marquis de Knightsdale, sa robe ouverte jusqu'à la taille, offerte au regard du premier venu.

Emma poussa un petit cri, repoussa Charles et partit en courant vers le manoir tout en se rhabillant.

— Qu'avez-vous fait à Emma, Charles ?

— Que voulez-vous dire par là, ma chère tante ? répondit Charles en quittant les papiers qui jonchaient son bureau.

Ce matin-là, lady Beatrice avait passé une robe faisant cohabiter le violet avec le vert pomme. Il se demanda – et ce ne fut pas la première fois – comment le tailleur de sa tante pouvait commettre de tels crimes contre le bon goût.

— Elle refuse de sortir de sa chambre, reprit lady Beatrice. Elle prétend être indisposée.

— Ah ? Et pourquoi donc aurais-je quoi que ce soit à voir avec ce malaise ?

La tante de Charles se pencha vers son bureau et le fusilla du regard.

— Parce que Lavinia Begley m'a dit qu'elle avait vu Emma revenir du lac en courant ce matin. Apparemment, elle avait un problème avec sa robe. À peine quelques minutes plus tard, vous êtes rentré avec Prinny.

À son grand désarroi, Charles piqua un fard.

— Miss Peterson a eu, euh… un ennui avec sa robe. Je me suis occupé de ramener le chien afin qu'elle puisse rentrer immédiatement pour arranger le problème.

— Ou peut-être s'est-elle enfuie devant le problème…, grommela lady Beatrice. Racontez-moi précisément comment s'est produit cet… ennui.

— Je ne pourrais pas vous l'expliquer.

— Vous ne pourriez pas ? Voilà qui est cocasse. Dites plutôt que vous ne voudriez pas.

— Ma tante, j'ose espérer que vous ne sous-entendez pas que je me serais permis de lui faire des avances déplacées.

*Déplacées ? Scandaleuses, plutôt.*

Il laissa de côté ces pensées pour ajouter :

— Mes intentions sont parfaitement honorables.

— Oh, ne montez pas sur vos grands chevaux avec moi. Je ne vous reproche rien. Faites-lui toutes les avances que vous jugerez nécessaires. Mais n'oubliez pas de glisser une bague au doigt de cette fille avant de lui glisser quoi que ce soit entre les cuisses.

— Ma tante !

— Oh, je vous en prie, Charles. Ce n'est pas comme si vous étiez encore puceau, n'est-ce pas ?

— Cela ne vous regarde pas. Toutefois, j'étais persuadé que vous étiez vierge, vous.

Charles n'en crut pas ses yeux. Sa tante venait de rougir, ce qui jurait avec les couleurs de son ensemble.

— À mon tour, répondit-elle. Cela ne vous regarde pas.

— Exact. Vous avez raison.

Toutefois, des rumeurs subsistaient. Non, il ne pouvait pas se permettre d'imaginer que… Si elle avait eu un amant, il devait être pour le moins daltonien, quoiqu'on puisse penser qu'en certaines circonstances, elle devait enlever ses… Non, il n'était pas question qu'il pense à cela.

—Quoi qu'il en soit, Emma est vierge, dit lady Beatrice.

Elle marqua une pause et le regarda d'un air sévère.

—Elle l'est, n'est-ce pas ? Je veux dire, elle l'est encore ? Vous n'avez pas…

—Non !

—Tant mieux. Malgré cela, je demeure persuadée que vous lui avez fait quelque chose, dit-elle avant de poursuivre, plus calmement : de nos jours, les jeunes filles peuvent être tellement chicaneuses. Vous l'avez probablement embrassée avec trop d'empressement, même si cela n'explique pas l'état de sa robe…

Lady Beatrice observa Charles avec attention. Celui-ci restait de marbre.

—Comme vous voudrez…, déclara-t-elle. Quoi qu'il ait pu se passer, il est évident qu'elle en a été bouleversée. Montez la voir et présentez-lui vos excuses. Soyez très aimable, très attentionné. Je tiens à annoncer vos fiançailles lors du bal.

Une fois dans l'escalier, Charles dut admettre en son for intérieur que ce matin-là près du lac, il avait laissé sa passion supplanter tout bon sens. Pour autant qu'il puisse en juger, le baiser qu'il avait échangé avec Emma dans la voiture était le premier qu'avait jamais reçu la jeune femme. Et on ne parlait là que d'un petit bisou tout à fait anodin. Seulement voilà, avec Emma, rien de tout cela ne restait jamais anodin. Quand bien même, il n'aurait jamais dû aller aussi loin et se montrer aussi empressé qu'il l'avait fait près du lac.

Il frappa à la porte de la jeune femme.

—Emma ?

—Allez-vous-en.

Il jeta un coup d'œil dans le couloir. Les jumelles Farthington l'observaient avec intérêt. Il les salua d'une révérence et continua jusqu'à sa propre chambre.

Il entra et alla frapper alors à la porte de communication.

— Emma.

— Partez.

— Nous devons parler, ma chérie. (Il poussa la porte qui refusa de s'ouvrir.) Avez-vous bloqué la porte, Emma ?

— Oui.

Sa voix paraissait étouffée comme si elle avait pleuré.

— Ma chérie, vous n'avez rien à craindre de ma part. Laissez-moi entrer. Je vous promets que nous ne ferons que parler. Je n'ai aucune intention de vous toucher ou de vous faire de la peine.

Sa déclaration fut suivie par quelques instants de silence. Pour Charles, c'était bon signe.

— Emma, j'imagine que vous avez des questions à poser. Comprenez-vous ce qui s'est passé près du lac ?

— Non !

Elle avait lancé cela d'un ton plaintif et l'avait ponctué d'un reniflement sans appel. Charles ressentit alors quelque chose de tout à fait inédit pour lui, comme si son cœur se retournait dans sa poitrine.

— Emma, laissez-moi entrer. Nous allons parler calmement. Vous ne voudriez pas que quelqu'un entende notre conversation, n'est-ce pas ?

— Non.

Cette fois-ci, il perçut un soupçon de panique dans la voix de la jeune femme. Il l'entendit s'approcher avant de repousser quelque chose de lourd. Elle ouvrit enfin la porte. Elle avait les yeux tristes et gonflés d'avoir trop pleuré.

— Emma. (Sans même y réfléchir, il brisa sa promesse et contourna le petit coffre qu'elle avait poussé devant la porte et l'attira délicatement à lui pour la tenir contre sa poitrine.) Emma, ma chérie. Je suis désolé de vous voir effondrée de la sorte. Je n'ai jamais voulu vous effrayer.

Elle soupira et se laissa aller dans ses bras.

— Venez, dit-il.

Il l'accompagna jusqu'au grand fauteuil près du feu, s'y installa et assit Emma sur ses genoux. Il tint la tête de la jeune femme contre son épaule et lui caressa les cheveux comme il l'aurait fait avec Claire ou Isabelle.

Il lui plaisait beaucoup de sentir le poids du corps détendu d'Emma contre le sien. Il était très surpris de ne ressentir aucun désir. Bien entendu, celui-ci était toujours présent, mais en sourdine, comme un orchestre qui joue dans une pièce alors qu'on se trouve sur la terrasse. C'était toujours merveilleux et magique mais cela restait lointain.

Charles se sentait étrangement satisfait. Il posa la joue contre la tête d'Emma, posa un baiser dans ses cheveux et huma son doux parfum.

— Que m'avez-vous fait ? murmura-t-elle contre sa poitrine.

Comment répondre à cette question ?

— Je vous ai fait l'amour, ma chérie.

Il la sentit se raidir.

— Donc, je suis… Euh… Je suis… enceinte ?

Si elle ne semblait pas aussi désespérée, il aurait pu trouver la situation risible.

— Non, Emma. Vous n'êtes pas enceinte.

— Vous en êtes sûr ?

— Absolument certain, ma douce. Il est tout simplement impossible que vous attendiez un enfant.

— Mais j'ai ressenti quelque chose de très… bizarre. (Elle murmurait à nouveau. Pour l'entendre, il était obligé de retenir sa respiration.) Je me suis sentie tellement… libre. En attente. Je ne désirais qu'une chose : que vous… Je ne sais pas… Que vous me combliez. Mais je n'aurais pu dire comment.

Charles prit une brusque et profonde inspiration. Le désir venait de resurgir, menaçant de piétiner toutes ses bonnes résolutions.

Lui savait exactement comment il aurait pu la combler.

— Vous aviez mon… enfin, vous savez… dans la bouche, comme un bébé qui tète sa mère. Et puis… J'ai eu l'impression de me briser en mille morceaux. J'ai senti une drôle de pulsation et j'ai eu soudain très chaud partout et… et puis c'est passé.

— Euh. (Bon sang, il eut l'impression qu'il allait exploser.) Voilà qui a l'air très inconfortable. Vous avez aimé ce sentiment, ma chérie ?

Elle garda le silence durant une longue minute et Charles se dit que son cœur allait arrêter de battre.

— Oui, murmura-t-elle finalement. C'était agréable.

Il soupira et la serra plus fort.

— J'en suis heureux.

— Mais comment pouvez-vous affirmer que je n'attends pas d'enfant ?

— Parce que…

Comment lui expliquer ? Il n'était pas certain qu'elle soit prête à entendre tous les détails.

— Parce que, pour faire un enfant, il faut que quelque chose se passe chez moi aussi, ma douce. Et ce n'est pas arrivé aujourd'hui.

— Oh, dit-elle en le regardant dans les yeux. Vous regrettez que cela ne soit pas arrivé ?

Il ne put s'empêcher de lui déposer un léger baiser sur le front.

— Oui, un peu car c'est une sensation très agréable. Mais je savais que ce n'était pas encore le moment idéal.

Elle baissa à nouveau la tête avant qu'il puisse poser ses lèvres sur les siennes, et commença à jouer avec un des boutons du gilet de Charles.

— Donc, vous avez déjà fait des enfants ?

— Non !

Il était à peu près certain qu'aucun enfant n'avait résulté de ses autres aventures.

— Alors comment pouvez-vous savoir que c'est agréable ? demanda-t-elle.

Charles paniqua un instant.

— Je le sais, Emma, voilà tout. Vous allez devoir me faire confiance. C'est quelque chose que les hommes savent.

— Cela ressemble fort à des balivernes.

— Et pourtant, c'est bien vrai, déclara-t-il. Bon... Consentez-vous à me pardonner pour ce matin ?

— Oui, je pense, répondit-elle en hochant la tête. Mais j'ai encore une question.

— Je vous écoute.

Charles sentit son estomac se nouer. D'où lui venait cette impression que cette prochaine question serait la plus difficile ?

— Vous avez dit m'avoir fait l'amour, murmura-t-elle finalement.

— Oui.

— Cela signifie-t-il que vous m'aimez ?

Charles eut l'impression de recevoir un coup à l'estomac.

Emma se sentait à la fois terrifiée et extrêmement gênée. Gênée quand elle repensait à son comportement au bord du lac, terrifiée car elle craignait d'être enceinte. Elle était célibataire. Comment pourrait-elle s'occuper d'un enfant ? Où vivrait-elle ? Une honte absolue la submergeait. Son père, Meg... Ils allaient être tellement choqués, tellement déçus.

Elle se refusait à imaginer ce qu'allait lui dire son père.

Elle verrouilla la porte donnant sur le couloir et poussa le coffre contre la porte située entre les deux chambres. Elle ne voulait pas voir Charles. Elle posa les mains sur ses joues en feu. *Oh, mon Dieu.* Il avait vu sa poitrine. Il avait posé la bouche sur ses seins, sur ses... Elle ferma les yeux aussi fort qu'elle le put. Il l'avait touchée et elle s'était frottée contre lui comme une... une... Non, ce n'était pas possible. Tout ce qui concernait ces quelques instants dépassait son entendement.

Ce qui s'était passé près du lac était trop vil pour qu'elle y pense. Et pourtant, elle venait de passer des heures à ne faire que ça... Dès qu'elle s'arrêtait de pleurer à l'idée d'être enceinte, en tout cas.

Elle était possédée par Charles. C'était de la folie. Quand elle fermait les yeux, elle le voyait aussi distinctement que si son image avait été gravée au fer rouge sur ses paupières. Elle le revit se tenant debout dans la lumière du matin comme une statue grecque, ses larges épaules, les muscles de ses bras, son torse, toute cette peau douce et chaude...

Emma croisa les bras et posa les mains sur ses épaules, mais elle eut immédiatement l'impression de sentir les mains de Charles sur son corps, ses fesses, ses seins, ses lèvres et sa langue sur sa peau, sa bouche qui la dévorait. La sensation de vide et de chaleur entre ses jambes se rappela à son souvenir. Sa peau était brûlante.

Que lui arrivait-il donc? Son indisposition allait au-delà de l'envie lubrique qu'elle avait ressentie dans le jardin d'hiver, au-delà des désirs contre lesquels Mr Stockley l'avait mise en garde. Cela confinait à la folie.

Et donc, quand Charles frappa à sa porte, elle était à la fois effrayée de le faire entrer et effrayée de le laisser repartir. Quand elle le vit devant elle, elle ne put dire s'il allait être son salut ou sa perte. Mais cela n'avait aucune importance car, quoi qu'il puisse être, elle avait besoin de lui.

Elle faillit pleurer de bonheur quand Charles la saisit pour l'étreindre contre sa poitrine. Elle s'enivra de son odeur, un parfum frais où se mêlaient les senteurs du linge propre et du savon ainsi que quelque chose d'autre – de mâle.

Il était si calme, et l'apaisa de ses mains et de sa voix. Il parvint à défaire ce nœud d'anxiété et de honte qui lui taraudait l'estomac.

Il était Charles. Il était ce garçon qu'elle avait idolâtré quand elle était petite fille, celui qui avait séché ses larmes alors qu'elle sanglotait, abandonnée de tous, près du ruisseau.

Il était le jeune homme vers lequel ses rêves allaient à l'époque où elle quittait l'enfance. Il était le premier homme qu'elle avait embrassé, le seul homme à l'avoir touchée.

Elle se laissa faire quand il l'assit sur ses genoux. Elle se sentait protégée, libérée de la tension et de l'émoi dont elle avait été la proie au bord du lac. Bon, il y en avait peut-être encore un peu, mais vraiment juste un peu. La joue posée sur les fortes épaules de Charles, elle sentait sa main lui caresser les cheveux. Un frisson avait commencé à monter de son bas-ventre.

— Que m'avez-vous fait ? lui demanda-t-elle.

— Je vous ai fait l'amour, ma chérie.

Elle se raidit. Elle avait déjà entendu ces mots dans la bouche de Mrs Lambert, un jour qu'elle s'adressait à une femme de chambre tombée enceinte.

« Alors comme ça, il vous a fait l'amour, ma fille ? Il vous a offert un petit instant d'extase, voilà tout, et vous le paierez dans quelques mois avec l'arrivée d'un bébé qui braillera tout le temps. »

— Donc, je suis… Euh… Je suis… enceinte ? demanda Emma à Charles.

— Non, Emma. Vous n'êtes pas enceinte, lui répondit-il.

Il semblait tellement sûr de lui. Il savait de quoi il parlait, forcément. On tenait les hommes au courant de ces choses-là.

Se sentant parfaitement soulagée, elle lui expliqua alors ce qu'elle avait ressenti au bord du lac, comment elle avait été prise de folie. Il n'en avait pas eu l'air choqué. Il n'y avait probablement rien là-dedans qui puisse le choquer. Il avait déjà vécu tout cela auparavant avec d'autres femmes. Cela ne représentait rien de spécial pour lui.

C'était devenu atrocement évident quand elle lui avait posé sa dernière question :

— Vous avez dit m'avoir fait l'amour.

— C'est bien ce que j'ai dit, Emma.

— Cela signifie-t-il que vous m'aimez ?

Son silence ne laissant que peu de doutes quant à la nature de ses sentiments, Emma se fit un devoir de lui faire part des siens.

Elle le gifla.

# Chapitre 11

— J'ai l'impression que notre plan ne marche pas, Isabelle. Maman Peterson et papa Charles ont l'air d'être très fâchés l'un contre l'autre.

Isabelle hocha la tête. Sa sœur et elle étaient assises sur le palier et toutes deux regardaient les invités quitter la maison pour se rendre sur les lieux du pique-nique. Leur oncle était venu voir Miss Peterson à plusieurs reprises mais, chaque fois, elle s'était montrée très distante.

— Il faut que nous préparions autre chose, Claire, annonça Isabelle avec sérieux.

Elle avait vraiment cru que la dissimulation de la brosse à cheveux suffirait à rapprocher oncle Charles et Miss Peterson.

— Y a-t-il un autre objet appartenant à Miss Peterson que nous pourrions cacher dans la chambre d'oncle Charles ? demanda-t-elle.

— Que dirais-tu de sa chemise de nuit, Isabelle ? Ce serait une bonne idée, non ?

Isabelle acquiesça :

— Elle en a absolument besoin et il me semble qu'elle n'en a qu'une.

— Eh bien, si elle en a d'autres, nous les cacherons aussi, déclara Claire en se relevant dès que le dernier invité eut passé la porte.

— Allons-y, ajouta-t-elle. Nous allons bien les dissimuler, comme ça maman Peterson et papa Charles passeront beaucoup de temps à les chercher.

— Cela n'a pas l'air de bien se passer, Lavinia.

— À votre place, je ne m'avouerais pas déjà vaincue, lady Beatrice. On ne peut pas dire qu'il y ait une véritable concurrence et lord Knightsdale n'est pas un imbécile. Il ne choisirait jamais une bécasse comme Lucinda Pelham ou Amanda Oldston.

— Mais à mon avis, Miss Haverford est une demoiselle bien sous tous rapports, déclara lady Beatrice d'un ton désabusé. Je suis certaine qu'elle pourrait faire l'affaire.

— Sans doute. Toutefois, comme vous l'avez souligné, elle est trop jeune.

Lady Beatrice hocha la tête. Elle et Mrs Begley étaient installées dans le petit salon et prenaient le thé... sans assaisonnement, cette fois.

— J'aimerais que Charles s'implique totalement dans ce projet, pas seulement avec son... Enfin, vous voyez. S'il se marie uniquement pour concevoir un héritier, je crains qu'il ne reste à Knightsdale que le temps d'y parvenir. Le domaine ainsi que ses nièces ont besoin qu'il fasse acte de présence de manière plus permanente.

— Absolument. Je pense que Miss Peterson est la seule option viable.

— Alors ? Que pouvons-nous faire afin de nous assurer que mon grand dadais de neveu fera le bon choix ?

— Hum... Je ne sais pas vraiment. Il faudrait y réfléchir. Nous devrions sans doute nous faire épauler pas les autres membres de la Société.

— Je pense que cela ne pourra pas faire de mal car il semble bien que ce garçon n'arrivera pas à s'en sortir tout seul, grommela lady Beatrice.

Emma était furieuse. Et plus elle pensait à l'issue de son entrevue avec Charles dans sa chambre à coucher, plus sa colère augmentait. Lord Knightsdale avait pris d'incroyables libertés avec elle et pourtant il ne savait pas s'il l'aimait ? Pas question de danser sur la valse-hésitation de Charles. Elle l'avait vertement prié de sortir et, à peine s'était-il retrouvé sur le seuil, qu'elle avait claqué la porte.

Elle était également furieuse contre elle-même. Elle s'était imaginé naïvement que ce qu'ils avaient fait près du lac représentait davantage pour Charles qu'un moyen de satisfaire un vulgaire désir physique. Elle émit un grognement de colère. Elle n'était qu'une pauvre vierge de vingt-six ans, lamentable et crédule. Pensait-elle vraiment que les hommes étaient amoureux des traînées avec lesquelles ils couchaient ? Elle sentit son estomac se nouer. Se pouvait-il qu'elle ne soit rien d'autre que ce genre de filles aux yeux de Charles ?

Elle remonta l'escalier vers la nursery à grands pas. Il s'était mis à pleuvoir. Par conséquent, la plupart des invités avaient proposé que le pique-nique se déroule plutôt dans la ridicule reproduction du Panthéon que le grand-père de Charles avait eu le mauvais goût de faire bâtir. Emma n'ayant aucune envie de les entendre s'extasier devant les statues, avait préféré rentrer.

— Nanny, où sont les petites ? demanda-t-elle.

Au son de sa voix, Prinny sortit de la chambre de Claire en galopant et en aboyant furieusement.

— Chut, mon beau. Ne va pas troubler ce calme reposant.

— Elles sont allées voir la cuisinière, répondit Nanny. La paix, sale bête !

Emma fronça les sourcils. À quand remontait la dernière leçon qu'elle avait donnée aux filles ? Elle avait grandement négligé sa tâche, ces derniers temps. Cela allait changer. Dès le lendemain, elle serait dans la salle de classe à la première heure.

— Entendu, annonça-t-elle. J'emmène Prinny dans la grande galerie pour qu'il se dégourdisse un peu les pattes. Tous les invités pique-niquent dans le Panthéon.

Quand elle entra dans la galerie, Emma se rendit compte qu'elle s'était trompée. Mr Stockley se trouvait là. Elle le trouva en train d'admirer la longue lignée des aïeux de lord Knightsdale, accrochée dans toute sa splendeur picturale aux murs de la pièce. Elle s'arrêta et se pencha pour attraper le collier de Prinny. Il n'était absolument pas question de revivre l'expérience qu'elle avait partagée avec cet individu dans la grotte, surtout pas si tôt après l'intermède traumatisant des bords du lac avec ce satané marquis. Elle allait ramener Prinny vers l'escalier quand elle s'arrêta pour observer le comportement étrange de Mr Stockley.

Il inspectait l'arrière des tableaux. Emma plissa les yeux. Le voilà qui recommençait. Avec mille précautions, il écartait un cadre du mur pour jeter un coup d'œil derrière. Ensuite, il glissait la main entre la toile et la paroi. Quel était son but ?

Prinny trouva lui aussi ce comportement très suspect et se mit à aboyer. Mr Stockley bondit et faillit faire tomber le buste du grand-oncle de Charles, Randall, de son piédestal.

— Miss Peterson ! Je vous croyais au pique-nique.

Emma pénétra dans la galerie. Elle n'avait plus vraiment le choix, et Prinny était bien décidé à étudier de plus près l'attitude bizarre de Mr Stockley. De guerre lasse, elle le lâcha. L'animal se précipita pour aller renifler les bottes de l'homme. Celui-ci recula avec une grimace.

— Pourriez-vous rappeler votre chien, Miss Peterson ?

— Prinny est tout à fait amical, Mr Stockley.

— Sans doute. Toutefois, il n'en demeure pas moins que je n'aime pas beaucoup les animaux.

— Je vois, dit Emma d'un ton entendu.

Elle n'était guère surprise. Plus que jamais, elle était convaincue que Mr Stockley était une personne peu fréquentable. Elle se pencha pour attraper le collier de Prinny mais l'animal s'écarta au moment où elle allait l'atteindre.

— Prinny, au pied ! ordonna-t-elle.

Le chien éternua, semblant se désintéresser totalement de Mr Stockley. Il s'éloigna pour aller renifler le mur derrière le grand-oncle Randall.

— Je n'ai pas l'impression que vous ayez beaucoup d'emprise sur votre animal, Miss Peterson.

— En fait, Prinny est le chien de ma sœur.

Mr Stockley haussa un sourcil, sans doute pour signifier qu'il ne croyait pas un mot de ce qu'elle venait de dire.

— Je vois, lâcha-t-il.

Puis il esquissa un sourire en coin et sa voix reprit l'intonation doucereuse qu'elle avait eue dans la grotte.

Grands dieux ! Voilà qu'il se remettait à battre des sourcils en la regardant.

— Je constate également que nous sommes totalement seuls. Vous m'avez vu quitter le groupe au Panthéon, n'est-ce pas ?

— Mr Stockley !

Il ricana et posa les mains sur les épaules de la jeune femme. Elle se démena pour qu'il la lâche mais il resserra sa prise.

— Nous avons été interrompus la dernière fois que nous nous sommes retrouvés seuls, vous souvenez-vous ? J'avais cru comprendre que vous vouliez savoir comment aller jusqu'à ma chambre. (Il la serra contre lui.) Aucune importance. Je suis prêt à m'occuper de vous ici et maintenant.

— Non, je vous en supplie, implora-t-elle.

Elle étouffait presque. Comment avait-elle pu embrasser cet homme dans la grotte ? Il était évident qu'il ne se servait pratiquement jamais de poudre dentifrice. Même Prinny avait meilleure haleine que ce bonhomme.

— Mr Stockley, je vous assure que…

— Allons, Miss Peterson… Emma. Vous n'êtes pas née de la dernière pluie. Cessez donc ces protestations hypocrites.

— Elles n'ont rien d'hypocrites, monsieur ! J'exige que vous me lâchiez sur-le-champ !

— Dites plutôt que vous voudriez me voir glisser une main sous vos jupes. Je serais ravi de vous obéir.

Sous ses jupes ! Même Charles n'était pas allé sous ses jupes, bien que l'idée soit étrangement attirante. Pas question de laisser ce serpent le faire.

— Essayez et je crie, lui lança-t-elle.

— Oh ? Et qui donc pourra vous entendre ? Votre petit chien ? (Mr Stockley pouffa.) Que fera-t-il alors ? Il me défiera en duel ? J'en tremble d'avance. (Il se rapprocha encore d'elle, une lueur malsaine dans les yeux.) Mais merci de m'avoir prévenu. Je n'oublierai pas de vous couvrir la bouche avant de vous...

Emma n'attendit pas la fin de la phrase et tenta de hurler aussi fort qu'elle le put mais Mr Stockley se montra plus rapide. Il plaqua sa bouche sur celle de la jeune femme avant qu'elle puisse expulser beaucoup d'air de ses poumons.

Cela n'avait plus d'importance. Quelqu'un l'avait entendue. Mr Stockley la lâcha et se mit à crier bien plus fort qu'elle n'en aurait été capable. Prinny, son libérateur, poussa un grognement.

— Espère de sale..., s'écria l'homme.

Prinny recracha un morceau de cuir de daim bleu très fin pour mieux montrer les crocs, bien décidé à les planter à nouveau dans le postérieur de Mr Stockley. Celui-ci prit instantanément la mesure de la situation. Il tourna les talons et s'enfuit, offrant à Prinny et Emma une vue imprenable sur son derrière blanc comme neige.

— Bonjour, Miss Peterson.

— Où donc est votre prétendant ?

Emma leva les yeux du livre qu'elle tenait et aperçut les jumelles Farthington.

— Je vous demande pardon ? leur demanda-t-elle.

— Elles veulent parler de papa Charles, maman Peterson.

Emma fit les gros yeux à Claire.

— Allez donc retrouver votre alphabet, mademoiselle, ordonna-t-elle.

Les jumelles gloussèrent de concert.

—Papa Charles, reprit Miss Esther.

—Je parie que lord Knightsdale ferait effectivement un excellent père, renchérit Miss Rachel avec un sourire.

—Et qu'il ferait tout ce qu'il faudrait pour obtenir ce titre, si tu vois ce que je veux dire, murmura Miss Esther en donnant un petit coup de coude à sa sœur.

Les ricanements des deux sœurs reprirent de plus belle.

—Bonté divine, oui. Ces épaules..., commença l'une des jumelles.

—... ces jambes, poursuivit l'autre.

—Hum... Et il remplit bien son pantalon, dirait-on.

—Mesdames, je vous en prie! s'écria Emma en sentant le rouge lui monter aux joues.

Elle jeta un coup d'œil vers Claire. Elle et Isabelle regardaient les jumelles avec une très nette lueur d'intérêt dans les yeux.

—Êtes-vous venues dans cette salle de classe pour une raison particulière? demanda la jeune gouvernante.

—Euh, non.

—Nous ne faisions que passer.

Jamais personne ne «faisait que passer» au dernier étage de Knightsdale.

—Nous prenons congé.

—Nous dirons au marquis où il peut vous trouver.

—Je vous en prie, ne vous donnez pas cette peine.

Emma suivit du regard les deux vieilles dames qui s'en allaient en espérant qu'elles parviendraient à redescendre l'escalier sans encombre.

—Qu'est-ce qui leur prend, à ces deux-là? grommela-t-elle.

Claire et Isabelle se contentèrent de rire sous cape.

—Je viens de voir lord Knightsdale entrer dans son bureau.

Emma disposa la plus grande rose au centre du vase de fleurs qu'elle arrangeait dans le salon.

—Merci de me prévenir, Miss Russell, dit-elle à la nouvelle venue.

—Allons... Je ne vous préviens pas. Je vous le dis, voilà tout, lui glissa Miss Russell sur le ton de la confidence. Il est seul.

—Ah ?

La vieille dame acquiesça vigoureusement avant d'ajouter :

—Ce serait le moment rêvé pour, enfin... Vous voyez.

Emma remonta ses lunettes sur son nez.

—Non, je ne vois pas.

—Vraiment pas ? demanda Miss Russell, apparemment interdite. Lavinia m'a pourtant dit qu'elle vous avait vue revenir du lac avec votre robe dégrafée...

—Assez ! Je vous remercie Miss Russell ! Je prends bien note des allées et venues de lord Knightsdale. C'est très aimable de votre part de me tenir au courant.

Miss Russell lui fit un grand sourire.

—Je savais que cela vous intéresserait. Laissez, je vais m'occuper de ces roses pour vous.

—Merci. C'est très aimable à vous.

Emma lui sourit à son tour avant de quitter la pièce au pas de charge, tâchant de mettre le plus de distance possible entre elle et le bureau du marquis.

—Miss Peterson... Emma. Pouvez-vous m'accorder un instant ?

Emma sortit la tête du placard de la salle de classe dans lequel elle était en train de fouiller.

—Vous n'allez pas vous y mettre vous aussi, Mrs Begley ?

—Je ne vois absolument pas de quoi vous parlez, répondit la dame avant de regarder Claire et Isabelle. Mesdemoiselles, emmenez donc Prinny en promenade. Miss Peterson et moi-même devons discuter de choses privées.

—C'est au sujet d'oncle Charles ? demanda Isabelle avec un sourire.

— Les jumelles Farthington ont déjà dit à maman Peterson qu'il ferait un bon papa, précisa Claire en gloussant.

— Vraiment ? Eh bien, en effet, je souhaiterais m'entretenir avec elle au sujet de lord Knightsdale. Alors soyez des anges et laissez-nous, s'il vous plaît.

— Mesdemoiselles ! intervint Emma.

— Nous revenons tout de suite, maman Peterson, annonça Claire.

— Je suis certaine que Prinny aimerait sortir, Miss Peterson, renchérit Isabelle.

Emma regarda les petites sortir de la classe puis se tourna vers Mrs Begley.

— Maman Peterson ? lâcha celle-ci.

Emma rougit.

— Lady Claire rêve de retrouver une mère. J'ai accepté qu'elle m'appelle « maman » par pure gentillesse. Toutefois, elle est censée ne le faire que lorsque nous sommes seules.

Mrs Begley acquiesça et toussota avant de reprendre la parole.

— Les jumelles Farthington sont donc passées vous voir ? Elles peuvent se montrer tellement gourdes, parfois.

— Sans doute, dit Emma en hochant la tête.

— Toutefois, je pense qu'elles ont raison. Lord Knightsdale ferait un père parfait.

— Mrs Begley…

Celle-ci interrompit Emma d'un geste.

— Chut. Ayez l'obligeance de m'écouter, Miss Peterson. Vous n'avez pas de mère pour vous donner de conseil et je crois savoir que vous n'êtes pas en excellents termes avec Mrs Graham.

— Mrs Begley, je vous en prie…

— Miss Peterson, c'est l'avis d'une femme mariée qu'il vous faut. Elle seule pourra vous parler du mariage, du lit conjugal et des relations entre époux.

— Mrs Begley !

Les joues d'Emma la brûlaient tellement qu'elle crut un instant qu'elle allait prendre feu.

— Allons, je n'ignore pas que vous avez bientôt trente ans…

— J'ai vingt-six ans, Mrs Begley.

— Entendu. Vingt-six ans. La plupart des jeunes femmes de votre âge sont mariées et ont une ribambelle de gamins. Mais vous avez mené une existence de recluse et deviez vous occuper de votre père ainsi que de votre sœur.

— Oui, oui.

— Je voudrais juste m'assurer que vous n'avez pas peur de… ce que vous savez.

— Non, non. Je n'ai pas peur de… quoi que ce soit.

— Il se trouve que certaines femmes n'aiment pas cela. J'imagine que si on n'est pas avec l'homme qu'il faut, cela peut s'avérer fort malaisé, voire désagréable.

— Je vous assure, il est inutile de…, balbutia Emma.

— Mais le, euh… l'acte conjugal est quelque chose de très agréable. Savez-vous ce que font un homme et une femme une fois qu'ils se retrouvent dans un lit ?

— Euh…

— Non, personne ne vous en a parlé, n'est-ce pas ? Eh bien, les hommes prennent leur, leur… chose, poursuivit Mrs Begley en faisant un geste vague à hauteur de sa taille. Et ils le mettent… là où il doit aller. (Elle ponctua cette dernière phrase d'un autre geste, toujours aussi vague et toujours dans la même zone.) La première fois peut faire un peu mal. Mais juste après, cela peut s'avérer très agréable. Et, en général, c'est accompagné de quelques baisers, de câlins et de… d'autres baisers, ajouta Mrs Begley avec un air étrangement rêveur sur le visage. Mr Begley se débrouille bien en la matière, croyez-moi.

— Non, non, je vous en prie. Ne vous croyez pas obligée de…

Emma ne tenait pas à imaginer Mr et Mrs Begley s'adonnant à des activités impliquant un lit et… des choses se situant autour de la taille – surtout que Mr Begley n'avait plus de taille depuis bien longtemps.

Mrs Begley eut un nouveau sourire entendu.

— Très bien, même. Rien que la nuit dernière... (Elle soupira et secoua la tête.) Mais ce n'est ni le lieu ni le moment. Ce que je veux vous dire, Miss Peterson, c'est que le lit conjugal peut être un endroit très accueillant. Et je suis certaine que lord Knightsdale sait comment satisfaire une dame. Franchement, si je n'étais pas mariée et si j'avais quelques années de moins...

— Oui. Merci bien. Je pense avoir parfaitement compris, trancha Emma d'un ton sec.

Mrs Begley se pencha alors vers elle et, sur le ton de la confidence, poursuivit :

— Mais comprenez-vous qu'il s'agit là de votre meilleure chance ? Peut-être votre seule chance ? Je ne voudrais pas me montrer impolie, Miss Peterson, mais les femmes dans la trentaine...

— J'ai vingt-six ans !

Mrs Begley balaya cette rectification d'un revers de la main.

— Les femmes de vingt-six ans, si vous préférez, sont appelées à rester vieilles filles, déclara-t-elle. Peu d'hommes, pour ne pas dire aucun, s'intéressent à leur sort. La majorité leur préfère le lot sans cesse renouvelé de jeunes vierges fraîches comme la rosée. D'ailleurs, dites-moi... Pourquoi vous préservez-vous de la sorte ?

Troublée et énervée, Emma avait décidé de faire quelques pas dans le jardin. Si elle avait dû croiser un autre membre de la Société pour le Progrès des Femmes, elle se serait enfuie en hurlant. Au détour d'une haie, elle repéra lady Beatrice. Par chance, la tante de Charles ne l'avait pas vue, et Emma se réfugia précipitamment derrière un rosier.

— Miss Peterson, l'appela une voix calme et posée.

Elle se retourna pour voir d'où venait ce murmure. Ce n'était pas la voix d'un des membres de la Société.

—Miss Peterson, par ici, répéta-t-on.

Occupant un banc placé sous un arbre, la duchesse d'Alvord lui faisait des signes.

—Mais de qui vous cachez-vous donc ? demanda-t-elle en riant doucement quand Emma la rejoignit.

—De lady Beatrice, avoua Emma avec un sourire.

—Ah bon ? Eh bien, asseyez-vous près de moi. Nous ferons semblant d'être en pleine conversation. Si elle devait venir par ici, je suis certaine que sa politesse l'empêchera de nous interrompre.

Aux yeux d'Emma rien n'était moins sûr. Heureusement, lady Beatrice ne vint pas les voir.

—Puis-je me permettre de vous poser une question, Miss Peterson ? Pourquoi voulez-vous éviter lady Beatrice ?

—Je crains qu'elle tente de m'expliquer pourquoi je devrais épouser son neveu, répondit Emma en se sentant rougir. Sans vouloir passer pour quelqu'un de vaniteux, j'ai eu aujourd'hui la visite de quatre dames de mon entourage qui ont toutes voulu me faire passer ce message. Je m'attendais donc à entendre la même chose de la part de lady Beatrice.

—Voilà qui est intéressant. Vous ne souhaitez donc pas épouser Charles ?

Emma étudia le visage de la duchesse. Plus que toute autre, cette jeune femme devait la comprendre. Elle était tellement amoureuse du duc et le duc était de toute évidence tellement épris d'elle…

—Lord Knightsdale ne m'aime pas.

—Oh. (La duchesse cilla.) Il vous l'a dit ?

—Non, mais c'est évident. Vous ne semblez pas convaincue.

—Non, en effet. James m'a d'ailleurs confié que Charles s'intéresse beaucoup à vous.

—Il est vrai qu'il veut une épouse, concéda Emma. Cela lui est même indispensable, maintenant qu'il est marquis. Et je représente un choix pratique. Voilà tout ce qu'il y a entre nous.

—En êtes-vous bien certaine ? Je l'ai souvent vu vous suivre du regard quand vous vous trouviez dans la même pièce.

Emma rougit de plus belle et son cœur s'emballa.

—Je suis certaine qu'il s'agit là du fruit de votre imagination, parvint-elle à dire.

—Non, je ne le pense pas, lui répondit la duchesse en souriant. Vous a-t-il montré une attention particulière ? A-t-il cherché à vous voir en privé ? Qui sait ? Est-il allé jusqu'à vous embrasser ? demanda-t-elle avec un rire léger. Ne vous sentez pas obligée de répondre à ces questions à voix haute. Je n'aurais pas l'impudence de chercher à connaître les détails de votre vie privée.

Emma passa la main sur ses genoux pour lisser le tissu de sa robe. Mr Stockley l'avait embrassée et pourtant il était clair comme de l'eau de roche qu'il ne l'aimait pas. C'était peut-être du désir, mais de l'amour ? Absolument pas. Pourquoi l'intérêt que lui portait Charles serait-il différent ?

Déjà, parce que Charles lui avait proposé le mariage.

C'était là une situation extrêmement embarrassante mais il fallait qu'elle obtienne certaines réponses. Presque malgré elle, elle décida de se confier à la duchesse.

—Lord Knightsdale a souvent été très, euh... précis dans ses intentions, tant et si bien, que je lui ai, euh...

Comment allait-elle pouvoir le formuler ? La duchesse restait là, immobile, à attendre.

—Je lui ai demandé s'il m'aimait et...

—Et il vous a répondu non ? dit la duchesse, l'air dégoûté. Pourtant, vous venez de m'expliquer qu'il n'a jamais dit qu'il ne vous aimait pas.

—Non ! Oui. Je ne sais pas. Effectivement, il n'a pas dit qu'il ne m'aimait pas. En fait, il n'a rien dit. Il est juste resté là, bouché bée, à me regarder avec des yeux ronds.

Emma renifla, et fut très étonnée de sentir des larmes couler le long de ses joues. Elle les essuya d'un revers de la main et se mordit les lèvres. Malgré tous ces efforts, elle laissa échapper un petit sanglot.

Elle voulait se couvrir le visage et fondre en larmes. Elle se sentait aussi jeune et perdue que si elle avait eu l'âge de Claire.

— Il a dit qu'il m'aimait beaucoup et qu'il avait énormément d'affection pour moi, ajouta-t-elle. Et il a continué ainsi jusqu'à ce que ses mots deviennent un véritable charabia.

Elle sentit sa gorge se serrer. Ses joues étaient en feu.

— Je pense qu'il... avait juste envie de moi, murmura-t-elle.

— Miss Peterson... Emma..., commença la duchesse en lui tapotant le genou. Je vous en prie, la situation n'a rien de grave. En fait, je pense que les choses vont plutôt bien. Tenez, séchez donc vos larmes.

Emma prit le mouchoir que lui tendait la duchesse – Dieu seul savait ce qu'il était advenu du sien – et se redressa. Elle renifla et eut un autre sanglot.

— Et où cette conversation a-t-elle eu lieu ? demanda la duchesse.

Emma rougit de plus belle.

— Dans mes appartements.

— Votre chambre à coucher ?

— Oui. Je sais que c'est choquant mais...

— Non, non. Je ne suis pas choquée. C'est parfaitement normal, la rassura la duchesse en souriant. La première fois que j'ai vu mon époux, c'était dans une chambre d'auberge. Dans le lit. Il était nu.

Emma fut d'abord stupéfaite, puis se rappela que la duchesse était américaine. Peut-être que... Non ! Il était tout bonnement impensable que les Américains aient des mœurs aussi différentes.

La duchesse rit.

— Toute une suite de quiproquos nous avait amenés à cette situation et il nous a fallu un peu de temps pour démêler l'écheveau. Toutefois, il me semble que James m'a désirée la première fois qu'il m'a vue. En tout cas, il me plaît de le croire. (Elle rougit à son tour.) Et pourtant, il avait eu l'occasion de me voir en détail. Et moi aussi je l'ai désiré. Qu'il y en ait un peu ou beaucoup, le désir charnel est une très bonne chose. Tant qu'il mène au mariage, bien entendu.

*Une bonne chose ?* Emma n'avait jamais entendu son père prêcher un tel sermon.

—Oui, reprit la duchesse. Je le pense vraiment tant que le désir est synonyme d'une attirance physique forte. Car le mariage est une relation très physique, voyez-vous.

—Ah ?

Emma n'avait aucun souvenir du mariage de ses parents, car elle était encore jeune quand sa mère était morte. Mais Mrs Begley avait évoqué des baisers et… autre chose lors de leur conversation un peu plus tôt. De plus, ses propres intermèdes avec Charles s'étaient avérés très physiques. Emma rougit en repensant à l'épisode des bords du lac.

—Oui, je puis vous l'assurer, poursuivit la duchesse. Car s'il n'y avait pas le côté physique, nous ne pourrions tout simplement pas faire de bébés. (La duchesse sourit à nouveau et posa les mains sur son ventre.) La chose essentielle qu'il faut vous rappeler, Emma, c'est que les hommes ne sont pas toujours à l'aise avec les mots. Ils préfèrent agir.

—Je ne comprends pas.

—Je veux dire que les hommes et les femmes sont différents. Je ne me prends pas pour une experte, bien entendu, mais j'ai récemment eu l'occasion de bien réfléchir à la question.

—Je vois, lâcha Emma pour dissimuler sa très grande déception.

Elle avait espéré obtenir des réponses mais n'entendait que des platitudes.

La duchesse rit à nouveau.

—Rassurez-vous, je ne suis pas complètement sotte. Les hommes diffèrent bien entendu de nous par leur apparence.

Mais la plupart des femmes ne parviennent pas à comprendre que les différences vont bien au-delà.

— Je ne comprends toujours pas, reconnut Emma.

— C'est bien normal. C'est un concept difficile à appréhender. J'ai passé des semaines, pour ne pas dire des mois, à me méprendre au sujet de James car je ne tenais pas compte de cela, dit la duchesse dans un sourire. Il faut savoir qu'en même temps, je tâchais de comprendre la façon de penser d'un Anglais, ce qui représente un défi pour une Américaine, croyez-moi. Je ne comprendrai jamais le système de primogéniture ou… Mais nous nous écartons du sujet, n'est-ce pas ?

Elle se rapprocha d'Emma et lui confia :

— Les hommes ne réfléchissent pas comme nous, ma chère. Par exemple, imaginons qu'une autre dame vous ignore au sortir de la messe. Je ne veux pas dire qu'elle ne répond pas à vos salutations, rien d'aussi clair. Mais elle ne vous salue pas. Qu'en penseriez-vous ?

Emma réfléchit un instant avant de déclarer :

— Je suppose que je me demanderais si je l'ai offensée d'une manière ou d'une autre.

— Exactement. Vous allez y penser et vous en inquiéter en vous demandant ce que vous avez fait.

— Oui, je pense que c'est ce que je ferais.

La duchesse approuva.

— Les femmes analysent toutes leurs émotions et leurs actions en espérant y instiller une once de séduction. Les hommes, jamais. J'en suis convaincue. Si un homme devait ignorer James, ce qui m'étonnerait beaucoup vu le nombre de flagorneurs avec lesquels il doit composer… Bref, si un homme oubliait de le saluer, James se dirait tout simplement que ce quidam ne l'a pas vu. (La duchesse sourit.) C'est très reposant, en fait. Cela rend la vie bien plus simple.

Emma fronça les sourcils.

— Je ne vois toujours pas quel rapport ceci a avec Charles, dit-elle.

— Quand vous avez demandé à Charles s'il vous aimait, Emma, vous lui avez demandé d'analyser ce qu'il ressent pour vous. Il ne connaissait sans doute pas la réponse car il ne s'est très certainement jamais posé la question. Il savait juste qu'il vous désirait. J'imagine que lorsque vous avez eu cette conversation dans votre chambre à coucher, vous n'étiez pas confortablement assis dans des fauteuils séparés.

Emma avait les joues en feu.

— Euh, non…, balbutia-t-elle. Mais alors, comment savoir quand un homme vous aime vraiment et quand il a juste envie de vous ?

— Emma, vous persistez à réfléchir comme une femme. À l'heure actuelle, il n'y a certainement aucune différence entre les deux dans l'esprit de Charles. Une fois qu'il aura satisfait ses désirs les plus ardents, il pourra comprendre à quel point il vous aime. Pour l'instant, il ne réfléchit pas tant avec sa tête qu'avec… (Ce fut alors au tour de la duchesse de rougir.) Qu'avec quelque chose d'autre.

— Quelque chose d'autre ?

— Je suis presque certaine que Charles aura grand plaisir à vous expliquer tout cela en détail. Pour ma part, je ne m'en sens pas le courage.

— Sarah !

La duchesse tourna la tête et un grand sourire illumina son visage.

— Par ici, James.

Emma suivit le duc du regard tandis qu'il marchait vers elles. Il souriait lui aussi, le visage empreint de cette expression douce qu'il prenait chaque fois qu'il regardait son épouse. Mais cette fois-ci, Emma remarqua quelque chose d'autre.

Les yeux du duc brillaient d'un éclat familier, qu'elle avait déjà vu dans les yeux de Charles quand il la regardait, elle.

# Chapitre 12

Charles prit place à son bureau, submergé par des monceaux de papiers. Il était indispensable qu'il engage un secrétaire. Il aurait juré qu'il y avait plus de feuilles que la dernière fois qu'il s'était assis à cette table. Se reproduisaient-elles ?

Se reproduire… Il s'installa confortablement contre le dossier de sa chaise, les mains jointes derrière la tête. Comme il aimerait être occupé à faire proliférer les petits Draysmith avec le concours d'Emma. Elle s'était montrée délicieuse au bord du lac et d'une grande sensualité. Il avait failli verser sa semence en assistant au spectacle de son innocent abandon.

Il mourait d'envie de la toucher sans qu'aucun vêtement ne les entrave plus, de sentir sa peau enfin nue contre la sienne, de se glisser en elle…

Il dut se déplacer sur sa chaise car son désir lancinant rendait sa position très inconfortable.

Quand Emma avait joui contre sa main, il avait entrevu le paradis. Ou plutôt le purgatoire. Le paradis aurait été de la suivre dans l'extase, en elle, sur un lit douillet.

Il reconnaissait toutefois qu'il ne s'était pas montré à la hauteur lors de leur entrevue dans sa chambre. Avec un soupir, il se pencha en avant, posa ses coudes sur le bureau et se passa les doigts dans les cheveux. Il ne s'en était pas trop mal sorti, jusqu'à la fin, jusqu'à ce qu'elle lui demande s'il l'aimait. Il aurait dû anticiper cette question mais s'était laissé surprendre.

Il avait scrupuleusement évité de penser à cela durant de nombreuses années.

Pourquoi fallait-il que les femmes en viennent invariablement à parler d'amour ? Quand il était plus jeune, nombre de ses conquêtes concluaient leurs joutes amoureuses par cette question : les aimait-il ? Cela gâchait un instant parfaitement satisfaisant car, dès lors, il se sentait piégé. Elles voulaient toutes obtenir quelque chose de sa part : une promesse, une jolie babiole… Quelque chose. Les filles de la campagne réclamaient quelques pièces supplémentaires alors que les veuves espéraient une proposition de mariage.

Chacune d'entre elle voulait emporter une part de lui, si possible un peu de son cœur. Il n'était pas question qu'il cède car il ne voulait pas s'attacher. Il aimait trop sa liberté.

Il avait fini par n'avoir recours qu'à des professionnelles, des femmes qui comprenaient que ce qui se passerait entre eux resterait strictement physique… ainsi que financier, bien entendu. Bref, des femmes qui comprenaient les règles. Mis à part la satisfaction, voire une certaine forme d'amitié, les émotions n'avaient pas leur place quand on parlait de jeux amoureux.

Mais là, il ne s'agissait plus d'un simple jeu. On parlait de mariage, de famille, d'enfants, d'une lignée.

Étrange, d'ailleurs. Depuis que Charles avait pris conscience de l'intérêt qu'il portait à Emma, le titre lui pesait moins sur les épaules. L'abattement qu'il ressentait depuis qu'il avait compris qu'il était désormais lié à Knightsdale semblait s'être envolé. Ce sentiment était remplacé par… de l'impatience.

Emma en était la cause.

Si ce voleur italien n'avait pas assassiné Paul et Cecilia dans les Alpes en précipitant leur voiture au bas de la montagne, Charles ne serait pas revenu à Knightsdale pour y retrouver Emma, devenue adulte. Et cela – le fait de continuer à ignorer qu'un trésor tel qu'Emma vivait dans le Kent – aurait été la tragédie de sa vie. Si son frère apparaissait sur le domaine le lendemain, Charles serait ravi de l'accueillir. Il lui rendrait avec joie le titre et toutes ses obligations avant de repartir. Mais, s'il le pouvait, il emmènerait Emma avec lui. Toutefois, avant de quitter les lieux, il ferait profiter son frère de son propre point de vue concernant le fait d'élever les enfants.

Était-il amoureux d'Emma ? Si l'amour était l'autre nom de ce besoin qui le consumait jour et nuit – surtout la nuit – et lui faisait pratiquement perdre tout contrôle quand il se retrouvait près d'elle, alors oui, il était amoureux d'elle. Il voulait la retrouver dans son lit, pas seulement une fois mais tous les jours et même plusieurs fois par jour. Il ébaucha un lent sourire en imaginant le vif plaisir qu'il prendrait à lui enseigner tous les plaisirs qu'on pouvait connaître dans un lit conjugal.

De plus, il était certain qu'il découvrirait lui-même quelques nouveaux délices. Il pourrait entrer en elle et laisser sa semence s'écouler sans devoir se retirer ou s'embêter d'un préservatif. Emma était vierge et fertile. Il était donc normal qu'il lui fasse des enfants.

Il voulait voir son ventre s'arrondir, ses seins allaiter des nourrissons. Il voulait élever Claire et Isabelle avec elle. Il voulait s'éveiller tous les matins pour voir son visage sur l'oreiller. Il voulait devenir vieux et ridé à ses côtés, connaître son corps aussi bien – voire mieux – que le sien.

Il sourit. Oui, il l'aimait.

Il allait lui dire, puis il lui donnerait la bague de fiançailles de Knightsdale. Il fallait qu'il la prenne. Elle se trouvait dans le coffre-fort, dans ce bureau. Le voleur ne s'en était pas emparé. On l'avait retrouvée sur le doigt de Cecilia quand son corps avait été rapatrié en Grande-Bretagne.

Il réfléchit un instant. Le notaire n'avait pas été capable de lui dire avec précision ce qui avait été volé mais il lui avait affirmé que c'était bien un voleur italien qui avait causé leurs morts. Paul et Cecilia ainsi que tous leurs domestiques avaient été tués. Il n'y avait eu aucun témoin. Crandt, le notaire, s'en était remis à des enquêteurs italiens qui avaient examiné les lieux de l'accident. La totalité des bagages avait été fouillée, comme si le voleur cherchait quelque chose de bien précis. Même les sièges de la voiture, en tout cas ceux qui étaient encore entiers après l'accident, avaient été éventrés et leur rembourrage éparpillé.

Pourquoi ? Paul s'était-il lancé dans la contrebande ? Transportait-il des secrets d'État ? Charles n'avait rien pu découvrir à Londres. Dépité, il avait abandonné ses recherches. À quoi cela servait-il, de toute façon, puisque Paul était mort ?

Il ouvrit le coffre. C'est là que se trouvaient tous les bijoux de la famille. Il sourit en prenant la bague de fiançailles pour la mettre dans sa poche. L'été de ses sept ans, un peu avant qu'Emma vienne s'installer à Knightsdale, son grand-oncle Randall leur avait rendu visite. Paul et lui s'amusaient à croire que cet homme était un pirate. Ils avaient passé tout l'été à creuser sur le domaine à la recherche de bijoux et de doublons en or. La situation aurait sans doute beaucoup amusé le grand-oncle Randall s'il avait été suffisamment sobre pour l'apprécier.

Il referma le coffre. Qui sait ? Paul et Charles avaient peut-être raison au sujet de Randall. Il y avait quelque chose d'immoral chez lui. Le sculpteur qui avait réalisé son buste l'avait d'ailleurs parfaitement rendu.

Charles sourit en quittant le bureau. Il aurait peut-être l'occasion de raconter cette histoire à ses nièces. Il était prêt à parier que Claire serait partante pour une chasse au trésor.

Depuis le début du dîner, chaque fois qu'Emma avait posé les yeux sur Charles, c'était pour se rendre compte qu'il la regardait, ce qui s'avérait très déconcertant. Du bout de sa fourchette, elle jouait avec un haricot vert tout en essayant d'écouter Mr Begley, qui parlait de ses chiens. Elle ne pouvait pas le regarder sans repenser à la conversation qu'elle avait eue dans la journée avec son épouse. Elle était totalement incapable de regarder la taille de cet homme sans rougir. Par conséquent, elle restait fermement concentrée sur son visage. Ses lèvres. Mr et Mrs Begley échangeaient des baisers ? Et se faisaient des câlins, quoi que cela puisse signifier... Pouvait-il s'agir de ce que Charles et elle avaient fait ?

Emma dissimula son haricot sous une feuille de chou. Elle n'avait plus vraiment faim.

Elle se tourna pour s'adresser à Mrs Frampton. Celle-ci lui répondit avec enthousiasme, exposant à sa vue une bonne partie du mouton qu'elle était en train de mâcher. Emma reporta son attention sur son haricot vert.

Se pouvait-il que la duchesse d'Alvord ait raison ? Charles avait-il vraiment des sentiments pour elle ?

Elle le regarda de nouveau. Il écoutait lady Haverford et avait donc poliment tourné la tête vers la vieille dame. Mais quand il se rendit compte qu'Emma l'observait, il lui adressa un sourire serein qui creusa la plus belle des fossettes dans sa joue droite.

Mon Dieu. Encore une fois, Emma baissa les yeux vers son assiette. Elle se prit à espérer que le plat suivant ne tarde pas car cela lui offrirait un autre paysage à admirer.

Charles avait justement cette lueur étrange dans le regard. Emma percevait également une étrange concentration, comme s'il n'y avait personne d'autre qu'elle dans cette pièce, comme si lady Haverford avait cessé d'exister.

Alors qu'on amenait les desserts sur la table, lady Beatrice prit la parole :

— Messieurs, je vous propose de faire l'impasse sur votre digestif et de nous rejoindre dans le salon immédiatement après le dîner afin que nous jouions aux charades.

Cette annonce fut accueillie par de nombreuses protestations tout autour de la table.

— Par pitié, pas de charades, lady Bea, implora le comte de Westbrooke.

Le duc d'Alvord éclata de rire.

—Allons, Westbrooke, s'exclama-t-il. Je serais prêt à parier que vous nous cachez une âme d'acteur.

—Alors vous perdriez votre argent, Alvord. Je déteste jouer, et encore plus devoir deviner des choses.

—Ma tante. Notre but est d'amuser nos invités, pas de les torturer, renchérit Charles.

—Eh bien moi, j'adore les charades, lady Beatrice, déclara Miss Pelham, de l'autre bout de la table, avec une petite révérence à la tante de Charles. Je suis d'ailleurs plutôt douée pour ce jeu. Je serais donc ravie de faire partie de l'équipe de lord Westbrooke.

La jeune lady battit furieusement des cils dans la direction de Westbrooke.

Celui-ci eut soudain l'air d'une bête aux abois.

Emma jeta un regard vers Meg, qui leva les yeux au ciel, puis fit signe à lady Isabelle de quitter la table. Lizzie, les sourcils froncés et les lèvres pincées, semblait contrariée.

—Allons-nous jouer, Rachel ? demanda Miss Esther Farthington assise à la droite de Mr Maxwell.

—D'accord, mais seulement si nous ne faisons pas partie de la même équipe, répondit Miss Rachel, à gauche de Mr Maxwell.

Celui-ci dévorait l'un après l'autre tous les desserts du plateau qu'un serviteur peu méfiant avait laissé à sa portée.

—Nous nous chamaillons quand nous nous retrouvons dans la même équipe, confia Miss Esther à l'ensemble de la table.

—Nous ne sommes d'accord sur rien.

—Nous nous disputons férocement.

—Il vaut mieux nous séparer.

Les jumelles Farthington adressèrent un sourire cordial – et parfaitement coordonné – à l'assistance. Tous les invités les regardèrent avec de grands yeux.

— Bien, lança lady Beatrice en brisant le silence stupéfait qui suivit. Si tout le monde a terminé, nous ferions mieux de passer au salon. Mr Maxwell. Mr Maxwell ! (Elle avait haussé la voix pour que le vieil homme puisse l'entendre.) Nous allons faire des charades.

— Des parades ? Je n'ai que faire de parades. Mais j'aime bien ces petits gâteaux. Vous en reste-t-il ?

— Non ! s'exclama lady Beatrice en se levant.

Mettant ainsi un terme à toute conversation, elle emmena les dames vers le salon. Les hommes suivirent en grommelant.

— Je vais constituer les équipes. Voyons... Combien sommes-nous ? dit lady Beatrice en parcourant la pièce du regard.

— Inutile de compter Maxwell, glissa Charles à l'oreille d'Emma. Il va se mettre à ronfler à peine assis dans son fauteuil.

— Charles, ne pourriez-vous pas ramener votre tante à la raison ? murmura lord Westbrooke derrière eux. Des charades... Mon Dieu !

— Les jumelles semblaient ravies de pouvoir jouer, intervint Emma.

— Ça ne m'étonne guère ! s'esclaffa lord Westbrooke.

— Vous avez entendu ce qu'a dit Miss Pelham, Robbie, dit Charles. C'est une experte à ce jeu. Elle sera heureuse de vous offrir toute l'aide dont vous aurez besoin.

— Comme si cela allait arranger les choses. J'ai l'impression qu'elle a compris qu'elle ne pourrait pas vous mettre la main dessus, Charles. Alors elle se rabat sur moi. J'ai passé la journée à l'éviter. J'ai dû demander à Lizzie de me défendre dans le Panthéon cet après-midi. Elle et Meg m'ont tenu compagnie afin que cette chère Miss Pelham ne puisse pas me coincer pour ensuite crier haut et fort que sa vertu était compromise.

— La situation n'est quand même pas si grave que ça, lord Westbrooke.

— Au contraire, Miss Peterson. Pourquoi vous montrez-vous si formelle, maintenant ? Vous ne vous adressiez pas à moi comme on doit le faire envers un lord le jour où Charles vous a sortie de la rivière, il y a quelques années.

— Quelques années ? J'avais six ans à l'époque et vous m'aviez fait un croche-pied.

— C'est faux. Mon pied était parfaitement visible. Je n'y peux rien si vous ne l'avez pas vu et que vous avez trébuché dessus.

— Les enfants, coupa Charles. Croyez-vous que cette querelle prendra fin un jour ou pensez-vous que vous continuerez à vous chamailler de la sorte quand vous aurez l'âge des jumelles Farthington ?

— Je ne sais pas. Il est toujours si amusant de faire sortir Emma de ses gonds.

Emma ouvrit la bouche, prête à répliquer, mais s'arrêta en voyant les yeux rieurs de Robbie.

— Devrais-je enfin vous présenter mes excuses, Miss Peterson ? Devrais-je dire, uniquement afin de me comporter en gentilhomme, que tout ceci était ma faute ?

Il la taquinait. Durant toutes ces années, elle avait entretenu sa rancœur, persuadée qu'il en faisait de même. Mais tout ce qu'il faisait, c'était la taquiner. Il appréciait leurs joutes verbales, les trouvait distrayantes.

Aussitôt, elle se détendit et sourit. S'était-elle montrée trop sérieuse ? Sans doute. Se quereller autour d'un incident mineur survenu alors qu'ils étaient enfants était ridicule.

— Non, ne vous donnez pas cette peine, plaisanta-t-elle. Surtout si le but est de vous comporter comme un gentilhomme.

Robbie fit semblant de se gratter un sourcil.

— Voilà qui me soulage, dit-il. Je suis persuadé que les efforts nécessaires pour passer pour un gentilhomme pourraient m'être fatals.

— C'est sûr et certain, confirma Charles.

— Lord Westbrooke ! (Lady Beatrice faisait signe à Robbie.) Arrêtez donc de vous cacher. Vous ferez équipe avec Mr Oldston, Miss Rachel Farthington, Miss Margaret Peterson, lady Elizabeth, Miss Frampton et Miss Pelham.

— Grands dieux ! murmura Robbie. Il n'est pas question que je quitte cette pièce sans avoir Meg à un bras et Lizzie à l'autre. Il me faut à tout prix une protection.

Emma pouffa.

— Avez-vous également besoin de protection, lord Knightsdale ? demanda-t-elle. Vous êtes une prise autrement plus convoitée que Robbie.

Charles soupira.

— Emma, ma chère, pourquoi vous obstinez-vous à m'appeler lord Knightsdale ? Vous n'avez eu aucun mal à dire « Robbie », pourtant. D'ailleurs, j'ai déjà entendu mon prénom sur vos lèvres. (Il baissa la voix et s'approcha d'elle.) J'affirmerais même avoir déjà goûté mon prénom sur vos lèvres.

— Nous sommes en public, milord, siffla-t-elle. Tâchez de vous tenir, je vous prie.

— Cela signifie-t-il que dès que nous serons en privé, je pourrai faire ce que bon me semblera ?

Emma se sentit rougir en se rappelant dans les moindres détails ce qui s'était passé près du lac.

— Vous venez de prendre des couleurs, ma chère, reprit Charles. Seriez-vous en train de penser à notre rencontre de ce matin ? Justement, je me suis tenu, Emma. Croyez-moi.

— Comment pouvez-vous dire une chose pareille, milord ?

— Je sais parfaitement ce qui se serait passé si je ne m'étais pas conduit convenablement. J'ai fait montre d'un contrôle à toute épreuve, au bord du lac comme dans votre chambre. Il faut que nous parlions, mon amour.

Emma tressaillit. Avait-il quelque chose de précis en tête en utilisant ces mots-là ? La lueur dans ses yeux avait gagné en intensité.

— Charles, arrêtez un peu de chuchoter à l'oreille de Miss Peterson et venez ici, lança lady Beatrice.

Emma ferma les yeux, priant ardemment pour se retrouver dans sa chambre quand elle les rouvrirait. Mais non. Elle aperçut lady Beatrice qui lui faisait de grands gestes.

— Venez. Charles, Miss Peterson et vous allez rejoindre Mr Stockley, Miss Esther Farthington, Miss Oldston et Miss Haverford.

— Pourquoi Alvord est-il dispensé de jouer ? demanda Robbie.

Il s'était débrouillé pour placer un canapé entre lui et Miss Pelham.

Assis près de son épouse, le duc lui sourit.

— Apparemment, nous autres vieux mariés avons le droit d'échapper à ces frivolités plus particulièrement destinées aux célibataires, déclara-t-il.

— C'est ridicule, reprit Robbie. Et vous, Mr Begley ? Souhaiteriez-vous vous joindre à nous ?

— Non, non, Westbrooke. Je me contenterai de regarder. Mais comptez sur moi pour vous encourager.

— Et vous, Miss Russell ? Je suis certain que vous aimeriez participer.

— Oh non, milord. Non, je vous remercie.

Robbie jeta un coup d'œil dans la pièce.

— Mr Maxwell ? demanda-t-il.

Un ronflement fut la seule réponse du vieil homme.

— Que vous avais-je dit ? murmura Charles à Emma.

— Arrêtez de perdre du temps, monsieur, dit lady Beatrice en tendant un papier à Robbie. Miss Pelham et vous...

Emma couvrit son sourire en voyant l'expression de Robbie. Dire qu'il était furieux eût été un euphémisme. Lady Beatrice parut s'en apercevoir, elle aussi. Elle marqua une pause et toisa Robbie avant de reprendre :

— Vous deux, lady Elizabeth et Mr Oldston vont devoir jouer aux charades.

— Et si nous allions nous asseoir, Miss Peterson ? Cela s'annonce encore plus distrayant que les comédies que l'on donne sur Drury Lane.

Emma laissa Charles la guider vers un canapé tout proche. Juste au moment où ils allaient l'atteindre, Mr Stockley y prit place.

— Joignez-vous donc à moi, Miss Peterson, lança-t-il en tapotant l'assise à côté de lui.

Refuser cette invitation eût été fort impoli. Emma s'assit donc au bord du canapé, aussi loin que possible de Mr Stockley, même si ce n'était pas encore assez loin à son goût. Elle eut la satisfaction de le voir grimacer quand, en s'asseyant, elle fit bouger le rembourrage des coussins. Prinny ne l'avait pas raté. Mr Stockley y réfléchirait à deux fois avant de tenter à nouveau de lui faire du charme.

Surtout que Charles, assis dans un fauteuil adjacent, ne le quittait pas des yeux.

Robbie passa le morceau de papier à Miss Pelham puis croisa les bras avant d'aller s'appuyer contre le manteau de la cheminée. Miss Pelham et Mr Oldston se concertaient à voix basse. Lizzie écouta quelques instants, puis alla se positionner juste à côté de Robbie.

— Ah, Miss Peterson, murmura Mr Stockley en se penchant vers Emma tout en gardant un œil sur Charles. Au sujet de cet après-midi, aïe…

— Vous seriez-vous fait mal, Mr Stockley ? demanda Emma dans un sourire.

— À peine. Rien de vraiment grave.

Emma regretta que Prinny ne soit pas là. Elle l'aurait certainement convaincu de goûter de nouveau au derrière de Stockley.

— Cet après-midi ? demanda Charles, interloqué. Mais n'étiez-vous pas au Panthéon cet après-midi, Stockley ?

Stockley tressaillit et grimaça car il venait de reporter tout son poids sur sa fesse blessée.

— Si, milord. J'y suis resté un peu.

— J'ai croisé Mr Stockley dans la grande galerie alors qu'il examinait les peintures, milord, lui confia Emma. Il les examinait très soigneusement, d'ailleurs.

— Vous vous y connaissez, Stockley ?

— Oh, à peine, milord. Je ne suis qu'un amateur, toujours à la recherche de… nouvelles connaissances.

Emma étudia Stockley plus attentivement. Le ton menaçant qu'elle avait perçu dans sa voix cet après-midi-là venait de resurgir.

— Vraiment ? (À son tour, la voix de Charles se fit agressive.) Si j'étais vous, je me montrerais très prudent dans ma quête de savoir, surtout si elle implique Miss Peterson de quelque manière que ce soit.

Emma cilla. On aurait dit que Charles venait de grogner, comme un chien prêt à attaquer.

— Un viol !

En une fraction de seconde, Emma reporta son attention sur les joueurs. Miss Rachel Farthington faisait de petits bonds sur son fauteuil en criant. De la main gauche, Mr Oldston tenait le bras droit de Miss Pelham tendu au-dessus de la tête de la jeune fille tandis que sa main droite était ramenée en arrière et fermée comme s'il tenait un poignard. Miss Pelham se débattait et affichait un air terrorisé. Robbie et Lizzie se tenaient les côtes en riant.

— Mais que se passe-t-il, bon sang ? cria Charles, prêt à bondir.

Mais Mr Oldston avait déjà relâché Miss Pelham et tous deux étaient tournés vers Miss Rachel et lui souriaient, l'encourageant à trouver.

Charles regarda lady Beatrice d'un air sévère.

— Ma tante, vous n'avez pas… Ne me dites pas que vous leur avez fait représenter *Le Viol de Lucrèce*.

— Oh, milord. Vous leur avez donné la réponse, dit Miss Pelham, de toute évidence très déçue.

Emma regagna sa chambre dès qu'elle le put. La partie de devinettes avait tourné court. Charles avait lu les papiers sur lesquels étaient inscrites les différentes propositions avant de déclarer qu'il les trouvait toutes inappropriées. Lady Beatrice avait contesté ce jugement et tous deux avaient dû s'éclipser pour en discuter. À peine la traîne de la robe violette et orange de lady Beatrice avait-elle disparu que les hommes s'étaient rendus dans la salle de billard. Il ne restait donc pas grand monde dans la pièce quand Charles et lady Beatrice étaient revenus.

Hélas, Mr Stockley avait préféré rester. Il avait continué à tourner autour d'Emma, ce qui avait fini par énerver Charles. Emma n'aimait pas Mr Stockley mais avait aussi découvert qu'elle appréciait encore moins les disputes larvées. À la cinquième remarque désobligeante de Charles, elle avait senti poindre une migraine.

Pour couronner le tout, voilà qu'elle ne parvenait pas à mettre la main sur sa chemise de nuit. Elle passa à nouveau en revue sa penderie même s'il y avait peu de chance qu'elle l'ait manquée précédemment. Elle possédait peu de vêtements, en tout cas pas suffisamment pour qu'une chemise de nuit éprise de liberté puisse se cacher entre ses consœurs. Pas de doute possible, elle ne se trouvait pas dans cette armoire.

Elle n'allait quand même pas se coucher tout habillée. Il ne lui restait qu'une seule solution : dormir dans sa chemise.

Au moins, sa brosse était toujours là. Elle s'assit face à sa coiffeuse et commença à se détacher les cheveux. Elle regarda en direction de la porte mitoyenne. Comment sa brosse s'était-elle retrouvée parmi les papiers du marquis ? Se pouvait-il que sa chemise de nuit se trouve dans la chambre de Charles ?

À cette pensée, sa peau prit immédiatement une teinte légèrement rosée. Elle n'aurait pas besoin de linge de corps pour rester au chaud cette nuit. Même le port de sa chemise commençait à lui être insupportable.

Elle se regarda dans le miroir alors qu'une idée obscène commençait à naître dans son esprit.

Et si elle ne gardait rien du tout pour aller se coucher ? Si elle dormait nue entre les draps ? Personne n'en saurait jamais rien.

Emma se mit à frissonner d'une manière très étrange.

Elle avait vingt-six ans et se considérait comme une femme responsable. Si elle décidait de se promener dans sa chambre aussi nue qu'au jour de sa naissance, qui donc pourrait trouver à y redire ? Elle n'avait même pas de domestique.

Elle se leva et quitta sa chemise avant de ne plus en avoir le courage. L'air frais de la nuit lui donna la chair de poule et ses tétons se durcirent.

Emma se rassit dans le fauteuil. La garniture en soie lui procura une sensation agréable sur les fesses. C'était légèrement glissant, très doux, avec un soupçon de rugosité. Elle frissonna et se redressa.

Elle prit sa brosse et la passa dans ses longs cheveux bouclés en se concentrant. Dans un premier temps, elle garda les yeux droit devant elle pour ne pas regarder le reste de son image dans le miroir. C'était comme si elle craignait de se transformer en statue de sel si elle s'autorisait à examiner son corps.

De toute façon, elle n'avait pas besoin de regarder. Les sensations lui suffisaient. Elle ferma les yeux pour mieux profiter de ces impressions inédites : le feu qui lui brûlait la peau, ses cheveux lui tombant sur les épaules et qui lui caressaient les seins, taquinant ses tétons, le sentiment de liberté que lui procurait l'air en courant sur son corps enfin débarrassé de la moindre couche de vêtement.

Ses seins lui semblaient plus gros et plus sensibles que d'habitude. Leurs pointes lui faisaient presque mal. C'était aussi le cas d'une autre partie de son anatomie. Toutes ces sensations étaient presque trop intenses. Elle gémit et rouvrit les yeux.

Ses yeux se posèrent sur les boucles de ses cheveux blond cendré et les petites zones de peau reflétées dans le miroir. De ses deux mains, elle rassembla la masse de sa chevelure et la releva afin de pouvoir s'observer dans les moindres détails. Elle regarda ses seins dressés par le mouvement de ses bras. Ils étaient imposants et la lueur du feu de cheminée leur donnait une teinte cuivrée. Ses tétons étaient bien ronds et incroyablement durs.

Elle savait que les hommes appréciaient sa poitrine. N'ayant pas été élevée dans un couvent, elle avait eu à plusieurs reprises l'occasion de surprendre le regard d'un inconnu braqué sur son corset. Cela ne l'avait jamais dérangée. Elle choisissait des robes à col haut comme il convenait à une fille de pasteur. Elle jeta un coup d'œil en direction de la penderie. La robe de bal en satin bleu faisait exception mais elle ne l'avait jamais portée mis à part pour l'essayer. Elle ignorait si elle trouverait le courage de la mettre à l'occasion du bal prévu par le marquis.

Charles la trouverait-il jolie ? Le corset était trop bas. Il ne lui faudrait qu'un instant pour le faire descendre autour de sa taille.

Elle laissa retomber ses cheveux. Elle hésita puis prit ses seins dans ses mains pour en sentir le poids. Charles en avait fait de même le soir où il l'avait coiffée mais elle portait alors sa chemise de nuit. Près du lac, il avait posé ses doigts sur sa peau nue. Il l'avait vue clairement dans la lumière du matin. Il avait même goûté à ses tétons.

Elle sentit une certaine moiteur entre ses jambes et bondit hors du fauteuil. Elle ne voulait pas prendre le risque de tâcher la magnifique assise en soie.

Elle jeta un regard sur sa chemise jetée à terre. Elle avait assez chaud et pourrait la laisser là où elle se trouvait. Elle se glissa dans son lit, enleva ses lunettes et souffla sa bougie.

Elle n'arrivait pas à se détendre. Si auparavant sa poitrine seule s'était montrée sensible, c'était désormais son corps tout entier qui semblait frémir. Dès qu'elle s'étendait sur le dos, elle sentait les draps frotter contre la pointe de ses seins et ses fesses. Si elle écartait les jambes, un désir sauvage semblait jaillir du plus profond d'elle-même. Elle était consumée par une faim, un vide. Elle tenta de dormir sur le côté mais cela non plus ne réduisait pas cette sensation lancinante. Et s'installer sur le ventre n'arrangeait rien car elle avait alors envie de se frotter contre le lit. Elle avait tellement chaud qu'elle avait l'impression de brûler de fièvre.

Si elle se touchait là où la démangeaison était la plus forte, là où Charles avait lui-même posé la main, cela la guérirait-il ?

Non. Elle ne pouvait pas faire cela. C'était bien trop obscène, même si la question de l'obscénité quand on parlait d'une vieille fille comme elle se débattant nue dans son lit restait ouverte au débat. Malgré cela, elle garda bien sagement ses mains à l'abri sous son oreiller et essaya de s'endormir.

Lorsqu'elle finit par s'assoupir, elle rêva de Charles nu près du lac – de ses épaules, de ses biceps, de son torse, des boucles brunes qui descendaient vers son nombril et le dépassaient pour se réfugier sous sa serviette puis… Elle se réveilla, frustrée. Son imagination ne parvenait pas à lui révéler ce que cette serviette lui avait caché.

Après s'être retournée dans son lit cinq ou six fois sans trouver le sommeil, elle décida d'abandonner. Peut-être que si elle remettait sa chemise, elle parviendrait à étouffer le feu qui la ravageait.

Elle tendit la main pour s'emparer de ses lunettes quand elle entendit un craquement suivi d'un bruit de grattement. Elle s'assit dans son lit en ramenant les couvertures au niveau de son menton. Quelque chose se déplaçait de l'autre côté de la pièce. Une forme blanche émergeait du mur…

Elle inspira avec difficulté. Quand elle en fut capable, elle hurla aussi fort que possible, même si son cri lui sembla bien faible. Puis elle plongea sous les couvertures comme la digne fille de pasteur qu'elle avait été et qu'elle se promit de redevenir si elle parvenait à survivre jusqu'au matin.

# Chapitre 13

Charles reposa son livre. Il venait de lire et de relire la même page une bonne vingtaine de fois et avait fini par admettre qu'il n'arriverait pas à comprendre ce texte ce soir-là.

Qu'est-ce que Stockley avait bien pu fabriquer avec Emma dans la grande galerie ? Et pour couronner le tout, il avait passé la soirée à lui tourner autour. Heureusement, Emma avait ignoré toutes les courbettes de ce nabot.

Elle n'avait d'ailleurs pas intérêt à les apprécier. Elle lui appartenait. Charles n'avait plus qu'à lui annoncer.

Il regarda la porte commune aux deux chambres. Bon sang, comme il aurait aimé la rejoindre. Il avait besoin de la voir, de lui parler, de la prendre dans ses bras, de…

Charles changea de position. Il n'allait pas échapper à une nouvelle baignade matinale dans le lac. Il ne pouvait espérer fermer l'œil dans cet état d'excitation. Il n'était même pas sûr de réussir à fermer son pantalon si besoin. Il fallait qu'il persuade Emma de l'épouser avant qu'un de ses organes ne finisse par exploser, réduisant ainsi à néant tout espoir de perpétuer la lignée des Draysmith.

Il s'assit au bord de son lit en grimaçant. Cette sensation n'avait jamais été aussi éprouvante. Il fallait qu'il se soulage, et vite. Des femmes de mauvaise vie fréquentaient l'auberge locale. Nan pourrait s'occuper de lui, il avait déjà eu recours à ses services. Mais il n'avait pas envie de mettre les pieds à l'auberge du *Lutin vert*.

En vérité, l'idée de coucher avec une autre femme qu'Emma ne le tentait absolument pas. Il n'avait plus d'échappatoire : il irait se baigner. Si elle refusait de l'épouser, il allait connaître une existence interminable et désagréable jalonnée d'innombrables bains nocturnes.

Il allait attraper son pantalon quand un bruit étrange provint de la chambre d'Emma. Il en avait déjà entendu de semblables durant la guerre. Il s'agissait du son que fait une femme terrifiée quand elle veut hurler mais que l'angoisse l'empêche de reprendre son souffle.

Il bondit hors de son lit, oubliant son pantalon mais s'emparant d'une bougie. Il fallait qu'il puisse voir l'ennemi, et le lourd bougeoir en cuivre lui permettrait de fendre le crâne d'un homme si nécessaire.

Il ouvrit violemment la porte entre les deux chambres en tenant sa bougie en hauteur. Rien. Il éclaira toute la pièce. Il ne vit personne, même pas Emma. Il s'approcha alors du lit. Une grosse bosse déformait les couvertures. Précautionneusement, il prit le coin des draps et rabattit l'ensemble d'un geste sec.

Il avait retrouvé Emma. Elle était repliée sur elle-même, la tête entre les mains, ses magnifiques cheveux étalés autour d'elle et ses adorables fesses blanches et douces tournées vers le plafond.

Cette vision lui coupa le souffle.

Emma sursauta en se retournant pour lui faire face.

Pratiquement incapable de respirer, Charles regarda ses seins généreux suivre les mouvements de son corps. Sa bouche devint sèche alors que son sexe commençait à durcir.

Il avait déjà vu la poitrine d'Emma près du lac mais là, c'était infiniment mieux. Il suivit des yeux la courbe de son cou, sa clavicule délicate, la ligne exquise de ses seins laiteux, son torse élancé.

— Emma ? dit-il d'une voix rauque.

— Charles ? demanda-t-elle en attrapant ses lunettes. Mais… vous êtes nu ?

— Oui. Vous aussi, ma chère.

Bon sang ! Charles se rendit compte que le regard d'Emma venait de quitter son visage pour se baisser vers son membre viril qui était justement très… viril.

— Était-ce cela que cachait votre serviette, ce matin ?

— Oui, répondit Charles en réprimant un fou rire. En général, je le garde sur moi.

— Mais comment pouvez-vous ranger cela dans votre pantalon ?

— Il se dégonfle si nécessaire, dit Charles en déposant calmement le bougeoir sur la table de chevet.

Il déglutit et, d'une voix légèrement tremblante, demanda :

— Voudriez-vous le toucher ?

Emma hésita, de toute évidence très curieuse.

— Puis-je ?

— Je vous en prie.

Elle tendit lentement la main. Il regarda ses doigts menus approcher et ferma les yeux au moment où ils le touchèrent, aussi légers que les ailes d'un papillon. Ce fut paradisiaque, mais bien trop fugace.

— Tous les hommes ont-ils ce genre de… d'appendice ?

Bon sang ! Il allait jouir rien qu'à l'écouter parler.

— Oui, ma chérie. C'est un élément important dans la conception des bébés. Voulez-vous y toucher une deuxième fois ? Je vous assure que vous ne me ferez aucun mal.

Lui faire du mal ? Non. Le rendre fou de désir ? Ça, certainement.

Elle tendit à nouveau la main. Cette fois-ci, elle laissa ses doigts explorer ce membre, courir sur toute sa longueur, en apprécier la largeur et même soupeser les bourses qui pendaient entre les jambes de Charles. Il changea légèrement de position pour lui laisser davantage d'endroits à explorer. Il s'agrippa fermement au montant du lit en se mordant la lèvre.

Des gouttes de sueur lui coulaient dans le dos. Il était persuadé qu'il allait finir par prendre feu. Il espérait juste qu'il aurait le temps de goûter au corps d'Emma avant que cela n'arrive.

— Quand je fais cela, il bouge tout seul, dit Emma en le caressant.

Charles tressaillit sous la paume de la jeune femme. Il serra les dents, savourant les vagues de plaisir qui déferlaient à son contact.

— C'est à la fois très dur et lisse. La pointe est douce et... un peu mouillée.

La jeune femme étala cette humidité du bout de l'index et il frissonna. Avec un gloussement, elle déplaça ses doigts vers les boucles entourant la base du membre.

— C'est encore plus frisé que vos cheveux.

Il gémit, et elle enleva brusquement la main.

— Êtes-vous certain que je ne vous fais pas mal ?

— Oui, absolument certain, répondit-il.

Ne venait-il pas de frissonner en disant cela ? Il s'éclaircit la voix et répéta :

— Absolument certain.

— Vous parlez bizarrement, fit-elle remarquer.

Sans doute parce que le désir l'empêchait de réfléchir. Ses genoux menaçaient de céder. Il aurait juré qu'il allait s'effondrer sur le lit, ce qui lui semblait d'ailleurs une excellente idée, mais il fallait avant tout qu'il retourne dans sa chambre pour y chercher quelque chose.

— Emma, dit Charles, ravi de constater que son cerveau pouvait encore élaborer une pensée cohérente. Restez exactement, je dis bien exactement, où vous êtes. Ne bougez pas. Pas du tout. Je reviens dans un instant. Jurez-moi que vous n'allez pas bouger.

— Euh... (Emma rougit et tendit la main derrière elle sur le lit défait.) Où sont donc les couvertures ?

— Je les récupérerai plus tard. Vous n'en avez pas besoin pour l'instant. Je vous le promets, elles sont totalement inutiles, superflues, voire gênantes. Vous êtes parfaite. Ne bougez pas, je vous en supplie.

Elle paraissait intriguée.

— Très bien, dit-elle.

— Parfait. Magnifique. Sublime. Ne bougez pas.

Charles partit à reculons vers la porte, sans quitter Emma du regard. Elle ne bougea pas. En fait, elle gardait les yeux rivés sur le sexe de Charles, qu'il sentait d'ailleurs se tendre davantage. Y avait-il une limite à ce phénomène ? L'irritation qu'il ressentait était déjà difficilement supportable.

Il prit une brusque inspiration. Cette sensation confinait à la douleur, soit, mais cela n'allait pas durer. Il ne faisait aucun doute pour lui qu'il allait se soulager ce soir. Sans cela, il allait mourir, c'était absolument certain. S'il ne trouvait pas de réconfort dans le corps gracile et chaud d'Emma avant qu'un autre jour se lève, il devrait… il devrait… Il ne savait pas précisément ce qu'il devrait faire mais il était sûr que ce ne serait pas agréable. Au minimum, il serait obligé de pleurer. Mais il n'excluait pas qu'on le retrouve en train de courir en hurlant dans les couloirs de Knightsdale, complètement fou.

— Encore une fois, restez là, lui demanda-t-il en atteignant le seuil de sa chambre. Ne bougez pas.

Il ne lui faudrait qu'une seconde pour trouver la bague de fiançailles car il savait très précisément où il l'avait rangée. Il avait hâte de la glisser au doigt d'Emma. Quand ce serait fait, il pourrait la posséder, mais sans hâte. Pour elle, ce serait la première fois donc il allait devoir prendre son temps. Il attendrait qu'elle le supplie de passer à l'acte.

S'il arrivait à attendre aussi longtemps, bien entendu. Car, malheureusement, il n'était pas certain de pouvoir se contrôler cette fois-ci. Mis à part pour sa toute première fois, il avait toujours été capable de tenir aussi longtemps que nécessaire et il en était particulièrement fier. Mais ce soir…

Ce soir, il redoutait de ne pas se montrer à la hauteur. Vis-à-vis d'Emma, l'idée même d'échouer lui était totalement insupportable. Toutefois, elle faisait naître chez lui un émoi qu'aucune autre avant elle n'avait pu inspirer. C'était comme s'il s'apprêtait à accomplir un acte complètement différent, quelque chose qu'il n'aurait jamais fait auparavant.

—Ne bougez pas, répéta-t-il une dernière fois.

Elle leva la main pour dégager les cheveux de son visage et ses seins se soulevèrent légèrement. Absolument magnifique.

—Je reviens tout de suite, ajouta-t-il.

Il mourrait, littéralement foudroyé sur place, si jamais elle devait retrouver ses esprits et se souvenir qu'elle était une demoiselle parfaitement convenable.

Emma regarda Charles reculer vers la porte. La partie… saillante de son anatomie était la chose la plus curieuse qu'elle avait jamais vue. Cela dépassait de son corps et oscillait un peu quand il marchait. Il avait absolument tenu à ce qu'elle touche ce curieux organe et, pourtant, il avait semblé souffrir quand elle s'était exécutée.

C'était très étrange, à la fois dur et doux, chaud et souple.

Qu'était-il donc parti chercher dans sa chambre ?

Cela tombait sous le sens. Il voulait sans doute récupérer une arme. Il s'était précipité à son secours quand il l'avait entendue crier, après tout. Ensuite, il avait eu du mal à se remettre du choc de la voir nue.

Oh mon Dieu ! Elle chercha à nouveau les couvertures. Mais où diable étaient-elles passées ? Elle avança à quatre pattes sur le matelas vers le pied du lit et les vit, jetées au sol.

—Vous m'aviez promis de ne pas bouger, dit Charles, derrière elle.

Elle tourna la tête brusquement. Il se tenait dans l'encadrement de la porte, aussi nu que quand il était parti.

—Mais je ne me plains pas, ajouta-t-il en souriant, les yeux brillants. Voilà une pose des plus séduisantes, ma chérie.

Grands dieux, elle était à quatre pattes, la moindre parcelle de son corps offerte au regard du marquis. Elle se jeta à plat ventre sur le lit. Il rit doucement tout en approchant.

— Vous n'avez toujours pas passé de vêtements, marmonna-t-elle, la tête dans le matelas.

La fraîcheur des draps contrastait agréablement avec la chaleur de ses joues.

— C'est exact, admit-il. Je ne pense pas que nous aurons besoin de vêtements dans un avenir immédiat. En fait, je pense qu'en porter serait plutôt une gêne.

*Nom de Dieu…* Elle sentit l'une des grandes mains de Charles lui parcourir le dos jusqu'aux fesses. Le matelas s'affaissa légèrement et ce furent alors deux mains qu'elle sentit. Elle tressaillit et cacha son visage dans le drap. Charles lui caressait les côtes, effleurait l'amorce de ses seins puis redescendait pour plonger entre ses cuisses. Emma écarta les jambes et dut se retenir de se soulever afin que Charles puisse glisser les mains sous elle.

— Où est votre arme ? demanda-t-elle dans un soupir.

— Quelle arme ?

Elle gémit lorsqu'il lui étreignit les fesses. Ses mains étaient si près de l'endroit où elle voulait tant qu'elles se posent…

— Est-ce que je vous fais mal, ma chérie ? dit-il d'une voix rieuse.

— Non, haleta-t-elle. (Elle était bien disposée à ne pas se laisser distraire.) Ce n'est pas pour cela que vous êtes retourné dans votre chambre ? Pour aller y chercher une arme ? Vous êtes bien entré ici parce que vous m'aviez entendue crier, n'est-ce pas ?

— Tout à fait.

Il cessa de la toucher, et elle faillit pleurer de frustration. Le lit reprit sa forme d'origine et, un instant plus tard, Charles apparut face à elle. Son excroissance était tendue, comme si elle voulait qu'on prenne à nouveau soin d'elle. Pour ne pas céder, Emma crispa les doigts sur les draps.

— Et de quoi devrais-je vous sauver, Emma ? lui demanda-t-il. Je ne vois rien de menaçant, ici.

Elle leva la tête. Il fallait qu'elle se rende à l'évidence : il n'y avait plus rien de suspect dans cette chambre.

— J'ai vu quelque chose par là, dit-elle. Quelque chose de blanc est sorti de ce mur.

— Sorti du mur ? Pourriez-vous être un peu plus précise ?

— Désolée, je ne portais pas mes lunettes, admit Emma en rougissant.

— Ce devait être le même genre de fantôme que celui qu'a vu Nanny.

— Non. Je veux dire… Je suis sûre d'avoir vu quelque chose.

Emma en était effectivement à peu près certaine mais de quoi pouvait-il s'agir ?

— Là ? (Charles avait un dos superbe. Les muscles se tendaient alors qu'il passait les mains sur le mur.) C'est par ici que vous pensez avoir vu un fantôme, Emma ?

— Oui.

À partir de ses épaules particulièrement larges, le dos de Charles dessinait un « V » pour rejoindre ses hanches étroites et ses fesses musclées. Emma avait posé les mains dessus dans le jardin d'hiver mais il portait une culotte, alors. Quel effet cela ferait-il de le… de les toucher alors qu'il n'en portait pas ?

— Je ne vois rien, Emma.

— Hein ?

Elle se consumait de désir. Ella avait l'esprit embrumé et le corps brûlant. C'était choquant mais elle voulait que Charles vienne la rejoindre au lit. Elle voulait qu'il lui montre encore plus de plaisir que sur les rives du lac. Elle voulait tout savoir.

Même s'il ne l'aimait pas.

Cela n'avait pas d'importance puisqu'elle l'aimait, elle.

C'était à cause de lui qu'elle n'avait jamais ressenti le moindre intérêt pour un autre homme. Meg avait raison de dire qu'elle mettait les lords célibataires dans le même sac que les chaperons cacochymes. C'était vrai, à l'exception d'un lord célibataire en particulier, bien entendu. Sans y être pour quoi que ce soit, Charles l'avait rendue inaccessible pour tous les autres hommes.

Elle était amoureuse de lui depuis qu'il avait séché ses larmes dans les bois quand elle avait six ans et qu'il l'avait laissée venir avec lui malgré les plaisanteries de Robbie et James. À l'époque, il était son Lancelot, son Robin des Bois.

Et quand elle avait grandi, il était devenu le héros de tous les romans édités par Minerva Press qu'elle lisait en secret dans sa chambre. Il s'était invité dans ses rêves, la réconfortant quand elle était épuisée ou découragée, quand prendre soin de Meg ou tenir la maison de son père devenait trop pénible pour elle. Les premières fois, il s'était contenté de passer un bras autour de ses épaules pour lui déposer un chaste baiser sur le front. Mais après qu'elle l'avait surpris avec cette inconnue sur la terrasse lors du bal pour le mariage de son frère, il s'était mis à la prendre dans ses bras pour la serrer contre lui afin de l'embrasser fougueusement sur les lèvres.

Et à présent ? Grands dieux, ses rêves étaient devenus excitants et provocants, mais également frustrants car certains détails essentiels restaient mystérieux.

Elle était bien décidée à les découvrir cette nuit. Bonté divine, si Charles ne la rejoignait pas immédiatement au lit, elle allait se mettre à pleurer. À vingt-six ans, elle n'avait encore jamais connu d'homme. Comme lui avait dit Mrs Begley, pour quoi se préservait-elle ?

Même s'il fallait qu'elle supplie Charles, elle ne serait plus vierge quand elle quitterait ce lit.

Il se retourna et le regard d'Emma se porta aux alentours de sa taille. Elle sourit en se disant qu'elle n'allait pas avoir besoin de le supplier.

—Je ne vois aucune trace de fantôme, ma chérie.

—Hum ?

Bonté divine, les yeux d'Emma étaient rivés sur la partie de son corps qui la désirait le plus. Il sourit. Peut-être n'était-ce pas tout à fait vrai. Son cœur la désirait davantage. Il n'aurait jamais cru qu'un tel sentiment soit possible. Si Emma le souhaitait, il se contenterait de passer la nuit à la tenir dans ses bras.

Il espérait de tout cœur qu'elle en attendait bien plus de sa part, cela dit. Oui, beaucoup plus. Qu'elle le désirait en entier, jusqu'à la moindre parcelle de son corps excité.

Il s'éclaircit la voix et tenta de libérer son esprit de son envie dévorante.

— Je pense que je ferais mieux de rester avec vous cette nuit pour vous protéger, proposa-t-il. Qu'en dites-vous ?

Emma leva lentement les yeux de son entrejambe à son visage, prenant au passage le temps d'examiner son ventre, son torse et sa gorge. Quand, finalement, elle plongea son regard dans le sien, il fut ravi d'y percevoir un désir bien innocent.

— Oui, répondit-elle. (Elle se passa la langue sur les lèvres.) Oui, ce serait une bonne idée.

— Faites-moi confiance, ma chérie. C'est une excellente idée. (Il s'assit sur le lit.) Et j'ai en tête certaines choses que nous pourrions faire pour oublier toutes ces histoires de spectres et de fantômes.

— Vraiment ? murmura Emma. Et de quoi s'agit-il ?

Lentement, il tendit la main et commença à caresser le côté d'un de ses seins.

— Se toucher en fait partie, dit-il.

— Mmmm…

Emma ferma les yeux et sa langue pointa de nouveau.

— J'aime cette idée, susurra-t-elle.

Il posa une main sur son épaule et la retourna gentiment afin qu'elle se retrouve sur le dos.

— Moi aussi, dit-il en lui caressant l'autre sein, le couvrant de la main et le soulevant légèrement – il remplissait parfaitement sa paume.

Puis il fit tourner son pouce autour du téton avant d'y exercer une petite pression.

Emma émit un étrange petit bruit de gorge et cambra le dos, s'offrant totalement à ses caresses.

—Mon Dieu, ma chérie. Vous êtes parfaite.

—Je suis... J'ai tellement chaud, dit-elle.

Il regarda sa bouche se crisper et observa les mouvements de son adorable gorge.

—Je vous en supplie, j'ai besoin de vous, reprit-elle. J'ai besoin que vous... que vous me touchiez. Partout.

Il passa un doigt entre ses deux seins puis remonta vers son cou où, de son pouce, il caressa doucement la petite zone qui palpitait régulièrement.

—Mon amour, vous n'imaginez pas à quel point je suis heureux de vous entendre dire cela. Et je serai encore plus heureux de vous donner satisfaction... dans un instant.

—Non. Tout de suite!

—Ah, ma douce. Vous êtes tellement exigeante. Je vois que je suis destiné à devenir votre esclave, ce que j'accepterai avec plaisir... à une condition.

—Laquelle?

—Que vous m'épousiez. (Il prit la bague de fiançailles des Knightsdale qu'il avait posée sur la table de nuit avant d'aller chasser le fantôme.) Je ne poserai plus un doigt ou quoi que ce soit d'autre sur vous tant que vous n'aurez pas accepté de m'épouser.

—D'accord, dit simplement Emma en tentant d'attraper la bague que Charles gardait hors de sa portée.

—Non, non, mon cher amour si pressé. C'est un choix qui vous engage à jamais. Réfléchissez bien, si vous en êtes encore capable. Une fois que j'aurai glissé cette bague à votre doigt, vous serez engagée. Vous deviendrez mon épouse, la mère de mes enfants.

Charles s'arrêta pour repenser aux paroles qu'il venait de prononcer. Le saphir enchâssé sur la bague de famille brillait à la lumière des bougies. L'offrir à Emma, c'était nouer un lien de plus avec Knightsdale. Il s'était attendu à éprouver de l'angoisse, à se sentir piégé. Il n'en était rien. Il avait la certitude qu'Emma était la femme qu'il lui fallait.

Il ressentait également une impatience croissante. Elle lui offrait son corps magnifique, si doux. Dès qu'il lui aurait glissé la bague au doigt...

— Dites « oui », Emma. Je vous en supplie.

Elle regarda la bague puis plongea ses yeux dans ceux de Charles pour demander :

— M'aimez-vous ?

Il sourit.

— Oui, ma chérie. Je le crois bien. En tout cas, j'éprouve à votre égard un sentiment que je n'avais jamais ressenti auparavant. Le simple fait de penser à vous me rend heureux, entre autres.

— Comment ça, entre autres ?

Charles éclata de rire.

— J'ai chaud. Je suis comme affamé. Je deviens dur et fou de désir.

— Ah ? Voilà qui me semble particulièrement désagréable, dit-elle.

— Cela dépasse le désagrément, mon amour. Tout ce qui pourrait me guérir, ce serait de vous épouser, je le crains. Si vous vous refusez à moi, il est certain que je mourrai sur le champ, dans votre lit, et que la lignée des Draysmith disparaîtra avec moi. C'est mon cousin Aubrey qui héritera alors du titre et, si j'en crois tante Bea, il n'est ni enclin ni capable de concevoir un descendant.

— Vous êtes ridicule, milord.

— Absolument pas, Miss Peterson. Je suis totalement honnête. Vous me voyez là, devant vous, pratiquement à l'agonie. Si vous n'acceptez pas immédiatement de m'épouser, je vais devenir complètement fou, c'est une certitude.

— Ce n'est pas possible.

— Oh que si, ma chérie. Croyez-moi. Je sens d'ailleurs que ma raison s'étiole alors que nous parlons. Acceptez de m'épouser. Je vous en supplie, dites « oui ».

— Oui, dit Emma en lui souriant.

Charles éclata de rire.

— Oui ? C'est tout ?

— Oui… s'il vous plaît ? demanda-t-elle.

— Je croyais que vous m'aimiez.

— Non, je ne le crois pas.

Charles fut stupéfait. Il s'était imaginé que… Il avait pensé que, s'il l'aimait, elle l'aimerait forcément. Mais non, bien sûr que non.

Elle roula sur le côté et se redressa sur un coude. Elle tendit la main et, de la pointe de l'index, caressa les plis entre les sourcils froncés de Charles.

— Je ne crois pas que je vous aime, grand dadais. Je le sais. Je vous aime depuis que j'ai six ans, même s'il ne s'agissait pas exactement de ça à l'époque.

— Non, je veux bien vous croire, dit-il, ivre de soulagement.

— J'ai essayé de le nier et de l'ignorer mais ce sentiment n'a jamais disparu, même quand vous n'avez pas réussi à me dire que vous m'aimiez.

— Je suis désolé, murmura-t-il, contrit.

Emma posa les doigts sur les lèvres de Charles.

— Ne parlons plus, décréta-t-elle. Moi aussi, je suis au bord de la folie. Vous avez dit que vous ne me toucheriez que si j'acceptais de vous épouser. J'ai accepté, donc…

— Ah oui. Quelle maladresse de ma part de vous faire attendre. Donnez-moi votre main gauche, ma chérie, demanda-t-il avant de lui passer la bague au doigt. Voilà. Il lui déposa un baiser au creux de la paume. Je pense que vous avez fait votre part. À moi de faire la mienne.

— Oh oui, je vous en prie. Faites donc ! s'exclama-t-elle avec enthousiasme.

—Je suis votre esclave. Commandez-moi. Où voudriez-vous que je vous touche ?

Emma rougit.

—Dois-je vraiment le dire ?

—Hum... Laissez-moi deviner. Sur le nez ? Les paupières ? La joue ? dit Charles en posant un baiser sur chaque endroit cité.

Il lui enleva ses lunettes et les posa sur la table de nuit.

—Non. Oui. Oh.

—Vous n'êtes pas très cohérente, Miss Peterson.

Elle devint aussi rouge qu'une pivoine et le regarda dans les yeux.

—Mes seins, lord Knightsdale. J'aimerais que vous me touchiez les seins.

—Ah, vos seins. Voilà une excellente idée. Ce sont des seins absolument charmants. Je serais heureux – que dis-je ? absolument ravi – de les toucher.

Charles sourit quand Emma se tendit alors qu'il l'effleurait.

Dès cet instant, il sut que cette nuit allait être magnifique.

La sensation que lui procuraient les grandes mains chaudes de Charles en glissant sur son corps était sublime. C'était infiniment mieux que ce qu'elle avait ressenti près du lac. On faisait bien mieux l'amour dans un lit, derrière une porte fermée et après s'être complètement débarrassé de ses vêtements, c'était indéniable. Elle passa les doigts sur les courbes musclées de ses bras.

Malgré tout, il y avait un problème. Il évitait scrupuleusement l'endroit qu'elle souhaitait le voir caresser le plus ardemment. Elle gémit et se cambra afin de l'encourager.

—Que vous êtes impatiente, ma chérie, rit-il. N'ayez crainte, je parcourrai la moindre parcelle de votre charmant corps. Nous avons la nuit devant nous.

—Je veux que vous en veniez à cette parcelle précise tout de suite.

— Ah. Je constate que je suis fiancé à une mégère. À une harpie. (Il passa un doigt le long de ses côtes puis s'arrêta juste en dessous de l'un de ses tétons.) Autoritaire et têtue. (Il en fit le tour sans toucher la pointe tendue à en être douloureuse.)

Il posa alors le pouce sur le centre exacerbé. Elle poussa un petit cri et ses hanches se soulevèrent du lit.

— Était-ce un cri de bonheur ? lui demanda-t-il.

— Oui. Grands dieux, oui. Votre bouche. Votre langue. J'ai besoin que vous les posiez là, comme vous l'avez fait au lac. Je vous en prie.

— Oh ? Vous voulez dire comme ça ?

Il pencha la tête et titilla de la langue la pointe tendue de son sein avant de la sucer lentement. Emma tressaillit jusqu'à cet endroit brûlant entre ses jambes. Elle plongea les doigts dans les cheveux de Charles, le maintenant contre son sein. Elle ne voulait plus qu'il s'arrête.

Il la caressa jusqu'à la taille et posa une main sur son ventre. Elle remua. Si seulement cette main daignait descendre de quelques centimètres à peine…

— Ma chérie, vous aurez beau gigoter, je ne me presserai pas, dit-il en lui souriant.

Il avait l'air tellement sûr de lui. Elle leva la main et la posa sur sa joue. Il tourna la tête pour embrasser sa paume.

— C'est un jeu, ma douce, un jeu excitant. Chaque contact vous amène un peu plus près de la limite. (Il lui effleura le nombril.) Toujours plus près, contact après contact, jusqu'au moment de l'extase.

— Hum. Mais alors je devrais vous toucher aussi, non ? dit Emma.

Elle se mit à caresser la toison bouclée qui recouvrait le torse de Charles, avant de suivre la ligne qui courait sur son ventre jusqu'à son…

Il sursauta et bondit en arrière. Il ne souriait plus.

— Vous ne voulez plus que je vous touche ?

—Emma… J'adorerais cela. Mais la prochaine fois. Ce soir, je ne pourrais pas y résister. Or je voudrais que tout soit parfait pour vous. (Il fronça légèrement les sourcils.) Aussi parfait que devrait toujours l'être une première fois.

—Que… Oh!

Emma n'avait pas compris mais elle n'y prêta plus aucune attention quand Charles pinça la pointe d'un de ses seins entre ses lèvres, tout en introduisant un doigt là où elle en avait tant envie.

Un spasme inattendu lui souleva les hanches et elle planta les doigts dans les épaules de Charles. Dans le tourbillon sensuel où il l'entraînait, elle devait se raccrocher à quelque chose.

Elle tenta de retrouver son souffle, sans cesser d'onduler des hanches. Elle avait besoin de sentir le poids de Charles sur elle.

Comme s'il avait lu dans ses pensées, il l'attira tout contre lui, continuant à faire jouer son doigt en elle, titillant un petit point très dur où se concentraient toutes les sensations. Elle n'aurait jamais pu croire, ni même imaginer… Ses seins nus étaient pressés contre le torse de Charles. C'était effectivement bien mieux que leur petit intermède du lac. C'était tout bonnement…

… insupportable. Elle haleta et jouit contre la main de Charles, les seins tendus.

—Maintenant, ma chérie, murmura-t-il à son oreille. C'est le moment.

Il se plaça entre ses jambes et remplaça son doigt par son appendice avant de le pousser doucement en elle.

—Qu'est-ce que… ?

—Chut… Détendez-vous, ma chérie.

Il avança un peu et elle ressentit une sensation d'écartèlement.

—Je ne pense pas que cela va pouvoir rentrer, Charles.

— Chut… Ne pensez pas. Cela va… rentrer. Oh mon Dieu, Emma. Vous êtes si étroite.

— C'est une bonne chose ou pas ?

À l'entendre, on aurait pu croire qu'il avait mal. Elle ressentait comme une certaine douleur, elle aussi.

— C'est… magnifique, dit-il.

Il continua de pousser jusqu'à être complètement en elle.

— Aïe !

Emma tenta de bouger mais le poids de Charles la maintenait contre le lit.

— Ne… remuez… pas, balbutia-t-il, le visage enfoui dans la courbe de son cou.

Une fois la surprise passée, Emma commença à apprécier la sensation qu'il lui procurait. La douleur s'amenuisait. Elle passa ses mains le long de son dos couvert de sueur.

— Voilà comment on procède pour faire des enfants, mon amour. (Il se souleva légèrement en prenant appui sur ses coudes et recula les hanches.) J'envoie ma… semence (Il donna un coup de reins.)… bien (Il fit un nouveau mouvement.)… en vous.

Soudain, il se raidit et Emma sentit quelque chose de chaud jaillir en elle.

— Mmmm…, fit Charles en se détendant sur elle.

Elle fit jouer ses doigts dans ses cheveux. Elle avait un peu de mal à respirer mais ne trouvait pas cela gênant.

Elle ne parvenait pas à réfléchir, elle ne pouvait plus que ressentir le poids de Charles sur son propre corps, la douleur entre ses jambes. Et cette sensation d'être comblée. Il était toujours là, à l'intérieur d'elle.

Un lien permanent venait de se forger entre eux qui transcendait le niveau physique. Elle ne le comprenait pas encore et aurait été incapable de l'expliquer mais elle savait qu'il était là.

En cet instant, elle se sentait extrêmement mariée.

— Bonté divine, Emma.

Charles releva la tête pour lui sourire et Emma sentit son cœur faire un bond. Ses yeux reflétaient un tel sentiment de possession. Non, c'était bien plus que ça. De l'acceptation ? Elle eut l'impression d'avoir passé une porte et que, désormais, elle se trouvait à ses côtés. Il n'y avait plus qu'eux deux. Ensemble. Elle lui rendit son sourire.

—Mmm, murmura-t-il.

De toute évidence, il n'était plus vraiment lucide non plus. Il pencha la tête et l'embrassa lentement. Il s'agissait bien de possession, cette fois-ci. Elle se sentait comblée par lui, tant par sa langue que par son…

—Je suis trop lourd pour vous, dit-il en se soulevant. (Immédiatement, elle ressentit un souffle froid.) Et vous devez avoir mal.

—Non.

—Mais si.

Il descendit du lit.

—Où allez-vous ? demanda Emma, inquiète à l'idée de passer le reste de la nuit seule. Vous aviez dit que vous resteriez pour me protéger.

—Ne vous inquiétez pas, ma chérie. Je n'envisage pas de quitter votre lit avant très longtemps, lui lança-t-il.

Elle le vit disparaître dans sa chambre et l'entendit qui fouillait dans sa penderie.

—Et voilà. J'ai pris la précaution de verrouiller ma porte. Nous ne voudrions pas choquer ce pauvre Henderson, n'est-ce pas ?

—En aucun cas, répondit Emma en rougissant.

Il verrouilla aussi la porte de la chambre d'Emma, puis revint au lit. Il tenait quelque chose.

—Qu'est-ce que c'est ?

—Un vieux foulard. Je suis désolé, l'eau est un peu froide, répondit-il en plaçant la main tenant le bout de tissu entre ses jambes.

—Mais que faites-vous ?

Emma voulut resserrer les cuisses, mais trop tard. Elle recula sur le lit.

— C'est froid, dit-elle.

— Je sais, mon amour. Veuillez m'excuser, je voulais juste vous nettoyer.

— Me nettoyer ?

Charles lui montra le tissu taché de sang.

— Votre virginité, ma chérie. Ce n'est rien qu'un peu de sang et cela n'arrivera que cette fois-ci.

— Laissez-moi m'en occuper, dit Emma.

Elle était morte de honte car elle détestait quand tout n'était pas propre et net.

— Non, mon amour. Cela me fait plaisir. Vous ai-je fait très mal ?

— Non. Juste un peu.

— J'en suis désolé. Faites-moi confiance, les prochaines fois, vous ne ressentirez que du plaisir.

Charles continuait à lui passer le linge humide entre les jambes. C'était très étrange de le voir accomplir un acte aussi intime. La légère rudesse du tissu combinée à l'eau froide donnait à Emma des palpitations dans l'estomac. Et surtout, Charles gardait les yeux rivés sur ce qu'il faisait. Il passa ses doigts dans les poils se trouvant à cet endroit. Elle était certaine que ce n'était pas convenable.

Quoi ? Venait-il de lui parler ? *Oh, mon Dieu.* Voilà qu'il promenait un doigt autour de, euh… Et elle pouvait sentir qu'il écartait les, euh… lèvres de son, euh…

— C'était très agréable au début, parvint-elle à dire.

Elle tressaillit et tenta à nouveau de refermer les jambes mais il ne la laissa pas faire. Il souffla dessus et elle frissonna.

— Et ce sera également très agréable la prochaine fois que nous le ferons, au début aussi bien qu'au milieu et à la fin, ajouta-t-il. (Il laissa tomber l'étoffe tachée et lui sourit.) Vous savez, je pense que si je posais un baiser à l'endroit où vous avez mal, vous iriez mieux.

— Que... Que voulez-vous dire ? demanda-t-elle, intriguée.

— Permettez-moi de vous montrer.

Emma vit alors Charles pencher la tête. Il n'avait pas l'intention de... Non, ce n'était pas possible.

Elle sentit alors son souffle chaud sur l'endroit secret qui se trouvait entre ses jambes puis le contact doux et humide de sa langue.

# Chapitre 14

Dans son rêve, Charles sentait la main d'une femme sur ses parties les plus intimes.

Ce n'était pas un contact franc et assuré digne d'une professionnelle. Non, c'était hésitant et maladroit, comme si cette dame ressentait de l'appréhension à accomplir cet acte. *Je vous en prie, ne craignez rien. Surtout ne craignez rien.* Il se tourna doucement sur le dos puis écarta les jambes, offrant ainsi aux doigts fureteurs toute la place nécessaire pour accomplir leurs miracles.

Il les sentit effleurer sa peau puis plus rien. *Revenez, revenez.* Il retint sa respiration et resta immobile, appelant cette petite main de tous ses vœux. Dieu entendit sa prière. Les doigts arpentèrent toute la longueur de son membre et plongèrent profondément entre ses cuisses. Une paume câline le tenait tandis que les doigts le caressaient de bas en haut. C'était encore trop éthéré, trop superficiel. Il en voulait davantage. Les doigts l'encerclèrent. Il tressaillit à ce contact. Ils le lâchèrent puis revinrent. Dieu merci. Prudemment, précautionneusement, ils glissèrent sur lui. Et alors… Dieu tout puissant, il aurait pu jurer qu'il venait de sentir la caresse légère d'une petite langue humide sur son gland, comme un chat méfiant goûtant une nourriture inconnue.

La transpiration perlait sur son torse et coulait le long de ses côtes. Son entrejambe était en feu. *S'il vous plaît, s'il vous plaît, s'il vous plaît.* Il désirait sentir sa bouche sur lui. Il gémit.

— Vous aurais-je fait mal ? demanda une voix féminine.

Il ouvrit les yeux. Ce n'était pas un rêve. Une bosse mouvante de la taille d'Emma déformait les couvertures. Il les souleva. La jeune femme le dévisageait de ses grands yeux inquiets, sa jolie main toujours autour de son sexe.

— Non, répondit-il d'une voix chancelante. (Il déglutit puis toussota.) Non, pas du tout. Je vous en prie, ne vous interrompez pas pour moi.

Emma lui sourit et passa à nouveau son doigt sur toute la longueur de son membre.

— Il s'est allongé d'une manière étonnante, fit-elle remarquer. C'est même incroyable. Quand je l'ai touché la première fois ce matin, il était bien plus petit et… tout mou. Je pouvais presque le recouvrir de ma main.

Elle posa celle-ci à la verticale contre l'objet de son attention, l'étalonnant de la pointe de ses doigts au bas de sa paume.

— Maintenant, vous êtes bien plus long et plus large mais aussi bien plus, euh… raide, dit-elle en l'entourant de ses doigts.

Charles trouvait cette conversation incroyablement érotique.

— Oui, c'est indéniable, parvint-il à murmurer.

— Puis-je vous faire ce que vous m'avez fait hier soir ? demanda Emma.

— De quoi parlez-vous ?

Il lui avait fait beaucoup de choses, même si cela ne couvrait pas tout ce qu'il aurait souhaité.

— Poser un baiser là, répondit-elle en recommençant à le caresser.

— Oui, absolument. Vous pouvez embrasser toutes les parties de mon corps que vous souhaitez, je vous en prie, dit-il en essayant de retrouver son souffle. Je serais absolument enchanté que vous m'embrassiez là, ou… que vous… me léchiez.

— Comme ça ?

Elle passa sa langue sur toute la longueur de son sexe, et Charles agrippa les couvertures.

— Oui. C'est ça. Juste comme ça.

Elle recommença et il sut qu'il n'allait pas pouvoir tenir plus longtemps. Il l'attira à lui.

— Mais je n'ai pas terminé, protesta-t-elle.

— Une autre fois, ma chérie. Je ne peux plus attendre.

— Attendre quoi ?

— Ceci.

Il la fit rouler sur le dos en espérant qu'elle avait récupéré de sa nuit car il la voulait immédiatement. Il n'avait jamais ressenti une telle frénésie avec aucune autre femme. Il l'embrassa, laissant sa langue titiller gentiment la sienne, tandis que ses doigts s'introduisaient entre ses jambes. Elle était déjà excitée. Il en aurait pleuré de joie.

Il adorait son goût. Il adorait sentir ses seins se presser contre son corps. Il pencha la tête pour lui mordiller les tétons. Elle tressaillit et se cabra. Il descendit le long de son corps tout en continuant de la lécher. Elle écarta les jambes et il lui souleva les hanches pour poser sa bouche contre son sexe, faisant jouer sa langue contre ce petit bouton si sensible. Elle gémit et il se redressa pour la pénétrer, se glissant dans le passage étroit qui se contracta immédiatement autour de lui, accueillant sa semence.

Il leur fallut quelques instants pour retrouver leurs esprits.

— Quel charmant réveil, dit-il. (Il l'embrassa, sans se retirer.) Allez-vous me dire bonjour de la sorte tous les matins ?

Elle lui sourit avant de répondre :

— Peut-être. J'espère que vous n'êtes pas scandalisé, ajouta-t-elle d'un ton soudain inquiet.

Il donna un petit coup de hanches.

— Ai-je l'air scandalisé ?

— Non, répondit-elle en haletant.

Il lui déposa un baiser sur la pointe du nez.

— Parmi toutes les choses que vous pourriez faire dans notre lit, je ne pense pas qu'il y en ait une qui soit susceptible de me scandaliser, ma chérie. Mon corps vous appartient, libre à vous de l'explorer comme bon vous semble. (À regret, il se dégagea de son étreinte.) Mais hélas, pas maintenant. Si je n'apparais pas devant mes invités, nous pouvons être sûrs de scandaliser une part importante de la haute société.

— Oui, en effet, admit-elle en rougissant jusqu'à la pointe de ses seins. Lady Oldston…

— Exactement. Lady Oldston ou Mrs Pelham pourraient répandre dans Londres la rumeur que le nouveau marquis de Knightsdale a passé la journée au lit avec la fille du pasteur. Je suis persuadé que lady Dunlee serait très intéressée par cette nouvelle.

— Oh, gémit Emma en se couvrant les yeux.

— Ne vous inquiétez pas. Notre mariage arrangera tout. (Il lui prit délicatement la main gauche et la tourna afin qu'ils puissent tous les deux admirer la bague de fiançailles des Knightsdale.) Nous n'avons fait qu'anticiper nos vœux d'époux, ma chérie, dit-il en souriant. Et je crains que nous ne les anticipions encore quelques fois avant que votre père ait terminé de publier les bans. Cela n'a aucune importance car nous serons bientôt mariés. Même si vous êtes enceinte, le bébé n'aura qu'un ou deux mois d'avance, ajouta-t-il avant de baiser la main d'Emma, juste au-dessus de la bague. J'espère que vous n'aviez pas en tête de faire un mariage fastueux.

— En aucun cas, lui dit-elle.

— Alors parfait.

Il l'embrassa une dernière fois avant de s'asseoir. S'il ne se forçait pas à sortir de ce lit immédiatement, il allait être tenté de lui faire l'amour de nouveau. Il se moquait bien de ce que pouvaient raconter les commères, mais il ne voulait pas mettre Emma dans une situation trop embarrassante.

— Nous devrions le dire aux filles, murmura-t-elle.

—Vous avez raison. Commençons par elles, d'accord ? Ensuite, nous verrons tante Bea… et Meg, bien entendu. Vous père assistera au bal. Nous pourrons donc lui parler ce soir.

—Pensez-vous qu'il sera surpris ?

—Non, je ne le crois pas. (Charles n'allait quand même pas dire à Emma que son père serait en quelque sorte soulagé.) Je lui ai déjà demandé la permission de vous faire la cour, précisa-t-il.

—Ah bon ?

—Bien entendu. N'ayez pas l'air aussi étonnée. Pensiez-vous que j'étais un tel malotru que je n'en parlerais pas à votre père ?

Emma haussa les épaules, ce qui fit bouger ses seins d'une manière fascinante.

—Eh bien… Disons que je n'y avais pas pensé.

Charles grommela et se força à se lever. S'il posait encore un regard sur Emma, il ne pourrait résister. Il baissa les yeux vers le sol. Quelque chose étincelait dans la lumière du matin. Il se pencha en avant afin de comprendre ce qu'il regardait.

Près de l'endroit où Emma disait avoir vu un fantôme la veille au soir se trouvait la chaîne d'une montre de gousset qui n'avait rien de spectral.

—Qu'est-ce que c'est ? demanda Emma en se déplaçant sur le lit pour mieux voir ce que Charles venait de ramasser par terre.

—Une chaîne avec une ornementation qui devait être attachée à une montre de gousset. (Il lui montra le disque d'or qu'il tenait dans sa paume.) C'est un doublon espagnol. (Il le soupesa.) Bien trop lourd pour un fantôme.

Emma regarda la pièce… et la grande main qui la tenait, l'avant-bras musculeux, le biceps saillant, les épaules, le torse…

—Pourriez-vous passer des vêtements, s'il vous plaît ? finit-elle par dire.

— Hein ? dit Charles en souriant. Serais-je en train de vous troubler, ma chérie ? Votre esprit se concentrerait-il sur autre chose que sur cet objet étonnant ?

Emma s'assit sur ses talons et, de ses deux mains, releva ses cheveux. Le visage de Charles se tendit. Il contempla ses seins un instant avant de baisser les yeux.

Durant les heures qui venaient de s'écouler, Emma avait acquis quelques connaissances. Elle se pencha légèrement en avant, le regard braqué sur la preuve de l'attention de Charles.

— Vous aussi me semblez bien troublé, lord Knightsdale. Je dirais même bouleversé.

— Vous avez raison, ma chérie, concéda Charles avec un sourire. Je ferais bien de mettre mon pantalon.

— Si vous y parvenez, railla-t-elle.

Charles se pétrifia.

— Seriez-vous en train de m'offrir votre aide afin que je sois plus à l'aise dans mes vêtements ?

Emma se glissa hors du lit et s'approcha de lui. Si elle avait réfléchi une seule seconde, elle aurait été stupéfaite par sa témérité. Où donc était passée la fille du pasteur, la vieille fille qui se souciait tant des convenances ? Quand lady Beatrice l'avait enjointe à prendre des risques, ce n'était certainement pas ce tableau qu'elle avait en tête : Emma nue avançant d'un pas nonchalant vers son neveu tout aussi nu.

— Je serai enchantée de vous offrir toute l'aide que vous jugerez nécessaire, dit-elle en serrant les doigts autour du très viril appendice.

— Ma chérie, chuchota-t-il. Nous devons… nous habiller. (Il tressaillit quand elle effleura la pointe de son membre d'un doigt.) Mais croyez bien que je le regrette, ajouta-t-il en repoussant gentiment sa main. Je le regrette même énormément. Je compte sur vous pour vous souvenir de ce que vous étiez en train de faire. Ce soir, après le bal, nous pourrons reprendre là où nous allons en rester.

— Comment serait-ce possible ? demanda-t-elle. Nous ne sommes pas encore mariés.

— Mon amour, le désir finirait par m'achever si nous devions attendre, pour pouvoir reprendre nos explorations mutuelles, que votre père nous prononce mari et femme. Me verrez-vous ce soir, s'il vous plaît ?

Emma n'avait effectivement pas envie d'attendre plusieurs semaines avant de goûter à nouveau aux plaisirs fabuleux que lui avait fait connaître Charles. Elle n'était même pas certaine de pouvoir s'en passer quelques heures.

— Eh bien…

— Nous sommes fiancés, lui rappela-t-il en embrassant le doigt qui portait la bague des Knightsdale. Nous allons bientôt nous marier mais c'est encore loin. Je ne veux pas passer une nuit dans mon lit sans que vous vous y trouviez. Mais je le ferai si vous insistez. Si vous préférez attendre, je… je me ferai une raison.

Emma éclata de rire devant l'air dépité de Charles.

— Ce serait vraiment stupide de ne pas profiter d'une porte totalement dénuée de serrure, n'est-ce pas ? lança-t-elle. Je veux dire… Si j'étais supposée vous garder hors de ma chambre, cette porte aurait une clé, non ?

— En effet, vous avez raison. (Il l'embrassa dans le cou.) Votre esprit est aussi remarquable que votre corps. Vous êtes tellement intelligente. Nous sommes effectivement appelés à partager le même lit. Comment n'y avons-nous pas pensé plus tôt ?

Emma passa la langue sur l'un des tétons de Charles.

— Moi, je n'ai aucune envie de perdre du temps. Et vous ?

— Non, répondit-il. Il n'y a plus un seul instant à perdre. Sauf que, dans l'immédiat, d'autres activités réclament notre attention.

Il la retourna et posa une claque sonore sur ses fesses nues. Tous deux retinrent un instant leur souffle, comme pour mieux profiter du bruit et de la sensation de cette tape enjouée.

— Habillez-vous, maintenant, commanda Charles d'une voix rauque.

Charles passa sa chemise en se disant que s'habiller était décidément une très bonne idée. Les vêtements étaient le meilleur moyen pour se concentrer sur ce qu'il avait à faire – quand cela ne concernait pas Emma, bien sûr. Il s'arrêta sur le seuil de sa chambre.

— Êtes-vous décente ?

— Oui, vous pouvez entrer sans risque, répondit-elle.

Les cheveux d'Emma étaient encore défaits mais, au moins, le reste était présentable. Il s'accroupit près de l'endroit où il avait trouvé la pièce d'or.

— Vous rappelez-vous autre chose concernant ce fantôme ? demanda-t-il.

Il passa la main sur le tapis mais ne trouva aucun autre indice.

— Je ne portais pas mes lunettes. Je n'ai donc pas pu le voir parfaitement. Le voir ou la voir, d'ailleurs. J'imagine qu'il y a des femmes fantômes.

— Emma…

— Oui, bon. J'ai entendu un craquement puis un grattement, comme une porte qu'on ouvre. Une porte aux charnières rouillées. Ensuite, j'ai vu une forme blanche sortir du mur et c'est là que, euh… j'ai hurlé avant de me réfugier sous les couvertures.

— Hum… (Charles se releva et se tourna vers le mur.) Et vous pensez que c'est là que le fantôme est apparu ?

— Il me semble, oui.

Charles examina la surface.

— Quand j'étais petit garçon, mon grand-oncle Randall nous a rendu visite un été, dit-il. C'était avant que vous veniez vous installer à Knightsdale. (Il passa son doigt sur le mur, à la recherche d'une rainure ou d'une saillie.) Le grand-oncle Randall était la brebis galeuse de la famille. Mon père fut extrêmement ennuyé quand il frappa à notre porte, et encore plus quand il resta tout un été, se permettant au passage d'engager un sculpteur pour immortaliser son visage ingrat dans la pierre.

— J'ai vu son buste dans la grande galerie, précisa-t-elle.

— Ce n'était clairement pas le plus beau des Draysmith.

— Non. Rien à voir avec le marquis actuel, dit-elle d'une voix gourmande.

Charles sourit.

— Je ne vous le fais pas dire. C'est bien, continuez comme ça, ma chérie. Je veux que votre cœur s'emballe et que cet émoi se diffuse dans d'autres parties de votre corps dès que vous pensez à moi.

— Je crois que je vais plutôt garder le silence, fit-elle, soudain sérieuse. Cela m'évitera d'alimenter votre amour-propre, qui se porte apparemment très bien.

— Allons, ne vous gênez pas. Il m'en coûte mais je suis prêt à accepter tous les éloges que vous ferez à mon endroit.

Charles fronça les sourcils en regardant le mur. *Que je sois maudit s'il y a la moindre aspérité ou le plus petit renflement*, pensa-t-il.

— Toujours est-il que grand-oncle Randall passa une bonne partie de son séjour à boire le brandy de mon père quand il ne le cuvait pas, reprit-il. Paul et moi le prenions pour un pirate. Il avait sans doute dû nous raconter une ou deux histoires se déroulant en mer mais, comme il était le plus souvent ivre, nous ne l'avons pas cru. Cela dit, chercher un trésor enterré restait une manière très agréable de passer l'été, même pour Paul qui ne goûtait pas vraiment ma compagnie.

— Paul ne recherchait pas vraiment la compagnie de qui que ce soit, dit Emma posément.

Charles haussa les épaules.

— Vous l'avez à peine connu. Cela n'a pas dû être simple de devoir assumer le titre aussi jeune. Il n'avait que quatorze ans quand notre père est mort.

— Non. Vous devez avoir raison, admit-elle.

Charles posa les mains sur les hanches et observa le mur. Il était à deux doigts d'y donner des coups de pied mais cela n'aurait pas été une bonne méthode.

— En plus de nous raconter des histoires de pirates, le grand-oncle Randall nous avait dit qu'il existait tout un réseau de galeries à l'intérieur des murs de Knightsdale. Un jour de pluie, nous avons cherché mais, ne trouvant rien, nous nous sommes dit qu'il s'agissait d'un de ses délires d'ivrogne. Aujourd'hui, j'en suis moins sûr.

*Voire pas sûr du tout.* Le fantôme de Nanny, l'incendie dans la première chambre d'Emma, l'apparition de la nuit précédente… Quelqu'un se promenait à sa guise dans Knightsdale et, selon Charles, il ne s'agissait pas d'un esprit. Mais où diable se trouvait la porte de ce satané passage ?

— Euh… Mr Stockley inspectait les tableaux de la grande galerie, hier, dit Emma en examinant une toile représentant un paysage.

— Ah oui ? répondit Charles, désormais prêt à attaquer le mur à coups de poing.

— Oui. Et il s'est comporté de manière étrange dans la grotte.

— Il n'était pas le seul. Quand j'ai pénétré dans cette grotte, je vous ai tout de suite trouvé l'air bizarre. On aurait dit de la culpabilité.

— Je ne vois pas du tout de quoi vous voulez parler. Oh !

— Qu'y a-t-il ?

— Il y a quelque chose qui ressemble à un petit levier, là. Attendez. Je ne peux pas…

— Laissez-moi voir.

— Ne poussez pas. C'est juste là.

Charles suivit les doigts d'Emma. Le tableau était trop lourd pour être complètement retiré du mur mais ils parvinrent à l'écarter suffisamment pour y glisser les mains. Charles sentit ce dont Emma parlait. Ce n'était pas très loin du cadre. Il aurait été incapable de plonger ses doigts beaucoup plus loin.

— Je ne peux pas le déplacer. Est-il possible de l'abaisser ? demanda Emma.

Elle essayait de discerner quelque chose dans la zone d'ombre à l'arrière du tableau, là où se trouvait la main de Charles.

— On dirait. Oui, ça y est, annonça-t-il en le faisant basculer.

Il y eut un craquement et…

— Regardez ! s'écria Emma en se retournant, bousculant Charles au passage.

Une partie du mur s'était ouverte.

— Mettez quelque chose pour bloquer le passage au cas où il se refermerait quand je vais lâcher le levier, voulez-vous ? demanda Charles.

— Entendu.

Emma jeta un coup d'œil alentour puis choisit d'utiliser sa brosse à cheveux.

— Voilà qui est fait, annonça-t-elle.

Il lâcha le mécanisme. La porte resta ouverte. Emma avait déjà pénétré à moitié dans le passage.

— Mais que faites-vous ? s'exclama-t-il en la prenant par le bras. Sortez de là-dedans. On dirait Prinny devant le terrier d'un blaireau.

— C'est très poussiéreux et très sombre. Allez chercher une bougie, Charles.

Charles n'appréciait guère qu'on lui donne des ordres de la sorte.

— Je commence à comprendre pourquoi Meg vous considère comme difficile à vivre.

Emma revint sur ses pas jusqu'à pouvoir le regarder dans les yeux.

— Que voulez-vous dire ?

—Je veux dire que je n'irai pas chercher de bougie tant que vous ne serez pas sortie de cet endroit, décréta-t-il.

Emma fronça les sourcils et releva le menton.

—Ah oui, vraiment ?

Il ne répondit pas et garda une expression impassible. Il avait adopté cette manière de faire en s'occupant de jeunes recrues qui se comportaient de manière trop fougueuse. Dans ce genre de cas, le silence était souvent la meilleure tactique.

—Oh, très bien ! Si vous voulez vous montrer têtu…

—Vous avez tout compris.

Emma sortit complètement.

—Mais n'imaginez pas que je vais rester dehors, lui dit-elle. Vous devez me laisser regarder à l'intérieur.

—Ah ? Et pourquoi donc ? demanda Charles en allumant une chandelle.

—Ce n'est que justice. Si je n'avais pas été là, vous n'auriez jamais trouvé comment ouvrir cette porte.

—Oh, je crois que j'aurais bien fini par le découvrir, dit-il en pénétrant dans le passage.

—Charles, je ne vais pas m'enfuir en courant dans les oubliettes de Knightsdale, voyons ! Je veux juste inspecter cela avec vous.

—C'est vraiment très étroit, dit Charles.

Effectivement, le passage ne faisait guère plus qu'une quarantaine de centimètres de large. Il dut se tourner sur le côté pour se déplacer.

—Et c'est très sale, ajouta-t-il.

—Un peu de saleté ne m'a jamais fait peur, annonça-t-elle bravement.

Charles jeta un regard dépité à la manche de sa chemise, désormais plus grise que blanche.

—C'est nettement plus qu'un peu de saleté, ma chérie. Les femmes de chambre ne font jamais le ménage ici, vous savez ?

— Oui, je m'en doute. Vous ne parviendrez pas à me dissuader de venir alors vous feriez mieux d'arrêter d'essayer et de vous pousser.

— Comme vous voudrez. Mais au moins attachez vos cheveux et passez une charlotte. Vous ne voudriez pas qu'une araignée fasse son nid dans vos jolies boucles.

Emma s'arrêta net.

— Vous pensez qu'il y a des araignées là-dedans ? demanda-t-elle, soudain prudente.

— Oui, des tas. Des noires bien dodues et des brunes toutes fines avec de longues pattes…

— Vous pensez vraiment qu'il y a des araignées ? répéta-t-elle.

Charles haussa les épaules. Il aurait dû penser plus tôt à l'aversion d'Emma envers ces petites bêtes.

— Oui. Et c'est sans compter leurs toiles. Vous savez, ça se colle à vos mains et à votre figure et vous ne pouvez plus les enlever.

— Je ne devrais peut-être pas… Ce serait peut-être mieux si je demeurais ici. Comme ça, si vous restez bloqué, je pourrai aller chercher de l'aide.

— Excellente idée, dit Charles en lui souriant.

Emma ramena une mèche derrière une oreille mais cet effort fut vain. Ses cheveux étaient trop épais et bouclés pour rester en place sans être solidement maintenus par des épingles.

— Comment voulez-vous procéder, Charles ? Vous n'allez pas avancer au hasard dans ces passages.

— Ces passages grouillant d'araignées, précisa-t-il, perfide.

Emma frissonna.

— Exactement. Vous devez prévoir un plan. (Elle se mordit la lèvre.) Il serait facile de se perdre.

— C'est vrai, admit-il.

Emma avait raison, il fallait qu'il décide de la marche à suivre. Il revint dans la chambre.

— J'espère que ce n'était pas votre chemise préférée, lui dit-elle.

Il éclata de rire.

— Si cela avait été le cas, ça ne l'est plus.

— Vous devriez peut-être vous en débarrasser discrètement une fois que vous aurez terminé vos explorations. Il ne faudrait pas que Mr Henderson nous fasse une apoplexie.

— Sans doute.

Charles essaya de faire disparaître le plus gros de la poussière de ses vêtements.

— Oh, regardez, l'une de ces fameuses araignées.

Emma cria et bondit en arrière.

— Tuez-la.

— Quelle cruauté. Vous en êtes sûre ?

— Oui.

Il rit et, du revers de la main, fit tomber la pauvre bête au sol avant de l'achever sous sa semelle.

— Et moi qui vous prenais pour une âme charitable et douce.

— C'est le cas mais je ne supporte pas les araignées.

Emma examina de loin la trace informe sur le plancher.

— Elle est bel et bien morte, ma chérie, dit-il en souriant. N'ayez aucune crainte. Je me ferai un devoir de vous protéger de toutes les méchantes araignées du monde.

— Je n'en doute pas, marmonna Emma, l'air préoccupé. À votre avis, où va ce passage ? Croyez-vous qu'il donne accès à toutes les chambres du manoir par des portes dérobées ?

— Cela m'étonnerait. Je pense plutôt qu'il va des chambres du propriétaire des lieux et de son épouse jusqu'à une sortie donnant vers l'extérieur.

— Et que faites-vous du fantôme que Nanny dit avoir vu dans la nursery ?

— Oui, il y a aussi cette affaire. Je me suis également demandé comment le feu qui vous a obligée à venir vous installer ici a pu se déclencher.

—Je n'étais pas obligée de m'installer dans cette chambre, dit Emma en rougissant. J'aurais très bien pu partager celle de Meg.

—Non, vous n'auriez pas pu. La chambre de Meg est toute petite et ne comprend qu'un lit étroit. De plus, si j'ai bien compris les racontars des femmes de chambre, c'est devenu une vraie jungle.

—Euh..., balbutia-t-elle.

—Et si vous aviez dormi dans la chambre de votre sœur, mon amour, je n'aurais pas trouvé la situation très pratique.

—Ce qui aurait été une très bonne chose! lança Emma alors que le rouge de son teint s'intensifiait.

—Ce qui n'aurait été en aucun cas une bonne chose, répondit-il.

Se priver des activités de la veille au soir et de leur réveil aurait été une tragédie qu'il se refusait à envisager.

—Oui, bon, euh... Revenons au sujet qui nous occupe, dit-elle. Quel est le sujet qui nous occupe, déjà?

—Les passages et les explorations, ma chérie. (Charles sourit en pensant combien il aurait aimé explorer son corps à elle.) Je parle d'architecture, hélas, précisa-t-il.

Emma fronça les sourcils et lui lança un regard sévère. Elle ouvrit la bouche puis la ferma. Apparemment, elle jugea plus judicieux de ne rien ajouter.

—On dirait qu'il y a d'autres entrées, dit Charles. Je n'en serai certain qu'après avoir un peu avancé.

—Vous êtes certain que vous pourrez ressortir?

—Je vais examiner le système de fermeture de ce côté pour voir comment il fonctionne.

Emma ouvrit la porte en grand et jeta un regard nerveux vers cette obscurité où pullulaient très certainement des hordes d'araignées.

—Je ne vois rien ici, finit-elle par admettre.

—C'est certainement contre le mur à l'intérieur. Je ne pense pas que le loquet soit dissimulé. Cela ne servirait à rien. J'imagine que cela a été conçu afin qu'une personne se trouvant dans ce passage puisse le trouver facilement.

—À moins que vous ne vouliez pas que quelqu'un entre dans la pièce en venant du passage dans le mur.

—Vous avez raison.

Charles leva la flamme de la bougie, à la recherche de la solution à leur problème. En se basant sur sa propre taille, Charles estima à quelle hauteur environ devait se trouver le système d'ouverture. En outre, celui-ci ne devait pas être trop éloigné de la porte dans la mesure où le passage, très étroit, réduisait les mouvements. Tout cela réduisait les possibilités à une zone assez limitée. Et pourtant, il ne trouvait pas le mécanisme.

—Fermez la porte. Voyons si je peux l'ouvrir.

—Il n'en est pas question ! s'exclama-t-elle.

—C'est le seul moyen pour comprendre ce système, lui dit-il.

—Je ne sais pas. Tout ce que je sais, c'est que cette porte est ouverte pour l'instant. Si je la ferme et que vous ne parvenez pas à la rouvrir... Non, je ne veux pas y penser.

—Mais Emma...

—Non. Inutile d'insister, milord. Je ne prendrai pas le risque de vous enfermer dans les murs de Knightsdale.

—Vous êtes décidément très têtue.

—On me l'a déjà dit, oui.

Charles affronta le regard d'Emma et elle ne cilla pas. Il était clair qu'elle n'allait pas faire le moindre compromis.

—Bien. Alors que proposez-vous ? demanda Charles d'un ton énervé.

—Pourquoi ne pas essayer de voir si vous pourriez trouver le chemin de la nursery ? Il doit y avoir une porte qui y mène puisque c'est là que Nanny a vu son fantôme. Je vais y emmener Isabelle, Claire et Prinny, et nous allons faire du bruit. Cela devrait vous aider à localiser l'accès, non ?

—Oui, je suppose.

— Et cette porte-ci doit rester ouverte. En fait, nous allons y poster Mr Henderson pour qu'il la garde. Comme ça, personne ne pourra venir pour vous enfermer.

— Je doute que cela se produise.

Emma le saisit par les bras.

— Mais comment pouvez-vous dire cela ? Il se passe quelque chose de très bizarre et nous ne savons pas qui est derrière tout ça.

— Vous pensez ? Je serais prêt à parier que Stockley y est mêlé. D'ailleurs, je ferais bien de demander à l'un des valets de le surveiller. Cet homme m'a semblé antipathique dès l'instant où je l'ai vu.

— Mais Mr Stockley vient de s'installer dans la région. Comment pourrait-il connaître ces passages secrets ?

— Voilà une question très intéressante, reconnut-il. Et je pense que la réponse ne le sera pas moins. Maintenant, si vous voulez bien m'excuser…

Emma se cramponna à son bras.

— Allez chercher Mr Henderson, s'écria-t-elle.

— Emma.

— Allez d'abord chercher Mr Henderson ou je vous jure que je vais hurler et taper du pied.

Charles sourit. Il avait du mal à imaginer Emma faisant un caprice mais elle semblait très sérieuse.

— Allez chercher Mr Henderson, Charles.

— Bon, très bien. Si vous insistez.

# Chapitre 15

Emma regarda Charles s'engouffrer dans l'ouverture.

— Vous veillerez bien à ce que personne ne touche à cette porte. Entendu, Mr Henderson ?

— Oui, Miss Peterson.

Elle inspecta l'entrée du passage pour s'assurer qu'il n'y avait pas d'araignée puis se pencha en avant. Charles n'avait pas beaucoup progressé.

— Soyez prudent, lui lança-t-elle.

Il tourna la tête et lui sourit.

— Promis. De toute façon, cet endroit est trop étroit pour avancer rapidement.

— Vous n'allez pas rester coincé, au moins ?

— Non, la rassura-t-il. Viendrez-vous à mon aide si cela se produit ? Braverez-vous les araignées ?

— Soyez certain que j'enverrai quelqu'un vous chercher.

L'image de Charles bloqué à l'intérieur des murs de Knightsdale dérangeait Emma au plus haut point. Cela évoquait pour elle les poncifs des romans gothiques où l'on croisait des squelettes et des fantômes.

— Essayez donc de taper sur le mur, lui demanda-t-elle.

— Pourquoi ?

— Faites-le, je vous prie.

— Très bien mais il n'y a pas beaucoup de place ici. Je ne pourrai rien faire de mieux qu'une petit claque amicale, dit-il en s'exécutant.

— C'est suffisant pour qu'on vous entende, dit Emma. Si vous vous retrouvez enfermé ou que vous vous perdez, frappez et nous vous trouverons. Je demanderai qu'on abatte le mur si nécessaire.

— Du calme, Emma. Knightsdale a été construit il y a des centaines d'années. Je ne suis pas certain qu'il soit prudent d'y abattre un mur.

— Arrêtez de plaisanter, milord. Moi, je suis certaine. Et maintenant, faites aussi vite que vous le pourrez. Mr Henderson est là pour monter la garde. Je vais aller vous attendre dans la nursery. Ne vous égarez pas.

— Entendu, madame. Je vais faire de mon mieux.

Emma recula pour ressortir et essuya énergiquement ses vêtements pour en enlever d'éventuelles araignées.

— Assurez-vous que personne ne ferme cette porte, Mr Henderson.

— Oui, Miss Peterson. Inutile de vous inquiéter. Personne n'approchera.

— Des événements très étranges se sont déroulés, Mr Henderson. Soyez vraiment sur vos gardes.

— Miss Peterson, je vous en prie... Je ne permettrais pas qu'il arrive quoi que ce soit de fâcheux à monsieur le marquis.

— Non, bien sûr que non.

Emma tenta de se rassurer et de se calmer. Son imagination s'emballait.

— Je suis tout simplement un peu nerveuse, avoua-t-elle. Ce n'est pas tous les jours qu'on découvre un passage secret dans sa chambre.

Mr Henderson lui sourit franchement.

— Sur ce point, je ne peux que vous donner raison. Mais, si je puis me permettre, vous devriez vous rendre à la nursery pour y retrouver monsieur le marquis.

— Oui, oui. J'y vais.

— Et ayez la bonté de lui demander de retourner dans sa chambre dès qu'il sera sorti, lui lança Mr Henderson. Je pense que ses vêtements auront besoin d'être nettoyés.

Emma se précipita vers le vestibule. Où Charles se trouvait-il ? Quelle distance avait-il déjà parcourue ? N'allait-il pas se retrouver coincé ? Non, certainement pas. Elle avait tort de s'inquiéter. La personne qui utilisait ces passages ne s'y était pas retrouvée bloquée. Il n'y avait donc aucune raison d'imaginer que cela puisse arriver à Charles. Il n'était pas aussi rondouillard que Mr Begley.

Prinny l'accueillit à la porte de la nursery par son traditionnel aboiement frénétique.

— Je lui ai fait faire sa promenade du matin, Miss Peterson.

— Merci, Isabelle, dit Emma. Je vous présente mes excuses de vous avoir laissée vous acquitter de cette tâche. Je me suis montrée négligente.

— Ce n'est pas un problème. J'adore me promener avec lui.

Emma, qui s'était agenouillée pour caresser le petit chien, leva la tête vers Isabelle et Claire. Les deux fillettes la regardaient avec un intérêt plus marqué qu'à l'ordinaire.

— Avez-vous bien dormi la nuit dernière, maman Peterson ?

Isabelle donna un petit coup de coude à Claire, et Emma rougit. Se pouvait-il que ces gamines soient au courant de ses activités de la nuit ? Comme il était impossible pour elle de répondre à cette innocente question sans afficher un air coupable, elle préféra passer outre.

— Mesdemoiselles, vous souvenez-vous de la nuit où Nanny nous a parlé d'un fantôme ? Pourriez-vous m'aider à trouver l'endroit précis où elle pense l'avoir vu ?

— Par ici, maman Peterson. Dans la salle de classe. Je suis certaine que c'était là, près de l'étagère où se trouvent mes poupées.

— Je pense que vous avez raison, Claire.

Emma tapa sur le mur puis écouta. Rien.

— Votre oncle a découvert des passages dans les murs, il est en train de les explorer. Nous pensons qu'il pourrait y avoir une porte débouchant dans cette pièce.

— Des passages secrets ! s'écria Claire en sautillant.

— Il n'est pas question que vous y mettiez ne serait-ce que le quart d'un petit orteil, lady Claire, lui annonça sèchement Emma. Il y fait tout noir, c'est sale et bourré d'araignées.

— J'adore les araignées, déclara la gamine.

Emma resta un instant bouche bée avant de pouvoir articuler :

— Vraiment ?

Claire hocha la tête avec enthousiasme.

— Oui, je… Oh, regardez Prinny.

Prinny reniflait la base du mur avec soin. Soudain, il se mit à aboyer et à gratter comme s'il cherchait à creuser dans les plinthes.

— Qu'y a-t-il, Prinny ? demanda Claire en se penchant vers le chien comme s'il allait lui répondre.

Emma, de son côté, attendait une réponse venant du mur.

— Charles ! cria-t-elle.

Elle frappa si fort sur la surface plane qu'elle craignit un instant de pouvoir la casser.

— Charles, vous êtes là ? demanda-t-elle à nouveau. La paix, Prinny ! Je n'entends rien. Charles !

— Miss Peterson, si oncle Charles s'apprête à sortir du mur, je pense que nous devrions lui laisser de la place, dit Isabelle.

— Oui, vous avez sans doute raison, reconnut Emma après une hésitation. (Elle recula.) Claire, pourriez-vous éloigner Prinny également ?

La porte avait désormais toute la place nécessaire pour s'ouvrir. Emma attendit. Rien. Prinny aboya et se démena mais Claire le tenait bien.

— Ne pensez-vous pas que quelque chose aurait déjà dû se passer ? demanda Emma sans s'adresser à personne en particulier.

— Ça ne fait pas si longtemps, maman Peterson.

*J'ai l'impression que cela fait une éternité,* voulut s'écrier Emma. Mais elle se tut. S'en prendre à Claire n'aurait servi à rien.

— Surtout, retenez bien Prinny. Si… Quand la porte s'ouvrira, il ne faut pas qu'il se précipite dans le passage. Nous ne le retrouverions plus.

— C'est on ne peut plus vrai, déclara une voix d'homme.

— Charles ! s'exclama Emma.

Une partie du mur s'était ouverte et Charles se tenait devant elles, souriant, avec des traces noires sur le visage et des toiles d'araignées plein les cheveux. Il était magnifique. Emma aurait voulu se jeter dans ses bras pour le serrer contre elle.

Il dut percevoir un éclat particulier dans les yeux d'Emma car son sourire se fit plus malicieux et il ouvrit les bras.

— Qu'est-ce que cela veut dire, Emma ? Vous ne m'embrassez pas ? demanda-t-il. Ne me dites pas qu'un peu de poussière et l'appréhension de voir une ou deux araignées vous rebutent.

— Charles ! Je veux dire, lord Knightsdale…

Emma désigna Isabelle et Claire, qui écarquillaient les yeux.

— Allez-vous embrasser Miss Peterson, mon oncle ? demanda l'aînée.

— Oui, sans aucun doute.

— Il n'en est pas question ! déclara Emma.

— Mais vous voulez l'embrasser, n'est-ce pas, Miss Peterson ?

Emma ouvrit la bouche mais ne parvint pas à mentir. Elle sentit une vague de chaleur envahir son visage.

— Ça a marché ! s'écria Claire.

Elle se releva d'un bond et lâcha Prinny.

— Isabelle, ça a marché ! répéta-t-elle.

— Prinny !

Emma se précipita à la poursuite du chien mais c'est Charles qui le rattrapa par l'une de ses pattes arrière au moment où il allait disparaître entre les murs.

— J'aurais dû faire cela plus tôt, dit Charles en poussant la porte dérobée jusqu'à ce qu'elle soit complètement fermée. Qu'est-ce qui a marché, Claire ?

— Claire, intervint Isabelle. Il vaudrait peut-être mieux que tu ne...

Mais Claire ne pouvait plus s'arrêter et dansait d'un pied sur l'autre.

— Isabelle est tellement intelligente. Elle a dit que nous devions nous débrouiller pour que vous vous retrouviez ensemble. Alors nous avons caché la brosse à cheveux de maman Peterson dans votre chambre, papa Charles. Mais ça n'a pas suffi. Alors nous avons dérobé la chemise de nuit de maman Peterson. Et ça a marché ! Vous allez vous marier !

— Claire, oncle Charles ne va pas épouser Miss Peterson tout simplement parce qu'il veut l'embrasser.

— Dites-moi, Isabelle..., commença Charles. J'espère que vous n'envisagez pas d'embrasser des hommes que vous n'avez pas l'intention d'épouser.

— Non, mais... (Isabelle s'arrêta alors pour replacer une mèche de ses cheveux blonds derrière son oreille.) Vous allez épouser Miss Peterson, mon oncle ?

— Oh oui ! Et Claire et vous continuerez à vivre ici. Vous serez nos premiers enfants. Cela vous plairait-il ?

Isabelle hocha la tête. Elle se mordit les lèvres, cligna des yeux puis sauta au cou de Charles en sanglotant.

— Oui. Oui, papa. J'adorerais cela.

Charles obtint des fillettes qu'elles gardent le secret de ses fiançailles avec Emma jusqu'au lendemain. Il ne voulait pas que toute la maisonnée soit au courant avant d'avoir pu en parler à lady Beatrice ainsi qu'au père d'Emma. L'annonce officielle se ferait le soir même, à l'occasion du bal. Mais, avant tout, il avait besoin de se nettoyer. Il était couvert de poussière et de toiles d'araignées, et transportait sans doute un ou deux de ces insectes.

—Il vous a fallu un temps fou pour ressortir du mur, lui dit Emma alors qu'ils quittaient la nursery pour rejoindre leurs chambres.

—Vous avez dû rester au moins…, continua-t-elle. Prinny vous a senti et s'est mis à aboyer.

—Oui, je l'ai entendu, dit Charles. Il m'a fallu un peu de temps pour comprendre comment fonctionnait le mécanisme d'ouverture. C'est un levier situé contre le mur mais il était plus bas que je le pensais. De plus, il fallait le faire basculer vers le haut, pas vers le bas. Et on l'avait huilé.

Emma l'examina avec attention avant de confirmer :

—J'ai remarqué que la porte n'a pas fait de bruit en s'ouvrant, contrairement à celle qui se trouve dans ma chambre.

—Oui. J'imagine qu'en vous envoyant dormir en bas, vous, Nanny et les petites, nous avons permis à notre mystérieux visiteur d'utiliser la nursery comme base d'opération pour ses escapades nocturnes.

—Je suis très contente que vous ayez placé ce fauteuil très lourd devant la porte. Mais, à votre avis, combien y en a-t-il d'autres ?

—Aucune idée. Tout ce que je sais, c'est que je vais assigner l'un des valets de pied à la surveillance de Stockley.

—Et si ce n'est pas lui ? Et même si c'était lui, que chercherait-il ?

—Je l'ignore, reconnut-il. La bonne nouvelle, c'est que nous aurons bientôt fini de nous inquiéter. Dès que nous aurons annoncé nos fiançailles, la plupart de mes invités reprendront leurs malles et partiront à la recherche de nouveaux terrains de chasse. Ici, la biche a été capturée.

C'est précisément cet instant que lady Beatrice choisit pour sortir de sa chambre.

— Bonjour, Charles. Miss Peterson. Quelle biche a été capturée ?

Charles surprit le regard que lady Beatrice lança à la main gauche d'Emma. Il aurait parié que sa tante serait capable de repérer la bague de fiançailles de l'autre côté d'une salle de bal bondée.

— Vous êtes justement la personne à laquelle je souhaitais parler, ma tante. Pouvez-vous m'accorder un instant ?

— Mon temps est entièrement à votre disposition, Charles. Je vous en prie, passons dans mon petit salon.

— Parfait.

Charles s'effaça pour laisser passer les deux dames puis les suivit avant de refermer la porte derrière lui.

Le petit salon de lady Beatrice était décoré dans d'agréables tons verts accentués par la présence d'un énorme chat roux sur la banquette près de la fenêtre. Queen Bess bâilla et s'étira avant de reprendre sa sieste. La tante de Charles jeta un nouveau coup d'œil vers la main d'Emma.

— Comme vous l'avez très certainement remarqué, Emma porte la bague de fiançailles des Knightsdale, dit le marquis.

Lady Beatrice accueillit cette confirmation avec un grand sourire.

— En effet, j'avais remarqué. C'est parfait. Je suis tellement heureuse.

Elle prit Emma dans ses bras puis Charles, puis Queen Bess. Sa Majesté n'apprécia guère qu'on ose déranger son sommeil. Elle quitta la banquette et se réfugia dans la pièce adjacente.

— Quand en ferons-nous l'annonce ? demanda lady Beatrice. Au bal de ce soir, je présume.

— Ce serait la meilleure solution, confirma Charles. Le révérend Peterson assistera au dîner précédant le bal. Bien entendu, j'ai eu sa permission pour faire la cour à sa fille. Emma et moi-même lui dirons ce soir qu'elle a accepté ma demande.

— C'est parfait ! Et vous vous marierez l'an prochain à l'église St George de Hanover Square, déclara lady Beatrice en faisant un petit bond enthousiaste, un peu à l'image de ceux de Claire. Ce sera l'événement mondain de la Saison prochaine.

— Je suis désolé de vous décevoir, ma tante, mais ce ne sera pas possible. Nous allons nous marier à Knightsdale dès que les bans seront publiés.

Lady Beatrice arrêta net la valse qu'elle avait entamée dans le salon.

— Vous ne pouvez pas vous marier si vite. Les gens vont jaser.

— Qu'ils jasent, lança Charles, d'un ton sans appel.

Lady Beatrice se tourna vers Emma.

— Miss Peterson… Emma… Je suis certaine que vous aimeriez faire un grand mariage à Londres, non ? demanda-t-elle.

— En fait, lady Beatrice, je préférerais vraiment être mariée par mon père à Knightsdale. Je n'ai jamais mis les pieds à Londres. Cela en plus du mariage, ce serait tout simplement trop.

— Oui, je comprends votre point de vue. Mais, tout de même, se marier si vite.

— J'ai vingt-six ans. Je n'ai plus de temps à perdre.

— Certes, admit lady Beatrice en lançant un regard à Charles.

Celui-ci haussa un sourcil et croisa les mains dans le dos. Sa tante hésita un instant, avant de poursuivre :

— Emma, vous ne bénéficiez pas de la présence d'une mère pour vous conseiller. En conséquence, vous ne percevez pas les répercussions qu'aurait un mariage aussi hâtif. Ce que je veux dire, ma chère, c'est que si vous vous mariez trop vite, les gens s'imagineront que vous avez déjà consommé votre union.

Emma devint aussi rouge que la robe de chambre de lady Beatrice. Cette dernière se tourna à nouveau vers Charles.

— Bien. Je vois. Alors c'est entendu. Vous vous marierez dans le mois.

Charles lui sourit.

— Je pense vraiment que ce serait pour le mieux.

Il s'écarta de la porte avant de reprendre :

— Parlons maintenant d'autre chose… Ma tante, vous êtes-vous souvenue de quoi que ce soit concernant Mr Stockley ? L'autre soir, vous aviez dit qu'il vous était familier.

Lady Beatrice hocha la tête.

— Asseyez-vous, s'il vous plaît, leur demanda-t-elle.

Elle s'installa dans un grand fauteuil rembourré tandis que Charles et Emma prenaient place dans le canapé.

— Je dois reconnaître que j'ai eu d'autres soucis, ces derniers temps, leur dit lady Beatrice. Mais, désormais, tout s'est arrangé à ma plus grande satisfaction. (Elle leur adressa un grand sourire puis tourna son regard vers une grande nature morte accrochée au mur.) Pour revenir à Mr Stockley, je pense qu'il est lié d'une manière ou d'une autre à l'oncle Randall.

— Mon grand-oncle Randall ?

Charles se pencha, les coudes sur les genoux. Il n'avait jamais discuté de Randall avec personne d'autre que Paul à l'époque où ils jouaient aux pirates. À une seule occasion, il avait failli aborder le sujet avec son père mais la très vive réaction de celui-ci aux questions les plus simples l'avait dissuadé de poursuivre.

— Est-ce vrai qu'il était pirate ? demanda-t-il.

— Je pense que Randall préférait le terme de mercenaire. Mais oui, je crois qu'il l'était. Il s'était embarqué alors qu'il n'était encore qu'un enfant. Vous ne l'avez jamais connu, Emma ?

— Non, je ne crois pas.

— C'est bien normal, intervint Charles. La dernière fois que Randall est venu ici, j'avais sept ans. Il est mort peu de temps après. Un jour où il avait bu un peu trop de gin de contrebande, il est tombé d'un quai et s'est noyé.

— Ça, c'est la version de votre père, grommela lady Beatrice.

— S'il y en a une autre, je ne la connais pas.

— Moi non plus, poursuivit lady Beatrice en haussant les épaules. C'est juste que je n'y ai jamais cru. Randall buvait, c'est un fait, et parfois même de manière insensée. Mais il tenait l'alcool. Je ne pense pas qu'il ait pu s'enivrer au point de ne plus savoir où il se trouvait. Je crois plutôt qu'on l'a aidé à tomber à l'eau.

— Vous pensez que la mort de Randall était un assassinat ? s'écria Charles, étonné. Avez-vous parlé de vos soupçons à mon père ?

— Bien entendu, et George m'a ri au nez, trop content de ne plus avoir à se préoccuper de Randall.

Lady Beatrice se tourna alors vers Emma.

— Mon frère et mon oncle ne s'entendaient pas, lui expliqua-t-elle. Nous avons tous grandi ensemble, puisque Randall avait le même âge que George. Notre père est mort quand j'avais deux ans et George, quatre. C'est donc notre grand-père qui nous a élevés, ce qui n'a pas du tout plu à ma mère. Il faut dire que la seconde épouse de mon grand-père, la mère de Randall, était plus jeune qu'elle d'un ou deux ans. La situation était pour le moins inconfortable.

Queen Bess fit son entrée dans le salon et sauta sur les genoux de lady Beatrice. Cette dernière commença à caresser les oreilles de la chatte d'un air absent, puis reprit la parole :

— Randall tenait à ce que George l'appelle « oncle Randall », sans doute parce que cela lui déplaisait. Randall plaisantait sans arrêt alors que mon frère n'avait aucun sens de l'humour. Quand le titre revint à George, ce fut encore pire car il était impensable pour Randall de montrer le respect que George estimait être dû à son rang. J'adorais Randall, mais ce fut presque un soulagement de le voir prendre la mer.

— Hum. J'avais bien vu que mon père était contrarié quand Randall nous rendait visite, dit Charles. Mais je n'y avais pas vraiment prêté attention. La contrariété semblait être un état naturel, pour mon père.

— C'est bien vrai. George était aussi triste qu'une porte de prison, renchérit lady Beatrice. Une porte de prison toute vermoulue. Il m'est arrivé de souhaiter que Randall soit mon frère à la place de George.

— Pourtant, j'ai du mal à imaginer que mon père puisse se réjouir que quelqu'un ait assassiné son oncle, même s'il le détestait.

— Vous avez raison, Charles. George aurait remué ciel et terre pour découvrir la vérité s'il s'était imaginé qu'il s'agissait d'un meurtre car l'assassinat n'est pas une fin digne d'un Draysmith. Mais un banal accident… Voilà qui pouvait arriver à n'importe qui, y compris à un membre d'une famille aussi en vue que les Draysmith de Knightsdale. George a accepté l'explication la plus évidente.

— Mais pas vous, apparemment, glissa Emma.

Lady Beatrice secoua la tête, ce qui fit rebondir ses anglaises grises.

— Non, en effet, admit-elle.

Elle caressa Queen Bess en silence pendant quelques instants avant de reprendre :

— Randall était inquiet, la dernière fois qu'il est venu. J'en suis persuadée. Il buvait énormément.

— Il était ivre la plupart du temps, se rappela Charles.

— C'est vrai, confirma lady Beatrice en soupirant. Ce n'était pas dans ses habitudes. Quelque chose le rongeait. (Elle pinça un instant les lèvres.) Il lui arrivait même de plaisanter sur la mort, se souvint-elle. Enfin, sur le moment, je pensais qu'il plaisantait mais il a demandé à un drôle de petit sculpteur de réaliser son buste. Randall disait qu'il n'était pas éternel et qu'il devait s'assurer que sa place dans la lignée des Draysmith était assurée pour la postérité.

Lady Beatrice termina cette phrase d'une voix un peu tremblante.

— Il n'est peut-être pas utile de nous raconter tout cela, ma tante. Surtout si cela doit vous rappeler des souvenirs désagréables.

Lady Beatrice se tamponna les yeux avec son mouchoir. Pour une fois, elle faisait ses soixante ans.

— Non, je tiens à tout vous raconter, Charles. Je pense rarement à Randall mais, quand cela arrive, je suis très triste. C'est surtout l'incertitude qui me chagrine. Je sens qu'une injustice a été commise et que le fantôme de Randall n'est pas apaisé.

— Vous ne pensez quand même pas que son spectre hante les couloirs de Knightsdale ?

Charles était ravi que ce soit Emma qui ait posé cette question. Il espérait juste que sa tante ne soit pas assez bouleversée pour croire que Knightsdale était effectivement hanté. Heureusement, la vieille femme sourit.

— Bien sûr que non, ma chère. Je ne disais cela que de manière figurative. Si un esprit arpente les galeries de Knightsdale, c'est celui de George. Il était fou de rage au sujet de ce buste. L'idée qu'un artiste local se charge de ce travail allait à l'encontre de son sens des convenances. Si Randall avait l'intention de trouver sa place parmi les portraits de la grande galerie, George tenait à ce qu'un artiste renommé de Londres se charge de le représenter. Il ne voulait surtout pas qu'une œuvre médiocre soit exposée à Knightsdale. Mais il a perdu cette bataille, comme toujours quand il affrontait Randall, ce qui n'a pas amélioré son humeur.

Charles se dit alors qu'il était grandement temps de ramener la conversation sur le sujet principal.

— Et Stockley dans tout cela ? demanda-t-il.

— C'est extrêmement frustrant, répondit lady Beatrice. Je pourrais jurer que Randall a dit quelque chose à son sujet la dernière fois qu'il nous a rendu visite mais je n'arrive pas à me souvenir de quoi il s'agit. J'ai vraiment cherché, je vous le promets.

— Mais, lady Beatrice, Mr Stockley est bien trop jeune pour avoir quoi que ce soit à voir avec la mort de lord Randall.

— Absolument. Je ne parlais pas de Mr Stockley. Je pense que Randall connaissait son père.

— Mais comment se seraient-ils rencontrés ? grommela Charles. Selon moi, Stockley n'a rien d'un membre de la haute société.

— Randall fréquentait rarement le gotha, Charles. Il avait pris la mer alors qu'il était encore très jeune, souvenez-vous. (Lady Beatrice rit doucement.) J'ai autant de mal à l'imaginer aux bals d'*Almack* qu'à imaginer George dans… dans une maison close de bas étage. Dans un bordel de luxe, je ne dis pas… Mais non, d'ailleurs. Pour ce genre de besoins, George préférait rendre visite à Mrs Borden.

Charles observa sa tante avec de grands yeux. Mrs Borden ? La gentille vieille dame qui habitait dans la chaumière près du grand chêne et qui lui donnait des bonbons au citron ?

— Il me semble que Mr Stockley m'a dit que sa famille était dans la marine marchande, dit Emma. Lord Randall a peut-être travaillé sur l'un des navires appartenant aux Stockley.

— Balivernes ! dit lady Beatrice. Je ne pense pas que la famille de Stockley ait jamais possédé le moindre bateau. Il n'a rien d'un homme élevé dans un milieu aisé et, croyez-moi, il faut de l'argent pour entretenir un navire.

— Quant à moi, je n'ai jamais croisé ce Mr Stockley, ajouta Charles.

Il était enfin parvenu à se sortir de la tête l'image dérangeante de son père avec Mrs Borden pour se concentrer sur Stockley. Il se serait forcément souvenu de ce freluquet pédant s'il l'avait rencontré à Londres.

— S'il faisait vraiment partie de la haute société, nous aurions sûrement été présentés à un moment ou à un autre, reprit-il.

— C'est certain, dit lady Beatrice.

Elle fronça les sourcils et arrêta de caresser Queen Bess. Sa Majesté manifesta son désaccord en miaulant et en donnant des coups de tête contre la main de sa propriétaire. Lady Beatrice lui donna une longue caresse allant de la pointe de sa truffe à l'extrémité de sa queue.

— Si seulement j'arrivais à me souvenir, murmura-t-elle.

— J'aimerais tellement pouvoir chasser Stockley d'ici, fit Charles, comme en écho.

Il n'avait aucune envie d'héberger un individu louche, surtout si celui-ci s'intéressait à Emma. Et *a fortiori* s'il pouvait pénétrer de nuit dans la chambre de la jeune femme. Mais ce dernier point pourrait s'arranger facilement. Si Stockley décidait d'aller hanter la chambre d'Emma, il allait avoir une sacrée surprise car Charles était bien décidé à ne plus la laisser dormir seule.

— Lady Beatrice, saviez-vous qu'il y avait des passages secrets dans les murs de Knightsdale ? demanda Emma.

De toute évidence, la tante de Charles était encore préoccupée par Stockley. Il lui fallut quelques secondes pour répondre :

— Comment ? Des passages secrets ? Je pensais que George les avait tous fait condamner lorsqu'il avait hérité du titre.

— Donc vous connaissiez leur existence ?

— Bien entendu, Charles. Ils n'avaient pas grand-chose de secret. Nous les utilisions souvent pour ne pas aller en classe.

— Eh bien moi, je n'étais pas au courant. Je pensais que c'était une autre histoire d'ivrogne signée Randall.

Lady Beatrice haussa les épaules.

— Comme je vous l'ai dit, je pensais que George les avait fait sceller. J'imagine que l'idée qu'il y ait des passages secrets dans sa demeure heurtait ses valeurs. Des invités auraient pu s'en servir pour conduire toutes sortes d'activités immorales. Ce fut d'ailleurs parfois le cas. Mais pourquoi m'en parlez-vous ?

— Parce que quelqu'un les utilise à nouveau, lui confia Charles.

# Chapitre 16

*Qui donc se servait de ces passages secrets ?* Emma réfléchissait à la question pendant que Betty, la femme de chambre de lady Beatrice, la coiffait pour le bal. Charles était certain qu'il s'agissait de Mr Stockley, mais il n'aimait pas cet homme. Soit, elle ne l'aimait pas non plus mais cela ne signifiait pas qu'il se faufilait à l'intérieur des murs de Knightsdale. Toutefois, elle l'avait vu accomplir des actes étranges. Soulever des tableaux pour regarder ce qu'il y avait derrière n'était pas une attitude normale de la part d'un invité, pas plus qu'inspecter les statues et la structure d'une grotte aussi minutieusement qu'elle l'avait vu faire. Il semblait clair qu'il cherchait quelque chose. Mais quoi ?

Si seulement lady Beatrice pouvait se souvenir de ce que lord Randall lui avait dit des années plus tôt. Contrariée, Emma soupira.

— Votre coiffure ne vous plaît pas, mademoiselle ?

— Oh si, Betty. C'est très joli.

Emma prit le temps de se regarder dans le miroir et fut stupéfaite.

— Oh, mon Dieu ! C'est bien plus que joli, Betty. C'est magnifique.

— J'aime mieux ça.

Emma entendit à peine la repartie de la femme de chambre. Elle scrutait son image dans la glace. Lady Beatrice avait gentiment proposé de lui prêter Claudette. Heureusement, Lizzie se trouvait juste à côté. En voyant l'expression d'Emma, elle avait insisté pour qu'elle lui envoie Betty à la place. Emma en était heureuse car non seulement Claudette l'intimidait, mais elle ne voulait pas ressembler à lady Beatrice pour son premier bal. Toutefois, elle n'aurait jamais espéré un tel résultat.

— Je dois m'en aller, mademoiselle. Je dois encore m'occuper de Miss Margaret et lady Elizabeth.

— Allez-y, Betty. Vous avez fait des miracles. Je vous remercie.

Emma continua à s'admirer alors que Betty quittait la pièce. Peu lui importait que la femme de chambre la prenne pour une petite prétentieuse.

Elle se trouvait… Eh bien, aussi belle qu'elle pouvait l'espérer. En tout cas bien plus qu'elle aurait jamais osé l'imaginer. Betty avait réussi à dompter ses boucles rebelles jusqu'à les rendre élégantes, séduisantes, même. Elles semblaient à peines retenues sur sa tête, attendant qu'un homme se décide à ôter quelques épingles pour que ses cheveux retombent en cascade sur ses seins.

Elle rougit, sachant parfaitement à quel homme elle était prête à confier cette tâche.

Par ailleurs, même si elle était vieille de quatre ans, la robe de satin bleu était aussi belle, voire encore plus belle que dans son souvenir. Charles l'aimerait-il ?

Serait-il tenté de voir ce que le décolleté très profond de cette toilette cachait à peine ?

Elle ferma les yeux. Elle l'espérait, elle l'espérait vraiment. Elle adorerait sentir ses mains sur ses épaules et sa poitrine. Elle imagina ses doigts glissant sur sa peau, ses lèvres les suivant de près. Elle rêva qu'il aille directement jusqu'à…

Ses tétons durcirent et son corps tressaillit de plaisir.

— Quelle charmante manière de m'accueillir, ma chérie.

Elle sentit alors le souffle de Charles sur sa poitrine et ses doigts qui se glissaient dans son corset pour taquiner la pointe de ses seins. Elle désirait qu'il y pose sa bouche. Elle se laissa aller en arrière et tourna la tête. Le pantalon de Charles se trouvait juste à hauteur de sa joue, ce pantalon si serré, si révélateur… Elle sourit et y posa la main.

— Quelle audace, Emma.

— Je suis dés…

— Mais non, voyons, ma chérie. J'adore votre audace. Malheureusement, cette fois-ci, nous ne pourrons pas savoir jusqu'où elle aurait pu nous mener. Nous devons assister au bal et il faut que nous ayons l'air présentables. Cela exclut totalement les faux plis et les taches suspectes. (Il lui sourit, malicieux.) Mais après le bal, vous pourrez laisser libre cours à votre audace et à votre imagination. Et si votre imagination vous fait défaut, vous pourrez compter sur moi pour vous faire des suggestions.

Il lui caressa le lobe de l'oreille quelques instants puis lui demanda :

— Me rejoindrez-vous dans ma chambre cette nuit, Emma ? Viendrez-vous faire l'amour dans le lit ancestral des Draysmith ?

Le désir la submergea, l'empêchant de raisonner de façon cohérente.

— Oh oui. Rappelez-moi pourquoi nous devons assister à ce bal ce soir ?

— Parce qu'il s'agit du bal de nos fiançailles. Parce que les gens seront scandalisés si moi, leur hôte, je n'y fais pas une apparition. Et enfin, parce que nous devons dire à votre père que nous nous marions. Je suppose qu'il aimerait le savoir.

— En effet.

Emma prit une profonde inspiration en essayant de penser à autre chose qu'à Charles et à cette chose superbe et magique qu'il cachait dans son pantalon.

— Emma.

— Moui ? fit-elle, rêveuse, avant de remarquer la soudaine intonation sérieuse dans sa voix.

— Mrs Graham sera présente, elle aussi.

— Oh.

Emma se prépara à ressentir le flot de pensées inamicales qui l'inondaient à l'évocation de Mrs Graham mais, apparemment, son désir était si fort qu'il ne laissait la place à aucune autre émotion.

— Mrs Graham. Bien.

Toujours rien. Elle se rappela juste comment Mrs Graham l'avait défendue alors qu'elle se sentait attaquée de toutes parts par la Société pour le Progrès des Femmes.

— Je suis certain que votre père apprécierait énormément que vous parveniez à vous montrer aimable envers Mrs Graham, lui suggéra Charles. Je pense qu'il aimerait obtenir votre bénédiction, ou tout du moins votre consentement, au sujet de leur mariage.

Au mot « mariage », Emma s'attendit à se fâcher. Et pourtant, elle ne ressentit pratiquement rien mis à part de l'excitation car cela évoquait pour elle son union avec Charles.

— Très bien.

Elle se demanda si la colère et la douleur resurgiraient la prochaine fois qu'elle croiserait Mrs Graham.

Charles aurait grandement préféré déshabiller Emma et la porter jusqu'au lit. Il l'aurait d'ailleurs certainement fait s'il n'avait pas fallu ensuite faire face à un énorme scandale. Et il tenait absolument à voir le révérend pour faire publier les bans le plus rapidement possible. La bague de fiançailles qu'Emma portait au doigt constituait, aux yeux de Charles, une justification largement suffisante à leurs ébats. Toutefois, il préférerait y ajouter une alliance avant qu'elle attende son héritier. Si cela était possible, bien entendu. Il n'était absolument pas question qu'il dorme seul pour respecter les convenances. L'idée d'un bébé prétendument prématuré ne lui posait aucun problème.

Mon Dieu, qu'elle était belle ce soir. Quand il était entré et qu'il l'avait vue, les yeux clos, la tête en arrière, ses tétons pointant clairement sous le satin… Et quand elle avait posé la main sur lui.

C'était presque plus qu'il ne pouvait en supporter sans l'entraîner directement vers un lit. Cette robe bleue était obscène. Elle ne laissait guère de place à l'imagination. Ou plutôt, elle était idéale pour exacerber l'imagination d'un homme. Mais aucun autre homme que lui-même n'aurait intérêt à se laisser aller à de telles libertés ce soir-là.

Charles parvint, non sans mal, à penser à autre chose qu'à des draps froissés et à de la peau nue.

— Ma visite n'est pas fortuite, Emma.

Il plongea la main dans sa poche et en tira le collier qu'il y avait glissé un instant auparavant.

— Ce bijou va avec votre bague. Un bracelet et une tiare complètent la parure mais je pense que cela suffira pour ce soir.

Il passa les saphirs autour du cou de la jeune femme et verrouilla le fermoir.

Emma toucha les pierres et secoua la tête.

— Oh, Charles. Elles sont superbes, mais je ne peux pas les accepter.

— Bien sûr que si. Vous allez devenir mon épouse, ma marquise.

Si, alors qu'il vivait à Londres, on lui avait dit qu'il prononcerait un jour les mots « épouse » et « marquise » dans la même phrase sans s'esclaffer, il aurait traité son interlocuteur de menteur. Il était incroyable de constater à quel point les choses pouvaient changer en si peu de temps.

— Si cela peut vous consoler, je ne vous les donne pas vraiment, dit-il. Ils doivent être remis à la marquise en titre. Il se pourrait donc que vous les donniez à l'épouse de notre fils, un jour ou l'autre.

Emma le regarda en cillant.

— Cette phrase recèle plus de nouveaux concepts que je peux en absorber en si peu de temps, admit-elle.

— Alors n'essayez même pas. Contentez-vous de sourire et de porter ce collier.

Il la serra dans ses bras en prenant soin de ne pas froisser sa robe et déposa un léger baiser sur ses lèvres.

— Venez. Allons voir si votre père est arrivé.

Emma découvrit qu'elle pouvait ressentir d'autres sentiments que le désir. Elle se tenait dans le couloir, face à la porte du bureau, cramponnée au bras de Charles. L'enthousiasme, l'inquiétude, l'embarras, la contrition et l'amour lui nouaient tour à tour l'estomac.

— Merci d'avoir installé papa dans votre bureau. Je n'aurais pas pu lui parler devant tout le monde.

— Mrs Graham est peut-être avec lui. Voulez-vous que je lui demande de sortir ?

— Oui. Non. Oh, je ne sais pas. (Elle se mordit la lèvre.) Je ne sais plus vraiment ce que je ressens, avoua-t-elle.

— Vraiment ? Alors je vous suggère d'entrer. Je suis certain que votre père prendra les choses comme elles viendront. C'est en tout cas ce que je compte faire, à moins bien entendu que ma présence vous soit totalement insupportable.

— Ce qui est tout bonnement impensable, murmura-t-elle.

— Parfait. Alors après vous, Miss Peterson.

De la main, Emma arrêta Charles.

— Ne craignez-vous pas que… ? Je veux dire, se pourrait-il qu'ils soient en train de… ? Ne devrions-nous pas frapper ?

Charles lui sourit.

— C'est mon bureau, Emma. Je doute que nous surprenions votre père à faire quelque chose d'autre qu'examiner ma collection de livres.

— Vous croyez vraiment ? La porte est fermée.

— En effet. Et je ne pense pas que Mrs Graham soit assistée par un chaperon.

— Tout à fait !

— Mais ils nous attendent. Je ne pense pas qu'ils soient d'humeur amoureuse. Toutefois, sait-on jamais ? Suggéreriez-vous qu'il me faille veiller à ma vertu chaque fois que nous nous retrouvons seuls derrière une porte fermée ?

— Bien sûr que non ! s'exclama-t-elle.

— Quelle déception.

Charles ouvrit la porte et Emma pénétra dans le bureau. Son père était seul, debout près de la table de travail, les mains dans les poches. Il avait l'air seul et un peu triste. Ses épaules s'étaient affaissées. Elle remarqua que ses cheveux étaient gris. Comment auraient-ils pu le devenir durant les quelques jours qu'elle avait passés à Knightsdale ?

Depuis combien de temps n'avait-elle pas vraiment regardé son père ? Cela lui était-il déjà arrivé ?

— Papa.

Il se tourna vers elle et lui sourit.

— Emma, lord Knightsdale.

— Je vous en prie, appelez-moi Charles. Vous allez devenir mon beau-père, vous savez. Je ne peux pas vous laisser m'appeler « milord » sans arrêt.

Emma constata que le visage de son père s'illuminait. Il la regarda.

— Emma ? Tu vas épouser Charles ?

— Oui, papa. En effet.

Pourquoi ses pieds étaient-ils collés au sol ? Elle aurait dû se précipiter dans les bras de son père. C'était sans doute ce qu'il espérait.

— Où est Mrs Graham ? demanda-t-elle.

— Elle attend dans une autre pièce. Elle pensait que… Disons qu'elle ne fait pas vraiment partie de la famille.

— Elle pourrait.

Le visage du père d'Emma se figea.

— Comment ?

— J'ai dit qu'elle pourrait, répéta Emma. Mrs Graham pourrait faire partie de notre famille si vous l'aimez, papa. L'aimez-vous ?

Le pasteur prit une profonde inspiration.

— Euh... Oui, je l'aime. Mais nous ne voulions pas... Tu es ma fille, Emma. Mes premiers devoirs sont envers toi.

— Non.

Emma fut étonnée de constater à quel point elle était sincère. Elle ne faisait pas que dire ce qu'il fallait pour que son père se sente libre.

— Non, reprit-elle. Je pense que vos premiers devoirs sont envers vous, papa, tout du moins en ce qui concerne cette question. Et également envers Mrs Graham... Harriet.

Emma marqua une pause avant de reprendre :

— Meg pense que vous devriez épouser Harriet. Elle a été la première à constater que vous souriez plus souvent en ce moment, vous paraissez plus heureux.

— Emma...

— Vous vous intéressez à autre chose que vos vieux livres et vos traductions, renchérit Emma. Je pense qu'elle a raison. J'aurais dû m'en rendre compte, moi aussi. Mais j'ai été trop égoïste pour cela et je m'en excuse. Je n'ai jamais voulu vous empêcher de suivre ce que votre cœur vous disait de faire.

Des larmes coulaient sur le visage d'Emma. Le nœud qu'elle avait à l'estomac venait de se délier. Quand son père ouvrit les bras, ses pieds décidèrent enfin de bouger. Elle courut vers lui et le serra fort.

Elle le regarda et constata qu'il pleurait, lui aussi.

— Voilà des nouvelles... intéressantes, Miss Peterson.

Lady Oldston faillit s'étrangler en prononçant ces paroles. On aurait dit Queen Bess s'apprêtant à recracher une boule de poils.

— Effectivement, ajouta Mrs Pelham en reniflant. Je n'aurais jamais cru… Mais d'un autre côté, vous êtes une de ses amies d'enfance, si je ne m'abuse ?

— Oui. Une vieille amie, répondit lady Oldston, en insistant sur le mot « vieille » avec un méchant sourire. J'imagine qu'il y a quelque chose de réconfortant dans cette sorte de familiarité.

Miss Oldston et Miss Pelham se contentèrent de lui jeter un regard chargé de colère. Emma tenta de sourire.

Au moins, les dames de la Société pour le Progrès des Femmes étaient heureuses d'apprendre ses fiançailles. Elles se réunirent autour d'Emma dès que les Londoniennes se furent éloignées.

— Bien joué, dit Mrs Begley. Je suis ravie de constater que vous avez suivi mon conseil.

— Nous attendons un héritier pour dans neuf mois, lança Miss Rachel Farthington.

— Voire plus tôt ! s'exclama Miss Esther en donnant un petit coup de coude à sa sœur jumelle.

Toutes deux se mirent à rire sous cape.

— Je vois que vous avez su profiter au mieux de nos conseils, murmura Miss Russell.

Elle leva les yeux avant de baisser aussitôt la tête en annonçant :

— Le voilà.

— Montrez-vous sous votre plus beau jour, je vous prie mesdames, dit Mrs Begley.

Toutes regardèrent Charles avec de grands sourires. Il eut l'air surpris mais ne se départit pas de son amabilité.

— Bonsoir, mesdames. Veuillez excuser Emma. Elle et moi sommes censés ouvrir le bal.

— Certainement.

— Allez-y.

— Je vous en prie.

— Mon Dieu, qu'il porte bien la culotte.

Le dernier commentaire, formulé par Miss Esther, traversa la salle de bal alors que tout le monde se taisait, attendant la première note jouée par l'orchestre.

— Je dois certainement être en train de rougir, dit Charles en entraînant Emma vers la piste.

— Elle a raison, le taquina Emma.

Elle sentit ses joues s'empourprer alors que l'image de ce que les pantalons de Charles cachaient lui venait à l'esprit.

— Dites-moi, reprit Charles à voix basse. Voilà que vous rosissez tout à coup, ma chérie. Je me demande bien à quoi vous pensiez pour prendre de si charmantes couleurs. Auriez-vous l'obligeance de me le dire ?

— Non, je n'en serais pas capable.

Si elle le faisait, elle serait foudroyée sur place. Elle en était convaincue. Ou pire : l'une de ces deux mégères, lady Oldston et Mrs Pelham, pourrait l'entendre.

— Je sais ce que moi, je pense, continua Charles en virevoltant. Je pense que vous être vraiment très belle dans cette robe… mais que vous seriez encore plus belle sans.

— Charles !

— Je vous imagine étendue nue sur mon lit ce soir.

— Charles !

Cette fois-ci, elle avait dû s'exclamer un peu trop fort. Le duc d'Alvord la regarda et son épouse lui sourit.

— Votre peau douce contre les draps, vos cheveux magnifiques étalés sur mon oreiller…

— Charles !

Emma jeta un coup d'œil autour d'elle. Apparemment, personne n'avait entendu les paroles scandaleuses de son cavalier, qui semblait ne plus pouvoir s'arrêter :

— Vos seins splendides et doux, tendus de désir, appelant ma bouche…

Emma sentit ses genoux se dérober sous elle et une flamme désormais familière s'allumer entre ses jambes.

— … votre taille, vos hanches, l'adorable petit creux qui se trouve entre vos cuisses. Justement, parlons de vos cuisses. Ces cuisses si douces, blanches, accueillantes, attirantes…

— Charles, murmura Emma.

Son nom passa à peine ses lèvres. L'entendre parler de la sorte dans la grande salle de bal, là où tout le monde pouvait l'entendre…

— Je voudrais plonger mon visage entre vos cuisses, vous sentir, vous goûter…

— Charles, si vous n'arrêtez pas immédiatement, je vais… je vais… Bon, je ne sais pas ce que je vais faire mais, croyez-moi, ce sera scandaleux et très embarrassant.

— Vraiment ? Voilà qui promet d'être intéressant.

— Charles…

— Bon, très bien. Je vais me tenir convenablement… jusqu'au moment où vous vous retrouverez dans mon lit.

Il approcha ses lèvres à quelques millimètres de son oreille alors que l'orchestre terminait le premier morceau.

— Et là, je peux vous promettre de me comporter de la manière la plus scandaleuse que vous pourriez imaginer.

— Oh.

Emma pria pour que son visage ne soit pas aussi rouge qu'elle le pensait.

Elle dansa avec le comte de Westbrooke puis le duc d'Alvord. Mr Begley lui servit de cavalier, ainsi que son père. C'est alors que Mr Stockley vint la trouver.

— Félicitations, Miss Peterson. Vous avez gagné le premier prix, dirait-on.

— Je vous demande pardon ?

— Je comprends mieux maintenant pourquoi vous n'avez jamais trouvé ma chambre. Vous étiez déjà bien occupée dans les appartements de lord Knightsdale.

— Mr Stockley, vous vous montrez insultant.

L'homme se contenta de hausser les épaules.

— Toutes mes excuses, je ne voulais pas vous importuner. Nous nous battons tous pour ce qu'il y a de mieux, n'est-ce pas ?

Son regard tomba sur la gorge d'Emma.

— Voilà un collier intéressant.

Il l'observait avec une telle intensité que cela aurait pu s'avérer gênant s'il n'avait pas été aussi flagrant qu'il regardait les bijoux, pas celle qui les portait.

— Merci, lâcha-t-elle.

— Un cadeau de fiançailles ?

— En effet, il fait partie de la parure des Knightsdale.

— Hum...

La musique commença. Chaque fois que les pas de danse ramenaient Emma près de Mr Stockley, celui-ci posait les yeux sur les saphirs des Knightsdale. C'était très étrange. Elle fut soulagée quand la musique s'arrêta enfin. Elle commençait à avoir l'impression d'être une vitrine dans un musée, même si elle était certaine qu'aucun objet digne d'y être exposé n'aurait suscité autant d'intérêt de la part de Mr Stockley que le collier des Knightsdale.

Elle s'éventait près d'une fenêtre quand un serviteur lui apporta une note.

— Merci, lui dit-elle avant de prendre le papier sur le plateau qu'il lui tendait.

Elle ne reconnut pas le domestique en question. Il s'agissait sans doute d'un des extras engagés le temps du bal.

Elle ne reconnut pas non plus l'écriture, mais ne s'en préoccupa plus dès qu'elle prit connaissance du court message.

« Claire a besoin de vous à la nursery. Venez vite. »

À la nursery ? Pourquoi ? Claire n'aurait pas dû s'y trouver à une heure aussi tardive. Quel pouvait être le problème ? Que faisait Nanny ?

Songeuse, Emma tapota le papier au creux de sa main. Toutes ces questions n'avaient aucune importance. Si Claire avait besoin d'elle, il fallait qu'elle y aille. Tout ce que la petite fille voulait, c'était sans doute un peu d'attention ou un baiser avant d'aller dormir. Elle pouvait s'éclipser discrètement quelques instants pour voir ce qui n'allait pas. Personne ne le remarquerait.

Elle monta l'escalier rapidement.

— Claire ? Claire, c'est maman Peterson. Où êtes-vous ? demanda-t-elle une fois sur place.

La nursery était plongée dans le noir et aucun bruit ne se faisait entendre. C'était trop calme. Quelque chose n'allait pas. Emma reprit son souffle. Elle était toute seule. Elle aurait dû dire à Charles où elle allait, voire lui demander de l'accompagner. Elle aurait au moins dû faire un crochet par la chambre de Nanny en montant. Elle fit demi-tour, prête à partir.

— Non, je ne crois pas, s'exclama une voix surgissant de l'obscurité.

Mr Stockley plaqua la main sur la bouche d'Emma et, la maintenant de son bras, il se colla à son dos. Il était très fort pour un homme de sa taille.

— J'ai un couteau, Miss Peterson.

Emma sentit alors un objet pointu lui piquer les côtes, juste au-dessous de son sein gauche.

— Si vous faites le moindre bruit, je vous le planterai dans le cœur. Hochez la tête si vous m'avez compris.

Emma s'exécuta.

— Parfait.

Il relâcha son étreinte mais son arme ne bougea pas.

— Maintenant, je vais vous demander d'enlever ce très joli collier.

Maladroitement, Emma commença à manipuler le fermoir.

— Est-ce donc vous qui êtes passé par les passages secrets, Mr Stockley ?

— Oui, même s'ils ne se sont pas avérés très utiles. Faites vite.

— J'essaie. Ce n'est pas pratique.

Les doigts d'Emma tremblaient trop pour qu'elle puisse ouvrir le mécanisme.

—Claire est-elle ici ? demanda-t-elle.

—Claire ?

—On m'a remis un message…

—Il n'a servi qu'à vous faire venir, dit Stockley. Pour autant que je le sache, votre chère Claire dort gentiment dans son lit. Dépêchez-vous avec ce collier.

Emma sentit le couteau de son agresseur appuyer davantage. Elle se força à respirer calmement, ferma les yeux et se concentra. Le fermoir se libéra enfin. Mr Stockley s'empara du collier.

—Dites-moi où Knightsdale l'a trouvé.

Il ponctua sa question d'une nouvelle poussée de son couteau.

—Où se trouve son coffre-fort ?

—Je l'ignore, lui répondit-elle. Il avait le collier dans sa poche. Je n'ai jamais vu de coffre.

—Hum… Il me faudra donc lui poser la question moi-même, conclut Stockley.

Il attrapa la main droite de la jeune femme et lui tordit le bras derrière le dos. Durant toute cette manœuvre, son couteau resta sous la poitrine d'Emma.

—Je suis certain que cette conversation va beaucoup me distraire, déclara-t-il.

Emma faisait de son mieux pour ne pas paniquer.

—Je n'y comprends rien. Si vous n'êtes qu'un voleur…

Emma eut le souffle coupé par la douleur quand Mr Stockley leva un peu plus haut sa main prisonnière.

—Je ne suis pas qu'un voleur, gronda-t-il. Je ne suis même pas un voleur. C'est à moi.

—Quoi ? Le collier ?

—Non.

Il la poussa vers le fond de la nursery.

— Pas seulement ce collier, poursuivit-il. Tous les autres. Des colliers, des boucles d'oreilles, des épingles à cravate, des bagues, des tiares… Je ne les trouve pas. J'ai cherché. Morbleu, ce que j'ai cherché ! Je sais qu'ils sont là, quelque part. Je vais forcer Knightsdale à me dire où. Je vais lui montrer votre collier et lui dire qu'il ne vous reverra jamais s'il ne me donne pas tous les bijoux. À mon avis, il ne mettra pas longtemps à s'exécuter. J'ai bien vu les regards qu'il vous lance.

Emma tenta de ralentir la marche. Où Mr Stockley l'emmenait-il ?

— Je ne comprends toujours pas. Il y aurait des bijoux cachés à Knightsdale ? demanda-t-elle.

— Oui. Randall les a volés à mon père.

— Vous êtes sûr que…

Du coin de l'œil, Emma aperçut le chandelier posé sur l'étagère de la salle de classe. Parviendrait-elle…

Stockley resserra encore sa prise sur son bras.

— N'y pensez même pas, la prévint-il. Je préférerais vous épargner mais je vous tuerai s'il le faut. Je l'ai déjà fait alors n'allez pas croire que j'hésiterai.

Mr Stockley repoussa le lourd fauteuil bloquant l'accès au passage secret.

— Vous n'avez pas pu tuer lord Randall, dit Emma. Vous étiez trop jeune à l'époque.

Il la poussa contre le mur et pesa de tout son poids sur elle pour la maintenir en place tandis que, de la main gauche, il fouillait du côté des étagères les plus hautes.

— Évidemment que je ne l'ai pas tué. C'est mon père qui s'en est chargé.

— Et William ?

Emma commençait à se sentir défaillir. Mr Stockley avait-il éliminé le domestique que Charles avait chargé de sa surveillance ?

— Le valet de pied ? Non, je l'ai juste assommé. La plupart des hommes, notamment les grosses brutes comme votre

William, sous-estiment ma rapidité et ma force. Il est ligoté dans ma penderie. Ah, voilà…

La porte s'ouvrit. Emma contempla le passage sombre et sale qui servait d'habitat à des colonies entières d'araignées. Mr Stockley n'oserait quand même pas la forcer à entrer là-dedans ?

— Bien entendu, c'est moi qui ai assassiné le frère du marquis actuel ainsi que son épouse et leurs domestiques, lui dit-il. J'ai grassement payé Atworthy pour qu'il les espionne. C'est lui qui m'a dit qu'ils avaient emporté les bijoux en Italie. J'ai mis leur voiture en pièces et j'ai bien fouillé leurs bagages. Atworthy m'avait menti. Avant que je lui règle son compte, il m'a avoué qu'il avait eu l'intention de leur prendre les bijoux pour lui-même.

Le couteau de Mr Stockley mordit à nouveau la chair d'Emma. Cette fois-ci, elle en fut certaine, il l'avait blessée jusqu'au sang.

— Je vois, dit Emma.

— Plus pour longtemps, rétorqua Mr Stockley, triomphant.

Il la poussa en avant et elle trébucha en entrant dans le passage.

— J'espère que vous n'avez pas peur du noir, Miss Peterson. J'ai oublié de vous amener une bougie.

— Vous n'allez quand même pas…, commença-t-elle.

— Oh que si !

Il lui claqua littéralement la porte au nez. Elle entendit le frottement du lourd fauteuil qu'on remettait en place.

Elle se mordit les lèvres. Elle n'allait pas donner à Mr Stockley le plaisir de l'entendre crier.

# Chapitre 17

*Mais où est donc passée Emma ?* Pour la dixième fois au moins, Charles parcourut la salle de bal du regard. Se pouvait-il qu'il l'ait manquée ? Il fallait admettre qu'elle était petite.

— Ma tante, avez-vous vu Emma ?

— Euh… Maintenant que vous m'en parlez, non, je ne crois pas. Elle se trouve peut-être aux commodités des dames. Je suis certaine qu'elle ne va pas tarder.

Charles secoua la tête et retourna à ses devoirs d'hôte en invitant Miss Russell. Il avait déjà dansé avec chacune des jumelles Farthington. En tout cas, c'est ce qu'il espérait. L'espace d'un instant, il se demanda s'il n'avait pas dansé deux fois avec la même. Ce soir-là, elles s'étaient habillées strictement à l'identique, jusqu'à la couleur du ruban qu'elles avaient noué dans leurs cheveux.

Miss Russell était trop intimidée par sa présence ou trop polie pour lui faire la moindre remarque mais Charles passa la majeure partie de leur danse à chercher Emma du regard. En vain. Quelle femme pouvait passer au bas mot une demi-heure aux lieux d'aisance ?

Il ne voyait plus Stockley non plus. Il se félicitait d'avoir chargé William de le surveiller. Le valet pratiquait la boxe en amateur. Le cas échéant, il aurait donc le dessus sur Stockley. Malgré cela, Charles aurait été bien plus détendu s'il avait pu apercevoir le visage ingrat de ce quidam dans la salle de bal.

À la fin du morceau, il ramena Miss Russell auprès des jumelles Farthington et partit quérir la duchesse d'Alvord. Il allait demander à Sarah de trouver Emma.

Il la trouva en compagnie de son époux et de Robbie.

— Ah, voici le nouveau fiancé ! s'exclama James dans un sourire. Toutes mes félicitations, Charles. Je ne saurais trop te recommander le statut d'homme marié.

— Il va falloir que je me trouve de nouveaux amis, se lamenta Robbie en levant les yeux au ciel. Vous devenez d'un ennui profond, tous les deux.

— Ou alors, tu pourrais envisager de rejoindre notre club, lui proposa James.

Robbie secoua la tête.

— Pas question. Je suis trop jeune pour tomber dans ce piège, dit-il en riant. Où est donc Emma, Charles ? Je suis étonné de ne pas la voir avec toi.

— Je me posais la même question. L'un d'entre vous l'aurait-il aperçue ?

— Non, je ne pense pas, répondit Sarah en fronçant les sourcils. Voulez-vous que j'aille jeter un coup d'œil aux lieux d'aisance ?

— Oui, s'il vous plaît.

— Penses-tu qu'il soit arrivé quelque chose à Emma, Charles ? demanda James alors que Sarah sortait rapidement de la pièce.

— Non. En fait, si. Je ne trouve pas Stockley non plus.

Charles se souvint que William était censé ne pas quitter Stockley d'une semelle mais cela ne suffit pas à atténuer son angoisse.

— Tu ne penses quand même pas qu'Emma te préférerait Stockley ? dit Robbie en attrapant à la volée une coupe de champagne que portait un majordome. Elle n'est pas stupide.

— Non, ce n'est pas ce que je pense.

— Tu crois que Stockley pourrait représenter un danger quelconque ? demanda James d'un ton soudain tendu.

— Peut-être, répondit Charles.

Immédiatement, il comprit que James pensait à son cousin, Richard, qui avait kidnappé et pratiquement violé Sarah au printemps.

— Je ne pense pas que cela soit aussi grave que ce qui t'est arrivé. C'est juste que je n'aime pas cet homme.

Une fois de plus, il parcourut la salle de bal. Emma aurait déjà dû réapparaître.

— Et ? demanda Robbie.

— Et quoi ?

— De toute évidence, tu ne nous dis pas tout.

Charles eut un geste évasif.

— Disons que nous avons constaté quelques coïncidences troublantes.

— Des coïncidences troublantes ? répéta James, un air étonné sur le visage.

— Oui. Quelqu'un s'est servi des passages secrets de Knightsdale.

Robbie faillit s'étouffer avec son champagne.

— J'ignorais qu'il y avait des passages secrets à Knightsdale.

— Moi de même, fit Charles. Donc, la personne qui rôde sur le domaine le connaît mieux que moi.

— Voilà qui n'est guère surprenant, fit remarquer Robbie avant de reprendre une gorgée de champagne. Ton père et ton frère ne t'ont jamais tenu dans la confidence.

— Pour être honnête, je ne me suis jamais vraiment intéressé aux affaires de Knightsdale.

Il sentit une petite tape sur son épaule et se retourna pour se retrouver nez à nez avec Sarah. Emma ne se trouvait pas avec elle.

— Veuillez m'excuser, Charles. Je n'ai pas réussi à la trouver. J'ai demandé à un domestique. Il m'a dit qu'elle avait reçu un message et qu'elle était partie, il y a de cela une bonne demi-heure.

— Bon Dieu ! s'exclama Charles avant de se reprendre. Oh, pardon Sarah.

Il n'aimait vraiment pas l'idée qu'Emma et Stockley soient absents au même moment. Qui avait bien pu envoyer un message à Emma ?

Il sentit la main de James se poser sur son épaule.

— Pouvons-nous t'aider, Charles ? Robbie et moi serions ravis de chercher Emma.

— Ou Stockley, ajouta Robbie.

— Non. Leur absence n'est peut-être qu'une coïncidence. Si cela se trouve, l'une de mes nièces a demandé à voir Emma. Je vais monter pour vérifier. Je suis sûr qu'il n'y a pas de raison de s'inquiéter.

— Très bien, répondit James. Mais si tu n'es pas de retour dans une demi-heure, Robbie et moi irons te chercher.

— Je serai revenu… Mais si ce n'est pas le cas, d'accord. Votre aide sera la bienvenue.

Charles fit un effort considérable pour traverser la salle de bal d'un pas lent. Il ne voulait pas donner à lady Oldston et Mrs Pelham ni à toutes les commères présentes de quoi faire les gorges chaudes. Dès qu'il passa la porte d'entrée, il accéléra. Il courait en atteignant l'escalier et le grimpa quatre à quatre.

Il entra dans la grande galerie et s'arrêta, un pistolet braqué sur sa poitrine.

Mr Stockley lui sourit et dit, d'une voix mielleuse :

— Quel heureux hasard. Voilà justement la personne que je voulais voir.

Emma compta lentement jusqu'à dix puis se mit à tâtonner à la recherche du levier dont Charles avait parlé. Elle regretta de ne pas lui avoir posé davantage de questions. Elle regretta surtout de ne pas avoir exigé qu'il lui montre ce levier. Il avait dit qu'il se trouvait plus bas qu'il le pensait mais Charles était plus grand qu'elle. Où donc se trouvait cet engin ?

Quelque chose passa rapidement sur le dos de sa main. Elle hurla et bondit en arrière, frappant violemment la paroi du passage. Une texture vaporeuse lui caressa le visage.

*Mon Dieu, des araignées !* Il ne fallait pas qu'elle y pense, surtout pas. La seule araignée vraiment dangereuse, c'était Stockley. Si elle cédait à la panique, il parviendrait à prendre Charles dans sa toile. Non seulement cet homme était fou, mais c'était également un meurtrier. Ce n'était pas le moment d'avoir des vapeurs.

Elle avança prudemment jusqu'à la porte et, du bout des doigts, en fit tout le tour. Elle trouva finalement le levier sur le côté droit. Charles avait dit qu'il fallait l'actionner vers le haut. Il bascula facilement. La porte s'ouvrit, mais à peine. Emma la poussa aussi fort qu'elle le put.

Cela s'avéra totalement inutile. La porte ne bougerait plus d'un centimètre. Elle était solidement bloquée par le lourd fauteuil que Mr Stockley avait poussé devant.

Personne, et certainement pas elle, ne pourrait sortir de ce passage de cette manière.

Elle aurait pu crier mais l'étage était désert. Personne ne pourrait l'entendre avant que Nanny et les petites ne reviennent le lendemain matin. Mais il serait alors trop tard. Mr Stockley se serait enfui et Charles… Il ne fallait pas qu'elle pense à Charles.

Il fallait qu'elle découvre une autre porte. Elle allait devoir trouver son chemin dans ce passage complètement noir, sale et grouillant d'araignées.

Elle avait la certitude angoissante que la vie de Charles en dépendait.

Elle passa à nouveau la main autour de cette porte afin d'être capable de reconnaître une issue si elle en touchait une. Il ne fallait pas espérer voir quoi que ce soit dans ce noir absolu.

À nouveau, elle regretta de ne pas avoir posé davantage de questions à Charles. Se trouvait-il d'autres issues à cet étage ? Si les passages avaient été construits pour aider la famille à fuir, c'était peu probable. À ce niveau du bâtiment, il ne se trouvait aucune pièce où la famille pouvait vivre. Cela signifiait donc qu'elle allait devoir redescendre vers l'étage inférieur et certainement pas en passant par un escalier. Il fallait qu'elle se prépare à faire de l'escalade.

Elle se réjouit que l'encolure de sa belle robe de bal soit si basse. Cela lui permit de s'en dégager plus facilement. Elle repoussa fermement la crainte d'exposer ainsi davantage son corps aux galopades des araignées. Elle ne se soucierait de ces bestioles qu'une fois qu'elle aurait prévenu Charles de la folie de Stockley.

Elle posa la main sur le mur et, à tâtons, commença à avancer vers le grand salon. Du moins l'espérait-elle car il aurait été très facile de se perdre dans l'obscurité.

Elle repoussa cette autre crainte tout aussi fermement.

Même si elle mourait d'envie d'avancer plus vite, elle se força à être patiente. Quelque part devant elle se trouvait le passage qui descendait vers l'étage du dessous. Cela n'aiderait pas Charles si, dans sa précipitation, elle y tombait la tête la première.

Un instant plus tard, elle se félicita de sa prudence. Le pied qu'elle glissait en avant se retrouva dans le vide. Elle le ramena brusquement en arrière et se laissa aller contre le mur, le cœur battant.

Une fois que ses jambes arrêtèrent de trembler, elle s'accroupit et posa les mains sur le sol. Elle finit par identifier une échelle. Elle s'y cramponna fermement et commença sa descente dans les ténèbres. Quand l'un de ses pieds toucha à nouveau le sol, elle poussa un soupir de soulagement et se détendit. Elle se tint à l'échelle un instant pour laisser à son cœur le temps de ralentir sa cavalcade. Une fois calmée, elle fit volte-face.

Et s'empêtra directement dans une gigantesque toile d'araignée.

Charles aurait juré avoir entendu Emma hurler, mais de manière étouffée. Stockley, lui, demeura impassible. Le marquis se dit alors que c'était peut-être son imagination. L'esprit peut parfois vous jouer des tours quand on vous menace avec une arme à feu.

— Où est Emma ? demanda-t-il.

— Là-haut. Je ne lui ai fait aucun mal. Pour l'instant. Coopérez et il ne lui arrivera rien.

Charles fit de son mieux pour contrôler sa colère.

— Que voulez-vous ?

S'il parvenait à dialoguer avec cet homme pendant trente minutes, Robbie et James viendraient à son secours. C'étaient des hommes de parole.

— Je veux les bijoux que Randall a volés à mon père.

— Des bijoux, Stockley ? Je ne vois absolument pas de quoi vous parlez.

— Ne commencez pas à me raconter des histoires.

Charles n'aimait pas beaucoup la manière dont Stockley secouait son arme sous le coup de la colère. Il se prit à espérer que la détente ne soit pas trop chatouilleuse.

— Je ne mens pas. Je ne vois vraiment pas de quoi il s'agit. Je n'avais que sept ans quand Randall est mort. Ce n'était que mon grand-oncle et, la plupart du temps, il était en mer.

L'air de rien, Charles prenait ses distances avec l'arme de Stockley.

— Vous en savez bien davantage que moi sur Knightsdale, à commencer par ces passages secrets, poursuivit-il. J'en ignorais l'existence. En revanche, vous semblez les connaître comme votre poche. Comment cela se fait-il ?

Stockley haussa les épaules. Il le suivit alors qu'il se dirigeait vers les effigies de marbre des Draysmith. Charles envisageait de pouvoir l'attirer suffisamment près pour lui en faire tomber une dessus et l'étendre pour le compte. Ce n'était pas un plan très brillant mais il n'en avait pas de meilleur.

— J'ai trouvé un schéma dans les papiers de mon père. Randall et lui étaient associés, lui déclara Stockley d'un ton dédaigneux. Papa a été stupide de penser qu'il pouvait faire confiance à quelqu'un comme Randall. Ils devaient partager les bijoux mais votre grand-oncle a tout gardé pour lui. Il s'imaginait que son neveu de la haute pourrait le protéger. Eh bien son neveu n'était pas là pour le rattraper quand il est tombé du quai, n'est-ce pas ?

— J'imagine que ce pauvre Randall a été un peu aidé pour faire le grand plongeon.

— Un peu qu'il a été aidé ! Si mon père avait eu deux sous de jugeote, il aurait repris les bijoux avant de frapper Randall à la tête.

— Hum. Toujours est-il que cela s'est passé il y a plus de vingt ans. Je dois dire que la soudaineté de votre intérêt pour cette histoire m'intrigue, fit Charles.

Stockley se tenait justement à côté du buste du grand-oncle Randall. L'éliminer grâce à cette statue n'aurait été qu'un juste retour des choses. Charles fit un pas en avant.

— Reculez, lui ordonna Stockley en agitant son pistolet.

Charles s'exécuta, considérant qu'il eût été idiot de tenir tête à un homme armé.

— Cet intérêt n'a rien de soudain, reprit Stockley. Mon père est mort ce printemps. Je suis étonné qu'il ait vécu si longtemps. (Il marqua une pause, l'air visiblement contrarié.) Bon sang, tout ce que nous aurions pu faire avec ces bijoux ! Si j'avais connu leur existence, vous pouvez être sûr que je serais venu plus tôt. Mais je n'en savais rien. J'ai découvert cette histoire en trouvant des papiers dans une boîte sous le lit de mon père. (Sa voix devint un murmure mais il garda son arme fermement braquée sur Charles.) Morbleu ! Je pensais que votre frère avait les bijoux avec lui. Je suis alors allé en Italie et j'ai mis à sac leur calèche pour les trouver. Knightsdale a voulu jouer au héros tandis que sa femme gueulait comme une truie qu'on égorge. Je lui ai tiré dessus en premier pour qu'elle la ferme. Il a fallu que j'élimine les domestiques, eux aussi. Et ces satanés bijoux n'étaient même pas là. (Il se tourna vers Charles.) Ils sont forcément ici, bon sang. Forcément. Pourquoi je n'arrive pas à les trouver ?

Charles se rapprocha du buste de Randall.

— Je vous ai dit de reculer, salopard ! lui ordonna Stockley, son pistolet fermement pointé vers la poitrine du marquis. Si vous voulez vivre, dites-moi où sont ces maudits bijoux.

Charles estima la distance qui le séparait du buste. Stockley se tenait juste à côté de la statue, ce qui n'arrangeait pas ses plans. À moins que Stockley soit le pire tireur du monde, Charles serait mort avant d'avoir pu poser un doigt sur le buste. Apparemment, les trente minutes ne s'étaient pas encore écoulées puisqu'il n'entendait pas Robbie et James se précipiter à sa rescousse.

— Parlez, bon sang !

Charles marqua une pause, comme pour réfléchir.

— Je crains que nous n'ayons un petit problème, Mr Stockley. Figurez-vous que je n'ai pas la moindre idée de l'endroit où se trouvent ces bijoux.

— Menteur ! Espèce de sale menteur ! Stockley leva son arme et la pointa précisément entre les yeux de Charles. C'était votre dernier mensonge, Knightsdale.

Emma retrouva peu à peu ses esprits. Elle frissonna et serra les mains l'une contre l'autre pour les empêcher de trembler. Elle avait enlevé le dernier fil gluant de la toile, elle en était certaine. Mais elle avait l'impression de sentir encore ce contact épouvantable.

Avait-elle encore des fils dans les cheveux… des fils et des araignées ?

La panique menaçait de la submerger de nouveau. Elle ne devait pas céder. Il fallait qu'elle sorte et qu'elle rejoigne Charles.

Mais où se trouvait-elle ? L'incident avec la toile d'araignée lui avait fait perdre tout sens de l'orientation. Dès qu'elle avait senti cette matière ignoble se coller à son visage, elle avait paniqué comme un animal pris au piège. Elle avait hurlé tout en bondissant et en gesticulant comme si elle cherchait à se libérer. Elle s'était frotté le visage de ses mains avant de les passer sur les murs du passage pour en enlever le plus petit morceau de toile. Elle frissonna à ce souvenir.

Il fallait qu'elle choisisse une direction, n'importe laquelle. Elle irait aussi loin que possible puis elle essaierait un autre chemin. Elle n'arriverait à rien si elle s'affolait.

Elle se colla à l'un des murs et, presque immédiatement, entendit des voix d'hommes. Elle fit glisser ses pieds un peu plus rapidement sur le sol. Rien ne garantissait qu'elle allait découvrir une porte s'ouvrant à côté des hommes qu'elle entendait mais elle pourrait peut-être attirer leur attention en tambourinant sur les murs. Il lui suffirait ensuite de leur dire ce qu'elle savait concernant Mr Stockley et ils pourraient prévenir Charles.

Les voix devenaient plus fortes. Dieu merci, elle se dirigeait dans la bonne direction. De son pas glissé, elle se mit à avancer plus rapidement, jusqu'à ce que ses doigts rencontrent une pièce de bois posée à la verticale. C'était le cadre d'une porte. Soulagée, elle s'appuya contre ce montant.

À cet instant, elle entendit des cris. Elle plaqua son oreille contre le mur. C'était la voix de Mr Stockley. Il était tout près, très certainement de l'autre côté de la paroi. Elle pouvait presque comprendre ce qu'il disait. Son ton était furieux et menaçant. Elle entendit alors Charles lui répondre de manière calme et posée, sur quoi Stockley se remit à crier.

On s'acheminait vers une catastrophe, Emma en eut soudain la certitude.

Elle se précipita vers la porte et commença à explorer au toucher le bas du tunnel, à la recherche d'un levier. Il ne s'y trouvait pas. Une nouvelle vague de panique la parcourut.

Elle se força à se concentrer uniquement sur la porte. Là ! Le déclencheur se trouvait juste un peu plus loin sur la droite. Elle tira dessus. Rien ne se produisit. Il y avait des années que cette porte n'avait pas été ouverte.

Stockley hurla de nouveau. Cette fois-ci, elle comprit parfaitement ce qu'il venait de dire.

— C'était votre dernier mensonge, Knightsdale !

Elle n'avait plus le temps. Complètement désespérée, elle poussa le levier vers le haut et se lança contre la porte. Cette fois-ci, elle s'ouvrit en grand. Emma sortit du passage en trébuchant et tomba au sol au moment où retentissaient un grand fracas et une détonation.

Charles regarda le canon de l'arme de Stockley et comprit qu'il ne pouvait plus reculer. Priant pour un miracle, il s'était préparé à plonger sur le côté dès que l'index de l'homme avait commencé à se crisper sur la détente.

Et le miracle se produisit. Un pan du mur situé derrière Stockley s'ouvrit et renversa le buste de Randall, qui tomba sur le bras de Stockley au moment où celui-ci fit feu. L'arme était désormais déchargée et son projectile avait terminé sa course dans le portrait du premier marquis.

Charles plaqua Stockley au sol, sur le ventre, et lui ramena un bras dans le dos.

— Mince, nous avons complètement raté la fête, Robbie.

Le duc d'Alvord venait d'apparaître en haut de l'escalier.

— Je t'avais bien dit que ta montre retardait, James, répondit Robbie tout en se tournant vers Charles. S'il m'avait écouté, nous aurions été là depuis au moins cinq minutes. Mais non, il est inimaginable que la montre du duc d'Alvord fonctionne mal...

— Je commençais à me demander ce qui vous retenait, souffla Charles.

Il resserra son étreinte sur le bras de Stockley alors que celui-ci commençait à se débattre.

— Auriez-vous l'obligeance de m'aider avec ce gaillard ?

— Ce sera avec plaisir. N'est-ce pas, James ? Que s'est-il passé ?

— Je ne sais pas vraiment. Si vous pouviez vous charger de Stockley…

— … tu pourrais en profiter pour ramasser ce fouillis, conclut James d'un air entendu. Je comprends. Cela fait toujours négligé de laisser traîner émeraudes et diamants. N'est-ce pas, Miss Peterson ?

Charles se retourna. Emma était assise sur le sol, couverte de poussière et de toiles d'araignées, ses cheveux décoiffés lui tombant devant le visage. Elle était superbe.

— Emma ! s'écria-t-il.

James s'empara de Stockley alors que Charles se relevait précipitamment.

— Fais attention où tu mets les pieds, lui lança James.

Charles parvint enfin à détacher son regard des yeux d'Emma. Le sol était jonché de tiares, de bracelets, de colliers et de bagues. On ne voyait qu'or et pierres précieuses. La tête de grand-oncle Randall gisait tout près, ouverte en deux après avoir révélé tous ses secrets.

— Il semblerait que nous venions de mettre la main sur le trésor de Mr Stockley, dit Charles.

# Chapitre 18

*Voilà qui conclut les festivités de manière intéressante*, pensa Emma alors qu'elle était assise près du feu pour se sécher les cheveux. Elle était remontée à l'étage dès que Charles l'avait aidée à se relever. Il lui avait donné un léger baiser et lui avait demandé de retourner dans sa chambre, puis il était reparti s'occuper de Stockley et de ses invités intrigués. Certains des hommes, attirés par le coup de feu, gravissaient déjà l'escalier.

Elle avait pris un long bain bien chaud afin de se débarrasser de la moindre parcelle de toile d'araignée. Elle serait bien restée dans la baignoire mais l'eau avait commencé à refroidir. Elle avait alors attendu que Charles se montre et le temps lui avait semblé bien long. Puis elle l'avait entendu donner ses instructions à Mr Henderson dans la chambre d'à côté. Dès qu'il eut renvoyé son valet, il la rejoignit.

Elle fut d'abord tentée de se précipiter dans ses bras mais se ravisa car Charles affichait un air très préoccupé. Il s'assit dans le fauteuil près de celui d'Emma et resta là, les yeux rivés sur le feu, les mains enfoncées dans les poches de sa robe de chambre.

— Qu'avez-vous fait de Mr Stockley ? demanda-t-elle doucement.

— James s'en occupe. Il sera jugé pour l'assassinat de mon frère. Il ne tardera pas à se balancer au bout d'une corde.

Elle commença à se brosser les cheveux tout en observant le profil qu'il lui offrait. Ses lèvres étaient crispées à l'extrême.

— La mort de Paul m'était déjà insupportable, fit-il. Mais apprendre qu'il a été assassiné...

Elle se pencha en avant et lui posa une main consolatrice sur le genou.

— N'y pensez plus. Il n'y a rien que vous puissiez faire pour réparer ce qui est arrivé.

Charles s'enfonça un peu plus dans son fauteuil.

— J'aurais dû poser davantage de questions, lancer une enquête dès que j'ai appris cette nouvelle.

— Et à quoi cela aurait-il servi ? demanda-t-elle. Une enquête n'aurait ramené personne à la vie.

— Cela aurait peut-être permis de confondre Stockley plus tôt. Ainsi, vous auriez évité de passer des moments désagréables avec les araignées.

— Et vous auriez évité de passer des moments désagréables sous la menace de l'arme de Mr Stockley.

Charles haussa les épaules et garda les yeux rivés sur les flammes encore quelques instants. Emma le regardait intensément. Quand il reprit la parole, ce fut d'une voix plus grave.

— J'étais très en colère à l'annonce de la mort de Paul. Tout ce qui m'importait, c'était les conséquences qu'avait son décès sur moi. Je considérais que je m'étais fait piéger.

— Charles, nous ne pouvons pas contrôler nos sentiments, seulement nos actes. Et vous avez parfaitement agi. Personne n'aurait pu s'imaginer que le meurtre de Paul n'était pas dû au hasard.

Elle se rassit au fond du fauteuil, laissant ses doigts jouer avec le tissu de son peignoir. Au bout d'un petit moment, elle reprit la parole :

— Si quelqu'un doit se sentir coupable de ses sentiments dans cette pièce, c'est bien moi. J'ai tout fait pour empêcher mon père de trouver le bonheur auprès de Mrs Graham.

L'air préoccupé de Charles s'accentua. Il détacha son regard du feu pour poser les yeux sur elle.

— Vos sentiments étaient naturels…, commença-t-il.

— Mes sentiments étaient puérils et égoïstes. Je m'en rends bien compte, maintenant. Mais je ne peux pas revenir en arrière pour les changer, même si j'aimerais pouvoir le faire. De même, vous ne pouvez pas changer la réaction que vous avez eue en apprenant la mort de Paul. Nous ne pouvons qu'aller de l'avant.

Il fit une moue dubitative.

— Je ne sais pas…

— Moi, si, trancha-t-elle. Et, bien que je déteste dire du mal des morts, surtout lorsqu'il s'agit de votre frère et de son épouse, je pense que les petites gagneront à vous avoir comme papa. J'ajouterai que votre présence sera également dans l'intérêt du domaine. Reste à savoir si vous envisagez de rester ou pas. Qu'en est-il ?

— Je serai là une bonne partie de l'année.

— Seulement une bonne partie de l'année ?

Charles retrouva enfin son sourire.

— Il va bien falloir que je prenne ma place parmi les pairs du royaume maintenant que je suis lord, dit-il. Et vous devriez venir voir Londres durant la saison mondaine. Claire et Isabelle aimeraient sans doute se promener dans Hyde Park ou passer une soirée au Cirque Astley. Pour tout cela, il me semble que quitter Knightsdale quelques mois par an est indispensable, vous ne pensez pas ?

— En effet, convint Emma en lui rendant son sourire. Vous pouvez quitter Knightsdale aussi longtemps que vous le souhaiterez si vous ne nous laissez pas derrière vous.

— Voilà qui ne risque pas d'arriver, ma chérie, fit-il en lui souriant de plus belle et en lui lançant un regard concupiscent. Il me faut un héritier, n'est-ce pas ? Et je pense que nous savons maintenant tous les deux que cela ne pourra pas se faire si vous êtes dans le Kent alors que je me trouve à Londres.

Emma ressentit un frémissement au niveau de son bas-ventre. C'était là un concept qu'elle avait parfaitement assimilé.

Charles se pencha un peu plus près.

— Que se passe-t-il ? Vous n'allez pas me lancer quelque chose au visage cette fois-ci ? Pas de petit chien en porcelaine à briser en mille morceaux ?

— Non, murmura-t-elle.

Elle percevait toujours comme un soupçon de tristesse dans l'expression de son visage. Elle sourit en se disant qu'elle connaissait un bon moyen de chasser ses idées noires.

— J'étais furieuse contre vous à ce moment-là. Mais je ne ressens plus la moindre colère maintenant.

— Tiens donc.

— Non. Pourtant, j'éprouve d'autres émotions tout aussi fortes.

— Vraiment ? Voilà qui paraît prometteur.

— Justement. Ce soir, vous m'avez fait une promesse que vous n'avez pas encore tenue.

Charles prit un air innocent.

— Ah bon ? Et qu'avais-je donc promis ?

Emma se leva et se posta face à lui. Elle laissa son peignoir glisser jusqu'au sol et se retrouva donc nue, baignée par la lumière changeante du feu de cheminée. Elle sourit en constatant que le désir et l'amour effaçaient les dernières ombres du visage de Charles.

— Vous m'avez promis de vous conduire encore plus mal que tout ce que je pourrais imaginer, lui répondit-elle.

Il tendit la main pour la passer délicatement sur ses seins, dessiner le contour de sa bouche du bout de ses doigts et caresser ses cuisses. Elle sentit le désir monter en elle et desserra très légèrement les jambes.

— Mais j'aime autant vous prévenir, ajouta-t-elle. J'ai récemment développé une imagination sans bornes.

Il était incapable de parler. Il pouvait à peine penser. Il contempla la douceur laiteuse de ses cuisses, ses boucles soyeuses. En inspirant, il pouvait percevoir la chaleur qu'elle dégageait. Il passa les mains sur les rondeurs de ses hanches. Elle écarta un peu plus les jambes et il glissa un doigt dans son intimité.

— Emma, murmura-t-il.

Se tenant aux bras du fauteuil, elle se pencha vers lui pour l'embrasser. Elle laissa sa langue taquiner les lèvres de Charles avant de s'immiscer entre elles comme la pointe d'une flèche. Il prit ses seins généreux à pleines mains pour les caresser et les presser jusqu'à sentir leurs pointes durcir. Elle ne put retenir un gémissement à la fois doux et profond. Les cuisses désormais largement ouvertes, assise sur ses genoux, elle se laissa aller jusqu'à poser son sexe exactement là où il souhaitait qu'il se trouve. Elle écarta alors les pans de sa robe de chambre et y glissa les mains pour caresser sa peau brûlante.

Il ne voulait pas la prendre dans ce fauteuil. Il la voulait dans son lit, le lit des Draysmith. Il la voulait là afin de se débarrasser définitivement de ses derniers fantômes.

Il posa ses mains sur son visage et l'écarta un peu du sien.

— Je pensais que c'était moi qui étais censé mal me conduire, dit-il.

— Quoi ?

— Vous venez de me rappeler que je vous avais fait une promesse, celle de me conduire encore plus mal que tout ce que vous pourriez imaginer. Pourtant, c'est plutôt vous qui vous conduisez très mal, Miss Peterson. Cela va même au-delà de mes rêves les plus fous.

La petite polissonne lui décocha un sourire des plus satisfaits. Il lui donna alors sur les fesses une très légère claque. Elle rit et lui tira la langue. Il l'embrassa aussitôt.

— Je ne vous laisserai pas me séduire dans ce fauteuil, mon amour. (D'un geste, il l'aida à se lever.) Un jour, sans doute, mais pas aujourd'hui.

Il enleva complètement sa robe de chambre. Elle lui sourit en tendant la main pour s'emparer de son sexe tendu mais, plus rapide, il s'empara de son poignet pour l'en empêcher.

— Tenez-vous, ma chère.

— Il faudra m'y forcer.

— Avec plaisir.

Il la souleva alors pour l'emmener dans sa chambre et la jeter au centre de son grand lit. Elle éclata de rire avant de tendre les bras vers lui.

Quand il les sentit l'envelopper, il comprit qu'il était enfin chez lui.

**EN AVANT-PREMIÈRE**

Découvrez la suite de la série
**Noblesse oblige** dans :

LE COMTE MIS À NU
(version non corrigée)

Bientôt disponible chez Milady Romance

Traduit de l'anglais (États-Unis) par Jean-Baptiste Bernet

# Chapitre premier

Robert Hamilton, comte de Westbrooke, avait toujours eu le sommeil léger. Il ouvrit les yeux dès le premier remous du matelas et découvrit aussitôt ce qui l'avait causé.

Une poitrine aussi imposante que dénudée s'agitait à quelques centimètres de son nez – celle de lady Felicity Brookton. La jeune fille lui lança un regard malicieux et inspira profondément, comme si elle s'apprêtait à hurler.

Par tous les diables !

Robert jaillit du lit et se précipita vers la fenêtre. Pas le temps de s'encombrer d'un pantalon ou d'une paire de chaussures. Toute la maisonnée viendrait frapper à sa porte dès que retentiraient les cris de lady Felicity. Il se retrouverait sans doute très vite marié, obligé de prendre pour le restant de ses jours ses petits-déjeuners en face d'elle.

Existait-il une meilleure description de l'enfer ?

Robert enjamba l'appui de la fenêtre et se laissa tomber sur le toit du portique au moment exact où retentissait le premier cri. Le jeune homme s'entailla le pied au passage, mais la douleur n'était rien comparée à la panique qui lui serrait la poitrine.

Il fallait fuir au plus vite.

Dieu merci, il avait inspecté la bâtisse depuis sa fenêtre dès son arrivée chez son hôte, le baron Tynweith. Les jeunes femmes de la bonne société étaient devenues si insistantes que Robert avait pris l'habitude de se ménager ainsi des issues de secours. Ah, si elles avaient su… Soit, s'il se retrouvait obligé de fuir son propre lit, nu comme un ver, le temps était peut-être venu de faire quelque chose. Une petite rumeur judicieusement semée suffirait à décourager les jeunes filles les plus déterminées à se marier. Le comte leva la tête vers sa fenêtre. Ou peut-être seraient-elles ravies de profiter de ses richesses et de son titre sans avoir besoin de passer entre ses draps.

Une brise printanière souffla sur le portique et Robert frissonna. Il ne pouvait pas rester planté là comme un imbécile. À tout moment, l'un ou l'autre des invités, alerté par les cris de Felicity, regarderait par la fenêtre et se demanderait ce que faisait le comte de Westbrooke au beau milieu de la nuit sans un habit sur le dos. Voyons ! La raison de sa présence sur le portique ne ferait aucun doute pour les hôtes de Tynweith. Ici ou dans son lit, il était pris au piège.

Le portique était beaucoup trop haut pour que Robert puisse sauter sans risquer de se briser le cou, et il n'était pas encore désespéré à ce point.

Felicity hurla de nouveau, et un autre cri lui répondit. Robert balaya du regard les fenêtres qui bordaient son perchoir ; la dernière était ouverte, et on distinguait la lueur d'une bougie à l'intérieur de la pièce. Le comte s'élança vers celle-ci sans perdre un instant, tout en espérant que la chambre n'était pas occupée par une femme.

Face à son miroir, les mains sur les hanches et les sourcils froncés, lady Elizabeth Runyon contemplait sa poitrine. Elle pencha la tête, ferma un œil, puis l'autre… Bah ! On aurait dit deux petits citrons comparés à l'opulente poitrine de Lady Felicity, et aucun corset en Angleterre ne les ferait paraître plus gros qu'ils n'étaient.

Elle se tourna de profil, appuyée à la colonne de son lit. Peut-être cet angle serait-il plus flatteur ?

Non.

Un courant d'air froid s'engouffra par la fenêtre ouverte et glissa sur la peau d'Elizabeth. La jeune femme sentit ses tétons se durcir. Elle les couvrit aussitôt de ses mains et tenta de les presser pour leur rendre leur aspect originel.

Elle ressentait un étrange picotement, comme si la corde d'une harpe vibrait entre ses seins et son… son…

Elizabeth retira vivement les mains de ses seins, comme si ces derniers l'avaient brûlée. Elle aurait mieux fait d'enfiler sa chemise de nuit, de se glisser sous ses couvertures puis, ces dernières remontées jusqu'au menton, de s'endormir – mais la pièce tournait bien trop pour cela. Elle se cramponna de nouveau à la colonne de lit.

Ce dernier verre de ratafia avait été une grosse erreur. Elle ne l'aurait d'ailleurs jamais bu si elle ne s'était pas tant ennuyée. Pourvu qu'elle n'ait plus jamais à écouter Mr Dodsworth évoquer dans les moindres détails ses écuries. Sans l'aide de l'alcool, la jeune femme aurait sûrement fini par hurler. À sa connaissance, cet homme n'avait pas eu une seule pensée originale – ou qui ne concerne pas les chevaux – depuis qu'elle avait fait ses débuts dans le monde, trois ans auparavant.

Comment survivrait-elle à une autre Saison, obligée de voir encore et toujours les mêmes visages, d'écouter les mêmes conversations, de rire sottement aux mêmes potins ? C'était certes excitant quand elle avait dix-sept ans, mais à présent…

Pouvait-on mourir d'ennui ?

Et puis Meg n'était d'aucun secours. Elizabeth avait réussi à la persuader de quitter les plaines du Kent pour la merveilleuse Londres, mais son amie s'était révélée tout aussi assommante que Dodsworth, même si elle préférait disserter sur l'horticulture plutôt que sur les chevaux pour torturer ses interlocuteurs. Elle et son maudit jardin. Si elle l'avait pu, Meg y aurait passé tout son temps – et même pas en galante compagnie.

Elizabeth contempla la colonne de son lit d'un air renfrogné. Elle aurait mieux fait de verser son verre sur la tête de Robert.

Quelle tête auraient fait les convives si lady Elizabeth Runyon, la sœur du duc d'Alvord, un homme tellement respectable, avait causé un tel esclandre !

La jeune fille était prête à parier son argent de poche du trimestre qu'elle aurait au moins réussi à attirer l'attention de Robbie.

Elle se contempla de nouveau dans le miroir. Rester ainsi dévêtue était très osé de sa part. Indécent, même. Suivre les règles ne lui ayant pas apporté ce qu'elle voulait – ou plutôt celui qu'elle voulait –, elle avait décidé de les enfreindre.

Elizabeth posa de nouveau les mains sur ses seins et soupira. Ces misérables petites choses ne les remplissaient même pas ; elles seraient perdues sous les grandes paumes de Robbie.

Elizabeth ferma les yeux à demi et se mordit la lèvre. Les mains de Robbie... ses longs doigts sur sa peau...

La jeune lady se sentait en effet bien hardie – et particulièrement échauffée. Elle frotta ses pouces contre ses tétons et la corde de harpe vibra de nouveau. Elle se passa la langue sur les lèvres et cambra les reins, les jambes légèrement écartées, en espérant que le vent rafraîchirait la partie de son corps qui en avait le plus besoin.

Et que se passerait-il si Robbie la touchait à cet endroit précis ?

Elle descendit lentement la main...

— Oh mon Dieu !

C'était une voix d'homme, rauque et étouffée. Elizabeth poussa un cri et découvrit dans le miroir le reflet d'un Robbie complètement nu.

Elle se retourna brusquement et s'agrippa à son lit pour ne pas tomber. La pièce tangua dangereusement. Oui, Robbie était bien là, à côté de la fenêtre, et toujours sans aucun habit sur le dos.

Elizabeth n'avait encore jamais vu d'homme nu, tableaux et sculptures exceptés, et elle n'arrivait pas à détourner le regard.

Les artistes étaient bien en-deçà de la réalité.

Mais peut-être qu'aucun d'entre eux n'avait eu de modèle aussi splendide que Robbie.

Il semblait bien différent du Londonien civilisé qu'elle avait laissé au rez-de-chaussée – peut-être plus massif. Il n'avait pourtant pas pu grandir en se débarrassant de ses habits. Les ombres et les lignes de son cou, libéré des kilomètres de cravate et du col qui l'enserraient, auraient fait le ravissement d'un peintre. Quant à ses épaules… comment sa veste avait-elle bien pu les contenir ?

Elizabeth n'aurait jamais deviné que des poils dorés parsemaient la poitrine du comte, descendaient le long de son ventre musclé et entouraient…

Oh.

Elle n'avait jamais vu dans aucun tableau cet… appendice, long, droit et relevé.

Comment parvenait-il à dissimuler une telle chose dans son pantalon ?

Lizzie revint au visage de Robbie, encore plus rouge que ses cheveux. Était-il blessé ? Le pouce du forgeron avait bien doublé de volume quand celui-ci l'avait écrasé avec son marteau. Robbie avait-il cogné son appendice en entrant par la fenêtre ?

— Avez-vous mal ? demanda-t-elle. Allongez-vous sur mon lit, je vais chercher une compresse humide.

Robbie émit un petit bruit, entre le ricanement et le gémissement, puis ferma la fenêtre et tira les rideaux d'un geste vif.

— Non, je n'ai pas mal. Où est votre chemise de nuit ?

— Vous êtes sûr ?

IL était presque aussi superbe de dos. Elizabeth étudia ses fesses fermes. Elle aurait adoré les toucher.

— Vous en avez tout l'air pourtant, insista-t-elle.

— Dites-moi seulement où se trouve votre satanée chemise de nuit ! gronda-t-il en faisant volte-face, les mâchoires serrées. Mieux encore : enfilez-là immédiatement.

Lizzie n'appréciait pas du tout son ton autoritaire.

— Je n'en ai pas envie. J'ai chaud, très chaud.

Elle se sentait même moite entre les jambes, et descendit la main le long de son corps, curieuse.

— Mon Dieu, non !

Robert l'arrêta avant qu'elle atteigne son ventre, et serra de ses doigts chauds le poignet de la jeune fille. Elle aurait préféré les voir ailleurs : ses seins lui faisaient presque mal, ses tétons étaient durs comme la pierre.

— Enfilez votre chemise de nuit, répéta Robbie en lui secouant doucement le bras.

Il semblait un peu désespéré.

Lizzie secoua la tête. Il était assez près pour qu'elle sente son odeur. Il sentait... il sentait Robbie, pensa-t-elle en ricanant. C'était un peu ridicule, mais vrai. Un parfum musqué, épicé, plus puissant maintenant qu'il n'était plus étouffé par plusieurs couches de vêtements.

Robert ne pouvait s'empêcher de jeter de furtifs coups d'œil à ses seins, et ces derniers se dressèrent fièrement, ravis de toute cette attention. Elle brûlait d'envie de les frotter contre les poils qui ornaient la poitrine du comte.

Lizzie n'avait que faire d'une chemise de nuit ; elle voulait seulement presser son corps contre le sien. Elle haletait de désir.

N'y tenant plus, elle tendit sa main libre vers lui.

— Lizzie ! s'écria le comte en lui saisissant fermement l'autre poignet.

— Laissez-moi !

Elle se débattit, mais l'étreinte de Robbie, malgré toute sa douceur, se révéla infrangible. Soit, la jeune fille n'avait pas dit son dernier mot. Elle avait un frère plus âgé, et savait quand recourir à un petit mensonge quand le besoin s'en faisait sentir.

— Vous me faites mal !

Il la lâcha sur-le-champ.

Elle s'élança vers Robbie, mais l'homme la retint par les épaules.

— Lizzie, vous êtes ivre.

— C'est faux ! Je veux seulement vous toucher… s'il vous plaît. Laissez-moi faire.

Les bras de Robbie étaient trop longs. Elle avait beau essayer, impossible de l'atteindre.

— Je ne crois pas que ce soit une bonne idée. Mettez votre chemise de nuit.

— C'est une excellente idée, oui ! (Elle essaya de nouveau, sans plus de succès.) Pourquoi ne voulez-vous pas ?

— Parce que vous me semblez particulièrement grise, d'une part, et aussi parce qu'on va sans aucun doute venir d'une seconde à l'autre frapper à votre porte, voire à votre fenêtre. Vous ne voudriez pas qu'on nous trouve ainsi, n'est-ce pas ?

— Si ! répondit-elle entre deux hoquets.

Lizzie se jeta encore une fois sur lui. Elle allait fondre en larmes si elle ne sentait pas très vite la chaleur du corps de Robbie.

Ce dernier laissa échapper un petit grognement étrange.

— Vous ne diriez pas cela si vous étiez sobre.

— Bien sûr que si !

Elle cessa de lutter et toucha ce qu'elle pouvait. Les muscles des bras de Robbie étaient chauds et durs comme des rochers exposés au soleil. Lizzie parvenait à peine à entourer l'avant-bras de l'homme avec ses doigts. Elle lui caressa le poignet du pouce, vit une goutte de sueur perler sur sa lèvre supérieure et eut immédiatement envie de la lécher.

— Robbie, je vous aime. Depuis toujours.

Le comte serra la mâchoire.

— Non.

— Mais si !

— Une lubie de jouvencelle, tout au plus !

— Non. Embrassez-moi et vous verrez.

Le comte s'essuya le front contre son bras.

— Nous n'avons pas de temps à perdre, Lizzie.

— Oh que si ! Embrassez-moi.

— Lizzie ! (Il lui serra les épaules, mais relâcha son étreinte quand elle sursauta.) Lizzie, je vous en prie. Imaginez le scandale si on me surprend ici. James me tuerait.

— Bien sûr que non. C'est votre ami.

— Et vous êtes sa sœur. Croyez-moi, il le ferait.

— Je ne vois pas pourquoi. N'était-il pas nu quand il a rencontré Sarah ?

— C'est différent.

— Absolument pas.

— Vous comprendriez si vous n'étiez pas dans un état pareil. Allons, enfilez cette chemise de nuit.

— Très bien, mais lâchez-moi. Comment pourrais-je faire, avec vos mains sur les épaules ?

— Vous avez raison, mais ne...

Robbie la libéra trop tôt. Elle se jeta sur lui et passa les bras autour de sa taille.

— Lizzie !

Tout aussi prompt, il prit la jeune fille par les hanches et la repoussa.

Elizabeth avait oublié cette partie tuméfiée de l'anatomie de l'homme. Elle n'avait pas voulu lui faire mal, mais brûlait tant de se presser contre lui ! Le peu qu'elle sentait était merveilleux. Elle caressait le dos de Robbie et, la joue pressée contre sa poitrine, écouta les battements frénétiques de son cœur, puis lécha un filet de sueur qui coulait le long de son torse avant de remonter vers son cou.

— Lizzie !

Elle adorait sentir les mains du comte sur ses hanches, mais il ne les bougeait pas assez à son goût : elle remua pour tenter de l'encourager. Peut-être fallait-il lui montrer comment s'y prendre ? Elle posa les mains sur les fesses de Robbie et glissa vers son estomac en prenant garde à ne pas toucher…

— Lizzie ! cria Robbie en s'éloignant d'un bond, comme ébouillanté.

— Vous ai-je fait mal ? Pardonnez-moi ! Je n'en avais pas l'intention. (Elizabeth baissa le regard et sourit, soulagée.) Mais non, regardez, vous allez mieux. Ce n'est presque plus enflé. Vous devriez pouvoir glisser votre… euh, le remettre dans votre pantalon.

— Mon Dieu, Lizzie !

Robbie serrait tellement les mâchoires qu'un muscle tressautait sur sa joue. Son regard semblait… habité.

— Robbie, je…

Elizabeth tressaillit. On frappait à la porte – et à la fenêtre.

— Que se passe-t-il ? s'écria-t-elle.

— Votre compagnie est arrivée.

Robbie la prit par les épaules, la fit pivoter et la poussa vers le lit.

— Votre chemise de nuit, vite !

Par tous les diables, Lizzie n'allait pas assez vite, et elle était de toute évidence complètement ivre. Comprenait-elle la gravité de la situation ? Bien sûr que non. Elle restait assise sur son lit et le regardait avec de grands yeux – enfin, une certaine partie de son anatomie en particulier.

Au moins, elle le laissait tranquille.

On frappa de nouveau. Celui qui maltraitait ainsi la fenêtre la briserait bientôt si Lizzie n'enfilait pas très vite sa chemise de nuit.

Robert souffla sur la bougie, ne laissant pour tout éclairage que les braises qui rougeoyaient dans l'âtre. La pénombre aiderait peut-être la jeune fille à se concentrer.

— Enfilez votre chemise de nuit, que diable !

— Hum ?

— Lizzie, rhabillez-vous immédiatement. Vous devez répondre à la porte.

Il tendit la main pour l'aider – et lui toucha malencontreusement un sein.

— Mmm…

Grands dieux, voilà qu'elle ronronnait. Si seulement… Non, c'était insensé.

— Lizzie !

Robert s'efforçait de parler aussi doucement que possible, mais il aurait tout aussi bien pu crier sans qu'on l'entende, avec tout le chahut au dehors.

— Lizzie…, Ah !

Il lui saisit le poignet pour écarter sa main baladeuse.

— Je vous ai fait mal ? Vous êtes de nouveau enflé.

— Lizzie, je vous en supplie, mettez votre chemise de nuit et allez ouvrir cette porte.

La jeune fille soupira et Robert sentit son souffle lui caresser le ventre.

— D'accord, mais pourrez-vous me toucher de nouveau quand ils seront partis ? demanda-t-elle. C'était si agréable.

Par tous les diables, pesta intérieurement Robert en serrant les poings. Il avait soudain très envie de frapper quelque chose, mais tâcha de ne pas élever la voix.

— Nous verrons, mais pour l'instant, soyez gentille et enfilez cette chemise de nuit.

Les coups redoublèrent d'intensité et Robert entendit des cris étouffés. Au moins James n'était pas là : il était retenu à Alvord, où son deuxième enfant s'apprêtait à voir le jour.

— Vite ! D'abord la porte. Faites comme si vous veniez de vous réveiller, et n'oubliez pas : je ne suis pas là.

— Vous n'êtes pas là. D'accord.

Robert regarda la jeune fille se diriger vers la porte, puis il sauta sur le lit et ferma les courtines.

Betty, la domestique de Lizzie, devait au moins être morte si un tel vacarme ne l'avait pas réveillée – encore fallait-il qu'elle soit dans son lit. Selon toute vraisemblance, elle se cachait plutôt quelque part avec le valet de Robert. Ce n'était un secret pour personne, ces deux-là s'entendaient à merveille, et Collins lui-même n'était pas avare d'allusions. Robert commençait d'ailleurs à craindre pour sa vie quand l'homme le rasait tous les matins.

Betty et Collins seraient ravis s'il épousait Lizzie. Lui aussi, bien entendu, mais cela n'arriverait jamais. Robert soupira. Quand il l'avait vue devant le miroir, la flamme de la chandelle éclairant sa peau nue, glisser la main vers cet endroit où il aurait tant voulu s'immiscer…

Robert enfouit son visage dans un oreiller. Terrible erreur : il inhala l'odeur de la jeune femme et durcit davantage.

Le comte étouffa un gémissement.

La porte s'ouvrit et laissa entrer voix et lumière. Il allait falloir un miracle pour qu'on ne le trouve pas.

Robert pria.

— Il est ici, n'est-ce pas ? Je le sais ! (Lady Felicity Brookton, vêtue d'une robe de chambre couleur pistache, poussa Lizzie et entra dans la pièce en brandissant une bougie.) Où le cachez-vous ?

Lizzie passa la tête par la porte en clignant des yeux. La moitié de la maisonnée s'était rassemblée dans le couloir.

— On frappe à la fenêtre.

L'imposante lady Caroline, fille du comte de Dunlee, traversa la pièce avec force manœuvres et ouvrit les rideaux.

— Oh, regardez, c'est Lord Peter !

— Laissez-le entrer, répondit lady Felicity en inspectant la penderie.

Lizzie aurait voulu pouvoir réfléchir ; ce dernier verre avait vraiment été une mauvaise idée. Elle avait l'impression d'avoir la tête remplie de coton.

Elle ne pouvait pas laisser tous ces curieux débusquer Robbie. Lady Felicity allumait déjà toutes les bougies. Comment l'arrêter ? Sa chambre n'était pas si grande que cela.

Lord Peter, vêtu d'une simple chemise et d'un pantalon, se glissa par la fenêtre.

— Je l'ai vu passer par là, dit-il en ricanant. Difficile de le manquer dans la nuit, avec des fess… (Il toussa.) des chevilles aussi blanches que les siennes.

— Dans ce cas, où est-il, Elizabeth ? demanda lady Felicity en lançant un regard noir à la jeune fille.

— Qui donc ?

— Lord Westbrooke, bien entendu ! Ne vient-il pas d'entrer par cette fenêtre ?

— Euh…, balbutia Lizzie, l'esprit complètement vide.

— Lady Felicity, vous n'insinuez sûrement pas que lord Westbrooke puisse se conduire d'une manière aussi déplacée ?

Lizzie n'eut pas besoin de se retourner pour savoir que Lady Beatrice, sa chaperonne attitrée pour la Saison, venait d'entrer dans la pièce. Dieu soit loué ! Lady Bea saurait comment s'occuper de cette pagaille.

— Je sais ce que j'ai vu, rétorqua Felicity en levant le menton.

— Et qu'avez-vous vu exactement, mademoiselle ? demanda lady Bea, le sourcil haussé.

— Lord Westbrooke sauter nu par la fenêtre.

— Je croyais qu'il était entré.

— Pas celle-ci !

— Celle de votre chambre, dans ce cas ? Reprenez-moi si je me trompe, mais l'inconscient qui s'y risquerait se retrouverait aussitôt écrasé sur la terrasse, en contrebas – mais peut-être avez-vous changé de chambre récemment ? J'étais sûre que vous dormiez à quelques portes de moi, de l'autre côté du couloir.

Lady Felicity devint écarlate. Elle ouvrit la bouche, mais aucun son n'en sortit.

— Regardons dans le lit, Felicity, dit Peter. Je parie que Westbrooke se cache sous ces draps.

— Lord Peter !

Toute l'assemblée se retourna vers la femme menue qui avait réussi à se frayer un chemin jusqu'à la chambre. La duchesse de Hartford – lady Charlotte Wickford, avant qu'elle épouse le vieux duc – était pourtant la dernière personne que Lizzie aurait imaginé venir à sa rescousse. Charlotte la détestait. Pour être honnête, elle haïssait surtout James, mais ce dernier passait dernièrement le plus clair de son temps dans le Kent, et Lizzie était une cible bien plus facile.

— Qu'y a-t-il, madame ? Souhaitez-vous vous en charger en personne ? demanda Peter en désignant les courtines.

Charlotte le foudroya du regard et l'homme baissa le bras en rougissant.

— Si personne ne s'y résout, je le ferai ! s'écria Felicity en empoignant un rideau.

— Lady Felicity, Elizabeth aurait donc selon vous attiré un homme dans son lit ?

Le ton glacial de Charlotte arrêta net la main de la jeune fille.

Felicity regarda la poitrine menue de Lizzie et cette dernière s'empressa de croiser les bras.

— Attirer ? Je ne vois pas avec quoi. Cependant…

— Cependant, si lord Westbrooke était assez hardi pour rendre visite à Elizabeth en pleine nuit, je suppose qu'en bon gentleman, il la demanderait en mariage. Le frère d'Elizabeth, le duc, insisterait sûrement, n'est-ce pas ?

Le visage de Felicity se décomposa.

— D'ailleurs, si Westbrooke était en effet caché derrière les rideaux de ce lit, je suis persuadé qu'il épouserait Elizabeth avant la fin de la semaine. (Charlotte sourit.) Ne seriez-vous pas ravie de danser à tel mariage, Felicity ?

Lady Felicity laissa retomber son bras.

— Oui, vous avez raison, bredouilla-t-elle. Lord Westbrooke n'entrerait jamais ainsi dans la chambre d'Elizabeth. Je ne sais pas ce qui m'a pris.

— Moi, si, intervint Peter. Vous m'avez dit que…

— Lord Peter !

L'homme regarda Charlotte, les sourcils froncés.

— Je crois que nous dérangeons lady Elizabeth, dit la duchesse en passant la main sur la manche de Peter. Il est temps de vous coucher, ne croyez-vous pas ?

L'homme la dévisagea un instant, l'air interloqué, puis sourit.

— Vous avez raison, madame.

— Bien entendu, répondit Charlotte. (Elle se tourna vers Felicity.) Je crois que vous avez rêvé tout ceci, mademoiselle. Parfois nos songes nous semblent incroyablement vrais, ne trouvez-vous pas ?

Felicity détacha son regard du lit.

— Oui… Oui, probablement. Je confonds parfois rêve et réalité.

— Exactement. (Charlotte se dirigea vers la porte, Peter à ses côtés.) Navrée de vous avoir dérangée, lady Elizabeth. Je suis certaine que vous brûlez de retourner… dormir, dit-elle avec un léger sourire. Vous cachez bien votre jeu, mademoiselle.

Lizzie regarda la troupe se disperser. Lady Beatrice ferma la marche, non sans avoir regardé le lit, dubitative.

— Quelque chose à me dire, Lizzie ?

— Euh, non.

— Vous en êtes bien sûre ?

La jeune fille acquiesça. Elle n'avait pas envie d'évoquer les curieux événements qui venaient de se dérouler. Peut-être même était-elle, elle aussi, victime d'un rêve particulièrement réaliste.

— Je ne me sens pas très bien, madame. Je crois que je vais me recoucher à présent.

— Je suis certaine que votre frère le duc éviscérerait quiconque jouerait avec la réputation de sa sœur – ou lui ferait le moindre mal, lança lady Beatrice en direction du lit.

— Moi aussi. Merci, et bonne nuit, répondit Elizabeth.

La jeune fille poussa doucement lady Bea vers la sortie, ferma la porte derrière elle puis s'adossa contre le bois en soufflant bruyamment, le regard rivé sur les courtines.

Avait-elle rêvé tout ceci ? Cette soirée était-elle simplement le fruit de son imagination – et de ses excès ?

Il n'y avait qu'un moyen de le savoir. Elizabeth se dirigea vers le lit d'un pas décidé.

PEMBERLEY

DÉCOUVREZ AUSSI DANS LA MÊME COLLECTION :

*Chez votre libraire*

| | |
|---|---|
| **Maeve Haran** | *La Dame et le Poète* |
| **Mary Jo Putney** | *Le Pacte* |

*13 juillet 2012*

| | |
|---|---|
| **Victoria Dahl** | La Famille York :<br>*Cœur brisé* |
| **Sally MacKenzie** | Noblesse oblige :<br>*Le Comte mis à nu* |
| **Margaret Mallory** | Le Retour des Highlanders :<br>*Le Gardien* |